KB138889

용사의 어머니가
되겠습니다

용사의 어머니가 되겠습니다 4

엘리아냥 장편소설

초판 1쇄 찍은 날 | 2022년 9월 19일
초판 1쇄 펴낸 날 | 2022년 9월 26일

지은이 | 엘리아냥
펴낸이 | 권태완 우천제

편집책임 | 이예린
편집 | 박가연 박은정 장현아 구정은 양별 이지아 이고은 강명은 김솔

펴낸곳 | (주)케이더블유북스
등록번호 | 제25100-2015-43호
등록일자 | 2015. 5. 4
WFN | 제3-081호

주소 | 서울특별시 구로구 디지털로31길 38-9 에이스테크노타워 1차 401호
전화 | 02-867-4626 팩스 | 02-866-4627
E-mail | cl_production@naver.com

ISBN 979-11-404-0857-3 04810
       979-11-404-0853-5 (set)

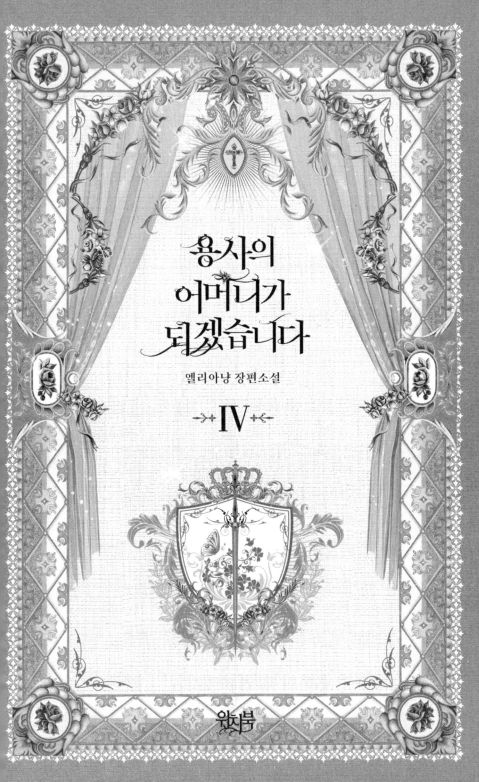

용사의 어머니가 되겠습니다

엘리아냥 장편소설

IV

왈츠북

Contents

외전 1
마법사와 소백작(2)

근래 고요한 수면처럼 잠잠했던 수도 사교계가 모처럼 크게 들썩였다. 화제는 두 개였다.

첫째. 안톤 백작이 주최한 파티에서 지라도 푸년의 손목이 부러진 것.

둘째. 마스터 시드리온이 소르테 백작이 참관한 가운데 릴리아나에게 정식으로 청혼한 것.

뭐가 더 뜨겁고 중요한 내용인가에 대해선 화제를 접하는 대상마다 반응이 갈렸지만, 여기 단 한 사람.

"언니이이이이!"

일레나에게만은 두 번째가 세상 그 어느 이야기보다도 중대한 소식이었다. 일레나는 소문을 접하자마자 지체하지 않고 소르테 백작저의 문턱을 넘었다. 다이아나와 다이앤은 동행한 카이휜의 품에 안겨 있었다.

"일레나."

"언니, 대체 어떻게 된 거야? 소문이 사실이야? 가십이야? 아니면 사실이지만 일부 과장이 섞인 어떤……."

"전부 이야기해 줄 테니 우선 앉아. 차 마실래?"

릴리아나는 제 처소로 쳐들어온 일레나를 의연하게 응대했다.

여유는 종종 전염된다. 일레나는 릴리아나의 차분한 태도에 흥분을 가라앉혔다. 곧 얼굴을 마주하고 앉은 두 사람 앞에 갓 우려낸 따뜻한 차가 한 잔씩 놓였다.

하녀가 자리를 비우고, 김이 모락모락 오르는 찻잔을 만지작거리던 일레나가 별안간 한숨을 쉬었다.

"괜찮니, 일레나?"

"이것 먼저 대답해 줄 수 있을까?"

"그럼. 뭔데?"

"얼마 전 언니가 공작성에 머물렀었잖아."

"응."

"그 마지막 날, 그러니까 만찬이 열렸던 날 밤…… 혹시 흑탑주와 무슨 일 있었어?"

본격적인 담화 전, 아직 온기를 간직한 찻물로 목을 축이던 릴리아나가 멈칫했다. 그녀가 찻잔을 내려놓았다.

"어떻게 알았어?"

정확히 그날 그 시간대에 무슨 일이 있기는 했다. 후원에서 그녀와 시드리온의 첫 입맞춤—비록 기습적이고 일방적이었지만—이 이루어졌으니까.

일레나가 입을 벌렸다.

"맙소사!"

탄성이 터졌다.

"그럼 다음 날 오전 내내 흑탑주가 정신이 나가 있었던 것도…… 나한 테 사랑이 어쩌고 상담했던 것도 전부 언니 때문이었단 말이야? 혹시나 했지만 정말 기대하진 않았는데!"

"정신이 나가? 상담이라니, 그게 무슨 말이야?"

"아, 그거 말이야."

일레나가 숨김없이 이야기를 시작했다. 지난날 그녀와 시드리온 사이 에 오갔던 대화가 각색과 생략을 전혀 거치지 않고 원본 그대로 릴리아 나에게 전해졌다.

"그런데 조금 궁금한 게 있어. 그때 흑탑주가 '지' 다음에 하려던 말이 뭐였을까? 아무리 생각해도 욕은 아니었을 것 같은데……."

"……지참금."

"응?"

"아무것도 아니야."

릴리아나가 찻잔을 들어 올리며 얼버무렸다. 은은한 꽃 향이 도는 차 를 한 모금 넘긴 후 잔을 제자리에 두고 그녀가 말을 이었다.

"그나저나 네가 그런 공헌을 했을 줄은 미처 몰랐는걸."

"딱히 거창한 대답을 해줬던 것도 아닌데, 뭐."

하지만 그렇게 말하면서도 내심 자기 덕에 한 커플이 조금이나마 더 빨리 이루어진 것이 아닌가 하는 자부심이 생겼다.

일레나가 어깨를 펴고 으쓱이다가 이내 무게중심을 릴리아나 쪽으로 옮겼다.

"그래서 둘이 무슨 일이 있었는데? 지금 이 사이의 전조는 언제부터

였고? 전에 내가 둘 관계를 의심했을 때 아무 사이 아니라고 대답했던 건 혹시 연막이었던 거야?"

"음⋯⋯."

릴리아나가 잠시 고민했다. 어디서부터 어디까지 이야기해 주면 좋을까.

답은 금방 나왔다. 이제 와 구태여 숨길 만한 내용들은 아니었다.

"긴 이야기가 될 거야."

"나 시간 많아."

일레나는 그녀 대신 백작저의 응접실에서 혼자 쌍둥이를 돌보고 있을 카이휜을 떠올렸다. 사랑으로 극복해 주겠지.

"좋아, 그럼⋯⋯."

오래된 과거와 감정을 담아낸 릴리아나의 이야기가 조곤조곤 흘러나왔다. 이야기가 전부 끝났을 때, 손도 대지 않은 일레나의 찻잔은 완전히 식어 있었다.

"⋯⋯일레나."

릴리아나가 바람 빠지는 소리를 내며 웃었다.

"왜 울고 그래."

"먼지가 들어간 거라고 하면 믿어줄 거야?"

"아니."

"그래, 먼지 아니야. 그냥 뭔가⋯⋯."

기분이 이상했다. 그리 표현하니 딱 어울렸다. 일레나는 손수건으로 눈가와 뺨을 찍어 눌렀다.

"언니가 그렇게 오래 혹탑주를⋯⋯. 그런 마음고생을 한 줄은 몰랐어."

"그럴 수도 있지."

"아니, 그럴 수 없어. 흑탑주를 화가 난 다나와 앤 사이에 던져놓고 싶은 마음이야."

잔인한 처사였다. 릴리아나가 만류했다.

"그 사람 잘못이 아니잖아."

"잘못이지! 자기도 엄청 예전부터 언니를 좋아했다며. 대체 이때까지 뭐 한 거야? 둔하면 다야? 실컷 사람 힘들게 하고 이제야……."

속사포로 말을 쏟아내던 일레나가 미묘한 위화감을 감지했다.

'가만, 이제 흑탑주가 아니잖아.'

그렇다. 시드리온은 흑탑의 수장 자리에서 물러났다. 흑탑주라는 호칭은 더 이상 적합하지 않았다.

'그럼 뭐라고 불러야 하지? 전 흑탑주? 구 흑탑주? 언니 남편? 형부? 그건 좀…….'

사소한 주제 같지만 일레나가 나름 진지하게 고민할 때, 릴리아나가 말했다.

"일레나."

"어?"

"나도 한 가지 묻고 싶은 게 있는데."

"웅, 말해."

"전에 나와 시드리온을 연인으로 오해했을 때, 왜 그렇게 생각했던 거야? 구체적인 이유가 있었어?"

릴리아나는 그날을 떠올렸다. 시드리온과 어떻게 되어가는 거냐고, 그와 연인이 아니냐는 일레나의 말을 듣고 내심 가슴이 쿵 떨어졌었다. 혹 제 연기가 어설펐나. 모르는 새 마음 한 자락이 드러났던 건가 혼자 고민하기도 했었다.

지금 일레나의 반응을 보면 그건 아니었던 모양이지만.

일레나가 우물쭈물하다 대답했다.

"그냥……."

"그냥?"

"사실 이유라고 할 만한 건 없고, 내 직감이었어."

말 그대로였다. 당시 일레나가 감지했던 건 남에게 뭐라고 설명해 줄 수 없는, 매우 주관적인 '미묘한 기류'일 뿐이었으니까.

"……."

릴리아나는 일레나를 빤히 들여다보았다. 침묵이 길어지자 일레나의 고개가 슬쩍 기울었다.

"왜 그렇게 봐?"

"아니. 역시 너도 에드워드의 동생이구나 싶어서."

"갑작스러운 말이라 헷갈리는데, 혹시 욕한 거야?"

"그럴 리 있겠니."

"난 언니 동생이야."

"그래."

"물론 에드워드의 동생이란 표현도 맞는 말이긴 한데, 그렇게만 표현되지 않았으면 좋겠어."

"알겠어."

그때 누군가가 두 사람이 있는 방의 문을 두드렸다.

"릴리아나 양, 공작 부인. 들어가도 되겠습니까?"

시드리온이었다.

"들어와."

"담소 중에 실례합니다. 다른 게 아니라 공녀님께서 무척 애타게 공작

부인을 보고 싶어 하셔서……."

공녀라 함은 다이아나 메이하드를 일컫는 말이었다. 직역하면 다이아나가 현재 일레나를 찾으며 깽판 치고 있단 말이었다.

일레나가 몸을 일으켰다. 도움 요청을 할 정도면 보통 규모의 깽판이 아니란 소리다.

"난 이만 가볼게. 언니, 오늘 이야기 재밌었어."

"배웅해 줄까?"

"아냐, 다음에."

다시 오겠단 의미의 작별 인사를 남기고 일레나가 자리를 등졌다. 그러다 문득 문간에서 시드리온을 스쳐 지나가기 전에 멈춰 섰다.

"저기, 내가 조금 전 자네의 새 호칭에 대해 생각해 봤는데."

"예?"

"자넨 더 이상 흑탑주가 아니잖아. 그래서 후보를 추렸으니 골라봐. 첫째, 전탑주. 둘째, 구탑주. 셋째. 과탑주. 이건 과거의 흑탑주란 뜻이야."

"……."

"뭐가 좋아?"

"괜찮다면 부디 제게 시간을 좀 주시겠습니까……?"

"그래, 그럼."

흔쾌히 허락한 일레나가 방을 벗어났다. 릴리아나가 어딘지 충격에 빠진 것처럼 보이는 시드리온에게 다가갔다.

"표정이 왜 그래요?"

"……삶은 고난의 연속인 것 같단 생각이 문득 들었습니다."

"흐음."

시드리온이 릴리아나를 내려다보았다. 은색 속눈썹 아래 맑은 눈동자에 제 얼굴이 비치자 갑자기 기분이 좋아졌다.

그는 풀어진 얼굴로 릴리아나를 끌어안았다.

"부탁이 있습니다."

"뭔데요?"

"시리야, 라고 불러주세요."

그럼 조금 전 일레나의 입에서 나온 전탑주, 구탑주, 과탑주가 안겨준 충격을 잊을 수 있을 것 같았다. 릴리아나가 순순히 연인의 요청에 응했다.

"시리야."

"후."

만족감이 깃든 한숨에 자연스러운 질문이 따라붙었다.

"그 호칭이 마음에 들어요?"

"네."

"왜요?"

귀여워서?

릴리아나가 그처럼 짐작해 볼 때 시드리온이 대답했다.

"그렇게 불리면, 내가 마치 릴리아나 양의 소유가 된 듯한 기분이 들거든요."

정확히는 주종 관계가 되는 기분이었다. 릴리아나가 절대적 주인이고, 시드리온은 그녀의 말이라면 그게 뭐든 무조건 따라야 하는.

이것 때문에 처음엔 당혹스럽고 어색했지만, 지금은……

"그래서 좋습니다."

"생각지도 못했던 이유네요."

"그렇습니까?"

"당신을 그런 별칭으로 부른 건 내가 처음인 거죠?"

"네."

"그럼 각인 효과인가."

"그럴지도요."

뭐가 됐든 좋았다. 마음을 자각한 이후 시드리온은 릴리아나를 섬길 준비가 되어 있었다. 언제나.

릴리아나가 시드리온의 품에서 벗어나 고개를 들었다. 무슨 생각을 하는지 물끄러미 상대를 쳐다보다 불쑥 입을 열었다.

"시리야."

"네, 릴리아나."

"지금 키스해 줘."

시드리온은 그가 느끼는 종속감이 세상에서 가장 달콤한 것임을 확신했다.

"……원하신다면."

미미하게 긴장을 품은 사내의 손이 릴리아나의 턱을 쥐었다. 처소의 문이 닫혔다.

연인은 실컷 둘만의 시간을 보냈다.

푸넌 후작의 막내아들, 지라도 푸넌은 며칠째 제대로 잠을 이루지 못했다.

분하고, 억울하고, 다친 부위가 아파서 자려고 누워도 좀처럼 수마가 찾아오지 않았다.

그렇게 뜬눈으로 밤을 보내길 수일. 영지로 시찰을 떠났던 푸넌 후작이 마침내 복귀했고, 지라도는 거의 속옷 바람으로 모친에게 달려갔다.

"어머니, 제발 부탁입니다! 제 손목을 이렇게 만든 그 개놈의 자식을 반드시 벌해주세요! 고통이 극심하여 일상생활이 어렵습니다."

일상생활은 어려워도 화풀이는 꾸준히 하고 있었다. 지라도는 가문 안팎으로 망나니 기질이 잘 알려졌을 정도로 성미가 거칠고 잔인한 편이었고, 이번 주에만 벌써 후작저의 사용인 셋이 의사에게 진찰을 받았다. 그중 한 명은 현재까지 의식이 없었다.

푸넌 후작은 그런 실정을 전부 알고 있었지만 언급하지 않았다. 그녀는 늦은 나이에 배 아파 낳은 아들의 눈물과 고통에만 공감했다.

"지라도야, 이야기는 오면서 다 들었다. 대체 이게 무슨 꼴이냐."

"어머니……."

"그러잖아도 오는 길에 이미 흑탑에 서신을 보내놓았다."

"정말입니까?"

"그래. 푸넌 후작가는 이 일을 결코 좌시하지 않을 게야. 합당한 배상과 사죄를 강력히 요구했으니 조만한 답장이 올 것이다."

"역시 어머니밖에 없습니다!"

지라도 푸넌이 모친에게 달라붙어 애교를 떨었다. 후작이 그런 지라도의 머리를 쓰다듬어 주었다.

"며칠만 참아라."

그러나 며칠 후. 흑탑에서 도착한 답신은 뜻밖의 내용을 담고 있었다.

"시드리온이 더는 흑탑의 수장이 아니라고?"

"그게 무슨 말입니까, 어머니?"

"그가 수장 자리에서 물러나 탑을 떠난 지 제법 시일이 흘렀다고 하는구나."

그러니 시드리온이 어디서 무슨 짓을 했든 자기들과는 전혀 상관없다는 것이 답신에 적힌 주 내용이었다. 지라도는 멀뚱멀뚱 모친의 말을 듣다가 이내 함박웃음을 지었다.

"잘됐네요! 그럼 놈을 벌주기가 더 쉬워진 게 아닙니까? 놈의 뒤를 받쳐주던 배경이 없어졌으니까요! 하하, 멍청한 놈. 물러난 게 아니라 사실 쫓겨난 것이 아닐지⋯⋯."

하지만 희희낙락 신이 난 지라도와 달리 푸넌 후작은 침묵을 지켰다. 후작의 생각은 지라도의 것과는 정반대였다.

'이럴 줄 몰랐는데. 골치 아프게 됐군.'

단체와 단체 간의 갈등에는 대개 감정이 개입하지 않는다. 사실과 명분. 그게 전부였다.

푸넌 후작에게는 지라도의 손목이 부러졌다는 사실이 있었고, 해당 피해에 관한 책임을 묻는다는 명분도 있었다. 제아무리 흑탑이라 하더라도 굽혀줄 수밖에 없는 상황이다. 후작이 아들 앞에서 자신만만했던 건 그 때문이었다.

한데⋯⋯.

'흑탑을 나왔어? 시드리온 개인을 상대해야 한다고?'

푸넌 후작이 이맛살을 찌푸렸다. 그럼 이야기가 달랐다.

시드리온이 흑탑의 위세를 빼면 별 볼 일 없는 그저 그런 인물이었다면 지라도의 말도 틀리진 않았을 것이다. 그러나 시드리온은 현재 왕국에서, 혹은 전 대륙에서 가장 뛰어나단 평가를 받는 마법사였다.

그게 무슨 말이냐 하면―

'힘 싸움으로 가면 필패다.'

후작저의 온 병력을 쏟아부으면 어찌어찌 승기를 쥘 수 있을지도 모른다. 하지만 거기에 무슨 의미가 있단 말인가? 흑탑에 배상을 받아낼 수 있는 것도 아니고, 고작 한 사람에게 원한을 갚자고 가문 전력에 막대한 손실을 입히는 건······.

'미친놈이나 하는 짓이지.'

후작은 아들을 사랑했지만 그에 못지않게 평생 일궈온 가문 또한 소중히 여겼다.

'역시 시드리온, 그자를 직접 건드릴 순 없어. 그렇다고 소르테 백작가에 책임을 지우자니 명분이 약하고.'

시드리온은 릴리아나와 혼인을 약속했을 뿐, 아직 온전히 백작가의 일원이라고 볼 순 없었다.

'그리고 소르테 백작과 정면으로 부딪치는 건 역시 부담이 커. 메이하드 공작이 엮여 있으니······.'

푸넌 후작의 고민이 깊어질 때 지라도가 눈치 없이 떠들었다.

"어머니! 지금 당장 병력을 보내 놈을 잡아 옵시다. 제가 기사단에 명령할까요?"

"기다려라."

곧장 집무실을 나설 기세인 지라도를 푸넌 후작이 붙잡았다.

"왜 그러세요?"

"잘 생각해라, 지라도야."

푸넌 후작은 네 손목 때문에 가문의 사병을 희생할 순 없다는 말을 하지 않기 위해 다른 핑계를 댔다.

"왕실에서 백작 이상의 고위 가문 내 사병을 주시하고 있다는 건 너도 알 거다."

지라도가 고개를 끄덕였다.

"그래, 그럼 왕실이 사사로운 일로 가문의 병력을 움직이는 걸 좋아하지 않는단 것도 알 테지?"

"하지만 이건 사사로운 일이 아니……."

"나도 그리 생각한다만, 왕실은 개인 간의 갈등을 전부 사사로운 일로 치부해 버려서 어쩔 수가 없구나."

지라도의 눈이 흔들렸다. 그가 입술을 깨물었다가 말했다.

"그럼 어찌합니까? 저는 이대로 가만히 있어야 합니까? 놈에게 손목이 부러졌는데요?"

"그건 아니다."

푸넌 후작이 부드럽게 대꾸하며 고개를 저었다. 그녀 또한 이 일을 조용히 덮고 싶은 마음은 없었다.

"내게 다른 생각이 있으니 조금 더 기다려 보거라."

아침부터 보고서를 읽는 릴리아나의 눈썹이 못마땅하게 휘었다. 뒤이어 불편한 심기를 고스란히 반영한 목소리가 흘러나왔다.

"아하, 이렇게 나온다 이거지?"

낱장으로 된 보고서에는 푸넌 후작의 최근 행보가 세세하게 적혀 있었다. 후작은 근래 다른 일은 거의 내팽개치다시피 하고 매일같이 왕성의 문턱을 넘고 있었는데, 이유는 하나였다.

"부디 가엾은 제 아들에게 씻지 못할 상처를 입히고도 반성하지 않는 뻔뻔한 죄인에게 죄의 무게를 알려주십시오!"

바로 왕에게 시드리온을 재판에 회부해 달라고 간청하기 위해서였다.

왕이 정무로 바쁘면 왕녀에게, 그도 안 되면 왕비를 찾아가 호소했다. 그러기를 오늘로 무려 일주일째였다.

왕실은 푸넌 후작의 청에 묵묵부답으로 대응하고 있었다. 말이 묵묵부답이지, 사실상 거절인 셈이다. 당연한 선택이었다. 왕실에서 구태여 카이휜의 빈축을 살 걸 감수하고 푸넌 후작의 은원을 해결해 줄 이유가 없었으니까.

'하지만 후작이 계속해서 귀찮게 굴면, 나중에는 또 모르지.'

판결을 유하게 잠정해 놓고선 먹고 떨어지란 의미에서 재판 한 번쯤은 열어줄지도.

릴리아나가 건조하게 보고서를 내려놓았다.

'누굴 죄인으로 만들겠다고?'

어림도 없지. 처벌의 강도를 떠나 감히 제 사람이 재판장에 서서 심판받는 꼴은 못 본다.

릴리아나가 몸을 일으켜 서재의 종을 울렸다.

"아가씨, 부르셨습니까?"

"아버지께 지금 찾아가겠다고 전해줘."

"알겠습니다. 용건은 뭐라고 올릴까요?"

"용건은……."

겉옷으로 손을 가져가던 릴리아나의 무표정한 얼굴에 문득 미소가 떠올랐다. 겉옷은 햇살을 머금은 양 밝은 노란색이었다. 마치 누군가의 머리 색과 눈 색처럼.

'연무장에 있겠지?'

시드리온은 근래 백작저 기사들의 훈련을 봐주고 있었다. 검사가 아닌 그는 기사들과 직접 검을 맞대진 않았지만, 빼어난 안목으로 상대의 자세를 봐주거나 단련 방식에 조언을 주곤 했다.

아버지를 뵙고 나면 늦지 않게 연무장에 들러야겠다고 생각하며 릴리아나가 대답했다.

"중요한 일이라고 해줘. 무척."

'대체 이게 어찌 된 일이지?'

지라도 푸넌은 어리둥절하고 당혹스러웠다.

오늘 새벽, 그의 어머니가 한 통의 서신을 받고는 갑자기 사색이 되어 급히 영지로 떠났다. 뒤늦게 집사가 들려준 이유에는 비리, 연쇄 고발, 장부…… 그런 단어가 섞여 있었는데, 평상시에 관심을 둬본 적 없는 주제라 지라도는 한 귀로 흘려들었다.

어쨌든 확실한 건 뭔가 문제가 생겼다는 거였다. 그는 머잖아 사태의 심각성을 받아들였다.

지난 경험에 비추어보건대, 지금처럼 급히 영지로 내려간 어머니가 일찍 돌아온 적은 여태 한 번도 없었다. 특히 어머니가 언제쯤 다시 오시겠냐는 질문에 집사가 보였던 곤란한 표정을 떠올리면, 최악의 경우 몇 개월은 어머니의 얼굴을 볼 수 없을지도 몰랐다.

'안 돼!'

지라도는 절규했다. 다른 이유가 아니었다.

'그럼 내 복수는?'

붕대를 풀지 못한 손목이 아직 욱신거리고 여전히 밤잠을 설치는데! 만일 이대로 어머니의 부재가 계속된다면 이 원한은 무슨 수로 해결한단 말인가?

찰나 모친이 하던 대로 왕실에 찾아가 호소해 볼까 하는 생각도 들었지만, 금세 의욕이 꺾였다. 그는 어머니 없이 지엄한 권력자와 대면해 본 적이 없었다. 엄두가 나지 않았다.

지라도는 처소에 처박혀 다리를 덜덜 떨었다. 복수가 기약 없이 멀어질 수도 있겠단 생각이 들자 마음이 점점 조급해졌다.

그때 누군가가 그의 처소 문을 두드렸다.

"막내 도련님, 저 리라예요."

가느다란 목소리에 지라도가 신경질적으로 답했다.

"꺼져, 부른 적 없어."

"보복하고 싶지 않으세요?"

지진이라도 난 것처럼 떨리던 지라도의 다리가 우뚝 멈췄다. 이내 그가 자리에서 일어나 성큼성큼 걸어가 꽉 닫힌 처소의 문을 벌컥 열었다.

"뭐라고 했지?"

왼쪽 눈 아래 눈물점이 있는, 순하게 생긴 하녀가 지라도를 올려다보았다.

"말 그대로예요. 도련님의 손목을 그렇게 만든 자에게 앙갚음하고 싶지 않으시냐고요."

지라도의 눈썹이 꿈틀거렸다. 그가 저보다 한참 작은 하녀에게 위협적으로 말했다.

"허튼소릴 했다간 앞으로 몇 주는 멀쩡히 못 걷게 될 줄 알아라."

다리가 부러질 때까지 매질하겠단 소리였다. 지라도의 전적을 보건대, 절대 말로만 끝낼 협박이 아니었으나 하녀는 눈 하나 깜빡하지 않았다.

"허튼소리가 아니랍니다."

하녀가 잠시 시선을 내리깔았다. 지라도는 눈높이 차이 탓에 하녀의 얼굴에 찰나 스친 표정을 미처 보지 못했다.

이내 고개를 들어 지라도와 눈을 마주한 하녀는 빙긋 미소 짓고 있었다.

"제게 좋은 생각이 있는데, 한번 들어보시겠어요?"

깊은 밤. 지라도가 모자를 푹 눌러쓰고 은밀하게 저택을 빠져나왔다. 잠시 후 마차에 몸을 실은 지라도의 얼굴에 희열이 번졌다.

"크큭."

소리 죽여 웃으며 그가 어깨를 들썩였다.

'제법이군, 그 하녀.'

지라도는 자신을 리라라고 소개했던 하녀와 얼마 전 나눴던 대화를 떠올렸다.

"저잣거리 서쪽 골목에 유명한 해결사가 살아요. 이름은 벤지고, 제가 그와 접선하는 방법을 알아요."

"그런데?"

"돈만 주면 뭐든 하는 사내니, 그에게 소르테 백작저의 하녀를 납치하라고 하세요."

"소르테 백작저의 하녀? 그게 무슨 의미가 있지?"

"릴리아나 소르테 영애는 사용인을 무척이나 아낀다고 하더군요. 하녀를 인질로 삼아 불러내면 호위 없이 혼자 나올 거예요."

"그래? 하지만 내 손목을 이렇게 만든 건 릴리아나가 아니라 시드리온이란 놈인데……."

"하나만 알고 둘은 모르시네요."

하녀는 지라도가 발끈하기 전에 재빨리 덧붙였다.

"시드리온이 릴리아나 소르테 영애에게 청혼했다는 사실을 잊으셨나요?"

"흐음?"

"때로 사람은 자기가 직접 다치는 것보다 사랑하는 사람이 겪는 고통에 더 괴로워하곤 하죠."

그렇게 말하는 하녀의 목소리에선 진정성이 느껴졌다. 그래서인지 지라도는 공감되진 않았지만, 설득되었다.

"그러니까 네 말은, 릴리아나를 건드리면 시드리온 그놈이 괴로워할 거다?"

"네."

"좋아, 당장 그 벤지란 놈에게 안내해."

지라도는 하녀가 일러준 계획을 바로 실행에 옮겼다. 신분을 감추고 벤지라는 사내와 접촉했고, 소르테 백작저의 하녀를 납치하는 것과 그녀를 인질로 삼아 릴리아나를 불러내는 일까지 지시했다.

정확히 사흘 뒤, 리라를 통해 벤지의 전언이 도착했다. 일을 완료했다고.

약속된 장소로 향하는 내내 지라도는 웃음을 그칠 수 없었다.

'그러고 보면 릴리아나 소르테도 건방졌지. 애초에 그 계집이 파티장에서 날 무시하지만 않았어도 이런 일은 없었어. 맞아, 그년도 마땅한 대가를 치러야 해.'

마차로 이동하는 동안 지라도는 자기합리화까지 마쳤다.

이윽고 그가 마차에서 내렸다. 흔적을 남기지 않기 위해 사설 마차를 이용했기에 입막음비로 마부에게 삯을 배로 지불하고 으슥한 건물로 들어섰다. 모자와 얼굴의 마스크를 다시 한번 꼼꼼히 확인한 지라도가 입을 열었다.

"이봐, 벤지. 어디 있지?"

"더 안쪽으로 들어오시죠."

옳거니. 일전에 들었던 목소리에 지라도가 냉큼 건물 깊숙이 걸음을 옮겼다.

그는 들뜬 기분으로 릴리아나를 어떻게 할지 상상했다.

'나와 똑같이 손목을 부러뜨려 줄까? 아니지, 그럼 내가 의심받을 여지가 있어.'

지라도의 머리가 모처럼 바쁘게 굴러갔다.

'정신적으로 큰 충격을 주는 건? 괜찮은데? 그 여자가 백작은커녕 백치가 되는 꼴도 볼만하겠군.'

저 혼자 우스운 상상을 하며 킬킬거리던 지라도가 어느새 건물 제일 안쪽까지 이동했다. 막다른 벽을 만난 그가 주변을 두리번거렸다.

"벤지?"

"여기 있습니다."

"오! 벤지, 릴리아나 소르테는 어디……."

대답이 들린 방향을 향해 반갑게 말을 걸던 지라도가 멈칫했다. 그곳엔 기대했던 벤지나 릴리아나 대신 뜻밖의 사람이 서 있었다.

"시, 드리온?"

다음 순간 육중한 충격이 그의 머리에 가해졌다.

"컥!"

눈앞이 크게 흔들리는 걸 느끼며 지라도가 바닥에 쓰러졌다.

"도와주지 않아도 잘하는군."

"……과찬이세요."

딱딱하고 차가운 바닥에 누워 지라도는 눈을 부릅떴다. 왜 시드리온에게서 벤지의 음성이, 아니, 그보다 이 목소리는…….

"안녕하세요, 막내 도련님."

후두부를 가격당하고 쓰러진 지라도 앞에 리라가 무릎을 굽혀 앉았다.

며칠 전.

리라는 소르테 백작저에 연락해 시드리온을 불러냈다. 그러곤 다짜고짜 빌었다. 도와달라고.

그녀가 설명한 계획은 시드리온의 흥미를 끌었다. 시드리온은 무얼 도와주면 되겠냐고 물었고, 리라는 답했다.

첫째. 얼굴을 가리고 목소리 변조 마법을 사용해 '벤지'라는 사내의 역할을 해달라.

둘째. 기회가 왔을 때 만일 제가 지라도를 제압하지 못할 경우, 대신 제압해 달라.

두 번째는 도움이 필요 없었다. 리라는 급소를 맞아 제대로 말하지도 움직이지도 못하는 지라도를 향해 입을 열었다.

"도련님이 자초한 거예요. 저는 도련님께 무려 세 번이나 기회를 드렸거든요."

그녀는 지라도가 놓친 기회를 나열했다.

"첫째. 저택에서 일하는 사용인에게 좀 더 관심을 두셨어야 했어요. 그럼 제가 얼마 전 도련님 때문에 의식불명에 빠진 하인의 누나란 걸 알아보셨을 텐데."

근 보름 전의 일이었다.

지라도는 잠을 설쳐 예민해졌을 때 감히 제게 말을 붙였단 이유로 하인을 계단에서 밀었다. 2층 계단 아래로 굴러떨어져 머리를 다친 하인은 그대로 기절해 깨어나지 못했다.

현재까지도.

"둘째. 평상시 본인의 행실과 평판을 되돌아보셔야 했어요. 그럼 저택의 하녀인 제게 도련님을 도울 이유가 전혀 없다는 것도 아셨을 텐데."

리라는 지라도에게 얻어맞아 실신한 동기 하녀가 몇이나 되는지 꼽아보려다 그만두었다.

"마지막, 셋째. 어쩌면 이게 제일 중요한 건데……."

리라가 펼쳤던 세 개의 손가락 중 하나만 남겨두었다.

"원한을 품은 당사자가 아닌 다른 사람을 건드리자고 했을 때 사양하셨어야죠. 그걸 좋다고 덜컥 받아들이시면 어떡해요."

리라가 바람 빠지는 소리를 내며 웃었다.

"도련님께 그처럼 기회를 드렸던 이유는, 글쎄요, 아마 제가 사람을 해칠 각오가 되지 않아서였겠죠? 그런데 그걸 다 걷어차셨어요, 도련님이⋯⋯."

할 말을 끝낸 리라가 몸을 일으켰다. 시드리온이 제의했다.

"망설여지면 말해. 내가 대신해도 되니."

"아니에요."

리라가 고개를 저었다. 그녀의 얼굴은 이 건물에서 지라도의 목소리를 들었을 때부터 결심으로 단단해져 있었다.

"감사했습니다. 이 은혜는 결코 잊지 않을게요."

"⋯⋯."

"이후 일은 제가 알아서 하겠습니다. 그래야 나중에 동생 앞에서 할 말이 생길 것 같아서요."

만에 하나 이대로 영영 동생이 깨어나지 않는다고 해도, 묘비에 대고 해줄 말이 생길 테지.

한줄기 눈물이 리라의 눈물점을 지나 흘렀다.

시드리온은 고개를 끄덕이고 물러섰다.

이내 을씨년스러운 건물 내부에는 리라와 지라도 단둘만 남게 되었다. 한동안 이 건물 안과 근처에는 개미 새끼 한 마리 얼씬하지 않을 것이다. 그건 본래 이 일대에 인적이 드문 탓도 있었지만, 시드리온의 마지막 배려 덕분이기도 했다.

"자, 도련님."

리라가 지라도의 머리를 때렸던 둔기를 높게 치켜들었다.

"가만히 계세요. 움직여서 빗나가면 여러 번 쳐야 하는데, 그러면 더 아프잖아요."

"사, 사르…… 살……!"

"살살? 그건 어려운데."

살려달라는 말인 걸 알면서도 리라는 모른 체했다.

번쩍.

건물 창밖으로 번개가 쳤다.

목표물을 정확하게 겨냥한 둔기가 아래로 떨어졌다. 조용한 공간에 소름 끼치는 소리가 몇 번이고 울렸다.

지라도 푸넌이 사고를 당했다는 소식이 수도에 파다하게 퍼졌다.

무슨 사고인지는 알려지지 않았다. 다만 그 사고로 인해 지라도가 백치에 불구가 되었다는 결과만이 수많은 호사가의 입을 타고 오르내렸다.

영지에서 급히 돌아온 푸넌 후작은 폐인이 된 지라도가 지낼 별택을 수도 외곽에 마련했다. 지라도의 친부가 거룩한 부성애를 빛내며 아들의 수발을 들기 위해 뒤따랐다. 그 결정이 있기까지 그와 후작 사이에서 오갔던 고성과 협박은 조용히 수면 아래 묻혔다.

푸넌 후작은 막내아들과 남편을 별택으로 떠나보낸 후 저택에 칩거하며 두문불출했다. 항간에선 후작이 매일을 술에 의지해 보내고 있다는 소문도 돌았다.

그리고 그쯤, 중태에 빠졌던 후작가의 하인 한 명이 기적적으로 의식을 회복했다. 지극정성으로 그를 돌봤던 그의 누이는 기뻐 울었고, 이후 하인의 몸이 회복되자마자 남매는 후작저를 영영 떠났다. 이는 세간의 관심을 끌지 못해 몇 사람만이 아는 이야기였다.

개월 단위로 셀 수 있을 만한 시간이 흘렀다.

계절이 바뀌었다.

그사이 공작성의 쌍둥이는 부쩍 자랐다.

전보다 머리와 몸이 커진 쌍둥이에겐 눈에 띄는 변화가 생겼는데, 바로 한밤중이나 새벽에 잘 깨지 않게 되었다는 것이다. 그 사실은 주 양육자에게 일정량의 수면을 보장해 주었고, 덕분에 근래 몸 상태가 꽤 좋아진 일레나는 가족을 보러 소르테 백작저에 종종 방문했다.

그러던 어느 날.

백작저의 응접실 한가운데 일레나와 시드리온이 마주 앉았다.

"그래."

일레나가 그녀의 앞에 놓친 차를 한 모금 마셨다.

"생각은 해 봤나? 결정했어?"

"그건……."

시드리온의 눈이 흔들렸다.

결국. 마침내. 기어이 이날이 왔다. 일레나가 일전에 그에게 주었던 '생각할 시간'이 오늘부로 끝났다.

시드리온은 이제 일레나에게 불릴 새 호칭을 꼼짝없이 선택해야만 했다.

후보는 전탑주, 구탑주, 과탑주(과거의 흑탑주)…….

여기에 새 선택지가 몇 개 더해졌다.

예탑주(예전에 흑탑주), 한탑주(한때는 흑탑주), 왕탑주(왕년에 흑탑주).

어쩐지 떠올리면 떠올릴수록 수렁에 빠지는 기분이었다. 일레나는 시드리온의 안색이 점점 나빠지는 것을 못 본 척했다.

"이 정도면 생각할 시간으론 충분하지 않았나? 난 제법 오래 기다렸어."

"공작 부인."

"왜?"

"간청드립니다만, 부디 기존처럼 흑탑주로 불러주시면 안 되겠습니까?"

시드리온은 말하면서도 짙은 자괴감과 허탈함을 느꼈다. 설마하니 제가 흑탑주라는 호칭에 집착하게 되는 날이 올 줄은.

일레나가 냉랭한 손동작으로 찻잔을 내려놓았다.

"안 되지. 자넨 더 이상 흑탑의 주인이 아닌데."

"별명이라고 하면 되잖습니까. 새롭게 흑탑의 수장이 될 사람에겐 제가 양해를 구하겠습니다."

"그럼 내가 그 새로운 흑탑의 주인을 만나면 뭐라고 부르라고?"

"새탑주라고 부르시면 되지 않겠습니까?"

일레나가 눈을 깜박였다.

그럴듯한데?

"뭐, 그래도 혼란을 방지하고 질서를 유지하는 의미에서 흑탑주라는 호칭은……."

"만일 저를 앞으로도 흑탑주라고 불러주신다면."

시드리온이 진지하게 눈을 빛냈다.

"보답의 의미로 작은 선물을 드리겠습니다."

"작은 선물?"

"마음에 드실 겁니다."

시드리온의 단언은 일레나의 호기심을 건드렸다.

대체 뭐기에.

지금 그녀는 돈, 권력, 기타 무엇 하나 부족한 것이 없었다. 그런 실정을 뻔히 알면서 고작 '작은' 선물이 마음에 들 거라고 말하다니.

"마음에 안 들면?"

"……드실 겁니다, 꼭."

확신이 아니라 간절한 바람이었다.

뭐, 좋다. 일레나가 한발 물러서서 고개를 끄덕였다.

"알겠어. 그 제안, 받아들이지."

사실 시드리온에게 구태여 우스꽝스러운 호칭들을 들이밀며 선택을 강요했던 것은, 언니를 고생시킨 상대를 골려주려는 의도였다. 그 정도 심술은 부려도 된다고 생각했다.

하지만 요새 얼굴을 볼 때마다 릴리아나가 정말 행복해 보였으니까. 그 행복에 기여한 것 또한 틀림없이 눈앞의 저 사람이겠지.

그래서 일레나는 이만 심술을 거둬주기로 했다.

"그래서 그 선물은 언제 줄 건데?"

그와 별개로 역시 선물의 정체가 궁금했다. 주겠다는 걸 굳이 마다하는 건 제 성미가 아니기도 하고.

시드리온이 대답했다.

"조금만 기다려 주십시오."

강렬한 볕이 창을 투과하는 화창한 오후.

낮잠에 빠진 다이아나를 안고 집무실에서 업무를 보던 카이흰이 불청객을 맞이했다.

"잘 지냈어?"

"무슨 일이지?"

시드리온의 등장에 카이휜이 쥐고 있던 펜을 선선히 내려놓았다. 상대가 무슨 이야길 하러 언질도 없이 이곳에 나타났는지 모를 일이지만, 예민한 주제일 걸 대비해 집무실을 비우는 수고를 할 필요는 없었다. 집무실은 이미 비어 있었기 때문이다.

집무실 내부를 지키다 다이아나와 다이앤에게 얻어맞아 의사와 한 번씩 대면한 후 하인들은 문 너머에서 대기하게 되었다.

"거창한 건 아닌데. 아니, 맞나? 어쨌든 이거 주러 왔다."

시드리온이 가까이 다가와 카이휜의 책상 위에 흰 카드를 내려놓았다.

"청첩장이야."

"······."

"올 거지?"

정말이지 의외의 용건이다. 카이휜이 잠시 침묵하다가 답했다.

"그래."

"온 김에 질문 하나만 하자."

"해."

"넌 네가 공작 부인을 사랑한다는 걸 어떻게 확신했어? 이왕이면 일상적인 계기가 좋겠는데."

카이휜의 눈썹 사이 여백이 줄어들었다. 청첩장이 더 뜻밖인지, 지금 이 질문이 더 뜻밖인지 구분하기가 어려웠다.

"큰 의미 없이 가볍게 묻는 거야. 알다시피 나도 이제 사랑…… 이란 걸, 크흠, 하게 됐으니."

"……."

"대답해 줘."

"글쎄……."

몸을 젖혀 의자에 등을 기댄 카이휜이 고민하다가 입을 열었다.

"웃는 얼굴을 보면 기뻤다. 특히 그게 나 때문이면, 감격스럽기도 했어."

"……."

"반면 나 때문에 우는 얼굴을 상상하면……. 그래, 날 죽이고 싶어지 더군."

"그건 공감한다."

시드리온이 끼어들었다. 안 끼어들 수가 없었다.

릴리아나의 눈에서 구슬 같은 눈물이 떨어질 때를 기억했다. 다시 생각해도 심장이 쿵 내려앉았다. 그게 순전히 자기 때문이라고 가정한다면, 정말로 버티기 힘들 것 같았다.

"그리고? 다 말한 건 아닌 것 같은데."

"……기척을 발견하면 나도 모르게 긴장하고, 기대하게 되고, 그녀가 다쳤던 날엔 세상이 멈추는 것 같았지."

"공통점이 꽤 많군."

비록 마지막은 아직 안 겪어봤지만. 물론 겪고 싶은 마음도 없었다. 시드리온은 중얼거리며 응수하곤 씩 웃었다.

"뭐, 이쯤이면 됐겠네."

"……?"

"난 이만 간다. 아, 청첩장 잊지 말고 꼭 확인해. 날짜 얼마 안 남았다."

당부를 남기고 시드리온이 자리에서 사라졌다. 난데없던 등장만큼 갑작스러운 퇴장이었다.

카이휜은 잠시 빈자리를 응시했다. 꼭 바람이 갑자기 불어 닥쳤다 지나간 것 같았다.

카이휜은 청첩장을 펼쳐 보는 걸 일과의 마지막 순서로 미룬 후 펜을 다시 쥐었다.

그때 똑똑, 유독 선명한 노크 소리가 들렸다. 카이휜은 그제야 집무실 문이 약간 열려 있었다는 걸 확인했다.

'언제?'

그가 기억하기로 조금 전까지만 해도 분명 굳게 닫혀 있었는데. 그러나 그 의문은 문이 활짝 열리고 일레나의 모습이 나타났을 때 깨끗하게 사라졌다.

"카이휜, 나예요."

"부인."

"들어가도 되죠?"

"물론입니다."

일레나가 집무실 안으로 들어서서 등 뒤로 꼼꼼하게 문을 닫았다. 그녀가 카이휜에게 나비처럼 사뿐사뿐 다가왔다. 카이휜은 반가운 기색을 숨기지 않았다.

"어쩐 일입니까?"

"그건 말이죠……."

카이휜과 바짝 간격을 좁힌 일레나가 순진한 남편의 얼굴을 내려다보며 입술 끄트머리를 올렸다.

다 들었다.

뭘? 남편과 시드리온의 대화를.

'설마 주겠다던 작은 선물이 이런 것일 줄은.'

황당하기도 하고, 재미있기도 했다. 시드리온이 했던 말엔 과연 틀린 구석이 없었다. '작은' 선물인 것도 맞고, 마음에 들 거라던 언급도……. 그래, 정확했다.

일레나는 문틈으로 흘러나오는 두 사람의 대화를 몰래 듣는 내내 당장 집무실로 쳐들어가고 싶은 걸 겨우 참았다. 특히 결코 그냥 지나칠 수 없는 부분이 있었다.

"카이휜, 나 궁금한 거 있어요."

"네."

"내가 당신 때문에 울면, 정말 본인을 죽이고 싶어져요?"

카이휜의 몸이 뻣뻣하게 굳었다. 그는 그제야 열려 있던 집무실 문과 일레나가 이곳에 나타난 이유를 연관 지었다. 찰나 귀가 뜨거워졌지만, 카이휜은 금세 평정을 되찾았다.

그는 지극히 당연한 말만 했다. 일레나가 전부 들은 건 예상 밖이지만, 그렇다고 곤란해질 이유는 없었다.

"원인이 내게 있는 것이 명확하다면, 그렇습니다."

"하지만 좋아서 울 수도 있잖아요? 그럴 때는요?"

"좋아서 울어요?"

카이휜이 의아한 듯 되물었다. 그는 일레나가 말하는 상황에 맞는 마땅한 예시를 쉽게 떠올리지 못하는 것 같았다.

일레나의 손이 그런 남편의 뺨을 살살 쓰다듬었다. 기뻐서, 또는 감격해서 운다는 식의 표현을 쓰지 않은 이유가 있었다.

일레나가 카이휜의 귀를 잡아당겼다. 그러곤 그의 귀에 대단히 원초

적이고 자극적인, 그러니까 부부의 내밀한 밤과 밀접한 관련이 있는 예시를 흘려 넣었다.

"……!"

카이흰의 목덜미가 새빨갛게 달아올랐다. 옷 아래 근육이 팽팽하게 긴장하는 것이 굳이 눈으로 확인하지 않아도 느껴졌다.

"어때요? 이것도 엄밀히 따지면 울긴 우는 건데."

"그, 그건."

"생리적 눈물이라서 괜찮나?"

"……"

"잘 모르겠으면, 괜찮은지 아닌지 오늘 시험해 봐도 되고."

카이흰은 대답하지 못했다. 다만 그의 목덜미를 물들였던 열기가 얼굴 전체와 귀까지 영역을 확장했을 뿐이다. 카이흰이 뜨겁고 붉은 석상으로 변해 침묵할 때, 짓궂은 미소를 짓던 일레나가 남편의 품에 안긴 다이아나에게 말을 걸었다.

"다나, 오늘 밤엔 깨면 안 돼. 엄마와 아빠가 무척 중요한 걸 알아볼 거거든. 알겠지?"

널찍한 품에서 곤히 자던 다이아나가 마침 대답하듯 잠꼬대했다. 정말 알아들었는지 어떤지는 누구도 알 수 없는 일이었다.

릴리아나와 시드리온의 결혼식 날이 밝았다. 소르테 백작저는 꼭두새벽부터 분주했다.

"하객 명단은?"

"니나에게 넘겼어."

"아가씨 측 하객이랑 자작님 측 하객 구분했지?"

"당연하지!"

현재 소르테 백작저에서 '아가씨'라고 불릴 인물은 릴리아나 한 명뿐이다. 그렇다면 자작님은 누굴까? 맥락상 짐작할 수 있다시피 바로 시드리온이었다.

왜 시드리온이 난데없이 자작이 되었느냐 하면, 지금으로부터 시간을 약 보름 전으로 되감아야 했다.

"흑탑을 이끄는 주인은 이제부터 마스터 아샬이다."

흑탑이 마침내 새로운 수장을 맞이했다.

그들은 새 수장의 등극을 바로 공표했고, 소식이 퍼지며 자연히 시드리온이 더는 흑탑의 소속이 아니라는 것도 알려졌다.

그러자 소식을 들은 왕실이 발 빠르게 움직였다. 왕실은 마치 기다렸다는 듯 시드리온에게 자작의 작위와 재물을 내렸다. 왕실의 영원한 우방인 소르테 백작가와의 화합을 축하한다는 구실이었다.

'언제부터 우리 가문이 왕실의 영원한 우방이었지.'

일레나를 비롯한 백작가 사람들은 그렇게 생각했지만, 어쨌든 왕실이 왜 저런 행동을 했는지는 이해했다.

사실 왕실은 전부터 시드리온을 정식으로 왕실에 귀속시킬 기회만 호시탐탐 노리고 있었다. 가장 쉬운 방법은 왕실에서 작위를 하사해 그를 귀족으로 만드는 것인데, 여태 시드리온이 흑탑에 소속된 걸로 충분하단 이유를 들며 번번이 마다해 온 터라 이루지 못했다.

그러다 기회를 잡은 것이다. 시드리온은 굳이 작위를 거절하지 않았다.

'남편은 아내를 따르는 거지.'

왕실을 좋아하는 건 아니지만, 릴리아나와 나란히 귀족이 되어 왕실 소속이 되는 건 나쁘지 않다고 생각했다.

그렇게 시드리온은 결혼식을 며칠 앞두고 베이오스 자작이 되었다. 이때 제일 당황했던 사람은 다름 아닌 일레나였는데, 바로 최근 선물까지 받으면서 정리했던 호칭이 다시 꼬일 위기에 놓였기 때문이다.

다행히 위기는 바로 해결되었다. 일레나는 공식 석상에서만 시드리온을 '자작님'으로, 그 외의 자리에선 평소 하던 대로 그를 '흑탑주'로 지칭하기로 했다.

시드리온도 동의했다. 훗날 실토하길, 그는 일레나에게 베이오스 자작이라고 불릴 때마다 소름이 돋는 기분이었다고 한다.

"하객분들을 맞이할 시간이 됐어요."

"어서 어서 움직여!"

소르테 백작저의 정문이 열렸다. 마차가 줄지어 들어섰다. 하객들은 후원에 마련된 식장으로 안내되어 삼삼오오 자리를 채웠다.

이윽고 시간 맞춰 식이 시작되었다.

식은 간소했다. 릴리아나의 뜻이었다. 하지만 필요한 절차는 빠짐없이 전부 있었다. 릴리아나와 시드리온은 주례 앞에서 영원한 사랑을 맹세했고, 반지를 나눠 꼈으며, 맹세의 키스를 했다.

일레나는 뭉클한 심경으로 그 광경을 지켜보았다.

그때였다.

억눌린 흐느낌 소리가 들려 저절로 시선이 돌아갔다. 그곳에는 젊게 봐줘도 중년은 되어 보이는 남자들이 저마다 소매로 눈을 가리거나 입을 틀어막고 있었다. 가슴과 어깨를 거칠게 들썩거리면서.

"……?"

일레나는 신랑 측 하객석에 앉아 있던 그들의 정체를 피로연 때 확인할 수 있었다.

그들은 바로 흑탑 소속의 마법사들이었다.

일레나는 탄식했다. 검은 옷이 아니라 미처 몰라봤다.

"처음 뵙겠습니다, 메이하드 공작 부인. 부족하지만 앞으로 새롭게 흑탑을 이끌게 된 아샬입니다. 편히 불러주십시오."

시드리온이 옆옆 왕국에서 '건져' 왔다는 아샬은 중성적인 용모를 지니고 있었다. 생김새는 고운 축이었지만 체격이 있어 남성인지 여성인지 모호했다. 딱히 성별이 궁금한 건 아니라 묻지 않았다.

일레나가 반갑게 인사를 받았다.

"오, 그래. 자네가 바로 새탑주로군."

"새탑주요?"

"새로운 흑탑의 주인. 즉, 새탑주."

"……"

시종일관 사교적인 미소를 유지하던 아샬의 얼굴에 처음으로 금이 갔다.

"뭐 하십니까?"

그때 시드리온이 끼어들었다. 일레나는 이곳이 공식 석상인지 아닌지 가늠해 보다가 주변에 달리 듣는 귀가 없는 걸 확인하고 편히 말하기로 했다.

"별건 아냐. 새탑주와 인사를 나눴어."

"새탑주요."

어쩐지 시드리온이 웃음을 참듯 입술을 꾹 눌러 붙였다. 그가 아샬의 어깨를 툭툭 두드려 주었다. 심정을 이해한다는 듯이.

"금방 익숙해질 거야."

"……."

"새탑주라고 불리기 정 그러면 이건 어때?"

"예? 뭐요?"

"흑새주."

"……."

"흑탑의 새 주인."

이때 아샬이 지었던 표정은 훗날 흑탑의 마법사들 사이에서 두고두고 이야깃거리가 됐다. 아직은 본인도 모를 미래였다.

"생각보다 바쁘고 정신없네요. 결혼식이라는 거."

릴리아나가 침대에 털썩 걸터앉았다. 시드리온이 다가가 그녀의 머리 장식을 떼어주었다.

"피곤해 보입니다."

"나만 지친 거예요? 당신은?"

"저야 뭐……."

"마법사가 왜 그렇게 체력이 좋을까?"

"글쎄요."

시드리온이 희미하게 웃었다.

사실 릴리아나는 답을 알고 있었다. 함께 지내면서 알게 된 건데, 시드리온은 보기보다 몸을 움직이는 걸 좋아했다. 연무장 기사들의 훈련을 봐주는 것도 어쩌면 자기가 몸을 단련하는 김에 겸사겸사 봐주는 건 아닐까 싶을 정도였다.

"당신, 박투 잘하던데요."

릴리아나가 무심코 말했다.

시드리온은 맨손 대련으로 곧잘 기사를 이기곤 했다. 목검을 쥐고 덤비는 기사를 제압한 전적도 여러 번이었다. 놀라운 솜씨였다.

"배운 적 있어요?"

"배운 건 아니고, 익힌 적은 있습니다."

"다른 건가요?"

"음, 아마 의도한 게 아니라는 점에서 차이가 있지 않을까요?"

릴리아나는 듣자마자 깨달았다. 살아남기 위해 자연스럽게 습득하게 된 거구나.

간혹 있었다. 그런 삶을 살아온 사람이.

"……신전에 들어가기 전이겠죠?"

"그렇긴 합니다만. 뭐, 상황이 달라지고 나서도 대련을 자주 했습니다. 땀을 흘리면 잡념이 사라지는 기분이라."

신전에서 생활할 때 시드리온은 수시로 생각을 비워야 했다. 그래야만 버틸 수 있었다.

시드리온이 픽 웃으며 릴리아나의 머리 장식을 협탁 위에 내려놓았다. 이젠 중요하지 않은 과거였다.

"혹시 내가 대련하는 게 보기에 별롭니까?"

"그럴 리가 있겠어요? 만에 하나 다칠까 봐 걱정되는 것 외엔……."

릴리아나는 무기를 쥐고도 시드리온의 발치를 굴러다녔던 백작저의 기사를 떠올렸다. 그들에겐 미안하지만.

"솔직히 볼 때마다 근사하다고 생각했어요."

"다행이군요. 저도 사실대로 말하자면, 릴리아나 양의 시선이 느껴질 때마다 더 열심히 했거든요."

"그래요?"

릴리아나가 잔웃음을 터뜨렸다. 동작이 묘하게 화려하다 싶긴 했는데, 기분 탓이 아니었나.

"그나저나 대련해서 땀을 흘리면 잡념이 사라진다고요?"

"그렇습니다."

"최근에 잡념이 많았나 보네요? 대련을 자주 한 걸 보면."

시드리온은 대답하지 않았다. 저 말이 사실이 아니어서가 아니라, 그 잡념이 뭐였냐는 질문을 받게 되면 답하기 곤란했기 때문이다. 그는 말을 돌렸다.

"피로할 텐데, 쉬겠습니까?"

"그러기엔 일과가 아직 안 끝났는걸요."

"피로연은 마무리했고, 손님도 전부 돌아가지 않았습니까?"

릴리아나가 시드리온을 빤히 올려다보았다.

이 사람은 순진한 척하는 건지, 아니면 원래 이런 사람인 건지.

"시드리온. 여기가 어딜까요?"

"……침실이죠."

"정확히는 신혼 침실이죠."

즉 신방이다. 그리고 그들은 오늘 결혼식 본식과 피로연을 끝내고 신방에 들어선 신랑, 신부였다.

"왜 피해요?"

"피한 게 아닙니다."

시드리온이 다급히 대답했다. 릴리아나와 눈을 마주쳤다가 살짝 시선을 내렸다. 얼굴에 붉은 기가 올랐다.

"그게 아니라, 피곤한데 무리하게 할까 봐……."

"무리할 정도로 할 생각이었어요?"

"아니, 그건."

"농담인데."

릴리아나가 시드리온을 잡아당기며 침대로 쓰러졌다. 시드리온이 얼결에 릴리아나 위로 넘어져 팔 사이에 그녀를 가두게 되었다.

"농담이 아니어도 상관없지만……."

"……."

"이러니까 왠지 나만 오늘을 기다린 것 같단 말이에요."

"그렇지 않습니다. 애초 내가 그간 대련에 매진했던 이유가—"

"응?"

아.

시드리온이 입을 다물었다. 하지만 말은 이미 공기 중으로 흘러 나갔다. 눈을 깜박이던 릴리아나가 작게 중얼거렸다.

"……세상에."

"……."

"잡념이 그런 잡념이었어?"

"……그래서 릴리아나 양이 쉬었으면 한 겁니다. 오늘은 자제할 자신이 별로 없으니까."

내일이나 모레라고 해서 자제력이 생길 거란 뜻은 아니었다. 하지만 그때는 릴리아나가 지금보다 덜 피곤할 상태일 테니까.

속내를 털어놓은 시드리온이 몸을 일으키려 했다. 그러나 릴리아나가 그러지 못하게 붙잡았다.

"이제 부인이라고 해야죠."

손끝이 뺨에 닿았다. 솜털이 곤두섰다. 섬세하게 깎아지른 조각 같은 시드리온의 턱이 단단히 긴장했다.

"그리고 본의 아니게 당신의 비밀 비슷한 걸 알게 되었으니…… 나도 뭐 하나 말해줄까요?"

시드리온의 뺨을 어루만지며 릴리아나가 그와 눈을 맞췄다.

"공작성 후원에서 당신과 입맞춤하고 헤어졌던 다음 날, 꿈을 꿨어요."

"……꿈이요?"

"꿈에 누가 나왔을 것 같아요?"

이야기의 흐름상 답은 너무 뻔했다. 정해진 답을 차마 제 입으로 뱉지 못하고 침묵하는 시드리온을 보며 릴리아나가 눈꼬리를 휘었다.

"당신이 나왔어요."

"……."

"나와서 나랑 뭘 했을까요?"

"릴리아나 양."

시드리온이 탄식처럼 릴리아나의 이름을 뱉었다.

"그 꿈을 한 번만 꾼 것도 아니에요. 모르긴 몰라도, 내가 아마 당신보다 오래 참았을걸요."

"정말로 자신 없습니다."

"자제할 자신? 그런 건 바란 적도 없는데 왜 걱정하는지."

릴리아나가 시드리온의 목에 팔을 걸었다.

"난 내일 일정 비워놨어요. 종일 아무것도 안 할 거예요."

"……."

"뭐, 못 할 수도 있는 거고."

시드리온의 눈이 흔들렸다. 릴리아나는 황금색 색채 사이, 까맣고 깊은 동공에 일어난 파동을 들여다보았다.

"이 이상 내가 재촉하게 할 거예요?"

"……아뇨."

입맞춤이 찾아왔다. 깊고 뜨거웠다. 곧 침대 시트가 엉망으로 밀리고 구겨졌다.

침실의 불이 꺼졌다.

릴리아나는 몇 가지 사실을 알게 되었다.

축제에서 잠깐 안겼던 시드리온의 품이 단단하다고 느꼈던 것이 착각이 아니었다는 점. 탄탄하게 도드라진 근육 위 피부는 마치 아기의 것처럼 부드럽다는 점. 시드리온이 그녀를 아무렇지 않게 번쩍 들어서 앉히거나 뒤집거나 할 만큼 힘이 세다는 점.

그리고…….

'내 체력. 생각보다 괜찮은데?'

각오했던 것보다는 버틸 만하다는 점.

릴리아나가 시드리온을 빤히 쳐다보았다. 땀에 젖은 그녀의 얼굴에 달라붙은 머리카락을 정돈해 주던 시드리온이 멈칫했다.

"……왜, 그렇게 봅니까?"

그의 목소리는 죄지은 사람의 것처럼 작았다. 이유가 있었다.

시드리온은 지금 양심의 가책과 싸우느라 바빴다. 릴리아나의 몸 위에 남은 무수한 흔적을 볼 때마다 자신이 사람이 아니라 짐승 같아 낯을 들기 어려웠다.

릴리아나가 그런 시드리온을 향해 묘한 시선을 보내다 말했다.

"할 만하다 싶어서요."

"네?"

"사실 도중에 혼절하는 것도 상상했거든요. 그것보다야……."

"아, 아니."

시드리온의 얼굴이 잘 익은 붉은 과일처럼 달아올랐다.

"나를 대체 어디까지……."

"내 체력이 그만큼 못 미더웠다는 뜻인데."

시드리온이 조용해졌다.

릴리아나는 웃음을 참지 못했다. 새소리 같은 웃음이 한바탕 지나간 후 조곤조곤한 목소리가 뒤따랐다.

"참, 시드리온. 별건 아니지만…… 이러고 있으니까 문득 궁금해진 건데요."

릴리아나가 지금 생각하면 무모하게도 느껴지는 시드리온이 지난 선택을 언급했다.

"만약 내가 당신을 받아주지 않았으면 어떡하려고 했어요? 이미 가진 걸 다 버리고 왔는데."

흑탑으로 다시 돌아갔을까? 어쩌면 아무 일도 없었다는 듯 제자리를 찾았을지도 모른다.

흑탑은 시드리온을 결코 놓치고 싶지 않았을 것이다. 돌아온다고 했다면 모른 척 받아주었겠지.

릴리아나의 상상이 진행될 때 시드리온이 대답했다.

"매달렸겠죠. 부인께서 받아줄 때까지."

부인. 그 호칭에 릴리아나가 멈칫했다가 물었다.

"……어떤 식으로?"

"글쎄요. 울면서?"

울면서 애원하는 시드리온…….

릴리아나는 저도 모르게 머릿속으로 그 광경을 떠올려 보곤 입술을 살짝 깨물었다.

궁금하다. 솔직히 좀 보고 싶기도 하고.

"매달리는 것도 그렇지만, 우는 건 더 상상이 안 되네요."

하지만 보고 싶은 것과 별개로 현실감은 딱히 느껴지지 않았다. 방금 상상해 본 그림도 경험의 부재 탓인지 어딘지 부자연스러운 구석이 있었다.

"평소에 잘 안 울죠?"

"그럴 일이 없긴 합니다."

"살면서 몇 번이나 울었어요?"

"……그건 모르겠는데요."

시드리온이 우는 얼굴을 재차 그럴듯하게 그려내 보려다 어김없이 실패를 맛본 릴리아나가 넌지시 제안했다.

"앞으로 눈물이 날 것 같은 기분이 들면 날 불러주기."

"……."

"당신은 내가 우는 걸 봤었잖아요. 공평해야죠. 약속."

"……알겠습니다."

릴리아나가 내친김에 손을 뻗어 시드리온의 손을 붙들었다.

어디서 봤더라. 손동작으로 단단히 약속을 받아내는 방법이 있었는데. 그러니까 우선 새끼손가락을 걸고, 엄지를 붙였다가, 마지막으로 손바닥끼리 마찰하면……

"……"

릴리아나는 약속의 단계를 차곡차곡 진행하다 멈췄다.

손바닥 안쪽 살이 스치자 마음이 간질간질했다. 마찰한 지점에서 열기가 피어나는 것 같기도 했다.

"시드리온."

"……네."

낮게 잠긴 목소리가 들렸다. 충동을 부채질하는 목소리였다.

"아직 오늘이 안 끝났어요. 그렇죠?"

해가 뜨지 않았으니까.

시드리온은 대답하는 대신 릴리아나의 손을 꼭 붙잡고 끌어당겼다. 막 부부가 된 두 사람에게 주어진 밤은 길었다.

몇 주 뒤.

릴리아나는 그토록 궁금해했던 시드리온의 눈물을 마침내 목격하게 된다.

"아가씨, 조금이라도 넘기셔야죠. 그래야……"

"하지만 속이…… 욱!"

"아가씨!"

회임 소식을 알린 릴리아나가 하필 심한 입덧에 시달린 것이 계기였다. 며칠이나 제대로 음식을 넘기지 못하는 릴리아나를 보며 전전긍긍하던 시드리온은 결국 눈물까지 보였다.

다행히 입덧은 오래 지속되지 않았고, 릴리아나에겐 고생한 기억과 더불어 시드리온이 우는 모습을 보았다는 경험이 남았다.

'이게 뭐람.'

좋아해야 할지 말아야 할지 알 수 없었다.

여담

시드리온은 흑탑에 크게 미련이 없었다. 오랜 세월 몸담았기에 지내기에 편하긴 했지만, 그뿐이었다. 그래서 릴리아나에게 가야겠단 결심이 서자마자 주저 없이 은퇴를 선언했다.

막아서는 자는 살려두지 않겠다는 협박은 덤이었다. 저를 따라오는 것도 금지했다.

흑탑은 크게 동요했다. 당연히 마법사들의 반감이 엄청났다.

'저 미친 새끼!'

'막 나가는 것 좀 봐!'

'제정신이 아니군!'

'자기가 폭군이라도 되는 줄 아는 건가!'

그러나 그들은 동시에 생각했다.

'암, 흑탑을 이끄는 자라면 자고로 미쳐야지!'

'막 나가야 우리의 주인이었다고 할 수 있지.'

'처음부터 제정신이었던 적이 없었으니.'

'거친 탑에 필요한 것은 성군이 아닌 폭군이었다.'

반감은 가졌지만 반발은 못 했다. 애초에 시드리온의 앞뒤 안 가리는 면모와 더러운 성격에 반했던 그들이다. 이제 와선 제 무덤을 판 셈이 되었지만 어쩔 수 없었다.

시드리온이 선심 쓰듯 말했다.

"내 뒤를 이을 마땅한 인재를 못 구하면 물색하는 걸 좀 도와주지. 그리고 흑마탑이었나? 그것도 정리해 주고."

흑탑의 마법사들은 그만한 아량에 만족하기로 했다. 그들은 시드리온이 일단 선언하면 번복하지 않는다는 걸 알았으며 하나뿐인 목숨을 늘 소중히 여겼다.

"저, 뭐 하나만 질문해도 됩니까?"

고요해진 회의장에서 한 마법사가 손을 들었다.

"해."

"탑을 나가시면 뭘 하실 겁니까?"

시드리온을 뺀 모두의 귀가 쫑긋해졌다. 다들 궁금했지만 미처 묻지 못했던 내용이었다.

시드리온이 선선히 답해주었다.

"결혼."

"……!"

회의장이 뒤집어졌다. 은퇴 선언을 들었을 때보다 훨씬 더 격렬한 반응이었다.

"결혼이라니요!"

"지금 혼인 때문에 탑을 나가신단 말입니까?"

"마스터가 신랑이 된다고?"

"그 비운의 신부가 대체 누구…… 아, 아니."

회의장이 시장 바닥처럼 시끄러워진 가운데 누군가가 버럭 외쳤다.

"하객은! 신랑 측 하객은 몇 명이나 받습니까?"

잠시 고민하던 시드리온이 답변했다.

"열."

"……."

"아니지, 너무 많은가? 일곱. 일곱 정도로 하자."

이후 흑탑에서는 박 터지는 혈투 끝에 새로운 수장 아샬을 제외한 최후의 6인이 선발된다. 그들이 바로 일레나가 결혼식장에서 보았던 중년 마법사들이었다.

공작성은 평화로웠다. 쌍둥이가 걸핏하면 세간을 부수고 사고를 일으키는 건 여전했지만 이제 그만한 일에는 누구도 놀라지 않았다.

"다나, 앤. 식사할까?"

공작 부부가 시간을 내 직접 쌍둥이의 이유식을 챙겼다.

그때였다. 아기 침대에 누워 일레나를 빤히 보던 다이아나가 툭 말했다.

"엄마."

그러자 다이앤이 곧장 어설프게 따라 했다.

"어마!"

다음 차례는 카이휜이었다.

"압바."

"아바!"

"……!"

이유식 그릇이 툭, 떨어졌다. 이날 공작성에 기념일이 하루 추가되었다.

외전 2
부탁해요 용사 남매

"네가 오늘부터 일하기로 했다는 아이구나?"

고참 주방 하녀의 말에 신입 하녀가 바짝 긴장했다. 그녀가 큰 소리로 대답하자 고참 하녀가 웃음을 터뜨렸다.

"그렇게 얼어 있을 것 없어. 주방 일은 생각보다 별로 어렵지 않을 테니까. 주인 내외분께선 까다롭지 않으시거든."

"네, 네."

"다만 새로 왔으니 알아야 할 것들이 있겠구나."

신입 하녀는 잠자코 귀를 기울였다. 까마득한 선배가 들려줄, 앞으로의 업무에 도움이 될 어떤 노하우를 기다렸다.

그러나 고참 하녀의 입에서 나온 것은 전혀 뜻밖의 이야기였다.

"우리 가문 아가씨, 도련님께선 정말 비범한 분들이시지."

"……?"

"두 분께서 언제 처음 검을 잡았는지 아니? 무려 생후 22개월 때였단다. 남들은 겨우 걷고 뛰기 시작했을 나이지."

일 얘기가 아니었나?

신입 하녀는 의아해졌지만 얌전히 경청했다. 먼저 나서서 말을 끊거나 의문을 표시하기엔 그녀와 상대의 경력 차이가 너무 컸다.

"검을 쥐자마자 두 분께선 천재적인 재능을 보이셨어. 마치 날 때부터 검을 신체의 일부로 타고나신 것처럼 다루셨지."

"⋯⋯."

"그러다 몇 년 후에는 무려 기사들과 대련해 승기를 쥐기 시작하셨단다. 그려지니? 네다섯 살 아이가 기사를 때려눕히는 모습이?!"

"아니요."

신입 하녀가 저도 모르게 대답했다. 그 정도로 믿기 힘든 이야기였기 때문이다. 순간 자기가 한 대꾸에 놀라 입을 틀어막는 신입 하녀를 보며 고참 하녀가 너그럽게 고개를 끄덕였다.

"이해해. 모두 믿기 어려워했으니까. 하지만 사실이야. 그 정도로 두 분께선 타고난 천재성을 지니셨지."

"⋯⋯."

"그뿐인 줄 아니? 두 분의 나이 일곱 살 적에는⋯⋯."

신입 하녀는 무심코 생각했다.

언제 끝나는 거지?

소속감과 충성심을 심어주려는 의도인 것은 알겠다. 종종 있었다. 새로운 사용인에게 모시는 주인 일가에 대한 찬양을 마치 신고식처럼 들려주는 곳이. 이곳도 그런 곳 중 하나로군. 특이할 건 없었다.

다만 그 찬양의 내용이랄 게 지나치게 허황되고 터무니없어 흥미가 점점 식었다. 낭만 소설에서도 현실성 없다고 욕먹고 안 써먹을 것 같은 이런 이야기를 언제까지 듣고 있어야 하나⋯⋯.

신입 하녀가 지루함에 하품을 참았다. 고참 하녀의 이야기는 새로운 국면에 접어들고 있었다.

"여기까진 두 분의 능력에 대한 기초적인 설명이었고, 이제 진짜 주의해야 할 점을 알려줄 건데⋯⋯."

그때였다.

타다닥 발걸음 소리가 들리더니, 열 살 남짓 되어 보이는 두 아이가 예고 없이 주방으로 뛰어 들어왔다.

아이들은 한눈에도 쌍둥이란 사실을 알 수 있을 만큼 생김새가 똑같았다. 복장도 비슷해서, 머리 길이 차이만이 둘의 성별이 다르다는 걸 짐작하게 해주는 부분이었다.

신입 하녀는 자리에 나타난 두 아이를 보곤 반사적으로 숨을 들이켰다. 어쩜. 저렇게 예쁘게 생긴 아이들이 있을 수 있지?

"아가씨, 도련님."

고참 하녀가 두 아이의 정체를 입에 담았다. 신입 하녀가 탄식했다.

'아, 저분들이 바로⋯⋯.'

이어서 그녀는 곧바로 고참 하녀를 이해했다. 왜 그리 허무맹랑한 무용담을 지어내 가며 둘을 찬양했는지 알 것 같았다. 신입 하녀는 두 아이의 인형 같은 이목구비와 빛나는 은발, 바다를 닮은 파란 눈에 푹 빠졌다.

그 순간 아이들이 물었다.

"오늘 간식은 뭐야?"

아악. 어쩌면 좋아. 인형이, 아니, 천사 남매께서 오늘 간식은 뭐냐고 물었어. 신입 하녀의 입이 저절로 움직였다.

"뭐가 드시고 싶으세요?"

"잠깐……!"

고참 하녀가 황급히 끼어들었을 때는 이미 늦었다. 서로를 쳐다본 아이들이 신입 하녀에게 동시에 대답했다.

"차가운 셔벗!"

"따뜻한 코코아!"

두 아이의 시선이 다시 마주쳤다.

"차가운 셔벗."

"따뜻한 코코아."

"이 날씨에 코코아라니, 더워서 기절하고 싶은 거야?"

"누가 그랬는데 찬 걸 좋아하는 사람은 어딘가에 문제가 있는 거래. 뭐랬더라, 성격적 결함이 있다고 그랬나?"

"네 머리가 방금 지어낸 망상은 저리 집어치우고, 셔벗."

"누나야말로 날씨를 핑계 삼는 건 그만해! 오늘 별로 덥지도 않거든? 코코아!"

"셔벗."

"코코아."

"셔벗!"

"코코아!"

"두 분, 다투지 말고 진정하세요. 셔벗과 코코아 둘 다 준비해 드릴 테니……"

그러나 중재하고자 나선 신입 하녀의 목소리는 아이들에게 전달되지 않은 것 같았다.

무시무시한 기세로 서로를 노려보던 두 아이 중 한 명이 제안했다. 누나 쪽이었다.

"따라 나와. 결판을 내자."

동생이 흔쾌히 응했다.

"좋아!"

이내 두 아이는 나타났을 때보다 빠르게 주방에서 사라졌다.

"저, 저기!"

둘을 붙잡으려다 실패한 신입 하녀가 허망하게 자리에 우뚝 섰다. 그런 신입 하녀 뒤에서 고참 하녀가 한숨을 내쉬었다.

"일 났군. 지금부터 반나절은 연무장에 얼씬도 못 하겠어."

"네?"

신입 하녀가 의아한 얼굴로 돌아보았지만, 고참 하녀는 그저 말없이 일을 시작했을 뿐이었다. 고개를 갸웃거린 신입 하녀가 그녀를 따라 주방 재료를 손질하길 얼마 후.

쾅!

"꺄악!"

멀리서 폭발음이 들렸다. 폭발음은 한 번으로 그치지 않았다.

"뭐, 뭐죠?"

하지만 겁에 질린 신입 하녀와 달리 고참 하녀는 덤덤했다. 그녀뿐 아니라 신입 하녀를 제외하고 주방에 있던 모두가 같은 반응이었다. 그들은 밖에서 큰소리가 나거나 말거나 하던 일에 집중했다.

당황하는 신입 하녀에게 고참 하녀가 다가왔다.

"아까 말해주려다 못했던 주의 사항, 들려줄 테니 잘 들어."

당부가 이어졌다.

"앞으로는 절대 아가씨와 도련님께 동시에 뭔가를 결정하거나 고르게 하지 마."

"……."

"내 말 알겠니?"

신입 하녀가 고개를 끄덕였다. 사실 아직 상황이 잘 이해되진 않았지만, 지금 이 순간에도 들려오는 폭발음이 그녀의 머리를 움직이게 만들었다. 뭔가가 터지고 무너지고 깨지는 소리는 그 후 한참이 지나도록 계속되었다.

그리고 그쯤 신입 하녀는 깨닫고야 말았다.

결판을 내자는 말을 남기고 자리를 비운 아이들. 반나절은 연무장에 얼씬도 못 하겠다는 말, 이어진 폭발음, 고참 하녀의 당부…….

'설마.'

아까 그녀가 보았던 천사는 천사가 아닐지도 모른다. 어쩌면 고참 하녀가 들려주었던 이야기도 모두 지어낸 것이 아닐지도…….

신입 하녀의 얼굴이 뒤늦게 울상이 되었다.

'도대체 뭐야? 이 가문!'

다이아나 메이하드와 다이앤 메이하드.

둘은 쌍둥이였지만, 취향은 날 때부터 정반대였다. 어쩌면 태내에서부터 반대였다고 말하는 것이 옳을지도 모른다. 같은 질문을 해도 둘에게선 늘 상반된 답이 나왔다. 예시를 들면 다음과 같았다.

"좋아하는 계절이 뭐니?"
"겨울."

다이아나.

"여름⋯⋯."

다이앤.

"슬픈 이야기가 좋니, 웃긴 이야기가 좋니?"
"슬픈 쪽."

다이아나.

"웃긴 이야기!"

다이앤.

"고기와 과일 중 더 먹고 싶은 게 뭐야?"
"고기."

다이아나.

"과일!"

다이앤.

"검과 마법 중 뭐가 더 근사한 것 같니?"
"당연히 검."

다이아나.

"나는 잘 못하긴 하지만, 그래도 마법……."

다이앤.
심지어는 아래와 같은 질문에서도 답변이 갈렸다.

"엄마가 좋아, 아빠가 좋아?"
"나는 아빠가 더 좋아요."

다이아나.

"나는…… 헤헤, 엄마."

다이앤.
이렇듯 둘의 성향은 어디 하나 겹치는 구석이 없었다. 취미도 달랐다. 다이아나는 벌써 승마나 사냥에 관심을 보였고 다이앤은 독서를 선호했다.

취향, 입맛, 취미.

외모는 같았지만 그 밖에 모든 것이 다른 또래가 사사건건 부딪치지 않는다면 그게 더 이상한 일일 것이다. 물론 다이아나와 다이앤의 경우에는 부딪치는 강도가 심하긴 했지만…….

둘은 오늘 고작 간식을 고르는 걸 주제로 연무장에서 세 시간을 싸웠다. 담벼락 하나가 무너졌고, 목검 세 개가 부서진 끝에 다이아나가 승리했다.

"넌 약해 빠진 주제에 항상 나한테 덤비더라."

"다음엔 꼭 이길 거야! 두고 봐!"

그러나 그런 다이앤의 다짐은 어느덧 근 백 번째에 다다랐다. 다이아나가 퍽이나 그러겠다는 듯 어깨를 으쓱해 주곤 유유히 연무장에서 떠났다. 혼자 남은 다이앤이 씩씩거리며 숨을 몰아쉬었다.

그날 밤.

일레나는 다이앤과, 카이휜은 다이아나와 각자 한 침실에 들었다. 아이들이 엄마, 아빠와 자겠다고 고집을 피운 동시에 절대 서로 한 방에서 잠들 순 없다고 선언했기 때문이다.

쌍둥이를 낳은 지 십 년째. 여전한 금슬을 자랑하는 부부는 그 바람에 본의 아니게 각방을 쓰게 되었다.

일레나가 단단하고 너른 품의 부재에서 오는 아쉬움을 드러내지 않으려 노력할 때, 같은 침대에 누운 다이앤이 불만 섞인 어조로 중얼거렸다.

"왜 나는 누나보다 약해요?"

일레나는 은은한 불빛 가운데 가만히 다이앤의 눈을 응시했다. 쌍둥이가 오늘 낮에 연무장에서 장장 세 시간을 싸웠고, 그 결과 담벼락이 무너져 사용인들이 곡소리를 냈다는 내용은 이미 전해 들었다.

이번에도 그 싸움의 승자는 다이아나였던 모양이다. 일레나가 손을 들어 위로하듯 아들의 동그란 어깨를 쓸었다.

"네가 늦게 태어나서 그래. 현실을 받아들여."

말의 내용은 위로와는 다소 거리가 있었다.

"그래 봤자 쌍둥이잖아요? 태어난 시간도 얼마 차이 안 나는데!"

"그래. 그래서 무척 근소한 차이로 약한 거잖니."

맞다. 다이아나는 다이앤과의 대련에서 여태 승리자의 위치를 고수하고 있었지만, 늘 대련 막판에 가서야 승기를 쥐었다. 즉 비등비등하게 싸우다가 겨우 이긴다는 뜻이었다.

다이앤이 입을 삐쭉거렸다. 중요한 건 어쨌든 그가 매번 패배한다는 사실이었다. 그는 따뜻한 위로를 들려주기는커녕 냉정하게 현실 직시를 제안하는 엄마에게 원망을 드러냈다.

"엄마 미워요."

"날 미워해도 네가 갑자기 동생에서 오빠가 되는 일은 없단다."

"미워!"

다이앤이 휙 돌아누웠다. 일레나는 덜 자란 아들의 등을 보며 잘게 웃음을 터뜨렸다.

지금은 저리 작고 좁은 등이 크면 꼭 제 아버지의 것처럼 넓어지겠지. 이상한 기분이었다. 어서 그날이 왔으면 좋겠다 싶다가도, 또 영영 오지 말았으면 하고 바라게 된다.

일레나는 감상에 젖었다가 입을 열었다.

"왜 누나보다 약한 게 싫은데?"

"누나한테 지니까요."

"지는 건 왜 싫어?"

지는 것이 왜 싫으냐니. 남이 들었다면 지금 그걸 질문이라고 하냐고 성을 냈을 법한 내용이다.

그러나 다이앤은 우물쭈물했다. 아이는 본래 투쟁심이 강하지 않았다. 아니, 사실 거의 없다고 봐도 좋을 수준이었다. 왜 남을 이겨야 하는지, 어째서 경쟁에서 꼭 승리해야 하는지 이해하지 못했고 구태여 이해하려 하지도 않았다. 하지만…….

"다퉈서 지면, 누나가 네게 약하다고 해서?"

"……."

"인정받고 싶구나. 누나한테."

"……그런 거 아니에요."

아니라고는 했지만 누가 들어도 정곡을 찔린 사람의 목소리였다. 일레나가 팔을 들었다.

"이리 와, 앤."

"……."

"오늘은 엄마 안고 자자. 그러면 지금보다 훨씬 세져서 누나를 멋들어지게 이기는 꿈을 꿀 수 있을 거야."

"……치."

유치해. 그렇게 중얼거리면서도 다이앤은 순순히 몸을 돌려 일레나에게 안겼다. 일레나는 아직은 품에 가둘 수 있을 만큼 작은 아들을 끌어안은 채 눈을 감았다.

그리고 그와 같은 시각.

다이아나는 제 아빠와 마주 누워 불만을 쏟아냈다.

"다이앤, 걔는 왜 그렇게 약해요?"

카이휜이 그와 아내의 특징이 골고루 닮긴 딸의 얼굴을 차분히 눈에 담았다.

"앤이 약하다고 생각하니?"

"날 한 번도 못 이겼잖아요."

"그건 다 나, 네가 너무 강해서 그런 거야."

현재 이 공작성에서 다이아나를 이길 수 있는 건 카이휜 한 사람뿐이 었다. 그건 무척 놀라운 사실이었다. 카이휜을 제외한 공작성의 그 어떤 정예 기사도 다이아나를 꺾지 못한다는 말이니까.

그건 실상 다이앤도 비슷했다. 다이앤과 정면으로 대결해 승리를 거 머쥘 수 있는 사람은 당장 카이휜과 다이아나를 빼면 아무도 없었다. 나 름 영지 밖까지 이름을 알린 실력자인 토마스, 콜린, 맥스 세 사람도 작 년 겨울부터 대련에서 쌍둥이의 옷자락조차 건드리지 못하게 됐다.

그러니 다이아나를 이기지 못한다고 다이앤이 약하다는 주장은 영 설득력이 없었지만, 다이아나는 의견을 굽히지 않았다.

"그래도요. 무려 백 번이나 싸우면서 한 번도 날 때려눕히지 못하다 니, 약해 빠졌어요."

때려눕히다니…….

"그리고 내가 뭐가 강해요? 아빠와 대련하면 번번이 지는데."

카이휜이 헛웃음을 흘렸다. 고작 열 살에 검으로 그를 넘어서겠다는 포부를 품는 딸을 황당하게 여겨야 할지, 대견하다 해야 할지 알 수 없 었다.

"이미 알고 있겠지만 난 마왕도 잡았다, 딸아."

"그게 왜요?"

"네가 나를 때려눕힐 날은 아직 한참 남았단 뜻이지."

하지만 카이휜은 사실 어쩌면 그날이 별로 머지않을지 모르겠단 생각도 했다. 다이아나는 놀라울 만큼 하루가 다르게 성장하고 있었다. 다이앤 역시.

그는 상상해 보았다. 지금보다 조금 더 자란 쌍둥이가 당당히 그를 뛰어넘을 날을. 복잡한 기분이 들 것 같았다. 여러모로.

"그래서, 다나."

"네?"

"앤이 약한 게 왜 불만이니?"

"……약하면 안 좋잖아요."

"어떤 점에서?"

"그건."

다이아나가 바로 대답하지 못하고 머뭇거렸다. 카이휜이 대신 답을 꺼냈다.

"동생이 위험할까 봐 걱정되는 거구나."

"……."

"걱정하지 않아도 돼. 앤이 어디 가서 제 몫을 못 해낼 애는 결코 아니니까."

"그런 걱정 안 했거든요."

다이아나가 이불을 확 뒤집어썼다. 카이휜은 그런 딸을 따뜻한 시선으로 묵묵히 지켜보다 말했다.

"손잡고 잘까? 오랜만에."

다이아나에게선 아무 대꾸도 없었다. 다만 이불 안이 꿈틀거리더니 그 속에서 손 하나가 불쑥 빠져나왔다.

크고 단단한 손이 검사의 것이라기엔 아직 덜 여문 작은 손을 쥐었다.

밤이 지나갔다.

※ ✦ ※

공작성은 평소와 같은 나날을 보냈다. 나이를 먹지 않는 것 같은 공작 내외는 여전히 깨가 쏟아졌고, 다이아나와 다이앤은 주기적으로 연무장을 훼손했다.

그러던 어느 날.

한 사람의 방문으로 이변이 생겼다.

"월?"

"무척 오랜만에 뵙습니다, 공작 부인."

예지몽을 꾸는 능력을 지닌 음유시인, 월이 공작성을 찾았다.

일레나는 그녀를 반갑게 맞이했다. 직접 얼굴을 본 건 까마득하게 예전 일이지만, 서신으로 소식 정도는 꾸준히 주고받고 있었다.

"어쩐 일이야?"

월은 마수 침공이 있기 직전, 과거 그와 동료들을 학대했던 귀족을 몰래 살해하고 도주했다. 다행히 그 귀족의 죽음은 마수 침공에 묻혀 제대로 화제가 되지는 않았다.

이후 그녀는 남편과 함께 각지를 돌아다니며 마수 때문에 고아가 된 아이들을 돕는 일을 하며 살았다. 일레나의 지원이 있었기에 가능했던 일이기도 했다.

응접실에 앉아 차향을 맡던 월이 운을 뗐다.

"다름이 아니라, 얼마 전 오랜만에 예지몽을 꿨습니다만."

"……혹시 그 예지몽이 나와 관련된 건가?"

"맞습니다."

일레나는 약간 긴장했다. 별것 아닌 내용이라면 편지에 적어 보내도 되었을 것이다. 그런데 이렇게 직접 찾아왔다는 건.

월이 심호흡한 후 입을 열었다.

"공작 부인의 부친, 그러니까 전(前) 소르테 백작님께서 돌아가시는 장면을 봤습니다."

쨍. 일레나가 손에 힘이 빠져 찻잔을 거칠게 내려놓았다. 찻물이 조금 넘쳐 손과 소매를 적셨다.

"공작 부인, 괜찮으십니까?"

"……응, 괜찮아. 그보다 계속 말해주겠어? 혹 정확한 시기와 사인도 보았나?"

일레나는 떨리는 손을 테이블 아래로 숨겨 꽉 쥐었다.

심장이 쿵쿵 뛰었다. 아버지의 병사. 먼 과거 엿보았던 미래가 현실로 다가왔다.

하지만 그녀는 동요를 가라앉혔다. 진정하려 노력했다. 지난날 에이든 왕국의 대접견실에서 신과 소통했을 때, 신이 그녀에게 약조했던 말이 떠올랐기 때문이다.

"부친의 병이 예정대로 발병하면, 네가 약을 찾을 수 있게 해주마."

그래, 분명 그렇게 말했다. 그녀의 부친에게 주어진 미래를, 틀림없이 바꿀 수 있게 해주겠다고 했다. 월이 예지몽을 꾼 건 어쩌면 그와 관련된 것일지 모른다.

일레나의 시선에 월이 고개를 끄덕이곤 대답했다.

"시기는 지금으로부터 반년 뒤. 사인은…… 고열 후 심장마비가 오는 병이었는데, 당시로서는 불치병이었습니다."

불치병이라는 말에 가슴이 덜컥했으나 일레나는 가까스로 마음을 다잡았다. 신은 거짓말을 하지 않는다. 신은, 거짓을 약속하지 않는다. 그러고 나자 월의 말에서 눈에 띄는 부분이 보였다. '당시로서는'?

"나중에는 불치병이 아니게 된다는 말인가?"

"그렇습니다. 예지몽을 연달아 꿨는데, 첫 예지몽으로부터 다시 반년 뒤 한 약제사가 전 백작님의 사인이었던 병을 치료하는 약을 내놓는 장면이었습니다. 한데 그 약제사가 말하더군요."

"……."

"자긴 이 약을 이미 일 년 전에 개발했다고."

그렇다면 지금이 정확히 그 약제사가 약을 개발했을 시기다. 일레나는 몸을 일으켰다. 다른 의미로 심장이 두근거리기 시작하는 것을 느끼며 월의 눈을 들여다보았다.

"혹시 꿈에 그 약제사의 이름과 사는 곳도 나오던가?"

월이 답했다.

"네."

약제사의 이름은 브람. 수도에서 서쪽으로 멀리 떨어진 외딴 영지에 기거하고 있었다. 공작령과도 거리가 제법 멀었다. 일레나는 서둘러 해당 영지에 다녀올 이들을 모집했다.

한데 사정을 어떻게 알았는지 다이앤이 찾아와 외쳤다.

"내가 갈래!"

급히 뛰어온 듯, 다이앤은 잠시 거칠어진 숨을 가다듬더니 다시 또박또박 의견을 피력했다.

"내가 다녀올래요. 그 브람이라는 약제사를 데리러."

일레나는 당황했다. 그도 그럴 게 누구나 알도록 여기저기 떠들어댄 내용이 결코 아니었기 때문이다.

"앤, 그 얘기는 어디서 들었니?"

"콜린 아저씨, 아니, 경께서 말해줬어요."

아아.

일레나가 이마를 짚었다. 공작성의 기사들은 대체로 쌍둥이를 좋아했지만, 개중에서도 콜린은 정도가 심했다. 그는 쌍둥이만 만났다 하면 모든 비밀이 사라졌다. 평소엔 그렇게 입이 가벼운 사람도 아니면서.

"앤."

"네, 엄마."

"그 영지는 여기서 꽤 멀어. 가는 데만 마차를 한 달 가까이 타야 한단다. 알고 있니?"

"물론이죠."

"오고 가면 두 달이나 걸려."

"할아버지를 위해 그 정도는 할 수 있어요!"

다이앤이 당당히 말했다. 일레나는 순간 말문이 막혔다.

'앤과 아버지의 사이가 퍽 좋긴 했지만······.'

어렸을 적 다이앤은 소르테 백작저에 방문하면 제 외조부의 뒤만 졸졸 따라다녔다.

"그래도 다이앤, 너는 이제 겨우 열 살이야."

"열 살이어도 마차를 타는 것 정도는 할 줄 알아요."

"혹시 위험한 일이 생길지도 모르잖니?"

"어차피 기사들을 보내실 생각이셨잖아요?"

다이앤이 가슴을 펴고 주장했다.

"내가 더 세요!"

그건 맞는 말이지만…….

다이앤의 고집이 모처럼 단단해 보였다. 작정하고 마음을 먹은 듯했다. 이를 어쩌나. 일레나가 고심할 때 서재 문이 재차 열렸다.

"엄마. 저 약골 말은 듣지 마세요."

"누나!"

"다나."

서재에 나타난 인물은 다이아나였다.

"엄마 말씀이 맞아요. 얘는 고작 열 살에다, 약해 빠졌고, 그래서 미덥지 못해요."

그러더니 다이아나가 말을 덧붙였다.

"그러니까 절 보내세요."

"……너도 열 살이잖니?"

"나이는 그냥 해 본 말이었어요. 중요한 건 약하느냐, 강하느냐. 이 문제죠. 전 강하니까 괜찮아요."

아군인 줄 알았던 다이나아가 뜻밖에 새로운 고민거리를 안겨다 주었다. 쌍둥이는 이어 일레나의 앞에서 아웅다웅하기 시작했다.

"난 약하지 않아! 약제사를 데려오는 일 정도는 얼마든지 할 수 있다고!"

"글쎄. 걸핏하면 나한테 지고 우는 약골의 말이라 신뢰가 가지 않는데."

"운 적 없거든?"

"오늘 울려줘?"

"씨이, 지금 당장 연무장으로……!"

"잠깐, 잠깐!"

일레나가 벌떡 일어나 둘을 말렸다. 연무장은 어제 이미 부서졌다. 오늘 또 풍파를 맞이하면 보수에 걸리는 시간이 서너 배로 훌쩍 늘 것이다.

일레나가 엄중하게 선언했다.

"둘 다 안 보내. 공작성의 기사들이 다녀올 거야. 그러니 그 문제로 다투지 말고 이만 나가렴."

"하지만……."

"나가."

남매의 어깨가 처졌다. 쌍둥이는 시무룩하게 서재를 빠져나갔다. 일레나가 한숨을 쉬었다.

"보내주는 게 어떻겠습니까?"

머릿결을 쓸어주는 손길에 집중하던 일레나가 눈을 동그랗게 떴다. 의외의 말에 몸을 일으킨 그녀가 침대에 앉은 남편을 마주 보았다.

"그 거리를 애들끼리 다녀오게 하라고요?"

"기사들과 함께 보내면 되지 않겠습니까?"

어차피 가야 할 인원에 쌍둥이를 추가하자는 거다.

"그래도……."

"경험이 될 겁니다. 이동 포탈로 수도를 오간 걸 제외하면, 지금까지 공작령에서 벗어나 본 적 없는 아이들이니까."

"위험하면 어떡하죠?"

"멀리 떨어진 영지일 뿐, 전쟁터나 몬스터 서식지에 다녀오는 것도 아닌데요."

"흠……."

"마법 통신구를 가져가면 중간중간 연락도 받을 수 있을 테고."

"……."

"더구나 앤에게는 일종의 보험도 있지 않습니까? 그것까지 생각하면 아이들이 위험해질 가능성은 극히 적습니다."

그야 그렇지만.

일레나의 마음이 흔들렸다. 그녀가 가장 약해질 때는 누가 뭐래도 카이휀이 설득할 때였다. 카이휀의 파란 눈을 직시하며 잠시간 침묵하던 일레나의 시선이 뾰족해졌다.

"미남계로 내 결정을 바꾸려 하다니."

"네?"

"그러면 누가 넘어갈 줄 알고?"

사실 이미 좀 넘어갔다.

"뭐, 하지만 미남계가 이제부터 어떻게 쓰이느냐에 따라 다시 생각해 볼 수도 있고……."

일레나가 무릎을 세웠다. 카이휀의 어깨를 붙잡고 천천히 고개를 숙였다. 입술이 닿기 직전.

"엄마!"

"아빠!"

침실 문이 벌컥 열렸다. 일레나가 카이휜을 확 밀었다. 물론 밀려난 건 일레나였다. 어색한 자세로 침대에 엎어졌다가 상체를 바로 세운 일레나가 쌍둥이에게 시선을 주었다.

"갑자기 어쩐 일이니? 이 늦은 밤에……."

"시위하러 왔어요."

"뭐?"

시위?

"약제사를 데리러 가는 일에 보내준다고 하실 때까지 여기서 나가지 않고 농성할 거예요."

"맞아요!"

그리 선언하는 쌍둥이는 어디서 구했는지 손에 흰 띠를 쥐고 있었다. 쌍둥이가 저마다 띠를 이마에 둘렀다.

문득 기시감이 들었다. 어디서 봤는데. 저 꼴.

"너희 혹시……."

일레나가 탄식하듯 물었다.

"그 방법, 맥스 경과 토마스 경에게 배운 거니?"

"어떻게 아셨어요?"

아찔했다. 둘은 과거 콜린이 일레나의 전담 호위로 임명되자 그 결정에 불만을 품고 일레나의 처소 앞에서 시위를 감행했었다. 십 년이 더 지나 내 아이들이 그때 그 일을 재현할 줄은!

차이점이 있다면 쌍둥이는 침실 안까지 쳐들어왔다는 정도일까.

"……내보내 줄 건가요?"

일레나가 카이휜을 돌아보았다. 힘으로 쌍둥이를 강제할 수 있는 건 여기서, 아니, 공작성을 다 뒤져도 카이휜이 유일했다. 그러나 이미 아이들 측으로 진영을 옮긴 듯 카이휜의 태도는 미적지근했다.

"둘이라서 못 당할 것 같은데요."

하나씩 내보내면 되잖아요. 일레나는 그렇게 따지려다가 말았다. 어차피 지금은 그녀를 뺀 셋이 한패나 다름없는 상황이었다.

결국 일레나가 백기를 들었다.

"알겠어. 영지에 다녀오게 해줄게."

"와아!"

"대신 너희 중 한 명만 가는 건 안 돼. 둘이 같이 가야 해."

"어쩔 수 없죠."

"좋아요."

"너희끼리만 가는 것도 아니야. 기사들이 동행할 거야."

"만일의 경우 보호하느라 귀찮겠지만, 알겠어요."

"좋아요!"

쌍둥이는 희희낙락했다. 비록 서로 자기가 가겠다고 싸웠던 것이 무색하게 함께 가게 되었지만, 어쨌든 반대를 이겨내고 원하던 바를 쟁취했다는 점이 기쁜 것 같았다.

일레나는 그런 아이들을 체념한 눈빛으로 보다가 명령했다.

"이제 너희 방으로 가서 자."

"네!"

"빨리 자야 해. 더 늦게 자면 악몽 꾼다."

"엄마, 아빠도 주무세요!"

쌍둥이가 후다닥 침실을 빠져나갔다. 침실 문이 탁, 닫혔다.

닫힌 문을 물끄러미 응시하던 일레나가 고개를 돌렸다. 분홍색 눈에

힐난이 담겼다.

"내 앞에서 애들 편을 들었겠다."

"딱히 편을 든 건 아니……."

"조용히 해요."

일레나가 카이휜을 밀어 넘어뜨렸다. 평소엔 꿈쩍도 하지 않으면서, 건장한 몸은 이럴 때는 잘도 뒤로 넘어갔다. 돌처럼 단단하게 짜인 근육 위로 올라탄 일레나가 상세를 숙이며 경고했다.

"대가는 톡톡히 받아낼 테니, 그런 줄 알아요."

"……."

카이휜은 대답하는 대신 일레나의 뒷머리로 손을 가져갔다. 부드러운 은발 사이로 손가락을 밀어 넣곤 상대를 끌어당겼다.

그로부터 이틀 뒤.

특색 없는 마차 한 대가 메이하드 공작령을 벗어났다.

"살려주세요. 제발 살려주세요, 귀족 나리……."

한 남자가 딱딱하고 차가운 감옥 바닥에 엎드려 빌었다. 그는 얼핏 보면 검은색처럼 보이는 암갈색 머리카락을 가지고 있었다.

"부, 부디 집에 보내주세요. 남편과 아이가 저만 기다리고 있습니다. 자비를……."

그 옆에서 중년 여성이 마찬가지로 몸을 낮춰 애걸했다. 그녀의 머리색은 회색빛이 섞인 은색이었다.

한 쌍의 남녀가 제 발치에서 목숨과 안전한 귀가를 구걸하는 걸 무심히 관람하던 사내가 이내 히죽 웃었다. 사내의 시선이 남자에게 향했다.

"너."

"네, 네?"

"내게 귀족 나리라고 했지. 하지만 틀렸다. 난 귀족이 아니거든."

사내가 판결을 덧붙였다.

"틀린 죄로, 사형."

"잠깐……!"

남자의 항변을 기다리지 않고 사내의 곁에 서 있던 기사가 칼을 휘둘렀다. 남자는 피를 흩뿌리며 쓰러졌다. 중년 여성이 비명을 질렀다가 입을 틀어막았다. 오들오들 떠는 중년 여성을 향해 사내가 입을 열었다.

"그리고 넌……."

"……."

"왜 너만 그 머리 색이지?"

"흐윽, 흡, 예……?"

"일가족이 같은 머리 색이었다면 너 혼자 외롭게 가는 일은 없었을 텐데. 뭐, 어쨌든 너도 사형."

기사가 다시 한번 검으로 사람을 베었다. 감옥 바닥이 두 개의 육신에서 흘러나온 피로 흥건해졌다.

사내는 후련한 얼굴로 감옥을 빠져나왔다. 그러곤 그길로 거처로 향하다 맞은편에서 오던 중년 귀족과 마주쳤다.

"……바르테즈 님."

중년 귀족이 자리에 멈췄다. 사내의 행색을 살핀 그가 표정을 딱딱하게 굳혔다. 사내의 머리카락과 의복은 핏방울이 튀어 엉망이었다.

"또 지하 감옥에 다녀오신 겁니까?"

"아아. 처단해야 할 죄인이 있어서."

사내가 태연히 대꾸했다. 중년 귀족이 말없이 주먹을 꽉 말아 쥐었다.

'죄인은 무슨!'

보나 마나 무고한 사람을 베고 왔을 테지. 혈액이 튄 양을 보건대 한 사람도 아니었을 것이다.

중년 귀족, 볼리스 남작은 내심 크게 한탄했다.

'어쩌다 이렇게 되었단 말인가.'

사내, 바르테즈가 처음부터 이 영지에서 미친놈처럼 행동했던 것은 아니었다.

지금으로부터 십 년도 더 전.

메이하드 공작 살해 미수로 바르테즈가 왕세자의 지위를 잃고 서쪽 변방 작은 영지로 유배당했다. 영주는 자연히 긴장했다. 바르테즈에게 따라붙은 자자한 악명을 익히 알고 있었기 때문이다.

그러나 기사들을 무더기로 이끌고 나타난 바르테즈는 생각보다 멀쩡하게 굴었다. 간혹 신경질적인 모습을 보이긴 했지만 그뿐, 패악도 부리지 않았고 사용인에게 손찌검하는 일도 없었다.

서쪽 변방의 영주, 볼리스 남작은 안심했다.

'악명은 과장된 것이었군. 아님, 벌을 받고서 망나니가 개과천선을 한 것인가?'

그리 짐작하기도 했다. 하지만 착각이었다.

둘 다 틀렸다. 바르테즈의 악명은 과장된 적이 없었고, 그는 조금도 개과천선하지 않았다. 볼리스 남작은 그 사실을 바로 작년에 깨달았다.

"비보입니다! 국왕 전하께서 서거하셨습니다!"

왕이 죽었다. 병사였고, 그 뒤를 이어 왕녀가 왕관을 썼다.

케딜라 왕녀는 지난날 왕세자가 폐위당하고 왕국의 유일한 왕위 계승자가 되었다. 그러니까 바르테즈가 자신의 이름을 잃고 변방으로 쫓겨나면서 누구보다 큰 이득을 보았던 사람이란 뜻이었다. 그녀가 바르테즈의 폐위와 유배 결정에 제법 힘을 보탰을 거란 추측은 이제 와선 공공연한 비밀이었다.

그런 왕녀가 제위에 올랐다.

사람들은 숙덕였다. 바르테즈가 수도로 돌아올 일은 앞으로도 영영 없을 거라고.

그 말은 바르테즈의 귀에도 들려왔다.

그때부터였다. 바르테즈가 이전까지의 얌전한 행실은 거짓말이었다는 듯 개망나니처럼 굴기 시작한 것이.

볼리스 남작은 그제야 모든 걸 이해할 수 있었다.

바르테즈는 단지 기다렸던 것뿐이다. 그가 복권될 날을. 왕가의 사람임을 뜻하는 '리브란테'란 성을 다시 얻고 이 영지를 떠나게 될 그때를 계속 고대해 왔던 것이다.

유배지에서 사고를 치는 건 복권에 하등 도움이 되지 않을 테니 본성을 죽이고 조용히 지낸 것이었다.

하지만 그것도 이제 끝났다. 수도 복귀의 희망이 깨지고 현실을 받아들이는 듯 보였던 바르테즈는, 다음날 제 기사들에게 이런 명령을 내렸다.

"흑발, 은발, 파란 눈, 분홍색 눈. 이 중 하나라도 해당되는 자가 있거든 성별과 연령을 가리지 말고 모조리 잡아 와."

수도에서 함께 내려온 기사들은 바르테즈가 왕가의 핏줄을 타고난 남성이란 사실만으로 그에게 충성하는 자들이었다. 그들은 명령대로 영지를 샅샅이 뒤져 조건에 부합하는 사람들을 잡아다 바쳤다. 그 후, 바르테즈는 기사들이 잡아 온 이들을 말도 안 되는 구실로 잔인하게 살해했다.

당연히 볼리스 남작은 가만히 두고 보지 않았다. 몸을 던져 바르테즈를 가로막았고, 이런 짓을 계속했다간 왕실에 알리겠다고 경고했다.

그런데 정확히 그 무렵, 그의 딸이 사라졌다. 깊은 밤중에 흔적조차 없이 납치되었다. 극심한 걱정과 공포에 사로잡힌 볼리스 남작에게 바르테즈가 속삭였다.

"영애는 내가 잘 데리고 있다."

"……!"

"아직 멀쩡해. 앞으로도 쭉 멀쩡하길 바란다면, 남작이 처신을 잘해야겠지?"

"……."

"걱정 마. 나도 이 짓을 평생 하려는 건 아니니까. 뭐, 넉넉잡아 삼 년쯤 하고 나면 질리지 않을까?"

이후 벌써 일 년에 가까운 시간이 흘렀다.

볼리스 남작은 한 번씩 딸의 안위를 확인받았으며, 바르테즈가 그의 영지에서 저지르는 행위를 묵과하고 소문이 퍼지는 걸 막았다.

그는 때때로 괴로워 미칠 것 같았다. 억울하게 죽어나간 영지민이 한 번씩 꿈에 나왔다. 그의 바짓가랑이를 붙들고 그를 저주했다.

그러나 꿈의 마지막을 장식하는 건 항상 환하게 웃는 딸의 얼굴이었다.

'이기적이라 해도, 차마 딸을 잃을 수는……'

볼리스 남작이 주먹 쥔 손에 힘껏 힘을 주었다. 손톱이 살갗을 깊숙이 파고들며 따가운 통증이 전해졌다. 지나치다 멈칫한 바르테즈가 픽 웃으며 그의 어깨를 두드렸다.

"힘 풀어. 자해해서 피 보는 게 취미야?"

"……"

"저녁 메뉴는 오리구이에 포도주로 부탁해. 요즘 그게 당기네."

그 말을 남긴 바르테즈가 유유자적 멀어졌다. 볼리스 남작은 입술을 깨물었다. 이내 그가 자리에 서서 고개를 떨어뜨렸다. 생채기가 난 손바닥에 얼굴을 묻었다.

'부디, 누구든 좋습니다. 천사도 좋고, 악마라도 좋으니.'

남작이 깊이 바랐다.

'아무나 나타나 저 금수만도 못한 놈을 처단해 주십시오. 제발!'

"왜?"

"귀가 가려워서……"

다이앤이 마차에서 귀를 후비적거렸다. 다이아나가 무심하게 말했다.

"벌레 들어갔나 보다."

"아악! 아냐!"

"넌 벌레라고 하면 매번 그렇게 질색하더라."

"몸속에 벌레가 들어갔단 말을 들으면 누구나 질색하거든?"

다이앤이 솜털이 쭈뼛 일어선 팔을 문지르며 다이아나를 원망스럽게 노려보았다. 다이아나는 늘 그랬듯 본체만체하며 마차 창밖이나 응시했다.

잠시 후, 마차가 점점 속력을 늦추더니 이윽고 완전히 멈춰 섰다.

"도착했습니다."

그 말에 쌍둥이의 얼굴이 동시에 밝아졌다.

"다 온 거야?"

"쉬었다가 다시 출발하는 거 아니지?"

"네. 여기가 바로 목적지인 베민이라는 영지……."

"와아아!"

남매는 기사의 설명을 뒤로하고 마차에서 뛰어내렸다. 마치 좁은 우리에 갇혀 있다가 막 탈출한 사람처럼 다이앤이 외부의 공기를 한껏 들이마셨다.

"으으, 지루해서 죽는 줄 알았어."

"가끔은 너도 맞는 말을 하네. 동감이야."

"한 달이 이렇게 길 줄이야! 그래도 서둘러서 삼 주 조금 넘게 걸려 도착했지만……."

지난 마차 여행은 쌍둥이에게 제법 고됐다. 마차가 생각만큼 아늑하지 않았던 것도 한몫했다.

브람이란 약제사를 데리러 오는 일은 공식적으로는 비밀이었다. 메이하드 공작성에서 고작 약제사 한 사람 때문에 외딴 영지까지 사람을 보냈다는 사실이 외부로 알려져 좋을 건 없었으니까. 알려지는 순간 갖가지 목적의 방해꾼이 등장할 것은 불 보듯 뻔했다.

그래서 마차는 튀지 않게 무난한 외양에 적당한 크기로 골랐다. 아주 협소한 건 아니었지만 인원을 고려하면 대단히 넓지도 못했다. 밋밋한 마차 겉면에는 당연히 공작가의 문양도 양각되지 않았다.

영지 거리를 지나다니던 행인들은 평범한 마차에서 내린 쌍둥이의 화려한 외모를 보곤 눈을 휘둥그레 떴다.

"근데 누나, 사람들이 다 쳐다보는데? 모자를 쓸 걸 그랬나."

"괜찮아. 어차피 여긴 공작성과 너무 멀어서 말하기 전에는 아무도 우리가 누구인지 모를걸."

"하긴."

"그보다 빨리 브람이라는 약제사나 찾자."

돈만 있으면 남의 개인정보 같은 건 쉽게 구할 수 있는 세상이다. 쌍둥이와 기사들은 가까운 정보 길드에서 브람이란 약제사의 집 주소를 얻었다. 주소에 적힌 위치로 이동하며 쌍둥이가 도란도란 떠들었다.

"이모부라면 마차같은 거 탈 필요 없이 우리를 하루 만에 여기로 데려다줬겠지?"

다이앤이 이모부, 즉 시드리온을 언급했다. 다이아나가 수긍했다.

"그랬겠지."

"이모부가 같이 왔으면 좋았을걸."

"어쩔 수 없잖아. 올해 내내 이모 곁을 지켜야 한다는데."

"웅, 그렇지. 그런데 왜 그래야 한댔더라?"

"멍청아! 그새 잊었어? 이모가 아기를 가졌기 때문이잖아."

"아, 맞다."

다이앤이 생각났다는 듯 머리통을 끄덕거렸다.

다이아나의 말대로 릴리아나는 얼마 전 둘째 임신 소식을 알렸다. 다만 늦둥이인지라 산모와 아이 둘 다 무사하려면 주의가 꽤 필요하단 의사의 당부가 있었다. 그 때문에 시드리온은 출산 예정일인 내년 초까지 릴리아나의 옆에서 절대 떨어지지 않겠다고 주변에 선언해 둔 상태였다.

"그럼 우리 사촌 동생 또 생기는 거지?"

"맞아."

"기대된다. 잘해줘야지. 내가 훨씬 오빠니까."

"넌 아기를 참 좋아하더라."

"작은 건 다 좋아. 귀여워. 그리고 지켜줘야 할 것 같아."

"쯧쯧, 약해 빠져선 뭘 지키네 마네……."

다이앤이 발끈해서 반발하려고 입을 벌렸다. 그때였다.

멀리서 뭔가가 폭발하는 소리가 바람에 섞여 희미하게 들렸다. 약제사의 집이 위치한 방향이었다. 쌍둥이의 시선이 마주쳤다.

"들었어?"

"누나도?"

"……가보자."

다이아나와 다이앤이 폭발음이 들린 쪽으로 냅다 뛰었다. 점점 멀어지는 기사들의 애탄 부름은 관심 밖이었다.

얼마나 뛰었을까. 이내 남매는 폭발의 진원지에 도착했다. 아니길 바랐으나 정확히 약제사의 집이었고, 폭발의 여파인지 문은 이미 날아갔는지 흔적도 없었다.

"살아 있을까?"

"글쎄."

"꼭 살아 있어야 하는데……."

"숨만 붙어 있으면 어떻게든 살려보자."

쌍둥이가 단단히 결심하는 그때, 문짝이 통째로 날아간 입구 안쪽에서 웬 마른 남자가 모습을 드러냈다. 그는 소매로 입을 막고 콜록거리더니 다이앤과 다이아나를 발견하곤 눈을 동그랗게 떴다.

"누, 누구십니까?"

"혹시 당신이 브람이야?"

"예, 그런데요……."

다이아나와 다이앤의 시선이 다시 만났다.

"다행이다."

"그러게, 나쁜 상황은 면했네."

"저기, 브람. 우리와 함께 가자."

다이앤이 거두절미하고 냅다 제안했다. 그 말에 남자, 브람이 당황하다가 곧 울상을 지었다.

"천사가 내게 함께 가자고 하다니……."

"……."

"내가 죽었구나. 결국 이렇게 되어버렸구나! 으흐흑. 아직 빚도 갚지 못했는데. 그 망할 자식들의 코를 한 번도 때려주지 못했는데……!"

아무래도 상대는 뭔가를 단단히 착각한 것 같았다. 다이앤이 입을 열어 그의 오해를 풀어주려는 찰나, 다이아나가 성큼 움직여 입구 옆쪽 벽에 주먹질을 했다.

쾅!

심상치 않은 소리와 함께 벽에 거미줄 같은 금이 새겨졌다. 돌가루가 우수수 떨어졌다.

"당신."

"예, 예?"

"천사가 주먹질해서 벽 파손하는 거 봤어?"

"……아니요?"

브람이 저도 모르게 고개를 흔들었다. 그런 이야기는 성전 어디에도 적혀 있지 않았다. 다이아나가 브람의 답에 만족했다는 양 웃었다. 아이러니하게도 그 미소는 무엇보다 천사의 것 같았다.

"우리는 천사가 아니야. 당신을 데리러 먼 영지에서 온 사람이지. 당신 능력이 필요해서 부탁하는 건데, 괜찮다면 우리와 함께 가지 않을래?"

"……."

"당연히 대가는 섭섭하지 않게 지불할 거야."

브람이 눈을 깜박거리더니 이어서 두 손을 공손히 모았다. 어쩐지 그의 태도는 쌍둥이를 천사라고 착각했을 때보다 조심스러웠다.

"저어, 우선 제의는 감사합니다. 저 때문에 멀리서 오셨다니 감격스럽기도 하고요. 그렇지만 함께 가자는 말씀에는 응하기 어려울 것 같습니다."

"왜?"

"제겐 빚이 있거든요."

"빚?"

"네. 이곳 영주님께 진 빚인데, 액수가 상당합니다. 다 갚기 전까지 저는 이곳에서 나갈 수 없답니다."

브람은 문득 제 신세가 처량하게 느껴졌는지 다 해진 소매로 눈가를 찍어 눌렀다.

"왜 달마다 이자가 불어나는지. 이 개새끼들……. 아, 아니. 이건 취소."

브람이 주변을 살피더니 말을 이었다.

"어쨌든 그래서 저는 여기 남아 빚을 청산해야 합니다. 하루빨리 갚고자 돈이 될 만한 걸 개발하려 노력 중이긴 한데, 잘 되진 않네요. 하하."

조금 전 발생했던 폭발은 그 노력의 일환이었던 모양이다. 다이아나는 최후의 수단으로 여차하면 약제사의 목뒤나 명치를 치려고 준비했던 손에서 힘을 뺐다.

"난 또 뭐라고."

"네?"

"빚이 문제라면 우리가 갚아줄게. 그럼 문제없지?"

"예에? 하지만 그러기엔 금액이……."

그때 마침 쌍둥이와 멀어졌던 기사들이 헐떡이며 가까워졌다.

"아가씨! 도련님!"

"그렇게 말도 없이 먼저 가시면……."

"경들."

다이아나가 시기 좋게 잘 만났다는 듯 기사들에게 명령했다.

"돈 꺼내 봐."

"예? 돈이요?"

"어머니가 주신 자금 있잖아. 자, 빨리빨리."

다이아나의 말대로 기사들은 각자 이번 일에 쓸 금화를 소지하고 있었다. 무게가 상당했기에 나눠 지녔었다.

기사들의 품에 있던 돈주머니가 하나씩 바깥에 모습을 드러냈다.

"전부 금이야."

"……."

"이걸로 부족해?"

브람이 자리에 무릎을 꿇었다.

"천사님!"

마법사 빌렌은 지난날 자신감으로 똘똘 뭉쳐 있었다. 자신이 최고라고 믿었고 누구보다 강하다고 자부했다.

이토록 엄청나고 대단한 자신이 누군가의 아래에 소속되는 건 말이 되지 않는 일이었다. 그래서 이미 있는 단체 대신 새로운 단체를 만들었다.

이름은 흑마탑.

누가 봐도 흑탑을 모방한 명칭이었으나 본인은 인정하지 않았다.

빌렌은 흑마탑의 수장으로서 한동안 전성기나 다름없는 행복한 나날을 보냈다. 그런데 어느 날, 그러한 나날이 예고도 없이 막을 내렸다.

고작 한 명의 마법사 때문이었다.

"하아, 기념일이라 일찍 가봐야 하는데…… 흑탑 이것들은 왜 하필 오늘 약속을 지켜달라고 졸라선. 약삭빠르게 백작저로 서신을 보내는 바람에 무시하지도 못하고."

"……!"

"무슨 기념일이냐고? 뭐, 원래 아무한테나 말해주는 건 아닌데 특별히 들려주지. 바로 사랑하는 내 아내께서 내게 처음으로 애칭을 붙여줬던 순간을 축

하하는 날이랄까?"

"죽어라!"

"시리야, 라니. 언제 들어도 달콤한 울림이야. 어떻게 이런 애칭을 생각해 냈
을까? 몇 번을 생각해도 천재적인 발상이라니까. 비록 그렇게 말할 때마다 아
내가 쑥스러워서 자주 말하진 못하지만."

"아이스 미사일! 매직 미사일!"

"당연한 얘길 듣는데 부끄러워하다니, 내 부인께선 정말 겸손하단 말이야.
솔직히 말해 아내만큼 완벽한 여자가 있긴 할까?"

"파이어 볼! 아이스 스피어! 빌어먹을, 좀 맞아! 맞으라고!"

"아내가 내 아내라서 다행이지. 난 최고의 행운아야. 아······ 그러고 보니 지
라도 그 주제도 모르던 놈은 아예 죽여 버릴 걸 그랬나."

"너희도 그렇게 엎어져 있지 말고 일어나서 공격해! 윈드 스톰!"

"으음, 아니야. 살생은 자제해야지. 나는 이제 예비 백작의 남편이니까. 아내
의 이름에 누가 되지 않게 바르고 착실하고 선량하게 살아야지."

"파이어····· 커헉!"

흑마탑은 어느 날 단신으로 쳐들어온 웬 말 많은 애처가의 손에 괴멸
을 맞이했다. 반항했지만 소용없었다. 무서울 만큼 극명한 실력 차였다.

아내의 명성을 위해 살생을 자제하겠다던 혼잣말처럼 침입자는 기존
흑마탑의 구성원 중 누구도 죽이지 않았다. 단지 다시는 흑마탑이나 그와
비슷한 이름으로 뭉쳐서 행동하지 말란 경고를 남기고 떠났을 뿐이다.

빌렌은 나중에서야 충격적일 만큼 강했던 그 마법사의 정체가 전(前)
마스터 시드리온, 현 베이오스 자작이라는 것을 알았다. 하지만 정체를
알게 되었어도 복수를 꿈꿀 여유 같은 건 없었다. 흑탑에서 빌렌을 쫓

기 시작했기 때문이다.

빌렌은 흑마탑을 이끌면서 숱하게 악행을 저질렀다. 검은 로브를 입고 몰려다니며 일을 친 탓에 애꿎은 흑탑에 항의가 도착했던 적도 여러 번이었다.

흑탑은 당연히 지난 고충의 원흉인 빌렌을 가만두지 않으려 했다. 빌렌은 그때부터 꽁지가 빠지게 도망 다녔다. 그러다가 근 8년 만에 서쪽 맨 구석에 박힌 볼리스 남작령에 정착했다.

처음엔 정착할 생각이 없었다. 남작령은 좁아터진 영지였다. 잠시간만 머무르다 그 답답한 곳을 빠져나가려 했다. 그런데 그곳에서 뜻밖의 흥미로운 대상을 만났다.

이름은 바르테즈. 한때 왕세자였으나 지금은 이름만 남은 죄인이 되어 유배된 인물이었다. 빌렌은 그와 몇 번 대면한 후 생각했다.

'이 새끼. 헛된 기대를 품고 있잖아?'

상대는 자신이 언젠가 복권될 거라 믿고 있었다. 터무니없는 바람이었다. 메이하드 공작가의 명성은 날이 갈수록 높아지고 케딜라 왕녀가 쥔 권력도 강해지는데, 양측 모두와 관계가 엉망인 그가 무슨 수로?

아니나 다를까. 다음 해 국왕의 죽음과 함께 바르테즈의 꿈이 완전히 좌절되었다.

빌렌은 희망이 사라진 바르테즈가 무너지는 걸 실시간으로 구경했다. 꼴사납고 웃겼다.

'이거 하나 보겠다고 1년이나 낭비했네. 이만 떠나야지.'

한데 그 순간 바르테즈가 재미있는 명령을 내렸다.

'은발, 흑발, 파란 눈, 분홍색 눈. 이 중 하나라도 충족하는 인물은 전부 잡아 오라고?'

목적이 명확했다. 그건 세상에서 제일 역겨운 화풀이였다. 빌렌은 신이 났다.

'내가 이런 짓을 좋아하는 건 또 어떻게 알고!'

그는 적극적으로 바르테즈를 도왔다. 입막음을 위해 볼리스 남작의 딸을 납치하자는 것도 그가 낸 의견이었다. 빌렌은 이곳에서의 생활이 점점 마음에 들었다. 워낙 변방이라 흑탑도 추적하지 못하는 모양이고.

"으흥흥. 자, 우리 불쌍한 희생양들이 어디 숨어 있는지 볼까?"

바르테즈가 내건 조건에 부합하는 대상자들을 찾기 위해 빌렌의 부하들은 타 영지까지 탐색을 나갔다. 빌렌은 콧노래를 흥얼거리며 부하가 보낸 서신을 펼쳐 읽다가 멈칫했다.

"……뭐야, 이건?"

표정을 굳힌 빌렌이 잠시 후 거처를 빠져나와 바르테즈를 찾아갔다.

"바르테즈 님. 은발에 벽안인 대상을 둘이나 찾았거든? 근데 문제가 있어."

빌렌은 언젠가부터 호칭에만 예의를 차릴 뿐 바르테즈에게 말을 높이지 않았다.

바르테즈는 상대의 평대를 묵인했다. 평소 바르테즈의 성질을 생각하면 놀라운 일이었는데, 바꿔 말하면 빌렌이 그에게 얼마나 유용한 인물인지 설명해 주는 증거기도 했다. 바르테즈는 식당에서 술을 홀짝이다가 빌렌이 물어온 소식에 눈을 빛냈다.

"은발에 벽안이라, 아주 좋군. 무슨 문제? 귀족인가?"

"열 살 남짓한 나이에 쌍둥이야."

"뭐라고?"

"메이하드 공작가의 남매와 특징이 정확히 일치하지."

빌렌은 혀를 내둘렀다.

처음 부하가 보낸 서신을 읽곤 눈을 의심했다. 왜 이들이 갑자기 예고도 없이 이런 서쪽 변두리에 나타났단 말인가?

단순히 닮은 사람일 가능성은 적었다. 그 정도로 쉽게 찾아볼 수 있는 특징들이 아니었으니까.

"여기서 마차로 한나절 거리인 영지에 있다는데, 어쩔래?"

빌렌은 질문하면서도 설마 바르테즈가 메이하드 공작가의 공자, 공녀를 건드리겠다고 나서겠나 싶었다. 그런데 '쾅' 소리가 나게 술잔을 내려놓은 바르테즈의 눈은 그야말로 미치광이 같은 광기로 번들거렸다.

"당연히."

"……"

"잡아 죽여야지. 기필코, 반드시."

'이거 진짜로 미쳤네.'

빌렌이 턱을 쓰다듬었다. 아무리 악행과 범법을 즐겨 하는 그라지만, 상대를 가리는 건 기본 중에 기본이었다.

메이하드 공작의 자식?

'걸리는 순간 뒈지거나 평생 도망자로 살아야 하는데, 그건 좀…….'

도망자 신세는 지긋지긋했다. 아무래도 슬슬 떠나야 할 때가 온 듯했다. 다소 아쉬움은 남지만, 감당하지 못할 짓거리에 가담하는 것보단 나은 선택이겠지.

빌렌이 그렇게 생각할 때 바르테즈가 입을 열었다.

"물론 내 소행이라는 걸 들켜서는 안 되겠지."

'음?'

"내게 생각이 있어. 들어보겠나?"

빌렌은 귀를 기울였다. 설명이 끝나자 이윽고 그의 입에서 탄성이 흘러나왔다.

"제법 머리를 굴렸잖아? 바르테즈 님."

"건방진 말이군. 하지만 지금은 칭찬으로 듣지."

바르테즈가 의자 등받이에 몸을 기댔다.

"그래서, 같이할 건가?"

"음……."

"동참한다면, 둘 중 한쪽의 목을 자르는 건 네 몫으로 넘겨주지."

"뭐? 정말?"

빌렌이 바로 솔깃해서 되물었다. 고귀한 핏줄을 타고난 인물을 뒤탈 없이 살해하는 건 그의 오랜 로망 중 하나였다. 특히 상대가 핏줄에 걸맞게 고고하고 아름답다면, 살해의 희열은 배가 될 터였다.

"단, 성한 몰골로 넘겨준다는 장담은 못 해. 그래도 목숨은 붙여놓겠다. 약조하지."

"숨만 붙어 있다면 됐어."

'어차피 열 살짜리 애 둘에 기사 너덧 명이니, 만에 하나 일이 틀어지면 그때 나 혼자 몸을 빼도 되겠지.'

계산을 마친 빌렌이 입술 끄트머리를 한껏 올려 광대처럼 웃었다. 퇴장을 잠시 보류한 그가 경쾌하게 말했다.

"마음에 드는 제안이야. 기꺼이 받아들이지! 그럼 슬슬 준비해 볼까?"

약제사 브람은 말이 많은 남자였다. 그리고 했던 말을 반복해서 하는 지루한 재주를 지니고 있었다.

"그 막대한 제가 빚을 한꺼번에 갚는 날이 오다니. 다시 생각해도 믿기지 않습니다. 볼을 꼬집으면 갑자기 꿈에서 깨는 건 아니겠죠?"

다이앤이 달리는 마차 안에서 늘어져라 하품했다. 삼 일째까진 브람이 같은 말을 몇 번이나 다시 하는지 세어보려 했는데, 이제는 포기했다.

"열심히 사는 사람에겐 언젠가 행운이 찾아온다더니, 제 행운은 바로 천사님을 만나는 것이었나 봅니다. 천사님 최고······ 천사님이 곧 하늘······ 하늘이자 만물······ 천사님 욕은 이른바 세계를 향한 욕······."

브람은 주변의 호응 없이도 혼자 몇 시간을 떠들었다. 그러다 보니 어느덧 해가 뉘엿뉘엿 기울기 시작했다. 이른 아침부터 달리기 시작했던 마차는 하늘이 어두워지자 잠시 묵어갈 곳을 찾았다.

"오늘은 이 영지에서 여관을 잡아 하룻밤 묵겠습니다."

"와, 오늘은 제법 큰 마을이네! 따뜻한 물로 목욕해야지."

"기왕이면 욕탕에 몸을 담갔으면 좋겠는데······."

"에이, 그런 건 여관에 없을걸? 영주성이면 몰라도."

그런데 그때 영주성의 주인이 부름에 응한 것처럼 쌍둥이 일행의 앞에 나타났다.

"하루라도 좋습니다! 부디 여러분을 제 성에 모셔 대접할 기회를 주십시오!"

"······응?"

"뭐?"

"예?"

쌍둥이와 기사들이 갑자기 헐레벌떡 등장한 영주를 저마다 의아하게 응시했다. 영주는 급히 뛰어온 듯 이마에 맺힌 땀을 닦으며 덧붙였다.

"제 소개를 하겠습니다. 저는 삼 대째 이 영지를 다스리고 있는 포람 남작이라고 합니다."

"포람 남작님, 왜 우릴 대접하고 싶다는 거야?"

"고귀하고 명예로운 영웅의 자제분과 용맹한 기사님들을 모시는 건 이 왕국의 귀족이라면 모두가 바라는 일 아니겠습니까?"

영웅이라는 말에 브람을 제외한 일행이 다들 멈칫했다.

"우릴 알아?"

"모를 리가요. 평소부터 깊이 존경해 왔습니다."

"우리가 이 마차를 타고 이동하는 건 어떻게 알았어?"

"전날 작은 마을에 들르셨지요? 그 마을에 사는 지기에게 기별을 받 았습니다. 덕분에 이리 마중을 나올 수 있었으니 고마울 따름입니다."

영주는 일관되게 공손한 태도를 유지했는데, 별달리 숨은 목적이 있 는 사람처럼 보이진 않았다. 다이앤이 영주의 얼굴을 유심히 보다가 고 개를 끄덕였다.

"괜찮아."

"확실해?"

"외숙부를 닮은 내 감이 무뎌진 게 아니라면."

"좋아."

다이아나가 기사들을 둘러보았다.

"오늘은 굳이 여관을 잡지 말고 영주성에서 하루 지낼까 하는데, 어때?"

"아가씨의 뜻이 곧 저희의 뜻이지요."

"그렇습니다."

"저, 저도 마찬가지입니다."

배경처럼 조용히 섞여 있던 브람도 슬그머니 의견을 냈다.

"그럼 가자. 오늘 하루 잘 부탁해, 남작님."

"정말 잘 생각하셨습니다! 돌아가신 조부의 명예를 걸고 최선을 다해 접대하겠습니다."

다이아나와 다이앤을 비롯한 일행은 그렇게 영주성으로 자리를 옮겼다.

남매는 영주성에 입성하자마자 욕탕을 찾았다. 그사이 기사들은 식사를 마쳤다. 뒤이어 목욕을 끝내고 나온 쌍둥이 또한 만찬실로 안내되었다.

"드시기에 그리 나쁘지는 않을 겁니다."

영주는 겸손을 떨었다. 겸손이라고밖에 할 수 없는 것이, 긴 식탁을 가득 채운 요리들은 무엇 하나 먹음직스러워 보이지 않는 것이 없었다. 모양과 빛깔만 화려한 것이 아니라 냄새도 좋았다.

공작성을 떠난 이래 이 정도 만찬은 오랜만이었다. 다이앤이 저도 모르게 감탄을 뱉었다. 다이아나는 이미 말없이 음식을 입에 밀어 넣고 있었다.

"잘 먹을게. 남작님, 고마워."

"크흠, 뭘요."

목욕을 오래 한 탓인지 허기가 지고 입맛이 돌았다. 다이앤이 가까이 있는 두부 샐러드를 포크로 찍어 입에 넣었다.

잠시 후.

미간을 일그러뜨린 다이앤이 씹던 것을 퉤 뱉었다.

"왜, 왜 그러십니까? 입에 안 맞으십니까?"

"누가 시킨 거야?"

"예?"

"네 결정이야?"

"무슨 말씀이신지……."

"음식에서 약 맛이 진동하는데, 무슨 말이냐고?"

다이앤의 목소리가 낮아졌다. 눈빛도 아이답지 않게 날카로워졌다. 음식을 미량만 맛본 탓에 확신하긴 어려웠지만 아마 수면제 종류인 것 같았다.

다이앤은 자책했다. 분명 이곳에 오기 전 영주에게서 아무런 흉계도 읽어내지 못했는데.

'난 이제 겨우 열 살인데, 벌써 감이 엉망이 됐단 말이야?'

제게 이 감을 물려준 에드워드 외숙부는 적어도 성년이 될 때까진 날고 기었다고 했는데!

"약이라고요?"

다이앤의 지적에 영주의 얼굴이 사색이 되었다.

"그럴 리가 없습니다. 약이라니, 뭔가 잘못된 게 분명……."

황급히 부정하던 영주는 말을 다 잇지 못했다. 그전에 그의 얼굴이 접시 위로 처박혔기 때문이다. 영주가 입을 댔던 물잔이 요란한 소리를 내며 떨어졌다.

"……어라?"

다이앤은 접시에 얼굴을 박은 채 미동조차 하지 않는 영주를 보며 당황한 목소리를 냈다.

약을 탄 범인이 영주가 아니었나? 연기라기엔 접시에 코를 들이받던 기세가 보통이 아니었다. 보는 사람이 다 움찔할 만큼 아파 보였다.

'흉수가 따로 있다고?'

다이앤은 곧 어쩌면 이 일의 규모가 생각보다 클지도 모르겠단 짐작을 했다. 영주까지 속일 정도면 흉수는 꽤 작정하고 일을 준비했을 것이다. 다만, 그런 것치고는 치명적으로 어설픈 구석이 있었지만.

"우리를 상대로 약이라니. 누군지는 몰라도 헛수고를 했네."

쌍둥이는 무적이라고 해도 좋을 만큼 모든 계열의 약에 내성이 있었다. 타고난 체질이었다. 독약도 통하지 않는 마당에 수면제 따위, 효과가 있는 것이 더 이상했다.

"안 그래? 누나……."

다이앤은 동의를 구하려 다이아나를 돌아보았다가 그대로 정지했다. 다이아나는 식탁에 엎어져 있었다.

굳었던 다이앤이 잠시 후 목소리를 냈다.

"누나?"

"……."

"아, 알겠다. 지금 장난치는 거지?"

"……."

"재미없어, 누나. 빨리 일어나."

"……."

"……누나?"

다이앤의 눈이 흔들리기 시작했다. 아니, 그러고 보면 조금 전부터 이상할 만큼 다이아나가 조용하다곤 생각했다.

하지만 이건…….

이해할 수 없는 상황에 혼란스러워하던 다이앤이 이내 눈을 크게 떴다.

'설마?'

다이앤의 손이 빠르게 움직였다. 제 앞에 놓인 물잔을 집어 물을 한 모금 마셨다.

'……라임 향.'

다음은 음식이었다. 다이아나가 손을 댔던 접시의 요리들을 닥치는 대로 하나씩 찍어 맛봤다. 이어 다이앤의 혀끝에 달콤한 맛이 걸렸다. 고기와 밀가루를 겹겹이 쌓아 구운 파이, 그 층 사이사이에 꿀이 발라 져 있었다.

다이앤이 허탈하게 손에 쥔 포크를 떨어뜨렸다.

'라임에 꿀! 이런 젠장!'

다이아나는 독과 약에 면역이 있었고 다이앤보다 힘과 근력도 강했지 만, 단 하나 고칠 수 없는 약점이 있었다. 바로 라임과 꿀을 함께 먹으면 극심한 알레르기 증상에 시달린다는 것이었다.

"이러면 수면제 약효가 도는 것과 차이가 없잖아!"

그리고 그 알레르기 증상이란, 바로 몇 시간가량 기절한 듯 깊게 잠드 는 것이다.

"망했다. 시간을 채울 때까지는 절대 안 일어날 텐데."

과거 멋모르던 시절 라임 꿀 차를 마시고 쓰러진 다이아나를 깨워보 겠다고 별짓을 다 했던 경험이 있었다. 이름 부르기, 어깨 잡고 흔들기, 약간의 사감을 담아 뺨 때리기, 물 뿌리기…….

결과는? 무엇 하나 소용없었다. 다이아나의 알레르기는 그 정도로 지 독했다.

'평소엔 먹기 전에 냄새로 잘만 확인하고 피하면서, 왜 하필 이때…….'

한탄한 다이앤이 이어 바깥 소리에 귀를 기울였다.

만찬실 밖은 조용했다. 다소 지나칠 만큼. 꼭 지나다니는 사람이 한 명도 없는 것 같았다.

'전부 재우거나 기절시킨 건가? ……죽인 건 아니겠지?'

다이앤이 후각에 집중했다. 다행히 피 냄새가 나진 않았다.

'설마 나와 누나를 다른 곳으로 빼돌리는 게 목적인가.'

성안의 모두를 행동 불능으로 만든 건 목격자와 방해꾼을 남기지 않으려는 의도처럼 보였다. 다이앤의 머리가 빠르게 회전했다.

만약 그렇다면 저는 어떻게 행동하는 게 좋을까.

'누나를 데리고 일단 피해야 하나?'

어렵지 않은 일이었다. 다이앤의 신체 능력이라면 사람 하나쯤 업고도 얼마든지 날렵하게 움직일 수 있었다.

다만 그러자니 걸리는 것들이 있었다.

우선 몸을 피하면서 기사들과 브람까지 챙기는 것은 무리다. 만일 쌍둥이가 사라진 것을 알고 흉수가 그들을 인질로 삼기라도 하면 골치 아팠다. 기사들도 기사들이지만 브람이 지닌 인질로서의 가치는 그야말로 무궁무진했다.

문제는 더 있었다.

흉수의 정체를 모른다. 그건 즉 상대의 전력 또한 짐작할 수 없다는 말이었다. 혹여 저 혼자 당해내기에 버거운 수준이라면…….

"하아."

다이앤이 한숨을 쉬었다. 그러곤 목에 걸려 있던 목걸이의 보석을 손에 쥐고 으스러뜨렸다. 원망이 담긴 다이앤의 눈빛이 다이아나를 향했다.

"두고 봐, 누나. 이 일은 나중에 단단히 따질 테니까."

이윽고 다이앤이 다이아나를 따라 식탁에 이마를 박았다.

바르테즈와 빌렌의 계획은 이러했다.

우선 베민 영지를 떠난 쌍둥이의 동선을 예측했다. 이건 어렵지 않았다. 마차가 향한 방향을 보건대 그들의 귀환지는 틀림없이 메이하드 공작령일 테니까.

다음, 그들이 중간에 거쳐 갈 영지의 영주에게 편지를 보냈다. 쌍둥이의 정체와 그들을 태운 마차의 외양을 적은 익명의 편지였다. 그 후 이동 마법을 써서 빌렌이 먼저 해당 영지에 숨어들었다.

영주는 정확히 그들이 바란 대로 움직였다. 무려 메이하드 공작가에 눈도장을 찍을 기회를 놓칠 수 없다는 듯 쌍둥이와 일행을 모셔 대접하겠다고 나섰다.

빌렌은 그때를 노렸다. 영주성에 몸을 숨기고 있다가 쌍둥이 일행이 나타나자 약과 마법을 적절히 사용하여 성내의 모든 사람을 기절시켰다. 순전히 그 혼자 한 것은 아니다. 돈에 매수당한 몇몇 병사와 사용인이 일을 분담했다. 안타깝게도 그들 중 지금까지 살아 있는 이는 하나도 없었다.

달이 뜬 밤, 돌아다니는 이 하나 없어 적막해진 성.

마차 한 대가 조용히 다이아나와 다이앤을 실어 날랐다. 마차는 한참을 달려 외딴 숲속 작은 오두막에 도착해서야 멈췄다.

빌렌은 쌍둥이를 오두막으로 옮긴 후 부하를 시켜 마차를 멀리 보냈다. 바르테즈는 오두막에서 기다리고 있다가, 빌렌과 쌍둥이의 등장에 함박웃음을 지었다.

"빌렌! 과연 자네야. 자넨 내가 아는 그 누구보다 유능하다."

"입 발린 칭찬은 됐으니 약속이나 잊지 마. 분명 목숨 하나는 내게 넘겨주기로 했어."

"당연하지. 반드시 지킬 테니 염려 마라."

입맛을 다신 빌렌이 잠시 물러났다. 바르테즈는 손발이 포박당하고 재갈이 물린 쌍둥이에게 천천히 다가갔다.

희열로 온몸이 떨렸다. 마음 같아선 당장에라도 쌍둥이를 엉망으로 난도질하고 싶었다. 하지만 그는 인내했다.

일을 저지르기 전, 마지막으로 남은 계획을 점검했다.

'여기서 이 둘을 죽인 뒤 시신은 오두막과 함께 태운다.'

그럼 화마가 이곳에서 있었던 일의 흔적을 남김없이 집어삼켜 주겠지.

설령 불길이 약해 흔적이 남게 된다고 해도 상관없었다. 어차피 쌍둥이의 자취는 브람 남작의 영주성에서 끊겼다. 모든 의혹과 책임은 남작의 몫이 될 것이다. 혹여 수사가 근방까지 확대되어도 바르테즈가 용의선상에 오를 가능성은 적었다. 바르테즈가 유배된 영지와 이곳은 마차로 닷새 거리나 떨어져 있었으니까.

물론 일이 벌어진 시기에 바르테즈가 장기간 영지를 비웠다는 게 밝혀지면 이야기가 달라지겠지만, 그럴 걱정은 없었다. 볼리스 남작은 미련할 만큼 딸을 사랑했다. 딸의 안전이 걸려 있는 한 그는 결코 바르테즈를 등질 수 없을 것이다.

'완벽해. 정말이지 완벽한 계책이야.'

자화자찬한 바르테즈가 쌍둥이의 앞에 쪼그려 앉았다. 다이아나와 다이앤을 번갈아 살피던 그의 입매가 돌연 사납게 휘었다. 둘이 남매라는 걸 인식하자 불현듯 케딜라 왕녀가 떠오른 탓이다.

'빌어먹을 것. 감히 날 서쪽 변방에 처박고 본래 내 것이었던 왕위를 차지해?'

불합리한 분노는 곧 이 자리에 없는 당사자 대신 죄 없는 어린 남매에게 향했다.

"원망하려거든 네 아비와 어미 그리고 케딜라 그 욕심덩어리 계집을 원망해라."

그렇게 말하며 바르테즈가 다이아나의 머리채로 손을 뻗었다.

그 순간, 성인의 것보다 한 마디는 작은 손이 불쑥 튀어나와 바르테즈의 손목을 움켜쥐었다.

"……!"

억센 힘이 손목을 압박했다. 바르테즈의 눈이 크게 뜨였다. 다이앤이 한 손으로 상대의 손목을 붙잡은 채 다른 손으로 입을 막은 재갈을 잡아 뜯었다.

"후우. 누군지는 모르겠지만, 너 정말 역겹다. 어린아이한테 뭐 하는 거야?"

"너, 너! 어떻게……!"

"왜? 밧줄? 아, 이거 그냥 힘줬더니 끊어지던데."

"빌렌!"

바르테즈가 다급하게 외쳤다. 비록 어린애지만, 제 힘으로는 당해낼 수 없다는 걸 본능적으로 느꼈다. 붙잡힌 손목을 꼼짝도 할 수 없다는 점에서 이미 명백했다.

빌렌은 한쪽에 서서 당황한 표정을 짓다가 이름이 불리자 서둘러 마법을 구현해 날렸다. 다이앤이 바르테즈를 놓아주곤 다이아나를 안고 재빨리 몸을 피했다.

쾅!

마법 화살이 아무것도 없는 빈자리에서 터졌다. 바르테즈가 허겁지겁 빌렌 옆까지 물러섰다.

"어떻게 된 거야? 족히 만 하루는 잠들어 있을 양의 수면제를 썼다며!"

"그래, 틀림없이."

"근데 저놈이 왜 움직이는데!"

"약을 먹지 않았으면서 잠든 시늉을 했던 거겠지."

빌렌의 눈이 가느스름해졌다.

"날 감쪽같이 속이다니. 어린 게 제법인데? 조금 전 보여준 신체 능력도 그렇고……. 역시 그 메이하드 공작의 핏줄이란 건가?"

그렇게 말하는 빌렌은 어딘지 심기가 매우 뒤틀려 보였다.

그가 양손을 앞으로 내밀었다. 주변의 마력이 무시무시한 기세를 품고 그의 손으로 모여들었다.

"다 가지고 태어났구나, 꼬마야. 역시 불공평한 세상이야. 하지만 그거 아니?"

"……."

"제아무리 완벽한 배경에 혈통을 지녔어도, 뒈지면 다 끝이라는 거."

소용돌이치는 마력이 품은 기세가 점점 강해졌다.

"과연 너 혼자 날 상대할 수 있을까? 그것도 짐을 달고?"

빌렌이 이를 드러냈다.

"넌 오늘 여기서 죽게 될 거다. 미리 유언을 정해두는 게 좋을걸."

그런데 그때, 침묵하던 다이앤의 입술 끝이 비죽 올라갔다.

"나 혼자 아닌데."

"뭐?"

쨍!

시끄러운 소리를 내며 오두막의 창문이 산산이 깨어졌다. 창문을 깨고 밖에서 침입한 인물이 오두막 바닥에 착지했다. 그의 입에서 탄식이 흘러나왔다.

"아, 문을 부수고 들어오려던 거였는데."

"웬 놈이냐!"

바르테즈가 그렇게 외치는 순간 빌렌이 양손에 모았던 마력을 침입자에게 쏘아 보냈다. 반사적인 행동이었다. 그러나 마력 덩어리는 침입자에게 닿기 전 투명한 벽에 가로막혀 허공에서 폭발했다.

다이앤이 반갑게 말했다.

"아샬! 왔구나!"

"오랜만에 뵈어요, 공자님. 불러주셔서 영광입니다."

시드리온의 뒤를 이어 벌써 십 년째 흑탑을 이끌고 있는 마스터 아샬이 소맷자락에 묻은 유리 조각을 툭툭 털어냈다.

"생각보다 멀어서 오는 데 시간이 걸리긴 했지만…… 그래도 최대한 서둘러서 왔어요!"

"바르테즈 님!"

"무슨 일입니까!"

그때 오두막 문이 벌컥 열리더니 기사들이 우르르 나타났다. 바르테즈의 지시를 받고 주변을 호위하던 이들이었다.

그들은 따로 부르기 전까진 절대 오두막 안으로 들어오지 말라는 명령 또한 받았지만, 침입자를 목격한 이상 얌전히 자리를 지킬 수만은 없었다.

바르테즈와 빌렌, 그리고 기사들이 아샬과 대치했다.

적의 수가 늘었지만 아샬은 여유로웠다. 반면, 빌렌의 얼굴은 딱딱하게 굳었다.

"마스터 아샬, 네가 어떻게 이곳에……."

그에게서 목이 졸린 것 같은 목소리가 새어나왔다.

빌렌은 오랜 시간 흑탑의 추적에 시달렸다. 당연히 한눈에 아샬을 알아볼 수밖에 없었다. 아샬 또한 그제야 빌렌을 제대로 인식한 듯 눈을 휘둥그레 떴다. 곧이어 눈썹이 모로 휘었다.

"맙소사. 저 새끼가 여기 있네?"

"아는 사람이야?"

"그게 말이죠, 사람은 아니고 쥐새끼인데……."

아샬이 대답해 주는 사이, 빌렌은 깊은 갈등에 휩싸였다.

'이길 수 있을까?'

일 대 일이다. 흑탑의 마법사가 더 따라붙은 것 같지는 않았다. 상대가 혼자라면 해 볼 만할지도…….

하지만 잠시 피어오르나 했던 빌렌의 투지는 금세 꺾였다. 조금 전 아샬이 그의 공격을 허무할 만큼 쉽게 막아냈던 사실이 떠오른 것이다.

'빌어먹을.'

자부심과 자존심에 금이 갔다. 그렇지만 그 둘이 목숨보다 중요하진 않았다. 입술을 깨문 빌렌이 즉시 마법 주문을 외웠다. 자리에서 눈부신 빛이 번쩍였다.

잠시 후 빛이 사라졌을 때, 빌렌의 인영은 더 이상 이곳에 없었다.

"비, 빌렌? 빌렌!"

당황한 바르테즈가 가장 먼저 빌렌의 이름을 부르며 그를 찾았다. 아샬이 혀를 찼다.

"역시 또 도망쳤네. 누가 쥐새끼 아니랄까 봐."

그러더니 그는 망설이는 기색으로 다이앤을 힐끔거렸다.

"왜?"

"제가 지금 저놈을 잡으러 가려면 갈 순 있거든요? 저렇게 급하게 이동 마법을 쓰면 자리에 좌표가 남아서……."

"그럼 가면 되잖아?"

"괜찮으시겠어요?"

다이앤은 곧 아샬이 무슨 말을 하는지 깨달았다. 픽 웃은 다이앤이 흔쾌히 고개를 끄덕였다.

"당연하지. 내가 누군지 잊은 거야? 나 다이앤 메이하드야."

"……."

"마법사를 쫓아줬으니 됐어. 여긴 내가 알아서 할 테니 마음 놓고 천천히 다녀와."

아샬이 여전히 머뭇거리자 다이앤이 단단한 말투로 쐐기를 박았다.

"빨리 잡아 와. 절대 놓쳐선 안 돼. 나도 이 일에 가담한 범인을 전부 잡고 싶으니까."

"알겠습니다, 공자님! 그럼 금방 올게요!"

이내 빛무리와 함께 아샬이 오두막에서 사라졌다. 다이앤이 바르테즈와 기사들에게 시선을 주었다.

"뭐야?"

바르테즈는 돌아가는 상황이 이해되지 않는 듯, 혹은 불만인 듯 오만상을 쓰고 있었다.

"이게 대체 뭐냐고!"

"뭐긴."

다이앤의 목에는 보석이 부서져 줄만 달랑 남은 목걸이가 걸려 있었다. 평범한 목걸이가 아닌 마법 매개체였다. 보석을 부수는 순간 특정 인물에게 목걸이의 위치와 호출 신호가 전해진다. 그리고 그 특정 인물이란 조금 전 상황을 통해 알 수 있다시피, 마스터 아샬이었다.

다이앤은 숨겨진 사실을 구구절절 설명해 주는 대신 현 상황만 짧게 요약했다.

"넌 이제 끝났다는 거지."

"웃기지 마! 건방진 것! 당장 저 애새끼를 잡아!"

바르테즈의 명령에 그의 주변을 지키던 기사들이 일제히 뛰어 나갔다. 빌렌이란 전력이 빠져나갔어도 바르테즈는 기세등등했다. 그가 이곳까지 데리고 온 기사들은 고르고 고른 정예였다. 몰래 이동하느라 다섯 명밖에 추리지 못했지만, 상대는 기껏해야 어린애 하나다. 싸움이 될 리 없었다.

"아악!"

"크악!"

"컥!"

"윽!"

······정말로 싸움이 되지 않았다.

다만 바르테즈가 기대한 것과는 양상이 정반대였지만.

순식간에 기사 넷을 때려눕힌 다이앤이 마지막으로 남은 기사의 배를 걷어찼다. 무시무시한 힘에 기사의 몸이 반으로 접혀 날아갔다.

쿵!

벽과 충돌한 건장한 육신이 허물어졌다. 바르테즈는 눈도 깜박이지 못하고 굳었다. 다이앤이 손을 털었다.

"너만 남았네?"

"히, 힉!"

생존본능이 바르테즈의 발을 움직이게 했다. 그가 급히 뒤돌아 달음박질쳤다.

"어딜."

물론 다이앤이 가만히 두고 보지 않았다.

퍽!

몸을 날린 다이앤의 손에 뒤통수를 얻어맞은 바르테즈가 그대로 의식을 잃고 쓰러졌다. 다이앤은 잠시 바르테즈를 내려다보았다. 상대를 제압했지만, 어딘지 모자란 감이 있었다.

곧 문제점을 깨달은 다이앤이 손을 뻗었다. 작은 손이 야무지게 바르테즈의 머리채를 움켜쥐었다.

"너 아까 우리 누나 머리채 잡으려고 했지. 잡은 다음에 뭐 어떡하려고 했어?"

"……."

"응? 어쩌려고 했냐고, 어?"

다이앤이 바르테즈의 머리채를 쥐고 마구 흔들었다. 따귀를 철썩철썩 사정없이 내려치기도 했다. 당연하지만 정신을 잃은 상대에게선 답이 돌아오지 않았다. 충격에 바르테즈가 한 번씩 눈을 떴지만, 이내 더 큰 충격에 다시 기절할 뿐이었다.

그렇게 다이앤이 바르테즈를 얼마나 응징했을까. 아샬이 헐레벌떡 오두막으로 귀환했다.

"공자님!"

아샬은 팔과 다리가 한쪽씩 꺾인 채 축 늘어진 빌렌을 질질 끌고 나타나서는 멈칫했다. 오두막의 풍경과 멀쩡하다 못해 산뜻한 다이앤의 모습을 확인하곤 작게 중얼거렸다.

"……사실 제가 없었어도 별로 상관없지 않았을까요? 이놈도 공자님 혼자서 충분히 잡으셨을 것 같은데."

"에이, 아냐. 마법사가 얼마나 껄끄러운 상대인데."

"흐음……."

"어쨌든 와줘서 고마워, 아샬. 덕분에 일이 수월히 해결됐어."

"아뇨, 제가 더 감사하죠."

아샬이 갑자기 정색했다.

"그거 아세요? 공작가에서 저를 이름으로 불러주는 건 공자님 한 분뿐이라는 걸……."

일레나가 아샬을 부르는 호칭은 '새탑주'였다. 다이아나는 곧잘 엄마를 따라 했다. 카이휜은 애초 아샬을 부를 일이 거의 없었다.

"공자님께는 늘 감사하게 생각하고 있답니다. 그러니 앞으로도 제가 필요해지면 주저 말고 언제든 꼭 불러주세요. 목걸이는 새로 제작해서 드릴게요."

"……."

"꼭이에요."

"……으응, 알겠어."

아샬의 눈에서 타오르는 진심을 읽어낸 다이앤이 어색하게 고개를 끄덕였다.

"그나저나 도망친 그 마법사 말이야, 잡느라 고생하진 않았어? 제법 강해 보이던데."

"쥐새끼 잡는 일에 고생이 웬 말인가요? 귀찮기는 했지만."

허풍이 아닌지 아샬은 소맷자락이 조금 불에 탄 것을 제외하면 달리 다친 곳 없이 무사해 보였다.

"다행이네."

"제가 이래 봬도 전(前) 마스터 다음으론 가장 강한 마법사랍니다."

다이앤이 동의한다는 듯 눈을 초승달처럼 휘어 웃었다.

소년은 어렸을 때부터 마법사를 좋아했다. 물론 선량한 쪽을. 어쩐지 저에게는 없는 힘을 가졌다는 것이 근사하게 느껴졌다.

"난 아샬이 참 좋아."

"어머, 저도 공자님을 사랑해요."

어디 한 군데씩 부러져 쓰러진 기사들이 간간이 신음하는 가운데 훈훈한 기류가 두 사람을 감쌌다.

그때였다.

고통스러운 신음 사이에 가느다란 칭얼거림이 섞여 들려왔다. 다이앤이 귀신처럼 반응해 곧바로 자리를 박차고 다이아나에게 달려갔다.

"……뭐야? 여기가 어디지?"

느릿느릿 상체를 일으켜 앉은 다이아나가 눈을 비볐다. 다이앤은 울컥해서 입을 벌렸다. 밀려드는 갖가지 감정들이 목소리에 고스란히 실렸다.

"누나아!"

영주성에 있던 기사들과 브람은 무사했다. 그저 약을 먹어 잠들어 있었을 뿐이다. 정신을 차린 후 기사들은 수도까지 바르테즈를 포함해 죄인을 호송했고, 브람은 쌍둥이와 메이하드 공작령으로 향했다.

공작령까지 가는 길은 당초 예상보다 훌쩍 단축되었는데, 시드리온이 아샬에게서 소식을 듣고 그들 앞에 나타났기 때문이다.

"이모부!"

"……가자."

시드리온은 별말 없이 그들을 단숨에 공작성으로 이동시켰다.

집에 도착한 다이앤은 바로 일레나와 대면했다. 다이앤이 침을 꿀꺽 삼켰다. 상냥하지만 때때로 엄한 어머니를 둔 소년은 이유도 모른 채 바짝 긴장했다.

일레나의 입이 열렸다.

"새탑주에게서 이야기는 전부 들었다."

일레나는 이 와중에도 마스터 아샬을 새탑주라고 불렀다.

'아샬……!'

아샬을 안타까워하던 다이앤은 곧 자신이 그럴 처지가 아니라는 것을 깨달았다. 등 뒤로 식은땀이 주룩 흘렀다.

'일부러 말 안 했는데!'

다이앤은 마법 통신구를 소지하고 있었다. 사건이 얼추 해결되고 여유가 생겼을 때 바로 부모님께 연락해 모든 사정을 설명할 수도 있었다.

근데 안 했다. 이유는 하나였다.

'혼나기 싫어!'

위험한 일이 생기면 어쩌냐는 어머니의 만류에도 꿋꿋이 괜찮다고, 그럴 일 없을 거라고 주장하며 이번 여정에 올랐다.

한데 그 '위험한 일'이 정말 생겨 버렸으니!

물론 잘 해결되었고, 다친 사람도 없었지만, 어쨌든 사건이 발생했단 점은 사실이다. 더구나 범인은 정확히 쌍둥이를 노렸다. 해석하기에 따라 둘 때문에 다른 일행까지 위험에 처할 뻔했다고도 볼 수 있었다. 다이앤의 어깨가 점점 작아졌다.

'어차피 언젠가는 알려졌겠지만⋯⋯.'

미리 맞는 매가 덜 아프다곤 하나 아직 어린 다이앤으로선 그저 매 자체가 겁날 뿐이었다. 우물쭈물하던 다이앤이 힘겹게 입을 열었다.

"저, 엄마, 잘못⋯⋯."

그런데 그때 일레나가 다이앤을 와락 껴안았다. 엄마의 품에 안긴 소년이 눈을 동그랗게 떴다.

"무사해서 다행이야."

"⋯⋯엄마."

"그리고 잘했다. 들어보니 활약이 무척 멋지던데? 모르는 새 벌써 다 컸구나, 앤."

모진 질책을 각오했던 열 살짜리 아이의 눈에 안도감이 서렸다. 긴장이 한꺼번에 빠지면서 절로 물기가 차올랐다.

"네가 자랑스럽다."

"엄마⋯⋯."

다이앤은 일레나에게 꼭 안겨 훌쩍였다. 상냥한 손이 어린 아들의 머리를 쓰다듬어 주었다.

그리고 그러는 와중, 일레나의 날카로운 시선이 카이휜에게 향했다. 입술이 또박또박 움직였다.

'당신은 나중에 나랑 따로 봐요.'

카이휜은 한쪽에서 다정한 모자의 모습을 보며 침음을 삼켰다. 아무래도 질타나 원망 같은 건 전부 그의 몫이 되려는 모양이었다.

어쩔 수 없다. 카이휜이 어른으로서 현실에 순응하는 그때, 다이앤이 일레나의 품에서 고개만 슬쩍 빼내 아빠를 쳐다보았다. 부자의 시선이 마주쳤다.

잠깐 고민하던 카이휜이 엄지를 들었다. 다이앤이 활짝 웃었다.

부모님을 만나고 나와 싱글벙글 웃으며 복도를 누비던 다이앤이 먼발치서 다이아나를 발견했다. 다이앤의 얼굴에서 미소가 온데간데없이 싹 사라졌다. 재빨리 표정을 갈무리한 다이앤이 눈썹을 시무룩하게 내렸다.

"뭐라고 하셔?"

다이아나가 다가와 물었다. 예상했던 질문에 소년이 준비한 거짓말을 꺼냈다.

"혼났어. 엄청."

"진짜?"

"무지막지하게! 눈물이 나고 손이 마구 떨렸어."

운 건 사실이니 약간은 진실이 섞였다.

"그렇게 혼나본 건 태어나서 처음이야! 아아, 지금도 너무 무서워. 다음은 이제 누나 차례겠네."

과장되게 몸을 움츠리며 다이앤이 다이아나의 반응을 살폈다.

"……그래, 화가 많이 나셨구나."

"……."

"별수 없지. 잘못한 건 사실이니까."

'응?'

다이앤이 당황해서 눈을 깜박였다. 이게 아닌데.

그가 기대한 장면은 다이아나가 닥쳐올 꾸중이 두려워 안절부절못하는 것이었다.

'하다못해 자긴 잘못 없다고 펄펄 뛰기라도 할 줄 알았는데, 저렇게 순순히……?'

그때 다이아나가 말을 덧붙였다.

"나 때문에 더 화나셨지? 미안해. 내가 짐만 되지 않았어도 상황이 나았을 텐데."

그 순간 다이앤은 숫제 공포에 질렸다. 넌 누구냐고, 누나를 어떻게 한 거냐고 따져 물으려다가 질문을 바꿨다.

"누나, 어디 아파? 아님 새로운 알레르기를 발견한 거야? 지금 그 알레르기 증상에 시달리는 중인 거고?"

대놓고 '너 지금 이상하다'라고 지적하는 말에도 다이아나는 아무 대꾸가 없었다. 평소였다면 진작 발끈해서 날뛰고도 남았을 텐데.

다이앤이 점점 초조해졌다. 어색함을 견디기 어려웠다. 바라던 상황과는 반대로 되레 자기가 안절부절못하다, 돌연 불쑥 목청을 키웠다.

"그, 그래! 이야기가 나와서 말인데, 영주성 만찬실에서 말이야."

"……."

"라임이랑 꿀, 냄새로 미리 못 알아챘어?"

"둘 다 입에 넣고 나서 알았어."

"누나치곤 둔했네. 아니, 근데 그럼 그때 뱉었어야지! 왜 삼킨 거야?"

"배고프고 목말라서?"

"나랑 장난하는 거야?"

다이앤의 표정에 어이없다는 빛이 떠올랐다. 다이아나가 머뭇거리다가 작게 한숨 쉬곤 말했다.

"나도 몰랐는데, 내가 널 꽤 믿고 있었나 봐."

다이앤이 멈칫했다.

"생각보다 긴 여정에 지쳐 있었고, 피곤했고, 거기에 허기가 겹쳐서 경계를 아예 놔버렸던 건 사실이야."

"……."

"하지만 네가 그 자리에 없었다면 절대 안 그랬겠지."

다이앤의 어깨가 움찔했다. 파란 눈이 풍랑을 만난 것처럼 흔들렸다.

"혹 무슨 일이 생긴대도 네가 있으니까, 너라면 내가 돕지 않아도 괜찮겠지……. 나도 모르게 그렇게 생각했던 것 같아."

"……."

"그렇지만 전력은 못 돼도 짐은 되지 말았어야 했는데, 그 점은 정말 미안하게 생각해. 그리고 고마워. 혼자서도 사건을 잘 해결해 줘서."

움찔, 움찔.

다이앤이 가만히 있지 못하고 자꾸 어깨를 움직였다. 시선은 아무 상관없는 바닥에 못 박힌 듯 고정되었다. 다이아나의 말이 이어졌다.

"약해 빠졌다고 했던 말은 취소할게. 너, 안 약해. 유사시에 믿고 전부 맡길 수 있을 만큼 강해, 다이앤."

파드득!

이름이 불린 순간 소년이 마치 불에 덴 듯 뒤로 물러났다. 물러난 김에 소년은 그대로 뒷걸음질 쳤다. 조그맣게 보일 만큼 멀리 떨어져서 입을 열었다.

"흐, 흥! 당연한 이야기를! 이제 와서 그렇게 말한다고 누가 좋아할 줄 알고? 기뻐할 줄 알고? 감동할 줄 알고? 뿌듯해할 줄 알고?"

"뭐라고? 멀어서 잘 안 들리는데."

"거짓말하지 마! 나보다 귀도 밝으면서."

그리 버럭 외친 다이앤이 재빠르게 모퉁이를 돌아 사라졌다. 사라지기 전 얼핏 보였던 귀가 붉었다. 자리에 남은 다이아나가 어깨를 으쓱했다. 이어진 발걸음은 한결 가벼웠다.

그간 저지른 소행이 낱낱이 밝혀진 바르테즈와 일당은 자연히 감옥에 갇혀 재판을 기다리는 신세가 되었다.

다만 전 왕녀, 즉 현 국왕은 재판을 차일피일 미뤘다. 어서 빨리 그들에게 형을 내려달라는 일부의 성화에도 갖은 구실과 이유를 대며 시간을 흘려보냈다.

그러는 사이 점차 민간에도 바르테즈의 만행이 알려졌다. 이야기는 정확했고 또한 세세했다. 민심이 들끓었다. 만백성이 소리를 모았다.

죄 없는 생명을 숱하게 빼앗고 영웅의 자손까지 해치려 한 저 금수만도 못한 자에게 사형을! 사형을! 사형을! 사형을!

어떻게든 바르테즈의 죄를 축소해 보고자 했던 몇몇 귀족은 끓어오른 여론에 사색이 되었다. 분노한 왕국민의 목소리가 극에 달했을 때, 국왕은 기다렸다는 듯 재판을 열었다.

그러곤 죄인들에게 극형을, 그것도 공개 처형을 선고했다.

바르테즈, 그의 기사들, 빌렌은 줄지어 처형인의 무딘 칼날 아래에서 생을 마감했다. 그들에겐 특별히 목이 잘리기 전 관중에게 돌을 맞는 시간도 주어졌다.

"판결한다. 죄인 볼리스 남작은……."

볼리스 남작은 증인이자 죄인으로서 재판장에 섰다. 그에게 주어진 죄목은 방조와 증거 인멸이었다. 다만 자신에게 불리한 내용을 포함하여 모든 사실을 숨기지 않고 증언한 점, 바르테즈에게 협박당했다는 사정이 참작되어 그의 처벌은 재산의 반을 몰수하는 것에서 그쳤다.

이후 그는 영지로 돌아가 바르테즈에게 억울하게 희생당한 사람들의 묘비를 세우고, 유가족을 보살피는 나날에 힘썼다. 물론 빌렌과 바르테즈가 사라지고 남작의 딸은 무사히 그의 품으로 돌아왔다.

그렇게 일이 전부 마무리된 후. 약제사 브람을 데려오는 여정에 함께했던 공작성의 기사들은 생각했다.

'우리가 도련님과 아가씨를 지켜 드렸어야 했는데!'

'외려 보호받다니!'

'이 은혜와 부채를 노동으로 갚자.'

그들은 앞으로 쌍둥이가 연무장의 담벼락을 부숴놓을 때마다 자기들이 직접 보수하겠노라고 선언했다. 그런데 시일이 꽤 흘러도 연무장 담벼락이 상하는 일은 없었다.

모두가 의아하게 생각할 때쯤, 주방 하녀 몇이 용기를 내 쌍둥이에게 찾아갔다.

"도련님, 아가씨."

"응?"

"오늘 식후 음료는 레몬 아이스티와 우유를 넣은 따뜻한 홍차 중 뭐로 하시겠어요?"

하녀들이 긴장한 채 답을 기다렸다. 다이아나와 다이앤은 서로를 돌아보더니 이내 동시에 대답했다.

"둘 다!"

메이하드 공작성은 이전보다 좀 더 평온해졌다.

덧붙여, 브람은 윌이 예지몽에서 본 것과 정확히 같은 치료제를 훌륭하게 만들어냈다. 빛깔, 투명도, 점성, 심지어는 우연의 일치인지 약 표면에 떠오른 기포의 개수까지 같았다.

다만.

"이건 피부를 백옥처럼 만들어주는 약을 고안하다 실패했던 조합인데……."

"……."

"정말 이거면 괜찮으신가요?"

"……충분해. 고맙네."

간혹 실패는 위대한 발명으로 재탄생하기도 한다. 어쩌면 사소한 이야기였다.

같은 시각, 잿빛 하늘 아래 자리한 높다란 성 안쪽.

그곳에 보관된 거대한 알의 표면에 금이 갔다. 이어 두꺼운 껍데기가 단숨에 부서지며 알 속에서 한 소년이 걸어 나왔다.

소년의 등장에 알을 빙 둘러싸고 있던 인원이 일제히 바닥에 엎드렸다.

"왕이시여!"

"왕이시여!"

소년이 그들을 훑어보곤 무표정한 얼굴로 중얼거렸다.

"뭐야?"

단순한 외마디 울림에 담긴 기운이 공간 전체를 내리눌렀다. 등으로 전해지는 압박감에 엎드린 이들이 동시에 전율했다. 희열이, 경외감이, 환희가, 두려움이 피어올랐다.

그들이 부들거리며 재차 외쳤다.

"저희의 위대한 새 지배자시여!"

"부디 저희와 이 땅을 이끌어주소서!"

"다스리고 이끌어주소서! 지배자시여!"

회색 하늘 아래 마물이 탄생하고, 죽고, 지배하고, 지배받는 땅. 마계가 이 순간 전례 없이 강한 왕을 맞이했다.

물론.

'뭐라는 건지는 모르겠고, 귀찮은데……'

그 왕의 머릿속을 스친 생각은 그 누구도 알지 못했다.

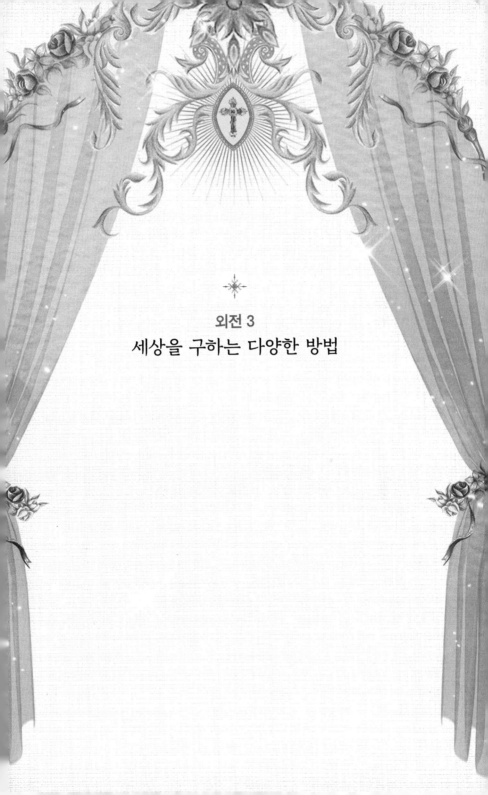

외전 3
세상을 구하는 다양한 방법

본능만을 좇는 동물이나 짐승에 가까운 존재, 마수.

이성으로 사고하고 문물을 이뤄 살아가는 고위 생명체, 마물.

이 둘이 섞인 넓은 땅, 마계에는 '마물의 성'이라고 이름 붙인 크고 높다란 건축물이 있었다. 그곳의 2인자인 아스트라는 그들의 새 왕을 처음 만났던 순간을 잊을 수 없었다.

"아스트라 님! 마신수의 알이 보관된 방에서 강력한 파동이 느껴집니다. 알이 곧 부화할 것 같습니다."

"뭐? 벌써?"

놀라운 속도였다. 마신수의 알이 세상에 나온 지 이제 겨우 십 년이 흘렀다.

'보통 삼십 년, 제아무리 일러도 이십 년은 걸릴 일인데……'

부화 시기가 이 정도로 당겨진 것은 처음이었다. 비록 전대 왕이었던 트리제프의 피를 촉진제 삼아 알에 먹이긴 했지만, 그렇다 해도 지나치게 일렀다.

'혹 준비가 되기 전에 태어나시는가?'

간혹 있었다. 산달을 채우지 못하고 어미의 배 속에서 나오는 새끼처럼 덜 자란 상태로 마신수의 알껍데기를 깨버리는 이들이.

당연하게도 그리 탄생한 왕은 미성숙하고 약했다. 물론 시간이 흐르면 점점 성장하고 강해지긴 할 것이다. 산달 전에 태어나 버린 미숙한 새끼도 세월이 지나면 어엿하게 성체로 자라는 것처럼.

그러나 다른 마물들이 그 과정을 참을성 있게 기다려 주리라는 건 지나친 기대였다.

인내심이 없고 난폭한 마물은 늘 힘의 논리에 충실했다. 왕이 약하면? 그를 죽여 그의 자리를 뺏는다. 당연한 사고방식이었다. 왕이 갓 알을 깨고 나온 직후부터 마물에겐 도전 자격이 주어졌다. 볼품없게 태어난 왕이란 그들에겐 그저 먹잇감이었다.

'내가 원하는 건 최강의 지도자다. 그런 일만은 결코……'

표면에 막 실금이 가기 시작한 알을 지켜보며 아스트라가 속으로 간절히 바랐다.

부디 강한 왕을.

모두가 수긍하고, 굴복하고, 납작 엎드려 머리를 조아리고 충성을 맹세할 수밖에 없는.

그토록 강력한 왕을!

"뭐야?"

그의 바람은 현실이 되었다.

알에서 걸어 나온 이는 아직 조금 덜 자란 소년의 모습이었지만, 그런 건 별로 중요하지 않았다.

무시무시한 마(魔)기.

여태 이런 것을 느껴본 적이 있었나? 강력했던 전 지도자 트리제프도 지금의 왕과 비교하면 마치 어린애와 같았다.

아스트라는 웃음이 터졌다. 딱딱한 바닥에 이마를 대고 새 왕의 탄생을 축복하는 와중에도 웃느라 어깨가 들썩거렸다.

'드디어!'

드디어 이 마계가 숙원을 이루게 되었다.

마계를 비롯해 인간계, 더 나아가 정령계. 혹은 어쩌면 이 차원에 존재할 그 외 수많은 세계까지.

'모조리 발아래 둘 수 있다.'

새 왕과 함께라면. 위대하고 강력한 지배자께서 그들을 이끌어준다면!

"하하하하!"

공기를 한껏 들이마신 아스트라가 입을 크게 벌려 광소했다.

"하하…… 하."

웃음이 곧 끊겼다. 아스트라의 미간에 사정없이 주름이 졌다.

'빌어먹을.'

소리 내 웃어 봐도 기분이 별로 나아지지 않았다.

벌써 십 년이다. 아스트라가 새 왕을 처음 만난 것, 마계가 새 지배자를 맞이한 것도 어느덧 십 년 전의 일이었다.

그사이 왕의 외양은 몰라보게 변했다. 훌쩍 자라 소년에서 사내가 되었고, 가진 힘 또한 놀랍게도 한결 성장했다.

얼핏 듣기엔 모든 것이 완벽했으나 최근 아스트라의 기분은 나날이 최저점을 찍고 있었다.

"어째서! 왜 저런 힘을 가졌으면서 권력욕도, 지배욕도, 하다못해 투쟁심마저 없으시단 말이냐?"

왕은 그들을 다스리는 일에 처음부터 별반 의욕을 보이지 않았다.

하지만 괜찮았다. 책임과 의무를 미루고 쾌락과 전투만 좇는 왕은 이전에도 종종 있었다.

어차피 왕에게 필요한 자질은 강한 힘과 남을 지배하고자 하는 욕망, 그뿐이었다.

그래, 그뿐인데……

문제는 그 욕망이 없었다는 점이다.

강한 힘? 넘칠 만큼 있다.

근데 오로지 그것만 있었다.

야욕, 권력욕, 심지어는 피와 싸움을 좋아하는 호전적인 성향까지…….
마물이라는 종족의 상징이라고도 할 수 있는 것들을 새 왕은 아무것도 가지고 태어나지 않았다.

아스트라는 미쳐 버릴 것 같았다.

'어떻게 이럴 수 있지?'

마계만 다스릴 것이라면 모를까. 그가 진정 원하는 건 마계에서 그치지 않고 더 넓고 다양한 땅 위에 군림하는 것이었다. 그런 점에서 야망도 지배 욕구도 없는 현 왕의 성정은 문제가 컸다.

이를 악문 아스트라가 자리를 박찼다. 십 년이 흘렀지만 그는 아직 포기하지 않았다. 매일같이 왕을 찾아가 설득하는 데 힘쓰고 있었다.

'적어도 인간계 정복만은 이루고 말리라.'

"트리탄 님!"

거대하고 육중한 문이 단숨에 열렸다. 아스트라는 이곳, 마물의 성에서 왕 다음으로 권위가 높았다. 그는 마계에서 유일하게 허락이 없어도 왕을 만나러 갈 수 있는 존재였다.

왕의 거처 안쪽, 커다란 창을 통해 밖을 내다보던 사내가 아스트라의 등장에 떨떠름한 시선을 보냈다.

"또 왔군."

"트리탄 님, 전하! 드릴 말씀이 있습니다."

"안 들어도 알겠다. 또 인간계니 뭐니 하는 이야기를 하러 온 거지?"

"그리 가볍게 말씀하실 주제가 아닙니다! 인간계 정복은 마계의 오랜 숙원으로서, 그걸 이루기 위해 전대 왕께서는 목숨까지……."

"됐다, 그만."

"트리탄 님!"

"가면 될 거 아니냐."

"예?"

"그 인간계, 정복하러 가줄 테니 같은 이야기는 이제 그만해라."

지친 얼굴로 트리탄이 불평했다.

"지겨워서 죽을 지경이니."

"마물은 그렇게 쉽게 죽지 않습…… 아니 아니, 정말입니까? 진심으로 인간계를 손에 넣으시겠단 겁니까?"

"그렇게 해달라며?"

이내 아스트라의 표정이 순식간에 풀어졌다. 그는 긴 겨울을 견뎌내고 마침내 봄을 맞이한 것처럼 감격적인 얼굴로 말했다.

"정말 잘 생각하셨습니다. 트리탄 님께서도 인간계를 직접 보시면 마음에 드실 겁니다!"

"그래, 그래."

"그럼 지금부터 준비하시죠. 마계와 인간계를 잇는 길을 열기 위해선 긴 작업이 필요합니다. 트리탄 님의 힘이라면 어림잡아 삼백, 아니, 이백 년쯤……"

파지직!

아스트라가 신이 나 떠드는 그때, 아무것도 없던 허공에 균열이 생겨났다. 그 균열에 팔을 집어넣다 말고 트리탄이 고개를 돌렸다.

"응? 집중하느라 잠깐 못 들었다. 뭐라고?"

"지금…… 뭐 하시는 겁니까?"

"인간계로 건너가려는데."

별것 아니라는 양 흘러나온 답변에 아스트라는 거의 정신을 차리지 못했다.

"길을 열었다고 말씀하시는 겁니까? 어, 어떻게요? 대체 무슨 수로……"

"글쎄, 방법은 답해주기 어렵군. 그냥 한 거라서."

아스트라의 손이 떨렸다. 이건 단순히 힘이 강하단 이유로 설명되는 일이 아니었다.

'설마!'

아스트라는 한 가지 가설을 떠올렸다.

그러고 보면 트리탄의 생김새는 인간과 닮았다. 아니, 같았다.

새까만 머리카락과 피처럼 붉은 눈. 여기까진 특이할 것이 없었으나 피부색이 살굿빛 도는 상아색이고 이마와 머리에 뿔이 없으며 등에 날개 또한 돋아나지 않았다.

트리탄은 사실 겉모습으로만 판단하면 마계에 잘못 흘러들어온 인간처럼 보였다.

'우연이라고 생각했는데…… 실은 인간의 기운이 섞인 것인가?'

의심되는 계기는 있었다. 알 안에서 트리탄이 제대로 된 형체조차 빚어내지 못했을 시절, 알에 먹였던 전대 왕의 피.

전대 왕은 인간에게 죽음을 맞이했다. 어쩌면 그 피에 담긴 기억이 트리탄에게 가장 강력한 적수의 특징을 부여한 것일지도 몰랐다.

'마신수는 신이 빚어낸 초월적인 존재. 마신수의 알 또한 일반적 사고론 재단할 수 없으니 아마도……'

아스트라가 그처럼 생각하는 사이 트리탄이 균열 너머로 신체를 모조리 집어넣었다.

파직!

균열이 사라졌다.

트리탄은 그렇게 인사도 없이 마계를 떠났다.

아스트라는 제 눈으로 보고도 믿지 못할 광경에 한동안 텅 빈 허공에 시선을 고정했다. 그러다 곧 그의 눈빛이 단단해졌다.

'인간계는 시작일 뿐이다. 침략과 정복이 주는 쾌감에 눈을 뜨고 나면 다른 먹잇감 또한 찾게 되겠지.'

달콤한 기대가 아스트라를 들뜨게 했다. 그가 부푼 마음으로 왕의 거처에서 물러났다.

목검 두 개가 허공에서 부딪혔다. 눈으로 좇기 힘든 속도로 쉴 새 없이 격돌하다, 결국 한쪽이 산산이 부서졌다.

"악!"

다이앤이 좌절했다. 다이아나가 가볍게 한숨 쉬곤 멀쩡한 목검으로 땅을 짚었다.

"어떻게 이십 년간 한 번을 못 이기니."

"……이십 년은 아니지 않아? 우리가 태어나자마자 대련한 것도 아닌데."

"과연 아닐까?"

"무슨 말이야?"

"어머니가 말씀하시길, 내가 생후 두 달째에 처음 널 때려서 울렸다던데."

다이아나가 픽 웃었다.

"그럼 이십 년째 내가 이긴 게 맞지 않나?"

"그게 무슨 대련이라고."

누가 듣기에도 놀리는 말에 다이앤이 툴툴거렸지만, 그뿐이었다. 더 항의해 봐야 그가 태어난 이래 다이아나와의 힘겨루기에서 승리한 전적이 '무(無)'라는 사실은 달라지지 않았으니까.

서로 체격이 비슷했을 적에는 말할 것도 없고, 상대보다 신장이 머리 하나쯤 크고 어깨가 두 뼘은 넓어진 현재에도 다이앤은 다이아나에게 번번이 졌다.

"누난 너무 세."

"그러게, 난 왜 이렇게 셀까?"

"겸손도 모르고."

"알아야 할 이유 없잖아. 내가 제일 센데."

"……흐음."

다이아나의 말대로 지금 그녀를 이길 수 있는 사람은 공작성에 존재하지 않았다. 최후의 보루였던 카이휜은 다이아나가 정확히 열일곱 살 생일을 맞이했을 때 그녀와의 대련에서 패했다. 참고로 다이앤은 그로부터 반년 뒤 카이휜을 꺾었다.

다이앤이 잠시 생각에 잠겼다가 말을 꺼냈다.

"누나, 재작년 대회 기억나?"

"재작년? 피네트 왕국에서 열렸던 거? 뭐였더라……."

쌍둥이는 2년 전 가을, 긴 여정을 감수하고 옆옆 나라에 다녀왔다. 마스터 아샬의 모국이기도 한 왕국에서 그 무렵 독특한 대회를 개최했기 때문이었다.

세상에서 가장 강한 기사를 가려내기 위한 경합.

이른바…….

"대륙 제일 기사 선발 대회."

"아, 맞아. 그런 이름이었지."

당시 대회에는 참가자가 구름처럼 몰려들었다. 그도 그럴 게, 대회에 걸린 보상이 엄청났기 때문이다.

첫 번째 보상, 공주와의 결혼.

이는 의외로 공주의 의견이 가장 적극 반영되었다. 어릴 때부터 꿈꿔왔던 이상형이 대륙에서 가장 강한 기사였다나.

두 번째 보상, 백작의 지위와 영지.

세 번째 보상, 막대한 양의 상금!

실로 너도나도 눈이 돌아갈 법한 조건이었다. 물론 그런 가운데에도 몇몇은 보상을 뒤로하고 순수한 승부욕에, 혹은 호기심에 참가를 결정했다. 그중에는 다이앤과 다이아나도 있었다.

"누나, 소식 들었어? 피네트 왕국에서 대륙 최고의 기사를 선발하는 대회를 연대."

"재밌겠네."

"가볼래?"

"그래."

총 넉 달의 여정은 그렇게 한순간에 결정되었다.

"기억나, 그 대회. 분명……."

쌍둥이는 그때 여름의 끝자락에 공작성을 떠나 겨울의 초입에 돌아왔다.

"엄청 시시했지."

"맞아."

그러곤 며칠 내내 큰 실망을 감추지 못했다.

대회 참가자들의 실력은 형편없었다. 아직도 그때의 황당함과 허무함, 기타 감정들이 속속들이 생각날 정도로.

"어떻게 그 많은 참가자 중에 우리 검을 제대로 받아내는 기사가 한 명도 없었을까."

"확실히, 우리끼리 싸우기 전까진 애들 장난하는 기분이었지."

"너랑 내가 언제 붙었더라? 32강이었나?"

"응, 그쯤이었어."

대회는 최후의 1인이 정해질 때까지 승자끼리 경합을 거듭하는 토너먼트 방식으로 이루어졌다.

쌍둥이는 토너먼트 후반부에서 만났고, 대회장 일부가 파손될 때까지 싸웠다.

결과는 당연히 다이아나의 승.

이후 다이아나는 기권했다. 그 이상 경합을 지속해 봐야 의미가 없을 거라는 걸 깨달았기 때문이다.

남매에겐 적수가 없었다. 설령 그들의 상대를 온 세상에서 그러모은 다 해도.

"근데 갑자기 그 얘기는 왜 꺼낸 거야?"

"그냥, 누나가 진짜 세상에서 제일 센 것 같아서."

"새삼스러운 소릴."

다이아나는 어떠한 동요도 보이지 않았다. 쑥스러워하는 기색도, 자랑스러워하는 낌새도 없었다.

다이앤은 그런 다이아나를 물끄러미 응시했다. 전에는 생각해 보지 못했는데, 이제 와 궁금해졌다.

넘어설 상대가 없다는 건 어떤 기분일까. 기쁠까? 내가 최고라는 느낌에 도취될까?

……아니면, 반대로 공허하고 쓸쓸할까?

"누나."

"너 오늘따라 말이 많다."

"난 원래 말수가 좀 있지. 그나저나, 만약에 누나보다 강한 사람이 나타나면 어떻게 할 거야?"

"쓸데없는 질문이네."

"아주 만약에."

"흠, 글쎄……."

쓸데없는 질문이라고 타박한 것치고 다이아나는 제법 진지하게 고심했다. 그러다 이내 손가락을 튕기며 답을 내렸다.

"계속 싸운다. 이길 때까지."

"……."

"왜?"

"아무것도 아니야."

다이앤이 고개를 내저었다. 그의 누나가 현 상태에 만족하는지, 아니면 불만인지 저 답만으론 알 수 없었다.

'하긴, 불만이라고 해서 내가 뭘 어떻게 해줄 수 있는 것도 아니고.'

다이앤은 넓게 봐서 다이아나의 호적수긴 했지만, 아무리 해도 그녀가 넘어야 하는 목표는 되어줄 수 없었다.

그때였다.

연무장에 있는 두 사람을 주방 소속 하녀가 찾았다.

"아가씨, 도련님!"

둘을 부르며 가까이 다가온 그녀는 이어 반가운 제안을 내놨다.

"향신료가 다 떨어져서 시장에 다녀오려는데, 함께 가실래요?"

쌍둥이의 얼굴이 밝아졌다. 갓난아기 때나 스무 살 생일을 얼마 앞둔 지금이나, 사람이 북적이는 장소를 선호한다는 쌍둥이의 유일한 공통점은 여전했다.

"좋아!"

트리탄은 마차가 지나다닐 간격의 대로를 누비며 주변을 둘러보았다.

거리는 제법 번잡했다. 많은 사람이 바쁘게 길을 걸어 다녔고, 가게와 노점이 늘어섰으며, 웃고 떠들거나 물건을 흥정하고 간혹 다투기도 하는 소리가 여기저기서 전해졌다.

'꽤 다르군.'

트리탄이 차분히 걸음을 옮기며 그에게 익숙한 풍경을 떠올렸다. 마계는 이곳과 사뭇 달랐다. 시끄러운 건 비슷했지만, 마계를 소란스럽게 하는 건 노상 폭력이었다.

싸우고, 충돌하고, 죽고, 죽이고.

그 광경과 비교하면 지금 이 거리는 평화의 온상지나 다름없었다.

'이래서 마계가 인간계를 탐내는가.'

인간계와 마계의 풍광을 두고 우열을 가리려는 것은 아니다. 다만, 본래 저에게 없는 것일수록 더 탐이 나게 마련이니.

트리탄은 그처럼 생각하며 으슥한 골목으로 들어섰다. 대략적인 탐색을 마쳤으니, 조용한 곳에서 앞으로의 행보를 결정하기 위해서였다.

'인간계 정복이라…… 우두머리를 죽이면 되겠지?'

마계에서도 종종 정복을 위한 싸움이 벌어지곤 했다. 집과 재물 등 가진 것이 많은 마물 사이에 일어나는 갈등이었다. 그들은 각자 다수의 부하를 거느리고 있었지만, 싸움이 머릿수 전투로 흐르는 일은 거의 없었다. 우두머리끼리 겨뤄 승패를 가리는 것이 일반적이었고, 승자가 패자를 죽이고 모든 걸 가졌다.

"그래, 우선 우두머리를 찾아야겠군."

입 밖으로 결정을 뱉은 트리탄이 인간의 우두머리, 즉 왕을 찾아 움직이려고 했다. 한데 그때 웬 험상궂은 사내 셋이 골목으로 진입해 길을 가로막았다.

"……?"

"어이, 도련님."

'도련님?'

트리탄은 의아해졌다. 그를 보며 말했으니 그를 부르는 것일 텐데, 호칭이 영 생소했다. 마계에서 그는 항상 '트리탄 님' 혹은 '전하'라고 불렸다.

"내가 왜 도련인가?"

"뭐라는 거야? 그게 중요한 게 아니라, 가진 돈 좀 있어?"

셋 중 가장 앞에 선 사내가 트리탄을 위아래로 훑었다.

"딱 봐도 형편이 제법 좋아 보이는데, 피차 성가시니까 말 길게 하지 말자?"

"아."

트리탄이 짧게 탄식했다. 그는 상황을 이해했다. 남이 가진 걸 힘으로 강탈한다. 마계에선 너무 흔해서 일상처럼 느껴지는 일이었다. 물론 트리탄 본인이 직접 겪어보는 것은 처음이었지만 말이다.

트리탄은 길을 막아선 사내 셋의 면면을 하나씩 살폈다.

'심히 약하군.'

실망이었다.

이래서야 왕의 졸병조차 되지 못할 게 아닌가. 가장 강한 자가 왕이 된다. 그러니 왕의 수하 또한 어느 정도의 실력을 갖추는 것이 당연했다.

'왕에게 안내하라고 해도 수행할 수 없을 테지.'

마계에서도 트리탄을 알현할 수 있는 마물은 정해져 있었다. 혹시나

하고 기대했다가 상심한 트리탄이 시무룩해져 손을 휘저었다.

"물러가라. 이유 없이 살생하는 취미는 없으니."

"……뭐?"

"허, 이 도련님이 지금 상황 파악이 안 되는 모양인데?"

"야, 호위 없는 거 맞지?"

"아까부터 지켜봤어. 없어."

일행과 대화를 나눈 사내가 트리탄의 허리춤을 재차 확인했다.

검, 확실하게 없고.

'외모도 곱상하게 생겨서는……. 딱 봐도 험한 거리 싸움에는 면역이 없어 보이는데.'

자신감을 얻은 사내가 손마디를 주물렀다. 마디를 잇는 관절에서 위협적으로 우두둑하는 소리가 났다.

"세상 물정을 잘 모르는 편인가 본데……."

"……."

"그럼 내가 알려줘야지!"

사내가 트리탄을 칠 기세로 주먹을 크게 뒤로 뺐다. 그러나 그 주먹이 휘둘러지기 전, 누군가가 사내의 손목을 붙잡았다.

"어떤 새끼…… 헉!"

고요한 파란 눈이 사내를 응시했다. 음습한 골목과는 어울리지 않는 화사한 은발이 어깨를 지나 찰랑거렸다.

"너희, 뭐 하니?"

"오늘따라 시장에 사람이 많다."

"그러네."

공작가의 남매는 신이 나서 시장 거리를 돌아다녔다. 함께 나왔던 하녀는 필요한 향신료를 구매한 후 먼저 성으로 돌아갔다. 쌍둥이는 따로 시장 구경을 좀 더 즐기다가 귀가하기로 했다.

"저쪽으로 가보자. 사람들이 엄청 모여 있어."

"좋아."

다이앤과 다이아나는 인파가 몰린 곳마다 기웃거리며 혼잡한 시장 바닥을 누볐다. 그러던 중 한 남자가 다이아나의 시야에 들어온 건 순전히 우연이었다.

'흑발?'

북적이는 사람들 사이를 지나쳐 좁은 골목으로 사라진 남자는 새까만 머리카락을 지니고 있었다. 다이아나는 무심코 감탄했다.

'저렇게 순수한 흑발은 아버지 이후론 처음 보는데.'

검정 물감을 통째로 부어놓은 듯한 색. 흑단에 비유해도 좋고, 좀 더 시적인 표현을 가지고 온다면 빛 한 점 들지 못한 한밤의 조각 같다고 묘사해도 괜찮을 것이다.

어쨌든 인상 깊은 색이었다.

'신기한걸.'

그렇지만 다이아나의 감상은 딱 거기까지였다. 고작 잠깐 시야 한쪽에 머물렀을 뿐인 남자에 대한 감상은 본래라면 그쯤에서 끝나 버렸을 것이다.

이어서 웬 사내 셋이 남자를 따라 골목으로 들어가는 걸 목격하지만 않았다면.

다이아나의 단정한 눈썹 사이가 좁아졌다. 골목 어귀로 진입하기 전 서로 시선을 교환하던 사내들의 낌새가 마음에 걸렸다.

'설마……'

이런 느낌은 대개 기우가 아닐 확률이 높다. 다이아나가 저도 모르게 발을 움직였다. 짐작 가는 것이 옳다면, 가만히 있을 수는 없었다.

"누나?"

"여기 있어. 금방 올게."

"어디 가는데? 누나!"

다이아나는 다이앤의 목소리를 뒤로하고 뛰었다.

그녀는 부모님이 다스리는 공작령을 사랑했다. 따듯하고 활기찬 이 영지가 언제나 평화롭고 안온하기를 바랐다.

그러니, 반드시 구해야만 했다.

"너희, 뭐 하니?"

이 사내들을.

사내가 막 트리탄을 치기 직전 그의 손목을 붙잡은 다이아나가 안도 의 한숨을 삼켰다.

다행히, 늦지 않았다.

"고, 공녀님!"

"다이아나 공녀님!"

사내들은 자리에 나타난 다이아나를 보자마자 사색이 되었다. 공작 령에 기거하면서 다이아나의 외모와 신분을 모를 수는 없다. 더구나 그 녀와 다이앤은 걸핏하면 저잣거리 구경을 나왔다. 다이아나를 눈앞에 두고도 그녀가 누구인지 몰라보는 공작령의 주민이 있다면, 그자는 눈 먼 자가 분명할 것이다.

세 사내가 누가 먼저랄 것 없이 동시에 무릎을 꿇었다.

"자, 잘못했습니다."

"한 번만 용서해 주십시오, 공녀님."

"다신 이런 짓 하지 않겠습니다."

사내들은 다이아나가 그들을 강도죄로 벌할 것이 두려워 오들오들 떨었다. 다이아나는 그녀가 여기까지 그들을 쫓아온 진짜 이유를 함구한 채 사내의 손목을 놓아주었다.

"물러가."

"감사합니다! 감사합니다!"

"바르게 살겠습니다!"

사내들이 앞다투어 후다닥 골목에서 자취를 감췄다. 트리탄은 그 광경을 의외라는 듯 바라보았다.

'저 형편없이 약한 자들이 저 여자의 졸개인 건가?'

사내들은 '물러가라'는 트리탄의 말에는 거칠게 반발하며 공격성을 보였다. 하지만 바로 조금 전엔 어떠했나. 갑자기 등장한 은발의 여자가 명령하자 군말 없이 서둘러 사라졌다.

'욕심 없는 군주로군.'

전투 능력이 거의 없는 자들을 졸개로 삼다니.

트리탄이 그리 생각할 때, 다이아나가 그를 돌아보았다.

"고마워."

"……?"

"저들을 죽이지 않았잖아."

다이아나는 한눈에 트리탄이 평범한 사람이 아니라는 걸 알아보았다. 흑발에 가장 먼저 눈이 가긴 했지만, 바로 뒤이어 상대에게 숨겨진 힘 역시 가늠할 수 있었다.

그래서 사내 셋이 시비를 걸 기세로 상대를 따라 골목으로 들어갔을 때 그냥 두고 볼 수 없었다. 시끌벅적하지만 평온하던 시장 골목에 한순간에 시체 세 구가 생겨나는 일은 막고 싶었으니까.

"그쪽이 마음만 먹었다면 저 셋쯤, 아마 순식간에 처리할 수 있었을 텐데."

"존재 가치가 떨어지는 졸개의 생명도 중히 여기는가? 몹시 선한 군주다."

"응?"

"내게 고마워할 것 없다. 나는 원래 살생을 즐기지 않는다. 더욱이 여긴 아직 남의 땅이기도 하니."

다이아나가 고개를 살짝 갸웃했다. 말투가 특이하다고 해야 할지, 아니면 졸개니 군주니 하는 어휘를 지적해야 할지. 잘못 들은 것일 수도 있겠지만 마지막 문장의 저 '아직'은 또 뭐고.

뭐, 당장 크게 중요한 문제는 아니었다.

다이아나가 빙긋 웃었다.

"그래도 고마워. 진심이니 인사 정도는 받아."

"그런가? 아, 그렇다면……."

트리탄이 불쑥 좋은 생각이 떠올랐다는 듯 화색을 띠었다.

"너는 졸개를 둔 군주이니 왕을 만날 수 있겠군."

"응? 왕?"

"난 왕을 찾고 있다. 그에게 데려다주겠나?"

"……왕은 왜 찾는데?"

"볼일이 있다."

다이아나가 잠시 침묵하며 팔짱을 꼈다. 한결 신중해진 시선으로 트리탄을 관찰했다.

'타국에서 왔나?'

사절단의 일원, 뭐 그런 사람일까?

'하지만 왕을 찾는다면서 왜 수도에 가지 않고 여기에……'

길을 잘못 들어서? 아니, 그럴만한 거리는 아닌데.

"혹시 너 혼자 왕을 찾아가는 거야?"

"그렇다."

"음……"

다이아나가 재차 생각에 잠겼다. 혈혈단신으로 나선 외교 사절? 그렇다 치기엔 화법이 좀…….

볼수록 어딘지 이상하고 수상쩍었다. 순순히 왕성으로 데려가자니 썩 마음이 안 놓였다.

하지만 이대로 남자의 요청을 거절하고 그를 여기에 놔둘 수도 없었다. 그랬다간 언제 또 조금 전 쫓아낸 치들처럼 무지한 건달이 꼬일지 모르는 일이니까.

남자는 허리춤에 칼도 없고, 험상궂은 외모도 아니고, 결정적으로 혼자였다. 키가 훌쩍 크고 보기 드물게 잘생기긴 했으나 어디 사내들끼리 미모 대결로 다투던가.

즉, 남자는 얼핏 봐선 꽤 털어먹기 좋게 생겼다. 실상은 크게 다르겠지만.

'영지, 왕성, 영지, 왕성……'

다이아나는 갈등한 끝에 곧 결론을 내렸다.

"좋아, 왕에게 데려다줄게. 단."

"……?"

"여기서 왕성까지는 마차로 일주일 정도 이동해야 해."

공작성 후원에는 수도와 바로 통하는 이동 포탈이 있지만, 다이아나는 그걸 이용하지 않을 셈이었다. 일주일 동안 수도로 함께 이동하며 남자가 어떤 사람인지 살피기로 결정했다.

그렇게 해서 남자의 정체나 성품에 문제가 없어 보이면 왕을 만나게 해주고, 그 반대라면…….

다이아나의 푸른 눈이 가라앉을 때 트리탄이 말했다.

"마차가 뭐지?"

"……마차를 몰라? 말이 이끌고, 바퀴가 달렸고…….."

"말?"

뭐야, 이 인간?

다이아나가 황당한 얼굴로 트리탄을 쳐다보다가 이내 그의 팔을 잡아끌었다.

"그냥 직접 봐."

두 사람이 골목 밖으로 빠져나왔다. 마침 마차 한 대가 대로를 지나갔다. 다이아나가 눈앞을 지나쳐 멀어지는 마차를 가리켰다.

"저게 마차. 앞에서 네 발로 달리는 게 말. 이제 알겠지?"

"아아, 알겠다. 이곳에 와서 몇 번 본 것이군."

이해했다는 듯 고개를 끄덕인 트리탄이 다이아나를 향해 말을 이었다.

"한데 너무 느리다. 저런 것을 타니 칠 일이나 걸리는 거지."

"그럼 마차가 아니면 뭘 타고 가자고? 걸어가자는 거야?"

"날아가면 되지 않나."

"뭐?"

놀란 다이아나가 트리탄의 팔을 잡은 손에 힘을 주었다. 트리탄은 뿌리쳐야 하나 잠깐 갈등했다가 그냥 얌전히 있었다.

"너, 날 수 있어?"

"물론이지."

트리탄이 그의 답을 증명하듯 허공에 살짝 떠오르곤 잠시 머무르다 내려섰다. 그 행위에 눈이 휘둥그레 변한 다이아나를 보며 트리탄은 문득 한 가지 사실을 떠올려 냈다.

"인간…… 아니, 너는 날지 못하는구나."

그러고 보면 마계에서도 날개를 지닌 마수나 마물만이 날 수 있었다. 날개 없이 비행할 수 있는 건 트리탄이 유일했다. 이유나 방법은 본인도 몰랐다. 그저 날고자 했더니 날 수 있었을 뿐.

"내가 너를 데리고 날겠다. 그럼 되겠지? 너는 가야 하는 방향만 알려 주어라."

트리탄이 담담히 제안하는 동안, 다이아나는 내심 혼란에 휩싸였다.

'마법사? 아니면, 정령사인가?'

그녀는 만일의 경우 트리탄을 자기 손으로 처치할 계획을 세우고 있었다.

그런데 상대가 예상보다 맞서기 까다로운 힘을 지녔다면…….

"저기, 너."

"음?"

"사람 둘 데리고도 날 수 있지?"

별수 없지. 다이아나는 일대일 싸움을 그리 필수적인 미덕으로 여기진 않았다. 필요하다면 둘 이상이 한 놈에게 몰매를 놓을 수도 있는 법.

"나 말고 한 사람 더 같이 데려가자."

다이앤은 가판대에서 솜사탕을 사먹다가 다이아나와 트리탄에게 붙잡혀 수도로 가는 길에 올랐다. 셋은 마차로 일주일이 걸리는 거리를 날아서 단 한 시간 만에 이동했다.

목적지인 왕성 주변에 도착했을 때, 다이앤의 얼굴은 꽤 시무룩했다.

'내 솜사탕……'

꿀빵과 솜사탕을 두고 고민에 고민을 거듭하다 골랐고, 겨우 한 입 맛봤을 뿐이다. 그런데 트리탄이 남매를 데리고 비행에 속도를 내는 순간, 연약한 솜사탕은 바람의 저항에 흔적도 없이 사라졌다.

그때의 그 허무함이란. 이럴 줄 알았다면 꿀빵을 샀을 텐데.

"하아."

"……"

다이아나는 한 시간이 지나도록 솜사탕에 대한 미련을 버리지 못한 다이앤을 힐끔 보곤 한 발 앞으로 나섰다.

'결국 여기까지 와버렸네.'

작게 심호흡한 그녀가 트리탄을 돌아보았다.

"트리탄."

다이아나의 입에서 자연스럽게 트리탄의 이름이 나왔다. 한 시간은 짧은 것 같으면서도 무얼 하냐에 따라 충분히 긴 시간이 되기도 한다. 쌍둥이는 트리탄에게 매달려 여기까지 날아오면서 그와 통성명을 마쳤고, 간단한 대화를 더 나눴다.

그를 통해 남매는 상대의 이름과 그가 장소를 밝힐 수 없는 무척 먼 곳에서 왔다는 사실을 알게 되었다.

다이아나는 트리탄이 잘 알려지지 않은 나라의 왕족이 아닐까 짐작하고 있었다. 트리탄의 언동에서 묻어나는 자연스러운 오만함이 그러한 추측에 크게 기여했다.

다만 말과 마차를 모르는 왕족이라니, 그 점은 좀 의아하지만······.

"이제 왕에게 가는 건가?"

"그럴 건데, 한 가지 조건이 있어. 왕을 만날 때 나와 다이앤이 함께 있어도 되지?"

"너희가?"

트리탄은 잠시 고민하는 것 같았지만 이내 흔쾌히 고개를 끄덕였다.

"그렇게 해라."

"좋아, 그럼 가자."

트리탄과 다이아나의 머릿속에 각자의 생각이 떠올랐다.

'왕의 수급을 얻을 때 참관인은 많을수록 좋겠지.'

'만일 국왕에게 허튼짓을 시도하면, 그 자리에서 제압하거나······ 끝내야지.'

그렇게 서로 다른 생각을 품은 둘, 아니.

'내 솜사탕······.'

셋이 왕성으로 향했다.

그들은 별다른 절차와 기다림 없이 바로 왕과 대면할 수 있었다. 다이앤과 다이아나의 신분에는 그 정도의 힘이 있었다.

높은 천장, 붉은 융단이 깔린 대리석 바닥.

알현실 중앙에 위치한 단상 위 옥좌에 앉은 국왕이 방문자들을 내려다보았다.

"공자, 공녀. 그대들이 이처럼 기별 없이 나를 찾은 건 처음이군그래."

"알현을 허락해 주셔서 감사합니다, 국왕 전하. 저희가 오늘 이렇게 전하를 찾아뵌 이유는 다름이 아니라……."

다이아나가 대표로 예의를 차려 말을 꺼내는 도중, 트리탄이 불쑥 끼어들었다.

"네가 왕인가?"

"감히!"

"건방지게 여기가 어느 안전이라고!"

"국왕 전하께 당장 예를 갖추어라!"

알현실의 기사들이 날카롭게 반응하며 검을 뽑아 들었다. 다이아나는 입을 다물고 한숨을 삼켰다. 하지만 그뿐, 상황을 수습하려 나서거나 하진 않았다. 그녀에겐 트리탄을 대변하거나 그를 향한 국왕의 진노를 막아줄 의무가 없었다.

"흠?"

국왕은 트리탄의 무례에 바로 화를 내지 않았다. 쌍둥이와 함께 나타난 손님이기 때문일까. 오히려 살짝 흥미로운 시선으로 트리탄을 응시했다.

그녀는 손을 들어 흥분한 기사들을 진정시킨 후 답했다.

"그러하네. 내가 이 리브란테 왕국을 다스리는 국왕, 케딜라 리브란테라고 하네만."

"어째서?"

"어째서, 라니?"

"네가 이 땅에서 가장 강한 자인가?"

국왕이 고개를 갸웃했다. 곧바로 이해하기 힘든 질문이었다.

트리탄은 트리탄대로 답답했다. 뭔가 이상했다. 이 장소에 입장하자마자 왕의 관을 쓴 여자를 유심히 살폈다. 한데 아무리 관찰해도 상대에게선 어떠한 힘도 느껴지지 않았다. 아니, 정확히 말하자면 아주 미세한 기운이 감지되긴 했다. 이곳에 오기 전 골목에서 마주쳤던 졸개들보다 더 보잘것없는…….

트리탄은 혼란과 당혹감에 휩싸여 다시 물었다.

"가장 강한 자가 왕이 되는 것이 아닌가?"

"방문자여. 그대가 말하는 강한 자란 힘이 센 자를 뜻하는가?"

"……그렇다."

국왕이 웃음을 터뜨렸다. 재미있는 이야기를 들었다는 양.

"그대가 어디서 온 누구인지는 모르겠으나, 그대가 살던 곳에선 그러한가? 가장 힘이 센 자가 옥좌에 앉나?"

"이곳은 아니라는 뜻인가?"

"그래. 물론 강한 자에겐 그에 걸맞은 대우가 주어지지. 하나 힘이 강하다 하여 왕이 될 수 있는 건 아니라네."

"그럼 누가 왕이 되지?"

"글쎄, 나 같은 사람?"

왕이 싱긋 웃으며 장난처럼 대답했다. 그러곤 다이아나를 향해 입을 열었다.

"그대들, 내가 최근 국무에 질려 무료해진 건 어찌 알았나? 나를 즐겁게 해주려 이리 재치 있는 이야깃거리를 준비한 건가?"

"……송구합니다, 전하. 깊이 결례했습니다."

국왕의 말은 직역하면 '바빠 죽겠는데 지금 나랑 농담이나 하려고 여기까지 왔냐' 정도 된다. 다이아나가 황급히 고개를 숙이곤 트리탄을 잡아끌었다. 트리탄은 저항 없이 손쉽게 그녀의 손에 끌려 나왔다.

알현실, 복도, 내성의 정문.

위의 장소를 전부 지나치는 동안에도 넋을 놓고 있던 트리탄이 탁 트인 바깥에 나와서야 갑자기 다이아나를 돌아보았다. 순간 움찔한 다이아나와 다이앤이 동시에 긴장했지만, 트리탄은 그저 질문했다.

"왜?"

"……뭐가 왜야?"

"왜 가장 강한 자가 왕이 되지 않는 건가?"

쌍둥이가 시선을 맞췄다. 동시에 으쓱했다. 뭐라고 답해주는 게 최선일지 알 수 없었다.

"그게 법이니까?"

"그래. 왕이 될 수 있는 사람은 힘이 센 사람이 아니라 왕족의 피를 타고난 사람이지."

"도대체……."

트리탄은 망연자실했다. 덕분에 다이아나는 그녀가 했던 추측 한 가지를 완전히 수정할 수밖에 없었다.

'다른 나라의 왕족인 줄 알았더니, 그게 아닌가?'

대체 왜 당연한 사실에 저렇게까지 충격받는 것일까.

'……혹시 살던 곳이 엄청나게 오지인가? 말과 마차도 없고 사람도 별로 안 살고, 약육강식의 야생동물이 뛰어노는…….'

다이아나가 사실과 거의 비슷하게 추론했다. '별로'를 '전혀'로, '야생동물'을 '마수와 마물'로 바꾸기만 하면 정확했다.

그녀가 그러는 사이, 트리탄은 깊은 충격과 실의 속에서 허우적거렸다.

'강한 자가 왕이 되는 게 아니라니, 그럼 우두머리끼리의 결투가 성립되지 않을 텐데. 하면 나는 왕의 군대와 싸워야 하나?'

트리탄이 탄식했다.

이길 자신이 없는 건 아니었다. 그에게도 수십, 수백만의 마수로 이루어진 군대가 있으니까. 그들을 이곳에 불러낼 방법도 해 본 적은 없지만 본능적으로 알 것 같았다.

하지만 그런 전쟁을 겪고 나면 땅은 무조건 황폐해진다. 문물은 부서지고 생명은 수없이 스러지겠지. 이르게 항복을 이끌어낸다 한들 마수는 날뛰고 파괴하는 걸 멈추지 않을 것이다. 그런 개체니까.

'아스트라가 이 같은 사실을 몰랐을 리 없다. 마계가 원하는 건 진정 황무지인가?'

트리탄은 이곳에 오기 전 탐색했던 시끌벅적하고 활기찬 거리를 떠올렸다. 그 풍경을 모조리 짓밟고 기껏해야 지금보다 더 넓은 땅을 소유하는 게 전부라니.

그건 비록 마계가 오래도록 바라온 일일지언정, 트리탄에게 이상적으로 느껴지는 그림은 아니었다.

"……."

정적이 흘렀다. 조용해진 트리탄을 관찰하던 쌍둥이 중 다이아나가 입을 열었다.

"혹시 실망했어? 왕이 이곳에서 가장 강한 사람이 아니어서?"

"……네 말이 옳다."

"만약, 왕이 가장 강한 사람이었으면 뭘 하려고 했는데?"

"그와 싸우려고 했다."

"왜?"

트리탄은 대답하지 않았다. '인간계를 정복하려고' 같은 말은 당연히 해줄 수 없었다. 그런 트리탄의 침묵을 뭐라고 해석했는지 다이아나가 묘한 표정을 지었다.

"트리탄, 나랑 싸울래?"

"누나?"

"뭐?"

두 사람, 아니, 한 사람과 한 마물의 시선이 다이아나에게 향했다. 주목받는 가운데 그녀가 아무렇지 않게 말을 보탰다.

"강한 사람과 싸우고 싶어서 여기까지 온 거 아냐? 내 입으로 말하긴 그렇지만, 네가 찾는 게 어쩌면 나일 것 같거든."

"나는 그저 강한 자를 찾는 게 아니……."

트리탄이 도중에 말을 멈췄다.

푸른 색채에 둘러싸여 반짝이는 눈동자. 그 가운데서 기대감과 호승심이 읽혔다.

트리탄은 깨달았다.

'나와 겨루길 원하는군.'

그를 위한 것이라기보다는, 그녀 본인의 바람이 담긴 제안이었다.

트리탄은 다이아나가 그를 여기까지 안내해 주었다는 점을 상기했다. 그뿐일까? 마차와 말에 대해 알려주기도 했지. 마물도 고마움이라는 감정을 느낄 줄 알았다. 적어도 트리탄은 그랬다.

"……좋다, 너와 힘을 겨루지."

"잘 생각했어!"

다이아나가 활짝 웃었다.

그 얼굴이 진심으로 기뻐 보여서, 트리탄은 그가 상대의 의도를 올바르게 읽어냈다는 점에 조금 뿌듯해졌다.

"그럼 트리탄, 우리 일단은 장소를 좀 옮길까?"

약 반 시간 후.

이동 포탈을 타고 공작성으로 귀환한 다이아나는 연무장 가운데에서 트리탄과 마주보았다.

"자, 받아."

다이아나가 트리탄에게 대련용 목검을 던졌다. 트리탄은 다소 어설픈 동작으로 그걸 받아 쥐었다.

긴장한 걸까? 다이아나가 그렇게 생각하며 목검의 손잡이를 그러쥐고 자세를 잡았다.

"내 쪽에서 갈까, 아니면 먼저 올래?"

"좋을 대로."

"그럼 내가 갈게."

마지막 말이 신호가 되었다. 다이아나가 땅을 박찼다. 다음 순간 목검 두 개가 허공에서 부딪쳤다.

콰앙!

나무로 만들어진 검끼리 충돌했다고는 믿을 수 없는 소리가 울려 퍼졌다.

다이아나가 눈을 휘둥그레 떴다. 그녀가 뒤로 홀쩍 물러나자 트리탄이 의아하다는 듯 물었다.

"왜 그러지?"

"궁금한 게 있는데…… 너 혹시 대련 안 해 봤어?"

다이아나가 목검을 쥔 오른손을 늘어뜨렸다.

푸르스름한 기운이 그녀의 오른팔 전체와 목검을 감싸고 반짝였다. 트리탄과 충돌하기 직전, 본능적으로 기운을 끌어올려 무기와 신체를 보호했다.

만약 이 기운이 없었다면…….

'목검은 고사하고, 팔이 날아갈 뻔했네.'

"내가 뭔가 실수한 것인가?"

의아한 기색을 품고 트리탄이 조심스럽게 물었다. 그는 상황을 이해하지 못하는 눈치였다. 다이아나는 그런 트리탄을 물끄러미 보다가 고개를 내저었다.

서로 간 소통에 문제가 있었다는 걸 방금 막 깨달았다.

"트리탄. 싸움은 해 봤지?"

"그렇다."

"너와 싸웠던 상대들, 전부 어떻게 됐어?"

"……죽었다."

다이아나가 미간을 짚었다. 역시!

"너, 대련이 처음이구나?"

"대련이라는 게 곧 힘을 겨루는 것이 아닌가?"

"맞아. 맞긴 한데…… 살살 겨루는 거야. 내가 권한 건 전력을 다한 대결이 아냐."

"전력을 다하지 않았다."

"뭐?"

트리탄이 조금 억울하단 듯이 덧붙였다.

"정확히는 모르겠지만, 절반가량 낸 것인데……. 이보다 약하게 하란 말인가?"

그 미만으론 힘을 조절해 본 적이 없는 그다. 그리고 다이아나가 한눈에 트리탄의 강함을 얼추 알아본 것처럼, 트리탄도 다이아나의 눈을 보자마자 그녀가 강자라는 사실을 알았다.

"너는 선한 군주고, 내게 길을 안내해 주고 말과 마차를 설명해 준 친절한 인간, 아니, 사람이다."

어쩐지 오해받는 상황인 것 같아 트리탄이 구구절절 설명했다.

"나와 싸웠던 지난 상대가 전부 죽은 것은 사실이지만, 나는 지금 널 죽일 마음이 없다. 그리고 너는 상당한 실력자가 아닌가? 이보다 더 힘을 써도 쉽게 죽지 않을 것 같은데……."

트리탄의 입장에서 보면, 사실 그는 할 만큼 했다.

다이아나에게 해를 끼칠 마음이 없었기에 최대한 힘을 줄여서 '대련'에 임했다.

그러니까, 그 나름대로는.

"……아하."

다이아나는 진짜 문제점을 깨달았다.

의사소통 이전에, 더 근본적이고 큰 결점이 있었다. 그것도 당장 해결할 수 없는.

'쟤 힘 조절을 못 하네.'

어떤 삶을 살아왔는지는 모르겠지만, 아마 그럴 필요가 없는 생활이었겠지.

'진짜 야생동물 틈에서 살다 온 거 아냐?'

집채만 한 멧돼지나 범이 주 상대였다면 조절한답시고 조절한 힘이 저 지경인 것도 얼추 이해가 되었다.

……아니, 그렇다 해도 다소 과하긴 하지만. 짐승을 터뜨리며 살아온 건가.

다이아나가 생각에 잠겨 아랫입술을 매만졌다.

솔직히, 트리탄이 조금 전 보여준 힘이 전력의 절반이라고 했을 때 엄청난 흥미가 솟아났다.

그 말이 사실일 경우 트리탄은 적어도 다이앤에 견줄 만한 강자라는 뜻이 된다. 혹은, 그 이상이거나.

'싸워보고 싶다.'

본심을 말하면, 정말 부딪쳐 보고 싶었다. 어린애 장난처럼 대련용 목검을 맞대는 것 말고, 아니, 목검이어도 좋다. 무기가 중요한 건 아니니까.

힘 조절이고 뭐고 다 집어치우고, 전력을 다해 승부가 날 때까지 싸워 우열을 가려보고 싶다. 상상만 해도 가슴이 두근거렸다.

누가 이길까? 지금까지 그랬던 것처럼 자신이 승리할까?

아니면, 정말, 정말로 만에 하나…….

"하아."

다이아나가 크게 한숨을 내쉬었다. 그녀를 갈팡질팡하게 만든 갈등은 길게 이어지지 않았다.

"트리탄, 나 뭐 하나만 부탁해도 될까?"

자세히는 몰라도 자신이 뭔가 잘못한 것 같은 상황에 의기소침해 있던 트리탄이 바로 대답했다.

"해라."

"며칠만 기다려 줄 수 있어?"

다이아나의 목소리가 들떴다.

결정했다. 마음이 가는 대로 하기로.

"너랑 제대로 싸워보고 싶은데, 지금 이 장소는 그러자니 너무 무르고 약하거든."

다이아나가 힐끔 주변에 시선을 주었다.

트리탄과 벌였던 단 한 번의 격돌. 그것만으로 이미 땅은 푹 파였고, 가까운 담벼락에 금이 갔다.

'사람이 없어서 다행이지. 자칫했으면 부상자를 낼 뻔했네.'

참관인 없이 시작된 대련이었다. 다이앤은 솜사탕을 다시 사겠다고 혼자 시장으로 갔고, 공작성의 기사와 사용인은 행여 방해될까 봐서 미리 물렀다.

다이아나는 새삼 지난 선택을 칭찬했다.

"기다린 후에 다시 너와 겨루는 건가?"

"맞아."

"알겠다, 그 정도는……."

트리탄이 고개를 끄덕였다. 그 고갯짓에 환히 웃은 다이아나가 곧바로 다가와 트리탄의 팔을 잡았다. 트리탄은 고민했지만 가만히 있었다. 이걸로 어느덧 팔을 잡힌 것도 세 번째였다. 디아아나가 트리탄을 이끌고 걸음을 옮겼다.

"어디로 가는가?"

"우선 따라와."

연무장을 벗어나 도착한 곳은 공작성의 응접실이었다. 다이아나는 트리탄을 응접실 소파에 앉힌 후 말했다.

"다시 올 테니까 그때까지 잠깐만 여기에 있어."

혹시 몰라 당부를 덧붙였다.

"얌전히 있어야 해. 안 그러면……."

안 그러면?

우선 말은 꺼냈지만, 마땅한 협박거리를 찾지 못한 다이아나가 실로 빈약한 후환을 가져다 붙였다.

"……혼날 줄 알아."

트리탄의 표정이 묘해졌다.

혼난다.

살면서 한 번도 혼나본 적이 없는지라 그게 뭔지 조금 궁금했지만, 트리탄은 일단 다이아나가 원하는 대로 순순히 답했다.

"얌전히 있겠다."

"착하다."

저것도 처음 듣는 말이다. 생소한 평가에 살짝 굳어진 트리탄을 두고 다이아나가 응접실에서 빠져나왔다.

복도로 나와 바로 공용 서재로 향했다. 공용 서재의 책상에는 누구나 상시 사용 가능한 마법 통신구가 있었다. 다이아나는 서재에 도착해 통신구를 켠 후, 구체에 불이 들어오자마자 서론을 생략하고 곧바로 용건을 밝혔다.

"전에 말씀하셨던 생일 선물, 지금 받고 싶어요. 당장이요."

요청에 대한 답변은 잠시 후 다이아나의 뒤에서 들렸다.

"그래, 어떤 선물이 받고 싶으니?"

"이모부!"

다이아나가 반가운 낯으로 돌아섰다.

두 아이의 아빠가 되고도 벌써 한세월이 흘렀지만, 얼굴만 보면 종종 그 사실을 잊게 되는 시드리온이 자리에 서서 다이아나를 내려다보았다.

"오랜만에 찾아주는구나. 그 이유가 생일 선물을 받아내기 위해서라는 건 조금 섭섭하지만 말이야."

"마음에도 없는 말은 마세요. 정말 자주 연락했으면 이모와 보낼 시간을 방해한다고 귀찮아하셨을 거잖아요."

"흠."

"작년에도 이모와 말다툼하고 이모 화 풀어주느라 저희 생일까지 잊어버리시고선……."

"그 이야긴 그만하자. 그래서 필요한 게 뭐라고?"

다이아나의 말처럼 시드리온은 작년에 처음으로 쌍둥이 조카의 생일을 챙기는 걸 깜박했다.

하필 그날 아침 릴리아나와 부부 싸움을 하는 바람에 신경이 온통 그쪽으로 쏠렸던 탓이다.

다행히 단순한 오해와 질투로 빚어졌던 갈등은 며칠 안에 해결되었지만, 그사이 축하한다는 말 한마디 없이 놓쳐 버린 조카들의 그해 생일은 되돌아오지 않았다.

그 때문에 시드리온은 작년의 실수를 만회하고자, 올해 쌍둥이의 생일 선물로 그들이 요구하는 걸 반드시 들어주기로 약속했다.

"다름이 아니라, 연무장에 보호막을 설치해 주셨으면 해요."

"보호막? 크기와 강도는?"

"크기는 연무장 전체를 감쌀 정도. 강도는……."

다이아나의 설명을 들은 시드리온이 표정을 바꿨다.

"다이앤이…… 네게 그 정도로 큰 잘못을 했니?"

"다이앤과 싸우려는 게 아니에요."

다이아나가 양손을 맞잡았다.

"해주실 거죠?"

"……그래, 알겠다. 어차피 약조한 일이니까."

그리 답한 시드리온이 단서를 붙였다.

"대신 그 수준이면 열흘은 걸릴 거야. 상관없니?"

그쯤은 예상했다는 듯 다이아나는 태연히 미소 지었다.

"네, 좋아요!"

'대련 장소를 마련하는 일은 해결했고, 이제 남은 건…….'

시드리온과 서재에서 대화를 마친 후, 다이아나는 생각을 정리하며 응접실로 이동했다. 부지런히 걸음을 옮겼더니 금세 응접실 문이 시야에 들어왔다.

그때였다.

"꺄악!"

응접실 문틈으로 비명이 흘러나왔다.

"……!"

깜짝 놀란 다이아나가 다리에 힘을 주었다. 그녀가 단숨에 달려가 응접실 문을 열어젖혔다. 문을 여는 손이 살짝 떨렸다. 표정이 무섭도록 굳었다. 분노, 당황, 왠지 모를 배신감이 머리를 데웠다.

"트리탄! 분명 내게 얌전히 있겠다고……."

다이아나의 외침이 잦아들었다.

"어머, 아가씨!"

"오셨어요?"

응접실 내부는 평화로웠다. 더 세세하게 말하면, 화기애애하고 어딘지 들떠 있었다.

트리탄이 앉은 소파를 빙 둘러싸고 있던 하녀들이 다이아나를 발견하곤 일제히 그녀 곁으로 자리를 옮겼다.

"다 들었어요, 아가씨. 골목에서 처음 만나셨다고요?"

"우연을 넘어선 운명적인 만남이네요."

"아가씨, 사실…… 저희가 그간 걱정이 많았답니다."

"공작님과 도련님 때문에 아가씨께서 눈이 너무 높아지셔서, 이를 어쩌나 했어요."

"그런데 저런 분을 데려오시다니……."

"미리 알았다면 그런 걱정 따윈 안 하는 건데!"

"맞아요. 모조리 저희 기우였어요."

"……?"

다이아나는 사방에서 쏟아지는 말을 따라가지 못해 어리둥절했다.

이게 전부 무슨 소리지.

다만, 중간에 나온 '공작님과 도련님 때문에 눈이 높아졌다'라는 말에는 문득 떠오르는 내용이 있었다.

재작년이었나. 사촌 동생의 생일 파티에 참석한 다이아나는 그날따라 물밀듯 밀려드는 남자들의 춤 신청이 너무 귀찮았다. 같은 말로 거절하는 것도 한두 번이지.

결국 그녀는 그날 파티장 한가운데에서 선언했다.

'아버지와 다이앤보다 약한 남자와는 어울리지 않겠다'라고.

이후로 춤 신청은 뚝 끊겼다. 매일같이 성으로 날아들던 연서와 구혼장도 자취를 감췄다. 다이앤은 당시 다이아나의 발언을 두고 이렇게 평했다.

"누나, 그렇게 남자가 싫어? 평생 아무와도 만나지 않겠다고 못 박을 만큼?"

다이아나는 구태여 다이앤의 해석을 고쳐주지 않았다. 홧김에 뱉은 말이 어떤 오해를 불러왔는지 알았지만, 딱히 바로잡아야 할 필요를 느끼지 못했다. 오히려 편했다.

솔직하게 말해, 약해 빠진 남자에게 별반 매력이 느껴지지 않는 건 사실이기도 했고…….

'근데 왜 지금 갑자기 그 일이 생각나는 거지?'

하녀들은 그때의 일을 모르니, 그 발언을 염두에 두고 눈이 높아졌다 어쩐다 말한 건 아닐 텐데. 그러는 사이 조잘조잘 떠들던 하녀들이 수다를 멈췄다.

"내 정신 좀 봐. 이럴 때가 아닌데."

"시간을 너무 지체했네. 하녀장님께 혼나겠어."

"아가씨, 저흰 이만 가볼게요."

"저희는 아가씨를 응원해요! 꺄아!"

뜻 모를 응원과 어째 수줍음이 담긴 비명을 남기고 하녀들이 우르르 응접실에서 사라졌다. 한순간에 자리가 텅 비고 정적이 내려앉았다.

"……."

다이아나는 응접실의 문이 닫히는 것을 황당한 눈으로 쳐다보다가 이어 작게 헛기침했다. 문밖에서 비명만 듣고 섣불리 트리탄을 오해했던 것이 미안해졌다.

"어떻게 된 거야?"

다이아나가 겸연쩍은 속내를 감추고 트리탄에게 다가갔다. 그때까지 움직이지 않고 시킨 대로 얌전히 소파에 앉아 있던 트리탄이 물음에 대답했다.

"좀 전에 저 여자들 중 한 명이 이곳에 나타났다. 나를 보고 놀라더니 누구냐고 묻더군."

"그래서?"

"이름을 말했더니 누구와 함께 왔냐고 해서, 네 이름을 말했다."

"그랬더니?"

"잠시만 기다리라고 하고는 수를 늘려 다시 나타나서 이것저것 질문했다. 그래서 대답해 줬고…… 그것이 전부다."

트리탄이 이어 신중하게 물었다.

"혹시 문제가 있는 건가?"

"으응, 아냐. 전혀 없어. 아주 잘했어."

다이아나가 저도 모르게 손을 들어 트리탄의 머리를 쓰다듬어 주려다 멈췄다.

아니, 이건 아니지. 웬 머리? 강아지도 아니고.

허공에 어정쩡하게 올라간 손을 처리할 법을 찾지 못한 다이아나가 그대로 제 머리카락을 이마 위로 쓸어 넘겼다.

"머리카락이 좀 길었네. 자를까……."

"털이 길면 전투할 때 거추장스럽긴 하지."

다이아나의 혼잣말에 트리탄이 호응했다.

털이라니. 기막힌 단어 선택이었지만 다이아나는 그다지 놀라지 않았다. 평범함과는 거리가 먼 트리탄의 언사와 행동에도 점점 적응이 되어 갔다.

"트리탄, 내가 며칠만 기다려 달라고 했잖아."

"그래."

"정확히 열흘이야. 열흘 뒤에, 우리 서로 봐주는 것 없이 최선을 다해 겨뤄보자. 승패가 정해질 때까지."

"목숨을 빼앗지 않아도 승패는 정해지는 거겠지?"

"당연하지. 한쪽이 졌다고 말하면 끝나는 걸로 하자."

"좋다."

다이아나가 픽 웃었다. 그녀를 죽이고 싶지 않아 하는 트리탄의 의지가 재차 읽혔다.

생소했다. 언젠가부터 최강자의 자리에서 내려와 본 적 없는 다이아나다. 싸움에서 패배하는 것도, 그 후도 전혀 상상되지 않았다.

"너, 지금부터 열흘 동안 지낼 곳 있어?"

"지낼 곳?"

"괜찮다면 여기, 내 집에서 머무르지 않을래?"

다이아나의 제안에는 이유가 있었다.

'얘는 걸어 다니는 재난이야.'

그녀는 트리탄을 냉정하게 평가했다. 그럴 수밖에 없는 게, 트리탄은 지나치게 강한 데다 힘 조절에 전혀 재주가 없었다.

다이아나는 공작령의 뒷골목, 더러는 대로 한복판에서 갈래갈래 찢기거나 산산조각이 난 시체가 발견되는 것을 상상했다. 고개가 절로 내저어졌다. 영지에 풀어놓는 건 역시 안 된다.

"나를 초대하는 건가? 네 객으로?"

"응. 어때?"

다이아나는 트리탄이 거절하면 뭐라고 설득할지 고민했지만, 트리탄은 그러한 과정이 무색하게도 순순히 제의에 응했다.

"수락하지."

다이아나가 눈을 빛냈다.

한 고비 넘었지만, 아직 끝이 아니다. 보기에 따라서는 어쩌면 무엇보다 중요한 문제가 남았다.

"그럼, 트리탄……."

트리탄의 붉은 눈을 들여다보며 다이아나가 진지한 목소리로 물었다.

"너 존댓말 할 줄 알아?"

✳

시장에서 돌아온 다이앤은 얼마나 놀랐는지 하마터면 기껏 구매한 꿀빵을 떨어뜨릴 뻔했다. 간신히 꿀빵이 가득 담긴 종이봉투를 사수한 다이앤이 저녁 식사 후 정원에서 산책 중인 다이아나에게 달려갔다.

"누나!"

"왜? 솜사탕 산다더니 봉투는 뭐 그리 묵직하고."

"막상 가서 보니 꿀빵이 더 맛있어 보여서…… 아니, 그게 아니라. 트리탄이 공작성에서 열흘이나 머무르기로 했다며?"

귀가 직후 마주친 하녀가 왜인지 꿈꾸는 듯한 얼굴로 소식을 전해주었다. 덕분에 다이앤은 다른 곳을 거치지 않고 곧장 다이아나를 찾아 이곳으로 왔다.

"문제 있어?"

"문제? 많지!"

"뭔데."

"첫째, 트리탄의 정체를 모른다. 둘째, 트리탄이 뭐 하는 인물인지 모른다. 셋째, 트리탄이 어떤 사람인지 모른다……."

"세 번째는 얼추 알잖아. 나쁜 놈은 아니라며?"

다이아나가 지적했다.

"그래서 나랑 트리탄이 대련하든 말든 시장에 솜사탕 사러 나간 거면서. 결국 솜사탕은 안 샀지만."

"아니, 그건……."

변명을 찾던 다이앤이 한발 물러섰다.

"그래, 맞아. 트리탄이 뭐, 악한 마음을 먹은 사람으론 안 보였어. 근데 그건 트리탄이 아니라 누나를 믿은 거야. 누나가 대련 중에 위험해질리 없으니까."

"그거 알아?"

"뭐?"

"트리탄이 너보다 세."

다이앤이 품에 안은 봉투를 툭, 떨어뜨렸다. 봉투 입구에서 꿀빵이 데굴데굴 굴러 나왔다. 그 소리에 다이아나가 걸음을 멈추고 돌아섰다. 자리에 정지한 다이앤은 그대로 석상이 되어버린 듯 보였다.

잠시 후 정원에 선선한 바람이 부는 것과 동시에 석상의 턱이 움직였다.

"……진짜?"

"아마도. 열흘 후에 나랑 제대로 대련할 거야. 정확한 건 그때 알게 되겠지."

"열흘 후라니?"

"이모부께 부탁해서 연무장에 보호막을 설치하기로 했거든. 열흘 정도 걸린대."

다이앤은 그제야 상황이 어떻게 돌아가는 것인지 알아차렸다.

"그래서 트리탄이 공작성에……."

"머무는 동안 친하게 지내봐. 우리 또래기도 하고, 좀 특이해서 그렇지 확실히 나쁜 애는 아니야."

다이아나가 별안간 키득키득 웃었다.

"존댓말도 잘 쓰던데?"

의외였다. 다이아나는 저녁 식사 전 부모님과 트리탄이 마주했던 순간을 떠올렸다.

존댓말을 할 줄 아냐는 다이아나의 질문에 트리탄은 '해 본 적 없지만 할 수 있다'라고 대답했다. 그게 무슨 해괴한 답인가 하니, 평소에 듣던 것을 따라 하면 된다는 말이었다.

그다지 믿음직스럽진 않았지만 다이아나는 일단 일레나와 카이휜 앞에 트리탄을 데려갔다.

그러곤 보았다.

마치 왕을 대하듯 극진하게 말을 높이는 트리탄의 모습을.

"정작 국왕 앞에선 뻔뻔하더니…… 아, 다시 생각해도 웃겨."

다이아나가 아랫입술을 만지작거렸다. 특정한 것에 관심이 생겼을 때 등장하는 그녀의 버릇이었다.

"대체 어디서 뭐 하다 왔을까? 원래 신분은 뭐고? 트리탄이 진짜 이름일까?"

"……."

"지금은 물어봐도 안 알려주지만…… 친해지면 대답해 주려나?"

"……."

"왜 하필 공작령에 있었는지도 궁금한데. 그건 그냥 우연인가? 아, 혹시 형제는 있을…….”

“누나.”

“응?”

다이앤이 잠자코 다이아나의 눈을 들여다보았다. 바다와 동일한 색을 품은 깊은 눈이 선명한 흥미와 호기심으로 반짝였다. 갈무리하지 않은 감정들이 다이앤에게 고스란히 전해졌다.

“트리탄이 마음에 들어?”

“마음에 들고, 말고 할 게 있어? 오늘 처음 봤는데.”

다이아나가 어깨를 으쓱했다.

다이앤은 그 말에 동의했다. 그래, 오늘 처음 봤지. 얼굴과 이름을 알게 된 지 아직 하루도 지나지 않았다. 심지어 그 이름마저 본명일지, 아닐지 모르고.

다이앤이 망설이다가 입을 열었다. 다른 사람도 아니고 그의 누나이니, 무려 다이아나니 알아서 하겠거니 싶긴 하지만.

“조심해.”

“뭘?”

“그냥…… 우린 아직 트리탄에 대해 모르는 게 많으니까.”

“기우가 늘었네, 다이앤. 아님 원래 그런 성격이었나?”

다이앤의 걱정을 읽은 다이아나가 그를 안심시키듯 부드럽게 말했다.

“트리탄은 내가 너와 아버지 이후로 처음 만나는 강자고, 열흘 후에 나와 대련할 거야. 그게 전부야.”

그녀의 시선이 아래, 정확히 다이앤의 발 근처에 닿았다.

“그러니 너는…… 나보다는 네 꿀빵 걱정을 하는 게 좋겠다.”

“뭐? 헉!”

다이앤이 눈을 휘둥그레 떴다. 애지중지하던 꿀빵이 어떤 꼴이 되었는지 이제야 깨달은 그가 사색이 되어 쪼그려 앉았다.

"이게 왜!"

"이게 왜? 너 정말 놀랐었나 보다. 봉투 떨어지는 소리가 천둥 같던데, 그걸 못 들어?"

"아아, 내 꿀빵⋯⋯."

다이앤이 금방이라도 훌쩍일 것 같은 얼굴로 조심스럽게 봉투를 주워 품에 안았다. 불행 중 다행히도 봉투가 깊어 꿀빵을 전부 잃은 건 아니었지만, 전보다 부쩍 가벼워진 무게감과 줄어든 부피는 다이앤의 가슴을 미어지게 했다.

비통해하는 다이앤을 보며 다이아나가 팔짱을 꼈다.

"그렇게 충격이었어?"

"뭐가⋯⋯?"

"트리탄이 너보다 세다는 게."

다이앤이 멈칫했다. 그는 쪼그려 앉은 자세 그대로 고개만 들었다.

다이아나는 문득 다이앤을 내려다보는 게 오랜만이라는 생각을 했다. 2차 성장기 이후 무식하게 커버린 다이앤은 나란히 서면 그녀보다 머리 하나는 위에 있었으니까.

그러고 보면 트리탄도 그만큼 컸다. 어째 하나같이 서 있을 때 그녀가 목을 꺾어 올려다봐야 하는 사람뿐이다.

뭐야, 좀 짜증 나는데?

다이아나가 인생의 불공평함에 대해 생각하고 있을 때 다이앤이 말했다.

"나는 누나보다 약해."

"알아."

"근데…… 근소하게 약해. 그것도 알지?"

"하고 싶은 말이 뭐야?"

다이앤이 머뭇거렸다. 다이아나가 기다려 주지 않고 그의 말을 가로챘다.

"트리탄이 나보다도 셀까 봐?"

"……!"

"그럴 수도 있지. 그게 무슨 대수라고."

"그게 무슨 대수라니!"

다이앤이 벌떡 몸을 일으켰다. 그 바람에 그의 품에서 다시 꿀빵 봉투가 떨어졌다.

다이아나가 고개를 내저었다. 쟤는 말만 요란하지 실상 꿀빵이고 솜사탕이고 별로 사랑하지 않는 것이 틀림없다.

다이아나의 생각을 알 길 없는 다이앤이 자리에서 펄쩍 뛰었다.

"누난 왜 그렇게 태연해?"

"태연하지 못할 건 뭐야?"

"누나보다 강한 사람이라고? 그건 불가능한 일이잖아!"

"왜 불가능한데?"

"그건……."

주춤한 다이앤이 이어 대답했다.

"……지금까지 그랬으니까. 아무도 누나를 못 이겼어. 그게 당연했다고."

"호들갑 떨지 마, 다이앤. 나와 트리탄은 아직 안 싸웠어. 누가 이길지 모르는 일이야."

그 '누가 이길지 모르는' 부분부터 문제다. 다이앤은 그렇게 따질까 하다가 그만두었다. 장본인인 다이아나가 워낙 덤덤하니, 제삼자인 그가 열을 내는 게 점점 이상하게 느껴졌다.

언뜻 다이앤의 머릿속에 다이아나와 나눴던 지난 대화가 떠올랐다.

"만약에 누나보다 강한 사람이 나타나면 어떻게 할 거야?"

말 그대로 '만약'을 가정하며 했던 질문이다. 이렇게 금방 현실이 될 수도 있을 거란 생각 따윈 추호도 해 보지 않았다.

한데 정말 저 말이 사실이 된다면…….

"흠, 글쎄……."

"…….."

"계속 싸운다. 이길 때까지."

"누나…….."

"왜?"

다이앤은 어떤 미래를 상상했다. 트리탄이 열흘보다 더 길게, 어쩌면 무척 오래오래 공작성에 머무르는 나날을.

"불러놓고 조용해지는 건 무슨 의도니?"

"나, 트리탄이랑 친하게 지내볼게."

"흠?"

"공통점이 많으니 잘해볼 수 있을 것 같아. 나이도 비슷하고, 키도 비슷하고, 또…….."

다이앤이 장난스럽게 양손으로 턱 아래를 받쳤다.

"우리 둘 다 미남이잖아?"

"그래, 잘해봐."

상대방이 무안해질 만큼 담담하게 대꾸한 다이아나가 멈췄던 걸음을 다시 옮겼다.

"난 마저 산책할 거야. 다이앤 너도 하고 싶은 거 해."

다이아나의 뒷모습이 산책로를 따라 멀어졌다. 다이앤은 굳이 따라붙지 않고 제자리에 서서 작아지는 몸을 지켜보았다.

"……끙."

이내 무릎을 굽혀 앉으며 신음했다. 바닥에 굴러다니는 봉투와 꿀빵이 눈에 들어왔지만 이제는 거기까지 신경 쓸 수 없었다.

'트리탄…….'

동료가 되든, 적수가 되든. 혹은 쉽게 상상은 안 가지만 다른 어떤 무언가가 되든 간에.

'적을 알고 나를 알면 백 번 싸워도 위태로울 일 없다고 했지.'

다이앤은 다짐했다. 이제부터 열흘, 최선을 다해 트리탄이란 사람에 대해 파악해 보겠다고.

그리고 열흘 후.

몇 사람에겐 천지가 개벽할 만큼 놀라운 일이, 또 누군가에겐 어쩌면 각오했던 일이 벌어졌다.

다이아나가 대련에서 졌다.

반짝.

다이아나의 속눈썹이 들리며 파란 눈동자가 드러났다. 사위는 어두운 편이었고, 정신은 맑았다. 다이아나가 침대에서 벌떡 몸을 일으켰다. 동시에 침실에 불이 켜졌다.

"……깨어났나."

"일어났어, 누나?"

다이아나가 눈을 깜박였다.

"여긴……."

"누나 침실이야. 봐서 알겠지만. 누나, 대련 끝나자마자 잠들어서 이제 깼어."

다이앤이 간략하게 그녀의 상황을 읊어주었다.

다이아나는 그 말 덕분에 곧바로 기억을 더듬을 수 있었다. 그래, 보호막이 완성된 연무장에서 트리탄과 대련을 펼쳤다. 아니, 대련이라기보단 대결이나 싸움이었다. 목검을 대여섯 개나 산산조각내고 나중엔 결국 진짜 검을 들었다.

말리는 사람은 없었다. 이번에도 참관인은 허용하지 않았다. 단 한 사람, 다이앤만 먼발치서 지켜보고 있었지만 그는 처음부터 다이아나의 결정에 왈가왈부할 생각이 없었다.

그렇게 진검을 들고 재차 부딪쳤고…….

"나 트리탄이랑 얼마나 싸웠어?"

"이틀! 진짜, 내가 할 말은 많지만 참는다! 누가 대련을 이틀이나 해? 물론 아무도 그 싸움을 보고 대련이라곤 안 하겠지만……."

다이앤이 투덜거렸다. 지금은 이렇게 태평해도, 다이아나가 막 쓰러졌을 때는 얼마나 놀랐는지 모른다. 다행히 기절하거나 크게 다친 게 아니라 잠든 것뿐이라는 걸 알고 마음을 놓았지만.

다이앤이 흘긋 옆을 돌아보았다.

그러고 보면 대련 후 다이아나의 몸이 허물어졌을 때 가족인 그보다 배는 놀란 듯 보였던 사람이 있었다.

트리탄이었다.

그는 축 늘어진 다이아나의 신체를 받아낸 후 핏기가 싹 사라진 얼굴을 딱딱하게 굳혔다. 경직된 낯이 어찌나 창백했는지 그것만 봤으면 누군들 다이아나가 죽은 줄 알았을 것이다.

'아니, 설령 눈앞에서 사람이 죽어도 그런 표정이 나올까. 무척 가까운 사이가 아니라면……'

트리탄은 이후 다이아나가 단순히 잠든 상태라는 걸 알고 나서도 쉽게 표정을 풀지 못했다. 그의 눈매는 조금 전 다이아나가 깨어나고 나서야 겨우 유순해졌다.

"……"

다이앤이 침음을 삼켰다.

지난 열흘, 그도 꽤 부지런히 트리탄에게 말을 걸고 함께 시간을 보냈다고 자부한다. 그런데 기분 탓일까. 아무리 애써도 이상할 만큼 다이아나와 트리탄의 친분은 그가 따라갈 수 없게 항상 한발 앞서 있는 느낌이었다.

"그래? 이틀이나? 어쩐지…… 막판에 엄청 피곤하더라."

"피곤해지, 안 그러면 그게 사람이야?"

그렇게 말한 다이앤이 혀를 차고 덧붙였다.

"그런 점에서 이쪽은 사람이 아닐지도."

지목당한 트리탄이 미세하게 움찔하는 것을 미처 보지 못한 다이아나가 물었다.

"무슨 말이야?"

"트리탄, 대련 직후 지금까지 한숨도 안 잤어."

"뭐? 난 얼마나 잤는데?"

"하루."

다이아나가 창밖에 시선을 주었다. 어두웠다. 대련을 막 마쳤을 때에도 저렇게 해가 진 상태였는데.

"잠깐, 그럼 트리탄이 벌써 사흘이나 안 잤다고?"

"그런 셈이지."

"트리탄!"

호령하는 목소리에 트리탄이 놀라 다이아나를 보았다. 침대에서 냉큼 내려선 다이아나가 트리탄의 팔을 붙잡았다.

네 번째 접촉이었다.

"누워, 당장."

"뭐? 잠깐만, 누나, 어디?"

"당연히……."

침대를 가리키려던 다이아나가 멈칫했다. 다이앤의 눈초리가 매서워지기 전 그녀는 스스로 문제점을 깨달았다.

아, 그렇지.

어쩐지 기시감이 드는 생각이지만, 트리탄은 작은 강아지 따위가 아니다. 가족도 아닌 다 큰 성인 남자를 그녀의 침대에서 재우는 건 누가 보기에도 이상했다.

급히 침실을 둘러본 다이아나가 시야에 들어온 소파를 찍었다.

"저기."

"누나, 꼭 여기서 재워야 해? 트리탄도 머무는 방이 있어."

"내 마음이야."

태연하게 대꾸한 다이아나가 트리탄을 소파로 이끌었다. 이윽고 저항 없이 끌려간 트리탄이 소파에 가로로 눕자, 소파 양 끝에 여백이 전혀 남지 않았다.

"맞춤인데?"

"누나!"

"깜짝이야."

다이아나가 눈을 가늘게 뜨며 돌아보자 다이앤이 순간 입을 다물 었다.

"하루씩이나 자고 방금 막 일어난 사람한테 소리를 질러?"

"아, 미안해…… 가 아니라! 어째서 트리탄을 누나 침실에서 재우겠다 는 건데?"

"사흘이나 안 잤다며."

"재우는 게 문제가 아니라, 장소가 왜 이곳이냐고!"

"여긴 내 침실이고, 다이앤."

다이아나가 다이앤의 눈을 빤히 직시했다.

"내 침실의 주인은 나야. 내 권한과 선택에 그만 토 달아."

"그렇지만……."

"걱정돼? 내가 트리탄한테 무슨 짓이라도 할까 봐?"

"아니, 정확히는 그 반대지!"

"다이앤 메이하드."

이름과 성이 같이 불린 다이앤이 자리에 멈췄다. 다이아나가 동생의

떡 벌어지고 탄탄한 어깨를 두드렸다.

"약속해. 그런 일이 생기면 내가 널 오빠라고 부를게."

"……진짜?"

"내가 약속 어기는 거 봤어?"

"……아니."

다이아나는 평소 '약속'이란 표현을 거의 사용하지 않았는데, 그런 만큼 한 번 입 밖에 내면 반드시 지켰다.

다이앤의 기세가 수그러지자 다이아나가 마음에 든다는 양 미소를 머금었다.

"그런데 너 어깨 더 단단해졌다. 좀 넓어진 것 같기도 하고."

"그래?"

"이런 체격을 하고도 나한테 지는구나."

"누나."

다이앤이 눈초리에 원망을 실었다. 따가운 시선에도 다이아나는 농담이라고 정정해 주지 않았다. 진심이라서.

"다이앤, 여기 더 있을 거야?"

"누난 이제 뭐 할 건데?"

"잠에서 깼으니 씻고, 먹고 해야겠지. 트리탄이 잠드는 것만 보고."

"음……."

"할 일 없으면 너도 같이 트리탄 자는 거 보든가."

"아니, 됐어."

다이앤이 고개를 흔들었다.

사실 그는 미루어둔 일이 산더미처럼 많았다. 전부 다이아나와 트리탄의 대련을 구경하느라, 그리고 잠든 다이아나가 깨어나길 기다리느라 처리하지 못하고 쌓아둔 일이었다.

마음을 정한 다이앤이 뒤로 한 걸음 물러섰다.

"믿을게, 누나. 분명 약속했어. 어기면 평생 우리 호칭이 바뀌는 거야."

"응, 그래."

"밖에서도 오빠라고 불러야 해! 부모님 앞에서도, 이모, 이모부, 칸나, 카인 앞에서도!"

"알겠다고."

사촌의 이름까지 언급하며 집요하게 구는 다이앤에게 다이아나가 갈 거면 빨리 가라는 듯 휙휙 손짓했다. 이내 다이앤이 침실을 벗어났다. 그는 문이 닫히는 마지막 순간까지 문틈으로 다이아나와 트리탄을 힐 끔거렸다.

탁.

문이 닫히고 다이아나가 한숨을 쉬었다.

"쟤가 원래 저렇게까지 유난이었나."

혼잣말하며 그녀가 걸음을 옮겼다. 트리탄은 그때까지 가만히 소파 에 누워 있었다. 소파 근처로 의자를 끌어와 앉은 다이아나가 물었다.

"어때? 누울 만해? 소가죽이라서 불편하진 않을걸."

"편안하다."

"다행이네."

다이아나가 다리를 꼬곤 턱을 괴었다. 내리뜬 눈이 은색 속눈썹에 가 려졌다.

"트리탄."

"말해라."

"나, 좀 전엔 잠깐 꿈인가 했어."

"······꿈?"

"내가 너한테 진 거 말이야."

혹시, 만에 하나, 설마, 그런 단어를 붙여가며 예상해 보긴 했다. 하지만 그 가정이 진짜 실제가 될 줄은.

잠에서 갓 깼을 때는 정말이지 현실감이 없었다. 사실 지금도 신기하고 낯설었다. 반쯤 상상이나 허상 같았다.

"넌 왜 그렇게 세? 트리탄."

"나도 모른다."

"몰라?"

"넌 네가 강한 이유를 아나?"

다이아나가 머리를 주억거렸다.

"알지. 아빠를 닮아서 그래. 엄마를 닮은 것도 있지. 엄만······ 음, 자세히 말해주긴 어렵지만 특이체질이거든."

다이아나는 일레나에게서 물려받은 신성력을 떠올렸다. 아직 그걸로 과거의 어머니처럼 남을 치료해 본 적은 없지만, 몸에 내재된 신성력은 그녀의 육체에 꽤 긍정적인 영향을 끼쳤다.

가령 잘 다치지 않고, 다쳐도 빨리 낫는다거나, 병에 걸리지 않는다거나······ 그런 것들 말이다.

'술에 안 취하는 것도 그것 때문인가?'

다이아나의 고개가 기울었다. 하지만 어머니는 주량이 별로 세지 않은데. 아버지는 종종 추억에 잠긴 눈으로 어머니의 주사에 대해 들려주곤 했다. 그러다 어머니께 걸리면 꼭 등을 두들겨 맞으며 혼이 났지. 지금 애들한테 대체 무슨 이야길 하는 거냐고.

'그럼 이건 아빠를 닮았나 보다.'

술통째로 퍼마셔도 취하지 않는 다이아나가 그렇게 결론 내렸을 때, 트리탄의 목소리가 들렸다.

"그렇군. 그렇게 치면 나도 힘의 근원을 대략 알 것 같다."

"부모님?"

"……비슷하지."

트리탄은 마계 깊은 곳에서 몇백 년에 한 번씩 알을 낳는 마신수를 생각했다. 그는 그 알을 깨고 나왔다.

트리탄이 입을 닫고 침묵했다. 문득 그와 다이아나가 굉장히 다른 존재라는 것이 실감 났다. 아니, 다이아나뿐 아니라 이 땅에서 숨 쉬는 모든 생명체가 그와는 태생부터 달랐다. 당연한 일이었다. 그는 이 세계의 주민이 아니었으니까.

트리탄은 찰나 목 안쪽에서 껄끄러운 이물감을 느꼈다.

……어쩌면, 이건 이 세상이 그의 존재로 인해 느끼는 감각과 같을지도.

"트리탄?"

그 순간 조용해진 트리탄을 의아하게 살피던 다이아나가 불쑥 그와 간격을 좁혔다.

가까워진 얼굴에 트리탄이 눈을 동그랗게 떴다. 자기도 모르게 뒤로 물러나려다 그럴 공간이 없다는 걸 깨닫고 멈췄다.

"무슨 생각해? 혹시 졸려?"

"……아니, 그렇지 않다."

"안 졸려? 근데 그러면 더 문제 아닌가. 사흘이나 안 잤는데."

"나는 원래 잠을 거의 자지 않는다."

"응? 정말?"

"체질이다. 날 때부터, 이랬다."

트리탄은 끝에 가서 말을 약간 더듬었다. 다이아나가 입을 열 때마다 아슬아슬하게 뺨이나 눈썹에 닿는 숨결이 자꾸만 주의를 앗아갔다.

트리탄의 당황을 아는지 모르는지 다이아나가 얼굴을 가까이한 채 중얼거렸다.

"너 진짜 특이하네."

"……그런가?"

"웅. 열흘이나 같이 지내고, 대련도 했는데 여전히 모르는 것투성이야."

다이아나가 상체를 뒤로 물리며 팔짱을 꼈다. 트리탄은 그제야 호흡이 조금 편해지는 걸 느꼈다. 그는 자기가 긴장했었다는 걸 뒤늦게 깨달았다.

"힘 조절도 배우지 못할 만큼 야생에서 지냈나 싶으면서도, 어쩔 때는 또 문물에 무척 익숙해 보이고."

"……."

"사람과 교류한 적이 별로 없는 것 같은데, 높임말은 자연스럽게 따라 할 수 있을 만큼 자주 들었고."

다이아나의 시선이 트리탄을 옭아맸다.

"너 누구야, 트리탄?"

간단한 질문이 창처럼 트리탄을 꿰뚫었다.

트리탄은 가까스로 입술을 달싹였다. 그의 정체를 물을 때마다 그가 할 수 있는 대답이란 매번 정해져 있었다.

"……난, 트리탄이다."

"그렇지. 그 말 할 줄 알았어. 항상 같은 대답이니."

다이아나는 별로 실망하는 기색은 아니었다. 애초에 다른 답을 기대하지 않은 듯했다. 팔짱을 푼 그녀가 주제를 조금 전 것으로 옮겼다.

"네 체질은 알겠는데, 그래도 눈 좀 붙여. 나랑 이틀이나 실컷 싸웠잖아. 쓰러지겠다."

트리탄이 쓰러질 일은 없을 것이다. 잠이 거의 없고 체력이 뛰어난 건 마물의 특성이니.

특히 나자마자 마물의 왕 자리에 앉은 트리탄은 백일 정도 밤낮없이 전투해도 멀쩡할 지구력과 체력을 지녔다.

하지만 그는 별말 없이 고개를 끄덕였다. 다이아나가 그를 걱정해서 하는 말이라는 걸 어렵지 않게 알 수 있기 때문이었다.

기분이 이상했다. 생소하고 기묘하여 뭐라고 딱 정의 내릴 수는 없었지만, 우선 결코 싫은 건 아니었다.

트리탄은 다이아나가 원하는 대로 눈을 감았다. 그러면서 물었다.

"난 이제 네 객을 그만두는가?"

"응?"

"나를 이곳에 머무르게 한 건 나와 힘을 겨루기 위해서였지 않나. 그 목적을 이뤘으니……."

"떠나야 하냐고 묻는 거야?"

"……."

"떠나고 싶어?"

트리탄은 고심한 끝에 대답했다.

"잘 모르겠다."

"넌 가끔 나와 의견이 통할 때가 있어. 지금처럼. 나도 앞으로 너를 어떻게 해야 할지 모르겠거든."

"……."

"우선은 자. 그 질문은 네가 자고 일어나면 대답해 줄게."

다이아나가 트리탄의 가슴께로 손을 뻗었다가, 위치를 조금 옮겨 어깨를 토닥거렸다. 다이아나의 손길에 전신을 긴장시켰던 트리탄은 토닥거림이 이어지자 조금씩 몸에서 힘을 풀었다.

수면은 마물에게 익숙하지 않은 행위이다. 트리탄은 더욱 그랬다. 그래서 자는 척은 하되, 정말 잠들 수는 없을 거라고 생각했다.

한데 토닥거림 때문인지, 아니면 일정한 빠르기와 크기로 귀에 전달되는 맥박 덕인지.

트리탄은 자기도 모르는 새 수마에 빠져들었다.

고른 숨소리가 공기 중에 섞였다. 다이아나가 손을 멈췄다. 그녀는 적막한 침실에서 잠든 트리탄을 한참 지켜보았다.

"트리탄."

다이앤이 트리탄의 손을 꽉 붙잡았다.

"기약 없이 공작성에 머무르는 손님이 된 걸 축하해."

말로는 축하한다고 하면서, 왜 눈빛이 못마땅해 보이는지는 모를 일이다. 트리탄은 어쨌거나 대답했다.

"고맙다."

다이아나는 날이 밝자마자 일레나와 카이휜을 찾아가 그녀가 멀쩡하단 걸 알렸고, 추가로 부모님과 간단한 상의를 나눈 끝에 트리탄의 처우를 결정했다.

"트리탄. 너만 괜찮다면 난 네가 계속 이곳에서 지내줬으면 해. 기한은……
내가 대련으로 널 이길 때까지!"

다이앤은 그의 침실에 딸린 작은 서재에서 소식을 듣곤 펜을 우그러
뜨렸다.

이럴 줄 알았지.

'자기보다 강한 사람이 나타나면 그 사람을 이길 때까지 싸우겠다
더니!'

결국 다이아나는 가까운 지난날 다이앤과 주고받았던 문답을 지켰
다. 다만, 다이아나와 트리탄의 재대결은 바로 시작되지 않았다. 시드
리온이 연무장에 설치해 주었던 보호막은 이틀에 걸친 싸움으로 이
미 흔적도 없이 부서졌다. 다시 설치한다고 한들 또 싸우면 또 부서
질 테지.

싸울 때마다 보호막을 새로 설치하는 건 시간이 너무 오래 걸렸고,
무엇보다 한가한 사람이 아닌 시드리온이 그런 요청을 들어줄 리 없
었다. 만에 하나 시드리온을 설득해 목적을 이룬다 해도, 자꾸만 그
의 시간을 뺏다 보면 릴리아나가 나설 것이다. 그럼 어차피 모든 게 무
산된다.

따라서 다이아나는 좀 더 현실적으로 연무장을 지키면서 트리탄과
대련할 수 있는 방법을 떠올려 냈다. 바로 트리탄에게 힘을 조절해 싸우
는 법, 즉 진짜 '대련'을 하는 법을 가르치는 것이다.

그리고 그 가르침에는 연무장을 보전하는 것 외에 다른 효과도 따라
붙었다.

"저기, 트리탄. 너 살생을 즐기지 않는다고 했지? 나한테 힘을 조절하는 법을 배우면, 싸울 때 상대를 죽이지 않고 제압할 수 있어."

그렇게 되면 트리탄은 '걸어 다니는 재난' 대신 '정체를 알 수 없는 매우 잘생기고 강한 사람'이 된다.

트리탄은 다이아나의 권유를 받아들였다. 생각해 보면 트리탄은 다이아나를 만난 후 한 번도 그녀의 말을 거부한 적이 없었다. 마차를 타자는 것만 빼고.

"그거 알아, 트리탄?"

어찌 됐든 그리하여 공작성 내에 일시적인 스승과 제자 관계가 생겨났다. 다이앤이 말을 이었다.

"누나는 남을 가르치는 데 별로 소질이 없어. 사실 누굴 가르쳐 본 적도 없긴 한데, 아무튼 잘 못 가르칠 거야."

"그런가."

"응. 그러니까 배우다가 뭔가 아니다 싶으면 망설이지 말고 그만두겠다고 해. 그리고 억지 사제 관계에 얽매이지 말고 훨훨 떠나…… 악!"

다이앤이 트리탄의 손을 놓고 뒤통수를 감싸 쥐었다. 다이아나가 허공에 대고 오른손을 휘휘 털었다.

"아, 손바닥 아프네."

"내 머리가 더 아프거든!"

"그러게 왜 이런 데서 트리탄한테 쓸데없는 말을 하고 있어?"

다이아나는 복도에 나왔다가 먼발치에서 다이앤과 트리탄을 발견했다. 알은체하려 다가갔는데 다이앤의 헛소리가 귀를 스쳤다. 그 순간 다이아나는 몸을 날렸다.

"쓸데없는 말이라니, 난 단지 조언을 해준 것뿐이라고."

"도망을 종용해 놓고 잘도 조언이랍시고 포장하네. 솔직하게 말해, 다이앤. 트리탄이 공작성에 머무는 게 싫어?"

멈칫하는 다이앤을 보며 다이아나가 허리에 손을 얹었다.

"왜? 저번 열흘 동안 잘만 어울리더니. 공통점이 많아서 친하게 지내보겠다면서?"

다이엔이 얻어맞은 부위를 문지르던 손을 떼어냈다. 입술이 삐죽거렸다.

"몰라서 물어?"

"뭐?"

"누나가 자꾸……."

"내가 자꾸?"

다이앤은 말을 잇지 않았다. 그저 다이아나를 묵묵히 흘겨보다가 이어 휙 돌아섰다.

"몰라!"

그러곤 덩치에 맞지 않게 토라진 티를 내며 사라졌다.

"……?"

황당해진 다이아나의 의문을 해결해 준 건 뜻밖에도 지나가던 인물이었다.

"도련님께서 질투가 나서 저러시는 거예요."

"메들린."

부슬거리는 고수머리를 단정하게 틀어 올린 중년 하녀는 공작성의 주방에서 오래 일한 사용인이었다. 그녀의 주특기는 디저트, 그중에서도 마들렌이었는데, 덕분에 다이아나는 어렸을 때 이름과 손재주의 상관관계에 대해 생각해 보곤 했다.

"안녕하세요. 아가씨, 트리탄 님. 모처럼 바람이 적고 햇살이 강한 오후네요."

트리탄이 고개를 끄덕여 인사를 받았다. 다이아나가 물었다.

"질투라니? 무슨 말이야?"

"아가씨께서 도련님 외에 또래분과 이렇게 친밀하게 지내시는 건 처음 아닌가요?"

메들린이 말을 덧붙였다.

"물론 외사촌이신 카인 공자님도 빼고요."

메들린의 시선이 트리탄을 무례하지 않을 정도로만 가볍게 훑었다.

"아가씨께 이런 준수하신 친구분이 생겨서 저는 무척 기쁘답니다. 비록 도련님께선 하나뿐인 누이를 빼앗긴 기분이 드시는 모양이지만요."

"친구……."

다이아나가 전혀 생각해 보지 못했던 단어를 소리 내 따라 했다. 분명 익숙하고 일상적인 어휘인데 울림이 색달랐다.

"그럼 두 분, 모쪼록 화창한 날씨처럼 즐거운 시간 보내시길."

맡은 일이 있는지 메들린이 걸음을 재촉해 멀어졌다. 복도에 우두커니 남겨져 다이아나가 트리탄을 올려다보았다.

"트리탄, 우리가 친구래."

"들었다."

"너 친구 있어?"

듣기에 따라 장성한 청년에겐 퍽 모욕적일 수 있는 질문이다. 하지만 역시나라고 해야 할지, 아니면 이것만은 예의상 의외라고 해줘야 할지,

트리탄이 고개를 저었다.

"아니."

"그럼 내가 네 첫 친구네?"

"……그렇군."

트리탄이 깨달은 표정을 지었다. 왜인지 다이아나는 그 별것 아닌 표정이 꽤 웃기다고 생각했다. 입술 끝이 저도 모르게 말려 올라갈 만큼.

"그럼, 내 친구 트리탄."

다이아나가 트리탄의 옷소매를 쥐려다 잠깐 망설이곤 손을 조금 더 아래로 내렸다. 희고 매끄러운 손이 저보다 손가락이 한 마디는 길고 두꺼운 손을 덥석 쥐었다.

트리탄은 눈에 보일 만큼 움찔했지만 얌전히 있었다.

"첫 수업을 시작하러 가볼까?"

트리탄이 말 대신 고개를 위아래로 흔드는 걸로 대답했다. 이윽고 연무장으로 향하는 한 쌍의 남녀 위로 볕이 쏟아졌다.

환한 은발과 검정 그대로의 흑발이 대조적으로 빛났다.

그들처럼 상반된 머리 색으로 조합된 짝은 이쪽에도 있었다.

공작성의 집무실, 카이휜은 저를 찾아온 아내의 입술에 기쁘게 입 맞췄다. 집무실을 지키던 사용인은 일레나가 등장하자마자 알아서 자리를 비켰다. 인사 대신 남편과 간단한 입맞춤을 나눈 일레나가 그의 곁에 앉아 머리를 기댔다.

성년을 지난 자식을 두었다는 것이 믿기지 않게도 공작 부부는 젊었을 적의 외모를 고스란히 간직하고 있었다. 세월의 흔적은 아주 가까이서 봐야 살짝 보일 뿐이었다. 때문인지 다이앤, 다이아나와 함께 외출하면 잘 모르는 사람들은 그들을 형제로 보기도 했다.

"일레나, 걱정이라도 있습니까?"

예전과 달라지지 않은 것은 외양뿐만이 아니다. 부부간 애정도, 아내의 일이라면 언제나 촉각을 곤두세우는 남편의 다정함도 여전했다.

일레나는 카이휜의 다정함에 기꺼이 속내를 털어놓았다.

"간밤에 꿈을 꿨어요."

"악몽이었군요."

카이휜이 손이 일레나의 손등을 감쌌다.

"미안합니다. 아침에 먼저 나올 것이 아니라 부인 곁을 지켰어야 했는데."

지난밤에 무리해서 늦잠을 자는 줄로만 알았다. 그의 자책은 진심이었지만 일레나는 고개를 가로저었다.

"괜찮아요. 그런 말을 하려던 게 아니라……."

주저하다 그녀가 말을 꺼냈다.

"우리가 해치웠던 마왕 있잖아요."

"네."

"혹시 우리처럼, 그 마왕에게도 자식이 있을까요? 아니면 후계자라거나……."

카이휜이 일레나의 눈을 들여다보았다. 예상치 못했던 말이었다.

"혹 꿈이라는 게 그와 관련된 내용입니까?"

"맞아요. 기껏 평온하던 세상이 마물의 습격으로 무너지는 꿈이었는데, 그 중심에 새로운 마왕이 있었어요."

생김새를 똑똑히 보았지만 꿈에서 깨니 잘 기억나지 않았다.

그렇지만, 한 가지.

"멍청한 인간들! 이분이 바로 우리의 새 지도자다! 강함을 숭배해라! 스스로 제물이 되어 목숨을 바쳐라!"

웬 마물의 높게 찢어지는 목소리만 생생했다.

꿈을 회상한 일레나가 눈살을 찌푸렸다. 그녀의 꿈엔 생각할수록 의아한 점이 있었다. 다름 아닌 저렇게 외치던 마물이 꼭 어디서 본 것처럼 익숙하게 느껴졌다는 것이다. 그럴 리가 없는데.

말하는 마물 같은 건 과거 성검으로 심장을 찔러 죽인 마왕 전후로는 본 적도 없다. 그렇게 생각하면 역시 꿈은 꿈인 걸까 싶지만, 이상하게 오전 내내 찝찝한 기분을 떨칠 수 없었다.

그래서 일레나는 카이휜을 찾아왔다. 남편의 온기는 언제나 그녀의 불안과 걱정 따위를 잠재워 주는 효과가 있었으니까. 이 순간에도 마찬가지였다.

일레나는 제 손등을 감싼 남편의 손에 깍지를 꼈다. 얽힌 손가락에서 전해지는 체온만으로도 마음이 한결 안정되었다.

일레나의 이야기에 곰곰이 생각하던 카이휜이 입을 열었다.

"혹 다나 때문에 그런 꿈을 꾸게 된 건 아닐까요?"

"다나 때문에요?"

"다나가 몇 년 만에 대련에서 졌으니까요. 더구나 공작성 외부의 사람에게 진 건 처음이니 놀랄 법합니다."

"아, 트리탄……."

일레나가 근래 귀에 익기 시작한 이름을 중얼거렸다. 일레나는 카이휜의 가정이 그럴듯하다고 생각했다.

'하긴, 그래. 난 아이들이 세상을 구할 거란 걸 알고 있으니까.'

쌍둥이는 용사의 운명을 지니고 태어났다. 신은 그들에게 주어진 역할이 변하지 않았다고 말했다. 그렇다면 세계를 구할 남매는 그날을 위해 언제까지고 최강이어야만 했다.

한데 대뜸 나타난 사내에게 다이아나가 대결에서 패했으니.

"그렇다고 트리탄이 마왕의 후계일 리는 없지 않습니까? 우선 사람이고."

"그건 그래요."

일레나가 머릿속으로 트리탄을 그려냈다.

어느 날 다이아나가 불쑥 데려온, 쌍둥이의 또래로 보이는 남자. 이름과 얼굴 외에는 아는 것이 전혀 없었지만 일레나는 그의 존재에 크게 우려하지 않았다.

"트리탄? 음, 성품은 뭐 괜찮은 것 같아요. 어디서 뚝 떨어졌는지 모르겠다는 점이 문제긴 한데."

마음을 놓은 바탕에는 쌍둥이, 특히 다이앤을 향한 신뢰가 있었다. 트리탄이 공작성이나 그 안의 사람들에게 해를 가져올 인물이었다면 다이앤이 어떻게 해서든 그가 성내로 들어오는 걸 막았을 것이다.

다이앤은 어렸을 때부터 그랬다. 누구보다 사람을 보는 눈이 탁월했다. 다이앤이 괜찮다고 하면 괜찮은 것이다. 언젠가부터 그를 아는 모두는 그렇게 생각하게 되었다. 일레나라고 해서 예외는 아니었다.

"오히려 만일 다나와 트리탄이 잘되면, 공작성에는 막강한 전력이 추가되겠죠."

"응? 그러네?"

일레나가 눈을 반짝 올려 떴다.

"그렇게 되면 혹여 정말로 새 마왕이 쳐들어오더라도 문제가 없지 않겠습니까?"

"호오……?"

솔깃한 이야기였다. 설득력도 있었고.

"그런데 말이에요, 과연 잘될까요? 다나가 한 번도 그런 쪽으론 관심을 보인 적이 없어서……."

일레나가 얼핏 진지하게 말했다. 다이앤은 그래도 그에게 관심을 보이던 영애와 연서를 주고받은 경험쯤은 있었다.

하지만 다이아나는 어떤가. 발신인이 남자다 싶은 편지는 뜯어보지도 않았고, 고백은 상대가 준비한 말을 다 꺼내기도 전에 족족 거절했다. 파티에서 모르는 남자와 춤을 춘 적? 없었다.

다이아나의 춤 상대는 여태 카이휜, 다이앤, 시드리온, 외조부인 전 소르테 백작, 그리고 외사촌인 카인 소르테가 전부였다.

심지어 카인은 다이아나와 딱 한 번 춤을 춰봤다. 이후론 그도 다른 외간 사내들처럼 번번이 다이아나에게 퇴짜를 맞았다. 춤을 추기 위해 서라지만 다 자란 사촌과 정답게 손을 잡는 일이 내키지 않는다는 것이 거절의 이유였다.

여하튼 그러한 다이아나의 전적에 공작성의 하녀들은 입을 모았다. 이게 다 카이휜과 다이앤 때문이라고.

공작님과 도련님이 아가씨의 심미안을 지나치게 높여놔서 이런 일이 생긴 거라고!

실로 죄 많은 부자가 아닐 수 없다고!

'그랬지······.'

다이아나의 화려한 과거를 떠올리던 일레나의 얼굴이 점점 심각해졌다. 그녀의 딸은 정말 이대로 독신의 길을 걷게 되는 걸까? 아니, 물론 여자가 꼭 배우자를 맞아야 한다는 법은 없다.

그렇긴 해도······.

일레나의 낯 위로 새롭게 드리워진 고민의 그림자에 카이휜이 낮게 웃음을 터뜨렸다. 모든 순간, 모든 면이 매력적인 그의 아내는 이렇게 생각이 표정에 고스란히 비칠 때도 못 견디게 사랑스러웠다. 카이휜이 깍지 낀 일레나의 손을 더욱 단단히 힘주어 잡았다.

"뭐든 처음은 존재하는 법이니까요. 지금이 그 처음일 수도 있죠."

염려를 흩어내는 조곤조곤한 목소리가 이어졌다.

"우린 기다립시다. 우리 딸, 다나가 어떤 선택을 하든 간에."

"······그래요."

일레나의 표정이 손쉽게 풀어졌다. 과연 남편은 언제 찾아도 최고의 안정제였다.

그리고 또······.

일레나가 고개를 들었다.

몇 번을 봐도 질리기는커녕 그 반대의 감상을 주는 아내의 얼굴을 가만 뜯어보다 카이휜이 머리를 기울이며 몸을 숙였다. 사용인은 그로부터 한참 집무실 밖에서 대기해야 했다.

친구.

트리탄과의 관계가 한 낱말로 정립된 이후 다이아나의 행동은 부쩍 거리낌 없어졌다. 트리탄과 더 자주 붙어 다녔고, 걸핏하면 그와 손을 잡았다.

어쩌다 마주친 다이앤이 혼비백산하며 뭘 하는 거냐고 물으면 다이아나는 태연히 대답했다.

"친구끼리 친하게 지내는 건데, 뭐?"

다이아나는 기분이 좋았다. 속이 명쾌했다. 그녀도 모르게 트리탄을 편히 여기고, 무의식중에 손을 뻗게 되는 게 이해되지 않아 한때는 답답하고 불편하기도 했는데 이젠 아니었다. 명확한 이유를 알았다.

친구니까! 친구라서 그랬던 거였다!

'그럴 수 있지. 친구인데.'

안 보이면 뭘 하고 있나 궁금한 것도, 시시콜콜 주고받는 대화에 몰입되는 것도. 괜히 대화 도중 상대에 대해 잡다한 내용까지 이것저것 캐묻게 되는 것도.

친구니까, 친구기에, 친구란 연유로 그런 것이었다.

다이아나가 한결 적극적으로 변해 말수가 늘자 트리탄도 조금씩 그에 전염되었다. 그는 어느 순간부터 그의 신상에 관련된 다이아나의 질문에 곧이곧대로 대답했다. 더러는 묻지 않은 이야기까지 꺼내곤 했다.

"형제는 없다고? 그렇구나. 널 닮은 사람이 있나 궁금했는데."

"내가 있던 곳에서 내 생김새는 무척 특이한 거였다. 어쩌면 유일했을지."

트리탄이 무심코 평평한 이마께를 더듬었다.

"남들이 대부분 가진 걸 나만 못 가지기도 했고."

언어를 구사하고 수족을 부리는 고위급 마물은 저마다 뿔이 있었다. 모양이나 개수는 가지각색이었지만, 강력한 마물 중 뿔 자체가 돋아나지 않은 이는 손에 꼽았다. 일부는 뿔 없이 태어나는 극소수를 두고 돌연변이라거나 반쪽짜리라고 조롱하기도 했다.

물론 트리탄의 탄생 이후 거짓말처럼 사라져 버린 목소리지만.

"흐음, 그래? 놀랍네. 여기서 넌 남이 못 가진 걸 가진 편인데."

"내가?"

트리탄이 의아하게 물었다. 그가 느끼기에 인간들은 대다수가 그와 외견이 흡사했다. 처음엔 그것 때문에 살짝 놀랐을 정도였다.

"어."

"대체 어떤 걸……."

"미모."

"……미모?"

"잘생겼잖아. 난 아빠랑 다이앤 외에는…… 음, 이모부도 있네. 카인도 껴줘야 하나?"

범위를 고민하던 다이아나가 머리를 흔들었다.

"어쨌든! 가족 몇 사람을 제외하고 너처럼 이목구비가 조화롭고 예쁜 사람은 처음 봐."

"예쁘다고?"

트리탄이 뭐라고 반응해야 할지 모르겠다는 표정으로 멍하니 들은 것을 되풀이했다.

"예쁘다는 말은 사물에 쓰는 표현이 아닌가? 보석이나 의복 같은……."

"음? 아냐. 사람한테도 써."

목검을 내려놓고 맨바닥에 앉은 다이아나가 자연스럽게 무릎을 세워 팔을 올렸다. 둘은 '힘을 조절하는 법'을 가르치고 배우다가 잠시 휴식 중이었다.

"애한테도 쓰고 어른한테도 쓰고…… 칭찬이야, 여기선."

"칭찬이라면, 다이아나 넌 내가 예뻐서 마음에 든다는 말인가?"

트리탄의 질문에 다이아나가 눈을 깜박이던 걸 중단했다. 그녀는 산들바람이 속눈썹을 간질이며 지나가고 나서야 멈췄던 생체 활동을 재개했다.

'……뭐지?'

다이아나는 혼자만 들을 수 있도록 머릿속으로 자문했다.

뭐였을까, 조금 전엔. 그저 질문일 뿐인데, 왜 가슴 한쪽이 덜컹하는 기분이 들었던 건지 알 수 없었다.

마치 도둑질을 하려다 붙잡히거나, 비밀 따위를 들킨 사람처럼…….

'무슨 비밀?'

도둑질은 말할 것도 없고, 숨겨야 할 비밀 같은 것도 딱히 없다. 다이아나가 동요를 감추듯 서둘러 답했다.

"그렇지, 맞아. 사람은 기본적으로 다들 예쁜 걸 좋아하거든."

"내가 좋은가?"

"……으응, 뭐."

"그렇군."

"……."

"그럼 나도 네가 좋다, 다이아나. 예쁘다는 말은 보석이나 의복보다는 네게 더 어울리는 것 같다."

"……."

"다이아나?"

"……."

"……맥박이 빨리 뛴다. 혹시 주변에 무슨 위협이 생긴 건가?"

트리탄의 목소리가 신중하게 가라앉았다. 그의 눈초리가 날카로워졌다. 침입자의 기척 같은 건 느끼지 못했는데. 그가 청각, 후각 등 동물적인 감각을 동원해 주변을 살폈다.

그러는 사이 다이아나가 뒤늦게 그의 말에 깜짝 놀랐다.

"잠깐, 뭐라고? 너 내 맥박 뛰는 게 들려?"

"그렇다."

"왜?"

"그건…… 들을 수 있으니까?"

"어떻게?"

트리탄이 당혹스러워하며 입을 다물었다. 다른 사람이 아닌 다이아나의 질문이니 되도록 대답하고 싶지만, 방법을 물으면 그로서는 딱히 해줄 말이 없었다.

"……그냥 들린다."

다이아나는 트리탄의 빈약한 답에 그를 물끄러미 보다가 이내 제 가슴에 손을 얹었다.

두근, 두근. 손바닥을 타고 박동이 전해졌다.

'이게 들린다고? 자기 것도 아닌 남의 게?'

그 정도로 청각이 예민할 수가 있나?

이어서 다이이나가 손을 내렸다. 확실히 박동 간격이 평소보다 짧기는 했지만, 이 정도면 정상적인 수준이었다.

"……주변에 위협 같은 건 없어. 경계 안 해도 돼."

"그렇다면 다행이지만."

"너 청력이 엄청 좋은가 보다."

트리탄은 그제야 그가 타인의 맥박 소리를 들을 수 있는 걸 숨겼어야 했나 생각했다. 이미 늦어버렸지만.

"그것도 타고난 거겠지? 잠을 거의 자지 않는 것처럼?"

"그렇다."

트리탄이 황급히 답했다. 혹 다이아나가 그를 수상하다거나 이상하게 여길까 봐, 그의 목소리에선 얼핏 초조함마저 묻어났다. 왜 이런 것 때문에 초조함까지 느끼는지, 트리탄은 그에 대해 자문할 발상까진 하지 못했다.

"뭐, 그래. 그럴 수 있지. 나도 남보단 귀가 꽤 밝은 편이거든. 넌 못 따라가겠지만."

"……"

"어떻게 보면 당연한가? 넌 나를 이겼잖아."

다이아나는 비정상적일 만큼 뛰어난 트리탄의 청력을 쉽게 수긍하는 듯 보였다. 트리탄은 저도 모르게 안심했다. 긴장이 풀린 그가 다이아나의 말에 맞장구쳤다.

"내가 있던 곳에서도 내 감각이 제일 발달한 편이었다. 내가 가장 강했으니까."

그 바람에 자연스럽게 자기 얘기가 흘러나왔지만, 트리탄은 딱히 실수했다고는 여기지 않았다. 이 정도는 이야기해도 되겠지.

그간의 대화를 통해 알아본바, 그와 나름 비등하게 맞붙었던 다이아나 또한 이 땅에서 가장 강한 자인 것 같으니.

예상했던 대로 다이아나는 별로 놀란 눈치도 아니었다.

"그럴 것 같았어. 그럼, 네가 왕이었어?"

"어?"

"가장 강한 자가 왕이 된다며. 네가 있던 곳에서는."

"……."

"그럼 네가 왕이었겠네."

"……그렇다."

트리탄이 조금 조심스럽게 답하며 슬쩍 다이아나의 기색을 살폈다. 고작 저것만으로 그의 정체를 추측할 수는 없겠지만…….

그때 다이아나가 양 무릎을 세워 끌어안았다. 파란 눈이 한결 유심히 트리탄을 제 안에 담았다. 뒤이어 트리탄으로선 미처 예상하지 못했던 말이 흘러나왔다.

"그래서 친구가 없었던 거야?"

놀리는 듯한 말은 아니었다. 그보다 진지했고.

"네가 가장 강하고, 또 특이하게 생겨서?"

좀 더…… 상대를 어루만지려는 의도가 담겨 있었다.

"고독했겠다."

"……."

"심심하진 않았어?"

"심심……."

트리탄의 머리가 본인도 모르게 끄덕거렸다.

"심심했다."

말하고 나니 정확하게 알 것 같았다.

마계에서의 삶은 따분했다.

태어나 보니 왕이었다. 마계를 다스리는 것도, 모든 마물의 머리 위에서는 것도 트리탄이 나서서 쟁취한 것이 아니었다. 그는 날 때부터 본인의 의사와 관계없이 지배자였고, 관심도 흥미도 없는 일에 매여 있었다.

마물들은 그러한 왕의 심기를 읽었는지 한 번씩 그를 즐겁게 해주기 위해 성에 사냥감을 데려오곤 했다.

하지만 그것도 트리탄으로선 의미나 재미를 느끼기 어려운 일이었다. 간단한 손짓 몇 번으로, 자비를 구걸하거나 혹은 정신이 나가 달려드는 상대의 숨을 끊는 일. 아무런 감흥이 느껴지지 않았다.

마물의 본능은 피를 보면 흥분하는 것이라는데, 그에겐 해당하지 않는 말이었다.

"……고독하기도 했다."

트리탄은 다이아나의 말에 동의하며, 동시에 그의 내면을 들여다보았다.

외양만 남달랐던 것이 아니다. 그는 많은 면에서 마계와는 어울리지 않았다. 고독했다. 옳은 말이다. 항상 동떨어진 기분이 들었다.

수만의 마물이 발아래 엎드려 그를 칭송했지만, 정작 트리탄은…….

"내가 원해서 앉은 자리가 아니다."

트리탄은 말을 하고서 놀랐다. 처음으로 꺼냈다. 이 이야기를.

"왕이…… 되고 싶었던 적이 없다, 나는."

단단한 알의 껍데기를 부수고 나와 마계의 땅을 밟은 이래, 한 번도 입에 올리지 않았던 진심이다. 그래서는 안 될 것 같았으니까.

모든 마물이 그가 왕이 되기 위해 태어났다고 했다. 마신수의 알에 잉태되었을 때부터, 그것이 그의 운명이라고 입을 모았다. 거부해선 안 되고, 거부할 수도 없는 일 같았다.

그러나 이제 와 생각해도 역시 그건 그가 바란 게 아니다.

그는 그저…….

"트리탄."

다이아나의 손이 옆에 놓인 트리탄의 손을 잡았다. 그런데 평소와는 조금 달랐다. 손가락이 손가락 사이로 가지런히 파고들었다.

트리탄은 일순 호흡을 멈췄다가 천천히 숨을 들이마시고, 내뱉었다. 이상하다. 전투 중도 아니건만 감각이 한껏 예민해지는 느낌이다.

더구나 이런 식의 떨림은 전투 상황에서도 느껴본 적이 없는 것 같은데.

트리탄이 팽팽히 긴장하는 근육을 그의 의지대로 통제하지 못할 때, 다이아나가 말했다.

"그런 말 들어봤어? 친구끼리는 닮는다고. 아니, 애초 닮은 사람이 친구가 된다는 거였나."

"……닮아?"

"응. 마침 우리가 방금 나름대로 공통점을 찾아낸 것 같아서."

무릎을 쭉 펴고 땅을 짚었다. 매끄러운 은발이 어깨를 휘감고 내려와 팔을 덮었다.

"나는 왕은 아니었지만, 그래도 제법 많은 걸 짊어져야 하는 자리에 있었어."

있었다. 과거형이다.

"지금은 아니라는 건가?"

"맞아. 떠넘겼거든, 다이앤한테."

다이아나가 눈을 내리깔며 웃었다. 부채처럼 긴 속눈썹이 그림자를 만들어냈다. 트리탄은 그 순간 무심결에 조금 전 배운 칭찬을 떠올려

냈다.

예쁘다.

아, 그렇군. 이럴 때 쓰는 것이었다.

"속눈썹이……."

"응?"

"속눈썹이 몹시 예쁘다, 다이아나."

학습한 어휘를 적재적소에 써먹었다고 여긴 트리탄이 내심 뿌듯해했다. 다이아나는 멈칫했다가 괜히 머리카락을 한 번 쓸어 올렸다. 풍성한 은색 머리카락이 뒤로 넘어가며 살짝 붉어진 귓가가 드러났다가 다시 가려졌다.

"고마워."

"……."

"어쨌든, 큼, 나도 내가 원했던 자리가 아니었기 때문에 떠넘겼는데…… 넌 그럴 수 없는 거야?"

트리탄의 눈이 흔들렸다. 한 번도 생각해 보지 못했던 일이다.

왕의 자리를 떠넘긴다. 타인에게 줘버리고, 그는…….

"그럼 나는, 어디로 가지?"

"여기."

"……."

"이곳에 있으면 되지. 난 네 유일한 친구잖아. 하나뿐인 친구 곁에서 지내는 건 어때?"

"하지만 네가 날 대련에서 이기면, 난 떠나야 하지 않나."

"지지 않으면 되잖아."

"……."

"자신 없어? 아닐걸?"

트리탄은 다이아나와 이틀이나 싸운 끝에 겨우 승기를 거머쥐었다. 그것만 따지고 보면 둘의 실력은 거의 비슷한 것처럼 보인다. 하지만 다이아나는 트리탄에게 힘을 조절하는 법을 가르치기 시작하며 실상을 깨달았다.

트리탄은 전에 검을 써본 적이 없었다. 다이아나와의 대련에서 목검을 쥐어본 것이 처음이었다. 어쩐지 이상하다 했다. 목검을 던졌을 때 받아내던 손길이 영 어설프더라니.

결국 트리탄은 익숙하지 않다 못해 생소한 무기로 다이아나와 싸웠던 셈이다. 트리탄이 검을 다루는 데 적응하면 적응할수록, 둘의 실력 차는 점점 벌어지겠지.

처음에는 기가 막히는데 이제는 외려 잘됐다는 생각이 들었다. 힘의 격차가 클수록 트리탄은 오래 그녀의 곁에 머물 테니까.

제법 긴 시간, 어쩌면 평생…….

'그래, 우정은 원래 평생 가는 거니까.'

그렇게 생각하며 다이아나가 트리탄의 답을 기다렸다. 곧 그의 입술이 달싹였다.

"……생각해 보겠다."

"좋아, 잘 생각해 봐."

모호한 답변이었지만 그 안에는 어쨌든 가능성이라는 것이 있었다. 다이아나가 환하게 웃었다. 마침 볕이 비쳤다. 찰나 머릿속에 떠오르는 단어에 트리탄의 턱이 자연스레 움직였다.

"예쁘다는 말이 칭찬이면, 눈부시다는 말도 같은가?"

"뭐?"

"다이아나, 눈부시……."

"그만!"

다이아나는 자각 없이 말하는 트리탄의 입을 틀어막으며 동시에 생각했다. 아무래도, 제 친구에겐 힘 조절 외에도 가르쳐야 할 것이 꽤 많을 것 같다고.

한 달이 지났다.

그동안 다이아나와 꾸준히 수업을 진행한 트리탄은 마침내 배움의 성과를 보였다. 공작성의 기사와 대련하여 그를 상처 하나 없이 제압한 것이다.

"트리탄! 잘했어!"

다이아나는 진심으로 기뻐하며 트리탄을 와락 껴안았다. 부드러운 신체가 그를 압박하는 순간 트리탄은 그대로 굳었다.

"이게 바로 제자를 키우는 기분일까? 와, 생각했던 것보다 더 감격스러워. 내가 이런 기분을 느끼게 되다니……."

감동에 차 감상을 늘어놓는 다이아나의 목소리가 트리탄의 귓가에서 웅웅 울렸다. 신경이 온통 다른 데 쏠려 정작 내용이라곤 낱말 하나조차 알아듣지 못했다.

다이아나가 석상이 된 트리탄을 놓아준 건 연무장에 손님이 도착하고 나서였다.

"아가씨이이이!"

멀리서부터 목청을 키우며 달려오는 기세가 심상치 않았다. 하녀는 다이아나 앞에 멈춰 서서 헉헉거리며 숨을 고르더니 말했다.

"아가씨, 여기 계시면 어떡해요? 얼마나 찾았다고요."

"응? 왜?"

"왜라뇨, 오늘이 무슨 날인지 잊으신 거예요?"

"오늘…… 아!"

다이아나가 뒤늦게 탄성을 뱉었다. 하녀가 조급한 손길로 다이아나의 옷소매를 잡아끌었다.

"어서 가요. 지금부터 준비하셔도 촉박해요."

"다이아나, 무슨 일이 있는 건가?"

다이아나에게서 풀려난 뒤 겨우 석상 상태를 극복한 트리탄이 물었다. 다이아나는 트리탄의 질문에 바로 대답하는 대신, 문득 무슨 생각이 들었는지 그를 의미심장하게 올려다보다 하녀에게 시선을 주었다.

"다이앤도 지금 준비 중이지?"

"당연하죠. 아가씨도 어서……."

"그 자리에 한 사람 더 끼워 넣는 건 어때?"

"네?"

"마침 키나 체격도 비슷하고."

다이아나가 말하는 '한 사람'이 누구인지 알아차린 하녀가 고개를 꺾었다. 하녀의 눈길이 트리탄에게 짧게 머물렀다. 금세 눈이 반짝였다.

"좋은 생각인 것 같아요, 아가씨."

"그렇지?"

"……?"

자신을 두고 하는 대화인 것 같은데, 무슨 말인지 이해할 수 없어 트리탄은 고개만 갸웃거렸다.

그로부터 몇 시간 후.

영문도 모른 채 등 떠밀리듯 다이앤의 처소로 장소를 옮겼던 트리탄이 공작성의 1층에 다시 나타났다. 바삐 지나다니던 사용인이 저마다 걸음을 멈췄다. 여기저기서 숨을 들이켜는 소리와 놀라움이 섞인 감탄사가 흘러나왔다.

다이아나는 1층에서 기다리다가 계단을 내려오는 트리탄을 환한 얼굴로 맞이했다.

"잘 어울려, 트리탄. 멋있는데?"

트리탄은 검은 머리를 깔끔하게 넘겨 정돈하고 몸에 적절히 맞는 정장을 차려입고 있었다. 다시 말해, '치장'을 끝낸 채였다.

계단을 전부 내려와 다이아나와 마주 선 트리탄은 잠시 멈칫했다가 입을 열었다.

"다이아나, 너도 굉장히⋯⋯."

달 가루를 뿌린 것 같은 화사한 은발이 가지런히 하나로 모여 흘러내렸다. 신체의 곡선을 얼핏 드러내는 연하늘색 드레스 밑단이 바닥에 닿아 물결처럼 퍼졌다.

트리탄이 입을 다물었다.

예쁘다거나 눈부시다는 말은 아무 때, 아무 데서 자주 쓰는 것이 아니라고 다이아나에게 배웠다. 그러나 그 두 표현을 제외하곤 지금 다이아나를 나타낼 수 있는 말이 떠오르지 않았다.

"응?"

"⋯⋯아니다. 우린 이제 파티에 참석하는 건가?"

다이아나가 트리탄의 말에 의외라는 표정을 지어 보였다.

"파티는 아네?"

말과 마차도, 왕족이란 개념도 몰랐으면서.

트리탄이 답했다.

"내가 있던 곳에서도 파티는 종종 열렸다."

단 지금처럼 파티에 참석하기 위해 몸을 치장해 본 건 처음이었다.

트리탄은 머리를 정리하고 얼굴에 뭔가를 바르고, 의복을 바꿔 입는 것이 파티 참석을 위한 의식이라는 걸 다이앤 덕분에 알았다. 아무래도 이곳의 파티와 그가 아는 마계의 파티는 사뭇 다른 것 같았지만, 트리탄은 그런 것까진 말하지 않았다.

"그럼 에스코트하는 법도 알아?"

"에스코트?"

"모르는구나."

그럼 그렇지.

예상이 맞아떨어져서인지, 도톰한 선홍색 입술로 곡선을 그려내는 다이아나는 약간 기뻐 보였다.

"손 내밀어봐. 손바닥이 위로 향하게."

트리탄이 순순히 시키는 대로 했다. 그러자 그의 손바닥 위로 흰 장갑을 낀 다이아나의 손이 사뿐히 올라앉았다.

트리탄이 저도 모르게 그 손을 놓치기 싫은 것처럼 움켜쥐자 다이아나가 말했다.

"이러고 함께 파티장으로 가는 거야."

"……."

"갈까?"

다이아나가 걸음을 옮겼다. 분명 제 쪽에서 손을 잡고 있건만, 어쩐지 다이아나에게 붙잡힌 것만 같은 기분으로 트리탄이 발을 뗐다.

"누나! 트리탄! 같이 가!"

단장 막바지에 옷에 홍차를 쏟는 바람에 준비 시간이 늘어났던 다이
앤이 마침 계단을 내려오는 소리가 들렸다. 다이아나는 돌아보지 않았
다. 트리탄은 이번에도 묵묵히 그녀를 따랐다.

"어버이의 날 축하드립니다."

"축하드려요!"

메이하드 공작성에는 공작 부부와 공자, 공녀의 생일을 제외하고 공
식적인 기념일이 하루 더 있었다.

이른바 어버이의 날.

대체 그것이 무엇인가 하니, 바로 공작가의 쌍둥이가 처음으로 '엄마,
아빠'를 입에 담았던 순간을 기념하는 날이었다.

다이아나와 다이앤은 처음 기념일의 존재를 알고선 기막혀했지만, 곧
그러려니 했다.

생일이 같은 쌍둥이라 사람은 둘이지만 생일 파티는 일 년에 한 번만
열렸다. 그러니 머릿수와 파티 횟수를 맞추는 의미에서 기념일이 하루
쯤 추가된대도 뭐 괜찮지 않을까. 대략 그런 편리하고 간단한 사고방식
이었다.

"고마워요, 시우드 백작 부인."

"공자님, 공녀님께서 언제 이렇게 자라셨을까요. 자식을 키우다 보면
글쎄 세월이 무상해서……."

'어버이'의 날이니만큼 파티의 주인공인 공작 부부가 공작성의 파티장

한쪽에서 기념일을 축하해 주러 온 손님들과 담소를 나눴다. 기념일의 명칭 때문인지, 어버이의 날 파티에는 주로 장성한 자식을 둔 귀족들이 참석했다.

그래서일까. 공작 부부와 그들을 둘러싼 이들 사이의 대화는 다른 파티 때보다 한결 활기차고 화기애애했다.

파티의 부차적 주인공인 쌍둥이는 그 모습을 보며 매해 생각했다. 과연 공감대란 대단하다고. 몇 년 전부터는 공작성의 파티에 크게 감복해 자기들도 같은 날을 기념하기 시작한 귀족도 있었다.

어쨌든 부모님이 즐거워 보이시니 자식 된 도리로서 이쪽도 나름 기뻤다. 다이아나가 그렇게 생각할 때 다이앤이 돌연 한숨을 내쉬었다.

"하아."

"왜?"

"에스코트도 빼앗기고, 연미복도 강탈당하고…… 내 신세가 문득 너무 처량해서."

트리탄 이야기였다. 다이아나는 면전에서 저를 탓하는 말을 듣고도 그저 무표정한 트리탄을 흘긋 올려다보았다가 다이앤의 정강이를 걷어찼다.

"아야!"

"내 에스코트 상대는 내가 정하는 것일 뿐 네게 주어진 권한이 아니니 뺏긴 적 없고, 옷은 빌린 거잖아. 누가 강탈이래?"

"내 의사로 빌려준 게 아니니 강탈이지."

"새로 하나 사줄게. 그럼 됐지?"

"참나, 그래! 엄청 비싼 거 고를 테니 후회 마시지!"

쌍둥이가 평소처럼 티격태격했다. 그때 그들을 부르는 살가운 목소리가 들렸다.

"다이앤! 다이아나!"

"앨리."

남매가 동시에 한 사람의 이름을 입에 담았다.

앨리라고 불린 여성은 빵처럼 부푼 녹색 드레스를 차려입고 쌍둥이에게 환히 웃어 보였다. 그녀는 어버이의 날 파티에 참석한 귀족의 '장성한' 자식 중 한 명이었는데, 어릴 적부터 공작성의 행사에 빠짐없이 드나들어 쌍둥이와 친분이 꽤 깊었다.

"지난 다과회 이후 처음 보네, 앨리."

"그러게. 잘 지냈어?"

"나야 물론! 그러는 두 사람은…… 묻지 않아도 아마 잘 지낸 모양이네. 여전한 걸 보니."

앨리가 새삼 쌍둥이의 외모에 감탄하는 기색으로 두 사람을 응시했다. 그러다 그녀의 시선이 트리탄에게 닿아 멈췄다.

"……그런데, 이분은?"

"트리탄이다."

다이아나는 그제야 트리탄에게 파티장에서 사용할 적절한 말투를 가르쳐주지 않았다는 사실을 떠올렸다. 아차 싶어 다이아나가 끼어들려 했지만, 그보다 앨리가 대답하는 것이 빨랐다.

"그렇구나, 안녕. 난 앨리야."

……아, 그렇지.

작게 한숨 쉰 다이아나가 염려를 내려놓았다. 앨리도 그저 보통 귀족 영애는 아니었다.

"공작성에 머물고 있어. 우리 손님이야."

"어머, 정말?"

"우리가 아니라 누나 손님이지. 누나의 친구야. 친, 구."

어쩐지 다이앤이 친구라는 말에 유독 힘을 주었다. 그러는 사이 다이아나가 먼발치서 그녀에게 손짓하는 어머니를 발견했다.

"나, 잠깐만."

의아해하며 다이아나가 자리를 벗어났다. 이윽고 제게 가까워진 다이아나에게 일레나가 웬 목걸이가 담긴 함을 건네주었다.

"이게 뭐예요?"

"선물로 들어온 건데, 나보다는 네게 더 어울릴 것 같아서."

"감사해요, 어머니."

"오늘은 엄마로 부르는 날이잖아."

"네, 엄마."

일레나가 눈을 부드럽게 휘곤 뺨을 내밀었다. 다이아나가 그 뺨에 익숙하게 입을 맞추었다. 이어 입술을 떼어내던 그녀의 눈초리가 딱딱하게 굳었다.

다이아나의 시야 끝, 우연히 잡힌 트리탄이 웃고 있었다. 앨리와 대화하면서.

"다나?"

일레나가 조심스럽게 딸을 불렀다. 다이아나는 그제야 자신이 움직임을 멈췄다는 걸 깨달았다.

"너 괜찮니?"

"그럼요."

일레나와 다시 눈을 맞춘 다이아나가 얼굴 위로 미소를 덧그렸다.

"목걸이 정말 고마워요, 엄마. 자주 하고 다닐게요."

"어차피 나도 받은 것인걸. 부담 갖지 말고 가볍게 착용하렴."

일레나는 시시콜콜한 대화를 몇 마디 더 나눈 후 다이아나를 놓아주고는 나비처럼 사뿐한 발걸음으로 조금 전부터 손님과의 담소도 멈추고 그녀를 기다리는 공작에게 되돌아갔다.

가까이서 시선을 맞춘 부모님이 누가 먼저랄 것 없이 미소 짓는 것이 보였다. 다이아나는 그 광경을 잠시 말없이 쳐다보다가 선 자리에서 고개만 돌렸다.

트리탄은 여전히 웃고 있었다. 그의 앞에선 앨리가 계속해서 무어라 떠들었고, 다이앤은 한 발 떨어져 팔짱을 낀 채 그런 두 사람을 지켜보았다.

순간 속이 울렁거려 다이아나가 입을 틀어막았다.

'……뭐지?'

속이 안 좋나? ……체했나?

아니, 그럴 리가 없는데.

평소 주변에서 돌덩이를 씹어 먹어도 끄떡없을 거라는 평을 듣는 다이아나다. 본인도 그렇게 생각했다. 음식을 소화시키지 못해 탈이 나다니, 있을 수 없는 일이다.

'놀랐나?'

다이아나는 또 하나의 가정을 떠올렸다. 놀라서 속이 울렁인다는 건 처음 들을뿐더러 처음 겪는 일이라 당혹스럽지만 가능성이 전혀 없진 않았다. 적어도 그녀가 체했다고 단정하는 것보다는 그럴듯했다.

마침 놀라기에 충분한 상황이었다. 트리탄의 웃는 얼굴을 본 건 처음이었으니까.

트리탄은 항상 무표정을 유지했다. 한 번씩 당황하거나 의아해하는 정도의 반응은 보였지만 그때에도 표정 변화는 딱히 두드러지지 않았다.

그런데 저렇게 확연하게 '웃는다'라고 할 수 있을 법한 표정이라니. 그것도 앨리의 앞에서…….

"아가씨, 괜찮으세요?"

지나가던 하녀가 당황해서 다이아나에게 말을 붙였다. 입을 틀어막은 다이아나의 안색이 영 창백했다.

"왜 그러세요? 몸이 좋지 않으세요?"

"……나 체했나 봐."

"네?"

"아닐 거라 생각했는데 체한 게 맞나 봐. 속이 울렁거리고, 심장이 빠르게 뛰고…… 기분도 안 좋아. 엄청."

"세상에!"

하녀가 펄쩍 뛰었다. 얼굴이 단번에 충격과 걱정으로 물들었다.

"어서 휴게실에 가 계세요. 제가 서둘러 의사를 불러올게요. 맙소사, 아가씨께서 어쩌다…….'"

"아냐."

고개를 저은 다이아나가 하녀를 만류했다.

"침실에 돌아가서 좀 쉴게. 그러면 괜찮아질 것 같아."

"……그러시겠어요?"

"응. 그렇게 할래."

다이아나의 시선이 다이앤에게, 앨리에게 그리고 트리탄에게 닿았다. 무슨 이야기를 했을까. 왜 웃었을까. 어째서 앨리를 보고…….

"그럼 아가씨, 도련님께는 제가 말씀드릴까요?"

하녀의 목소리에 다이아나가 정신을 차렸다.

"속이 안 좋아서 먼저 돌아가셨다고 전할게요."

"……그래, 부탁해."

"푹 쉬세요, 아가씨!"

하녀의 염려 섞인 말을 뒤로하고 다이아나가 몸을 돌렸다. 마지막으로 트리탄을 돌아볼까 하는 충동이 잠깐 들었지만 어쩐지 그럴 기분이 나지 않아 묵묵히 발걸음을 재촉했다. 걸음을 서둘러 파티장을 가로지르는 다이아나에게 몇 사람이 인사를 건네거나 말을 걸었으나 누구도 답을 듣지 못했다.

다이아나는 침실에 도착하자마자 침대에 걸터앉았다. 해가 지기 시작해 침실 내부는 어두웠다. 그러나 불을 밝힌다는 당연하고도 간단한 선택지가 머릿속에 떠오르지 않았다.

점점 짙은 어둠이 내려앉는 공간에서 다이아나는 고요히 생각에 잠겼다. 그러자 그녀가 조금 전 파티장에서 느꼈던 감정들이 조금씩 구체화되어 갔다.

얼마나 시간이 지났을까. 똑똑, 침실 문을 두드리는 소리가 들렸다.

"누나, 나야."

"……."

"속이 안 좋다면서. 체했다는 게 정말이야?"

"……."

"왜 대답이 없어? 자는 건 아니지? 들어갈게."

문이 열렸다. 복도의 불빛이 어둑한 침실 내부를 살짝 비췄다. 다이앤은 침실 안으로 발을 들이자마자 멈칫했다.

"뭐가 이렇게 어두워. 누나, 불도 안 켜고 거기서 뭐 해?"

다이앤의 시력은 일반인의 것보다 배는 좋았다. 갑자기 닥친 어둠에도 구애받지 않고 손쉽게 다이아나를 발견했다.

"불, 내가 켠다?"

다이앤이 답을 기다리지 않고 침실의 램프를 밝혔다. 다이아나는 그때까지도 침대에 앉아 움직이지 않고 있었다.

"누나…… 왜 그래? 진짜 아픈 거야? 먹은 게 없었다고? 누나가? 정말로?"

의심과 혼란, 걱정이 뒤섞인 기색으로 다이앤이 다이아나에게 다가왔다. 다이아나는 그제야 시선을 올려 다이앤을 쳐다보았다.

"다이앤."

"응?"

"너도 그래?"

"뭐가?"

"친구……."

머릿속이 복잡한 눈치로 잠시 머뭇거린 다이아나가 뒤이어 말을 완성했다.

"친구가 나 말고 다른 사람과 즐겁게 웃고 떠드는 걸 보면, 너도 이런 기분이 들어?"

다이앤이 멈칫했다가 되물었다.

"……무슨 기분이 드는데?"

"친구를 가두고 싶은 기분."

"……."

"가둬서, 다신 그런 짓 못 하게 하고 싶은 기분. 원래 이래?"

"원래 그러겠어?"

왜인지 갑자기 목소리를 키워 쏘아붙이듯 답한 다이앤이 바로 이어서 얼굴을 벅벅 문질렀다. 그러더니 제자리에서 대뜸 비명을 질렀다.

"아악! 내가 이럴 줄 알았어. 이럴 것 같았다고! 친구는 무슨!"

"무슨 소리야?"

"누나, 지금 트리탄 때문에 그러는 거지? 트리탄이 앨리랑 대화하는 걸 봐서 하는 말이잖아. 그렇지?"

"그래."

다이아나는 순순히 긍정했다. 정확히 원인을 간파당했지만 별반 동요는 일지 않았다. 근래 그녀가 자주 어울리고 시간을 보낸 '친구'는 트리탄이 유일했다. 그러니 조금의 눈치만 있어도 저 정도의 추측은 어렵지 않을 터다.

……아니, 근데 '친구는 무슨'이라고 한 건 어떤 의미지?

그때 다이앤의 말이 이어졌다.

"친구 아니야."

"뭐?"

"누나랑 트리탄, 두 사람 친구 아니라고."

"다이앤. 나 지금은 네 불평을 들어줄 기분 아냐."

"그런 게 아니라!"

저도 모르게 언성을 높였던 다이앤이 이내 길게 한숨을 내쉬며 기세를 낮췄다.

"내가 진짜, 정말, 하, 내 입으로 이 말을 하게 되다니……."

"……."

"누나, 방금 누나가 무슨 말을 한 건지 알아? 질투했다고, 상대에게 집착한다고 말한 거야. 그런 감정을 친구에게 느낀다고? 누나가 생각해 봐도 뭔가 이상하지 않아?"

다이아나의 표정이 살짝 굳었다.

"누나 친구 처음 사귀어? 그런 것도 아니면서."

"······남자인 친구는, 처음인데."

"그래서 동성 친구와는 다르다? 아, 네. 퍽이나 그러시겠네요."

다이앤이 빈정거렸다. 평소였다면 당장 한 소리 듣고도 남았을 일이나 이 순간의 다이아나는 얌전했다. 그것마저도 어딘지 마음에 들지 않는다는 듯 머리를 거칠게 헤집은 다이앤이 말했다.

"잘 생각해. 누나가 트리탄에게 가진 감정이 정말 우정인지. 그게 아니면······."

"······."

"······몰라, 여기부턴 누나가 알아서 해."

다이앤은 그렇게 말하더니 침대에서 훌쩍 물러났다. 그러곤 그대로 침실을 벗어날 것처럼 척척 멀어지다가 문가에 멈춰 서서 돌아보았다.

"참, 트리탄 말인데."

다이아나의 시선이 바로 저에게 따라붙는 것을 보며 다이앤이 혀를 찼다.

"걔 주방에 갔어. 죽 만들겠다고. 누구 주려는 건지는 굳이 말 안 할게."

"······."

"근데 걔, 죽이 뭔지도 모르더라. 아플 때 먹는 거라고 하니까 당장 만드는 법을 배우겠다고 하고선 간 거야."

"······."

"뭐, 그렇지만 누나 안 아프지? 체한 것도 아니고. 그러니 헛수고하지 말라고 전달할게. 그럼 난 간다."

말을 마친 다이앤이 곧바로 문가를 넘었다. 문이 닫혔다.

침실이 다시 전처럼 고요해졌다. 다만 다이앤이 밝힌 램프의 불빛 탓에 더는 캄캄하지 않았다. 다이아나는 침대에 앉아서 멍하니 눈을 깜박였다.

잠시 후 그녀의 몸이 뒤로 넘어갔다. 긴 은발이 침대 위로 흐트러졌다.

"……아."

천장을 시야에 담은 다이아나의 입술이 달싹거렸다.

"……이럴 수가."

생소한 깨달음이 머리를 지배했다. 그것은 신체에도 영향을 미쳤다. 불쾌하게 뛰던 심장이 언제 그랬냐는 듯 잠잠해졌다가, 이어서 다른 의미로 세차게 뛰었다.

"말도 안 돼……."

하지만 그렇게 중얼거리면서도 다이아나의 의식은 사실에 순응하고 있었다. 다이아나는 기억을 더듬었다. 트리탄과의 첫 만남이 떠올랐다.

"몹시 선한 군주다."

특이하다고 생각했다. 말투, 행동, 외모, 기운 그 무엇 하나 평범한 것이 없었으니까.

지금 생각하면 그때 느낀 것은 호기심이었다. 대체 뭐 하는 사람인지, 상대에 대해 알고 싶다는 충동이 잠깐이지만 머릿속을 스쳤었으니까.

물론 경계하기도 했다. 정체를 모르는 강자였다. 긴장의 끈을 놓을 수 없었던 것이 당연했다.

그러다…… 언제 그 경계와 긴장이 한꺼번에 풀려 버렸더라.

만일에 대비해 끌어들인 다이앤이 트리탄에게 딱히 날을 세우지 않는 걸 보았을 때?

아니, 그다음이었다. 정확히…….

"만약, 왕이 가장 강한 사람이었으면 뭘 하려고 했는데?"

"그와 싸우려고 했다."

그래, 이때.

트리탄이 왕을 만나려 했던 이유는 그야말로 황당했다. 누가 들어도 쉽게 믿지 못할 답이었다. 대다수의 사람이 의심하며 지금 저를 놀리는 것이냐, 아니면 장난하는 거냐고 되물었을 내용이었다. 하지만 다이아나는 트리탄이 진심을 다해 답했다는 걸 알았다.

그 순간 그녀의 안에서 또렷한 변화가 생겨났다. 단단했던 자물쇠가 풀리듯 경계심이 흩어지고 그 자리에 다른 감정이 드러났다.

유대. 혹은 동질감.

트리탄은 가장 강한 사람과 싸우기 위해 홀로 먼 길을 나섰다. 왜 싸우고자 했냐는 질문에는 답이 없었지만, 듣지 않아도 충분했다.

알 것 같았다. 트리탄은 어쩌면 그녀와 동류였다. 비슷한 상황, 위치에서 유사한 감정을 공유하며 닮은 시간을 보내고 있었다.

"트리탄, 나랑 싸울래?"

충동적으로 튀어 나간 말은 다이아나의 마음에 쏙 들었다.

하긴, 이것도 인연이라면 인연일 텐데. 가볍게 검 한번 나눠보고 헤어지는 것도 좋겠지. 마침 기대가 무너져 실망하고 낙심했을 트리탄의 마음을 달래줄 겸 말이다. 약간의 동정과 호승심이 이전까지의 정서를 대체했다.

그런데 그렇게 마련된 대련 자리가 뜻밖의 전개를 불러왔다. 트리탄은 싸움이 아닌 대련을 할 줄 몰랐고, 다이아나의 예상보다 훨씬 강했다. 그로 인해 선택의 기로에 놓였던 다이아나는 결국 이성이 아닌 감정을 따르는 길을 택했다.

트리탄은 그때부터 열흘이나 공작성에 머무르게 되었다. 긴 기다림이 될 거라 예상했는데, 열흘은 긴 것 같으면서도 생각 외로 짧았다. 트리탄과 상당한 친분을 쌓기에는 충분한 시간이었지만 신기할 만큼 눈 깜짝할 새 지나갔다.

그렇게 열흘이 흘러 다이아나는 트리탄과 대결했고…… 졌다.

'졌다'라는 말을 입에 담던 순간은 생생했다. 마치 어제 일인 양 떠올릴 수 있었다. 수년 만에 겪는 패배였다. 심지어 가족 외의 상대에겐 태어나서 처음 졌다.

기분이 나빴나? 딱히 그렇지는 않았다. 외려 후련함과 개운함이 느껴졌다. 꼭 네가 최강일 필요는 없다고 누군가가 속삭여 주는 기분도 들었다.

대련을 마치고 기절하듯 잠들어 하루가 지나 깨어났던 날 밤. 다이아나는 소파에 누워 잠든 트리탄의 단정한 얼굴을 보며 스스로에게 질문했다.

이 얼굴을 앞으로도 계속 보고 싶나?

답이 나왔다. 그렇다.

이대로 헤어지기 아쉬운가? 그렇다.

트리탄과 다시 싸워 설욕하길 원하나? 이건…… 글쎄, 잘 모르겠다.

당연히 그래야 하지 않을까 싶으면서도 그런 건 아무래도 상관없을 것 같다는 모순적인 감상이 들었다.

하지만 저 이유가 아니면 트리탄은 공작성에 더 머무를 명분이 없었다. 그는 다이아나와도, 다이앤과도 관계없는 사람이었으니까. 얼마 전 공작령의 시장 골목에서 우연히 마주치지 않았다면 여전히 서로 존재조차 알지 못했을 타인.

그래서 다이아나는 '대련'이라는 구실을 유지하며 트리탄을 성에 눌러앉혔다.

잠시나마 고민했던 것이 우습게도 트리탄과 보내는 시간은 즐거웠다. 연무장에서 그에게 '힘을 조절하는 법'을 가르치는 것도, 그저 볕 좋은 날 야외에서 함께 두런두런 이야기나 나누는 것도. 아니면 식사를 같이 하고 후식을 나눠 먹는 일상적이고 사소한 순간까지…….

좋았다. 흡족했다. 매 순간 '충족'이라는 표현이 와닿았다.

다이아나는 그쯤 자신이 호기심과 호승심, 그리고 흥미와 관심을 거쳐 트리탄에게 호감을 가지게 되었다는 걸 알았다. 문제라곤 여기지 않았다. 마침 주변인이 그녀와 트리탄의 관계를 '친구'로 정립해 주었으니까.

이 감정은 우정이다. 다이아나는 그렇게 생각했다. 그녀는 친구로서 트리탄을 아끼고, 그를 궁금해하고, 그의 시간을 독점하고 싶어 하는 것이다.

친구라서, 친구니까……. 친구…….

"……가 아니었다니."

다이아나가 눈을 깜박일 때마다 풍성한 은색 속눈썹이 팔랑팔랑 움직였다.

어처구니가 없었다. 세상에, 착각에도 종류와 정도가 있는 법이지.

다이앤이 그녀의 침실에서 날뛰다 나간 것이 십분 이해되었다. 둔하고 멍청하다고 비웃어주고 싶은데 상대가 자기 자신이라 그러기도 어려웠다.

"그렇구나, 이게 바로……."

다이아나의 중얼거림이 멎었다.

평생 저와는 인연이 없을 감정이라고 생각했다. 지금까지 그래왔으니 당연히 앞으로도 그럴 거라고 멋대로 속단했다.

그 섣부른 확신이 다이아나의 눈을 가렸다. 스스로의 감정에 정확히 접근하지 못하게 했다. 그런 결과 명백하게 이름 붙여진 감정을 두고 혼자 이건 다른 감정이라고 우기고 있었다.

'아니지, 혼자 맞나?'

다이아나가 천장의 장식물에 초점을 맞췄다. 트리탄과 그녀의 관계를 두고 친구라고 '착각'했던 건 과연 그녀 혼자일까.

만약 그게 아니면…….

밖은 어둡고 침대에 누운 채로 시간이 계속 흘렀지만 다이아나는 잠들지 않았다. 밤이, 하루의 마지막이 꽤 길었다.

트리탄은 날이 밝자마자 다이아나를 찾아가려다 실패했다. 복도에서 마주친 하녀가 트리탄의 행선지를 묻더니 답을 듣자마자 눈에 쌍심지를 컨 것이다.

"이 시간에 가족이 아닌 숙녀를 찾아가는 건 실례예요."

이제 갓 새벽이 지난 시간대기는 했다. 낮은 건물 사이로 해가 겨우 끄트머리를 내비친.

"하지만……."

지적받은 트리탄은 억울했다.

그는 본래 어제 다이아나를 보러 가려 했다. 그렇지만 해가 진 이후에는 숙녀의 처소에 방문하지 않는 것이 예의라기에-이 또한 가족은 제외-어쩔 수 없이 해가 뜰 때까지 기다렸다. 아직 볕이 희미하긴 해도, 어쨌든 동이 트고 난 지금도 안 된다니.

"그럼 언제 찾아갈 수 있지?"

"조식 이후는 되어야죠."

"조식이 언제인데?"

"두 시간만 기다리세요."

트리탄은 강제로 처소로 돌아왔다.

두 시간.

수천 년을 사는 마물의 입장에선 시간이라고 칭하는 것이 우스울 만큼 찰나였다. 한데 어째서인지 눈앞이 깜깜해질 만큼 무척 길고 아득하게 느껴졌다.

트리탄은 의자나 소파에도 앉지 못하고 처소 내부를 서성거렸다. 다이아나가 보고 싶었다. 전날 파티장에서 인사도 없이 헤어지게 된 후 줄곧 신경이 쓰였다. 아픈 곳 없이 멀쩡하더라는 근황을 다이앤이 대신 전해주기는 했지만, 눈으로 직접 보지 못하니 마음이 놓이지 않았다.

'……이게 걱정이라는 건가.'

트리탄은 문득 발을 멈추고 생각했다. 태어나서 두 번째로 느껴보는 감각이었다.

첫 번째는 대련 후 다이아나가 갑자기 쓰러졌을 때였다. 심장이 내려앉는 줄 알았다. 분명 그는 상대에게 상처를 입히지 않았는데.

다행히 상대는 숨을 쉬었고, 단순히 잠든 것뿐이라는 말을 듣긴 했지만 다이아나가 깨어날 때까지 속이 갑갑하고 불쾌한 감각은 계속되었다. 지금도 비슷했다. 그때보단 조금 덜했지만.

트리탄이 단정한 눈썹을 찌푸렸다. 새로운 것을 배우는 건 좋은 일이지만, 이런 감각은 학습하기 전에 재고가 필요할 듯했다. 꼭 고문 같으니.

그렇게 트리탄이 얼마나 처소에 놓인 시계만 노려보고 있었을까.

문밖에서 기척이 느껴졌다. 트리탄의 눈이 살짝 커졌다. 그는 노크 소리가 들리기도 전에 처소의 문을 활짝 열었다.

"어……."

막 문을 두드리려던 참이었는지 다이아나가 허공에 손을 올려두고 서 있다가 고개를 젖혔다.

"좋은 아침, 트리탄."

"다이아나."

트리탄은 우선 반가운 이름을 부른 후 말을 골랐다.

어제는 왜 파티 도중에 먼저 돌아갔던 거냐고 물어볼까. 아니, 몸은 괜찮은 거냐는 질문이 먼저겠지. 그를 찾아온 용건도 물어야 할 테고…….

쉴 틈 없이 이어진 사고의 흐름 끝에 트리탄의 입이 한마디를 뱉어냈다.

"걱정했다."

멈칫한 다이아나가 이내 미소를 그려냈다.

"고마워. 그리고 미안. 어제는 갑자기 쉬고 싶어져서……."

"괜찮다. 내 생각이라면 하지 않아도 된다. 그보다 쉬고 싶었다는 건, 역시 몸이 아팠다는 건가?"

조심스레 묻는 트리탄의 얼굴에 그늘이 졌다. 다이아나는 대답하는 대신 그를 가만히 직시했다. 입술이 잘게 달싹이며 들릴 듯 말 듯 희미한 목소리가 새어 나왔다.

"어제 앨리와는……."

"앨리?"

단어 사이 숨소리까지 놓치지 않고 들은 트리탄이 물었지만, 다이아나는 입을 다물었다.

잠시 후 그녀가 다른 말을 꺼냈다.

"오후에 나랑 외출할래?"

다이아나와 트리탄은 이동 포탈을 타고 수도로 향했다. 최종 목적지는 파티가 한창인 웬 저택이었다.

"공녀님!"

파티의 주인인 노씨 자작은 다이아나의 등장에 숫제 감격해서 눈물을 글썽거렸다.

"초대장을 보내긴 했었지만, 정말 와주실 거라 기대하진 않았는데…… 이 노씨 자작, 평소 마음을 다해 공작가를 흠모해 온 보답을 이렇게 받게 되다니……."

다이아나는 아무 말 없이 미소로 화답했다.

그녀가 하필 이 저택을 찾은 이유는 딱 하나였다. 이제 겨우 정오를 조금 넘긴 이 시각부터 파티를 연 장소는 이곳이 유일했기 때문이다.

'덕분에 늦은 오후나 저녁까지 기다리려던 시간을 아꼈지.'

다이아나의 생각을 알 길 없는 노씨 자작은 그로부터도 한창 감동에 차서 떠들다가 그녀와 트리탄을 놓아주었다. 노씨 자작이 떠나간 후 다이아나가 작게 한숨을 쉬었다.

그런 그녀에게 트리탄의 시선이 따라붙었다.

트리탄은 조금 전부터 다이아나의 의중을 전혀 짐작할 수 없었다. 외출해서 파티에 참석하자고 하기에, 처음엔 어제 파티장에서 일찍 퇴장했던 것이 아쉬워서 그러는가 보다 했다.

'다이아나는 파티를 좋아하는군.'

그를 통해 새롭게 알게 된 사실 또한 놓치지 않고 습득했다.

그랬는데, 의아한 일이었다. 막상 파티에 도착한 다이아나에게선 별반 기뻐하거나 좋아하는 반응이 보이지 않았다.

오히려 뚜렷하게 느껴지는 건…… 긴장감.

그래, 다이아나는 지금 고대하던 파티에 도착해 즐거워하는 게 아니라 긴장하고 있었다. 무엇이 그녀를 긴장시키는 것인지 트리탄으로선 도통 알기 어려웠다.

다이아나의 낌새를 잘못 읽은 것은 아닐 터였다. 그는 저 스스로도 인정할 만큼 상대의 동태에 예민했으니까.

"트리탄."

때마침 다이아나가 그를 불렀다. 트리탄이 바로 대답했다.

"그래, 다이아나."

"나 없이 여기서 잠깐만 혼자 있어도 괜찮겠어?"

"왜? 용무가 있는 건가?"

"별건 아닌데…… 네가 모르는 내 친구들과 간단히 인사만 나누고 올까 해."

다이아나가 고개를 들었다. 고갯짓을 따라 은발이 약하게 찰랑거렸다.

"그래도 될까?"

"……그럼."

트리탄은 목 안쪽이 조금 예민해지는 기분이 들었지만 고개를 끄덕거렸다. 혼자 남겨지는 게 내키지 않는 건 아니었다. 그보다는 '그가 모르는 다이아나의 친구'라는 사실이 명치를 기분 나쁘게 압박했다.

하지만 일반적으로 생각해서 그가 기분이 나빠야 할 이유는 없었다. 사람이 친구를 사귈 때 꼭 한 명만 사귀지 않는다는 건 트리탄도 알고 있다.

곰곰이 생각해 보면 그에게도 친구는 둘이 아닌가. 다이앤과 다이아나. 그러니 다이아나에게 그를 제외한 친구가 몇 사람쯤 더 있는 것도…… 딱히 놀라거나 의외라고 여길 일은 아니다.

"편히 다녀와. 기다리겠다."

그런데 어째서 태연한 목소리를 유지하기가 이토록 고역인지. 트리탄은 솟구치는 반감과 동요를 억지로 내리누르고 의연함을 가장했다. 다이아나는 그런 트리탄의 모습에 안심했다는 듯, 혹은 고맙다는 듯 웃어 주곤 등을 돌려 멀어졌다.

작아지는 등에 트리탄의 시선이 단단히 고정되었다.

"……."

다이아나는 저에게서 떨어지지 않는 시선을 느끼며 살짝 뒤를 돌아보았다가 바로 눈살을 찌푸렸다.

그녀 없이 혼자 있게 된 지 얼마나 지났다고, 벌써 트리탄에게 접근하는 무리가 보였다. 개중에서도 특히 금발을 높게 틀어 올린 영애가 눈에 띄었다.

그녀는 가늘고 섬세한 목선과 우묵하게 파인 쇄골, 가려진 부위의 풍만함을 상상하게 하는 아찔한 가슴골을 드러낸 채 퍽 적극적으로 트리탄에게 달라붙어 말을 걸었다.

말을 건네는 태도가 어쩌나 살갑고 바짝 좁힌 간격은 또 얼마나 가까운지, 모르는 사람이 본다면 둘이 원래 친분이 있는 사이라고 오해할 법했다.

무의식중에 걸음을 멈춘 다이아나가 자기도 모르게 주먹을 말아 쥐었다. 문득 생각했다.

실수였나. 이런 식의 방법을 생각해 낸 게 잘못이었을까?

트리탄은 미남이었다. 그것도 어디 보통 미남인가. 구색만 갖춘 차림으로도 파티장에 입장하는 즉시 다수의 이목을 집중시킬 만큼 출중한 외모를 지녔다.

다이아나는 새삼 그 사실을 깨달았고, 파트너 없이 혼자 있는 미남이 얼마큼이나 귀하고 드문 먹잇감인지 까맣게 잊고 말았다는 점을 인정했다.

'차라리 지금이라도……'

다이아나가 그냥 계획을 취소할까 갈등하는 순간, 트리탄이 무어라 말하며 손을 휙휙 젓는 것이 보였다. 그러자 금발 영애를 비롯해 그에게 접근했던 이들이 당황한 표정으로 흩어졌다.

다이아나는 눈을 깜박거렸다.

'……설마, 시야 가리지 말고 비키라고 한 건가?'

주변이 시끄러워 트리탄이 말한 내용은 듣지 못했지만 입 모양이나 손짓이 그랬다.

다이아나의 추측이 옳았다. 정확히는 꺼지라고 말했을 뿐.

"큼."

방해물을 흩어낸 트리탄은 여전히 다이아나를 응시하고 있었다. 다이아나는 웃음을 참고 돌아서서 다시 걸었다.

'그래, 확실하게 하자.'

기껏 시간을 내서 여기까지 왔는데, 하려고 했던 건 하고 돌아가는 편이 좋겠지. 그렇게 생각하며 다이아나가 적당한 자리에 멈춰 섰다.

그러나 그러자마자 새로운 난관이 찾아왔다.

'……아, 참. 나 이성인 친구 없는데.'

다이아나가 설계한 계획은 간단했다.

어제 공작성의 파티장에서 트리탄과 앨리가 연출했던 장면을 그녀가 이 자리에서 비슷하게 재연해 트리탄의 반응을 살피려는 속셈이었다.

그런데 막상 실행하고자 하니 문제가 보였다. 재연에 동참해 줄 사람을 찾기 어렵다는 점이었다.

예전 같았으면 파티에서 말을 섞을 남자쯤, 싫어도 구름처럼 몰려들었을 것이다. 파티에 다이아나가 등장하자마자 호시탐탐 기회를 노리다 그녀가 일행과 떨어지자마자 달려들었을 남자들이 어디 한둘일까.

그러나 '카이휀과 다이앤보다 약한 남자와는 어울리지 않겠다'라는 지난 선언 이후, 다이아나를 귀찮게 하던 남자들은 마치 약속이나 한 듯 한꺼번에 자취를 감췄다.

덕분에 파티에 참석할 때마다 쾌적해서 좋다고 생각했던 다이아나였지만, 상황이 이렇게 되니 약간 아쉽고 곤란했다.

'내가 먼저 말을 걸어야 하나?'

해 본 적이 없어서 그렇지 어려운 일은 아니었다. 그렇다면 누구에게 뭐라고 말을 붙이면 좋을까…….

다이아나가 고민에 잠기는 그때, 웬 남자가 그녀에게 접근했다.

"오늘도 눈이 녹아버리도록 아름다우십니다, 다이아나 공녀님. 괜찮다면 저와……."

"아니요."

무심코 거절한 다이아나가 멈칫했다.

'아차.'

자신도 모르게 튀어나온 습관이었다. 한데 다이아나에게 거절당한 남자가 물러나기는커녕 그녀의 손목을 덥석 잡았다.

"그러지 마시고…… 아."

남자가 멈칫했다.

'아차.'

이쪽도 습관이었다. 그럭저럭한 배경의 귀족 자제인 그는 평상시 여성을 상대로 손버릇이 좋지 못했다. 몸에 밴 버릇이 이 순간 상대를 가리지 않고 나와 버렸다.

남자가 어색하게 웃으며 다이아나의 눈치를 살피더니 손목을 잡은 손에서 힘을 살살 풀었다.

"하하, 이건 그러니까……."

그러다 남자의 눈에 곧 이채가 돌았다.

'뭐야? 가만히 있네?'

남자는 다이아나의 소문에 대해 몇 번 들은 적이 있다. 그녀의 몸을 함부로 건드렸다가 그날 바로 의사와 만나게 된 사내들이 마차로 실어 나를 숫자라 했던가.

'헛소문이었나? 아니지, 피해자 중에 내가 직접 본 놈이 있는데.'

남자가 만났던 사내는 실수인 척 다이아나의 허리에 손을 가져갔던 죄로 왼팔 전체에 붕대를 감고 있었다.

'……내가 마음에 드나?'

오호라. 이쪽인가보다.

남자의 어깨에 힘이 들어갔다. 그가 입꼬리를 쭈욱 끌어당겨 미소 지었다. 느끼하고 야비해 보였으나 남자는 본인이 매력적이라 믿어 의심치 않았다.

'나 정도면 괜찮지. 어릴 적부터 어머니께서도 걸핏하면 나더러 잘생겼다고 해주셨고.'

다이아나가 저를 뿌리치지 않는다는 사실 하나만으로 남자의 자신감은 점점 커졌다. 다이아나는 그 정도로 미인이었고, 누구나 탐내지만 얻지 못하는 절벽 위의 꽃 같은 존재였다.

'내가 이 고고한 여자를 취하는 첫 사내가 되는 건가?'

남자의 상상은 끝을 모르고 확장되었다. 어쩌면 이대로 한 번 취하고 말 것이 아니라 미래를 약속하여 공작가의 데릴사위가 되는 쪽도 괜찮겠지. 남자는 그리 생각하며 다이아나의 손목을 놓고 과감하게 그녀의 어깨를 감쌌다.

"공녀님, 여긴 보는 눈이 많으니 자리를……."

"너."

그때 서릿발 같은 목소리가 남자에게로 떨어졌다. 언제 가까이 왔는지 트리탄이 지척에 서서 남자를 응시하고 있었다.

"그 손 떼라."

정확히는, 노려보고 있었다.

"찢어버리기 전에."

붉은 눈에 비치는 의지가 흉흉했다. 눈빛에서도, 짐승의 울음처럼 낮게 끓는 목소리에서도 정말로 남자를 죽여 버리겠다는 의사가 읽혔다.

적의를 넘어선 노골적인 살의에 남자가 주춤했다. 그도 모르게 어정쩡하게 손을 떼곤 한 걸음 뒤로 물러났다. 그랬다가 자존심에 상처를 입은 듯 얼굴을 와락 구겼다.

"뭡니까? 당신, 누굽니까?"

"다이아나 친구."

"허? 친구?"

트리탄과 다이아나를 번갈아 쳐다본 남자가 기가 막힌다는 듯 고개를 치켜들었다. 치켜들지 않고선 트리탄을 깔아 볼 수가 없었다. 고개를 과할 정도로 젖힌 남자가 억지로 트리탄을 내려다보며 빈정거렸다.

"그쪽이 뭘 잘 몰라서 그러는가 본데, 난 이제부터 공녀님과 친구 따위보다 훨씬 깊은 사이가 될 예정이거든?"

"뭐?"

"그러니 '고작' 친구인 댁은 끼어들지 말고 빠지시지."

남자의 이죽거림에 트리탄의 눈매가 한결 딱딱하게 굳었다.

친구보다 깊은 사이? 그게 뭔지 모르겠지만, 저 말이 사실이라면 정말 그는 참견할 수 없다는 건가?

······지켜봐야 한다고? 상대가 다이아나의 몸에 손을 대는걸?

주먹을 움켜쥔 트리탄의 손등에 퍼런 핏줄이 불거졌다. 근래, 아니, 살아오면서 느낀 것 중 가장 끔찍한 기분이었다. 트리탄이 다이아나에게 시선을 돌렸다. 차라리 그가 어떻게 해야 하는지 그녀가 답을 주었으면 좋겠다고 생각했다.

"다이아……."

그런데 이름을 채 부르기도 전, 다이아나가 크게 웃음을 터뜨렸다.

"아하하!"

"……?"

"큭, 아하, 하하하!"

"……다이아나?"

"고, 공녀님?"

양쪽에서 그녀를 호명하는 목소리에도 다이아나는 웃음을 그치지 않았다. 그녀는 가슴을 들썩이며 한참을 웃은 후에야 진정했다.

다이아나가 숨을 잘게 몰아쉬었다.

"어떡하지?"

눈물이 살짝 고인 채로 트리탄을 돌아보는 다이아나의 눈이 별처럼 빛났다.

"기분이 너무 좋아. 이 정도로 좋을 줄은 몰랐는데. 날아갈 것 같아."

"공녀…… 끄악!"

다이아나를 부르며 그녀에게 손을 뻗던 남자가 비명을 지르며 주저앉았다. 다이아나가 남자를 제대로 쳐다보지도 않고 그의 정강이를 걷어찼기 때문이다.

"내, 내 다리! 아아악!"

정강이를 맞는 순간 뼈에 금이 가는 소리가 들렸다. 통증에 눈이 뒤집힌 남자가 파티장 바닥을 굴러다녔다. 그러거나 말거나 다이아나가 가벼운 동작으로 트리탄의 손을 덥석 잡았다. 트리탄은 그 일련의 행동을 멍하니 쳐다보고 있었다.

"트리탄."

다이아나의 눈은 여전히 반짝거렸다. 눈부실 만큼.

"우리 자리 옮길까?"

트리탄은 상황을 이해하지 못했다. 그래서 어떤 말이나 행동도 할 수 없었다. 그건 다이아나의 손에 이끌려 파티장 메인 홀에서 테라스로 자리를 옮긴 지금도 마찬가지였다.

다이아나는 침묵하는 트리탄을 내버려둔 채 잠시 난간을 쥐고 바깥 경치를 구경했다. 바람이 불고, 나뭇가지가 흔들렸다. 테라스 아래 정원에서 풀 냄새가 전해졌다.

다이아나는 눈을 감고 그 모든 걸 만끽하다가 돌아섰다. 눈매가 부드럽게 휘었다.

"트리탄, 이리 와."

트리탄은 순순히 움직였다. 그가 다이아나와 나란히 서자 큰 키와 체격 때문에 그녀 위로 그림자가 생겨났다. 다이아나가 속삭였다.

"조금 전에 화냈잖아."

"……."

"왜 그랬어?"

트리탄이 자문했다. 자신이 화를 냈던가?

금세 그랬다, 는 답이 나왔다.

옳은 표현이다. 그는 분노했다. 가슴 안쪽에서부터 뜨거운 것이 솟구쳐 '기다리겠다'라고 말했던 걸 어기고 자리에서 움직일 수밖에 없었다.

트리탄은 그제야 그가 다이아나와의 약속을 지키지 못했다는 걸 상기했다. 풀이 죽어 고개가 조금 아래로 내려갔다.

"미안하다, 다이아나."

"왜 사과해?"

"……멋대로 행동했으니까."

편히 다녀오라고, 기다리겠다고 말한 주제에 함부로 자리를 이탈하고 다이아나와 웬 남자 사이에 참견한 건 엄밀히 따져 그의 잘못이 맞았다. 트리탄은 해야 한다면 다이아나에게 백 번이고 사과할 수 있었다.

단, 반성하진 않았다. 그럴 생각은 없었다. 추호도.

똑같은 일이 생기면 그는 또 움직일 것이다. 그로 인해 다이아나가 실망하거나 화를 낸다면…… 그건 가슴이 아프겠지만, 그래도 가만히 있을 자신이 없었다.

남자의 손이 다이아나의 손목을 쥐고, 그러고도 모자라 어깨를 감싸던 순간을 떠올렸다. 속이 울렁거렸다.

다이아나는 트리탄의 얼굴을 물끄러미 쳐다보다가 손을 뻗었다. 곧 손가락 끝이 주름 잡힌 그의 미간을 매만졌다. 몇 번 어루만지기도 전에, 아니, 실상은 손끝이 닿자마자 주름이 풀렸다.

평평해진 미간을 만지작거리며 다이아나가 말했다.

"그건 괜찮아. 그보다 트리탄, 내 질문에 대답 안 했어. 왜 화냈던 거야?"

"그건……."

"조금 전 그 남자가 나와 함께 있는 게 싫었어?"

"그렇다."

트리탄은 다소 성급하게 느껴질 만큼 즉각 대답했다.

"왜? 내 몸에 손을 대서?"

"그래."

"왜?"

"……."

"그 남자가 내 몸에 손을 대는 게, 왜 싫었는데?"

트리탄의 입이 조개처럼 다물렸다.

왜냐고? 왜. 이유를 물으면…….

"……그냥."

"……."

"그냥 싫었다, 다이아나. 그 남자가 아닌 누구라도…… 네게 그러지 않았으면 좋겠어."

트리탄은 곰곰이 생각하다가 한 사람을 제외했다.

"……다이앤은 괜찮다."

다이아나가 풋 웃음을 터뜨렸다. 그 웃음이 트리탄의 머릿속에 조금 전의 광경을 되살려 냈다.

"기분이…… 좋다고 했었지, 다이아나. 날아갈 것 같다고."

"응."

"지금도 기분이 좋은가?"

"맞아."

"왜 그런지 물어도 되나?"

트리탄은 찰나 그가 끼어들어 관계를 훼방 놓았던 그 남자 때문이라는 답이 돌아올까 걱정했지만, 그 염려는 곧이어 사그라들었다. 다이아나가 남자의 정강이를 걷어찼다는 사실이 마침 떠올랐으니까.

다이아나도 남자를 별로 마음에 들어 하는 것 같지 않았다. 그건 무척 다행이었다.

"아주 간단한 이유야. 내가 기분이 좋은 건……."

희고 가느다란 손이 트리탄의 미간에서 뺨으로 이동했다.

"네가 화를 냈기 때문이지."

"……네 답이 잘 이해되지 않는다."

트리탄은 약간 잠긴 목소리로 말했다. 뺨을 배회하는 손길에 신경이 쏠렸다. 마디 끝 지문이 피부를 간지러울 정도로 약하게 스칠 때마다 감각이 곤두섰다.

"더 자세히 말하면, 내가 딴 남자와 있는 걸 보고 네가 화를 냈기 때문이야."

그것도 꽤, 무시무시하게. 그 남자를 죽일 듯이.

다이아나는 곤란한 기쁨을 담아 한숨을 내쉬었다.

남자를 찢어버리겠다던 트리탄의 발언은 아마 거짓말이나 허풍이 아니었을 것이다. 만약 남자가 기세에 겁먹고 물러나지 않고 다이아나를 계속 만졌다면, 다이아나가 그걸 뿌리치지 않았다면……. 과연 그 파티장 한복판에서 어떤 참사가 벌어졌을지.

상상하는 것만으로도 끔찍해야 하는데, 야만적으로 느껴져 거부감이 들어야 하는데 그렇지가 않았다.

다이아나는 오늘의 실험 아닌 실험을 통해 트리탄의 감정 외에 또 한 가지 사실을 깨달았다.

'생각보다 중증이구나, 나.'

그래서 중증인 것이 불만이냐고 하면, 참, 그게 아니어서 더 문제라고 답하겠다. 다이아나는 여전히 두 눈에 의문이 떠오른 트리탄을 보며 그의 뺨에 얹은 손을 턱으로 미끄러뜨렸다. 완벽하다고 해도 좋을 만큼 근사하게 조형된 선을 쓰다듬자 각진 턱과 목이 단단하게 긴장하는 것이 시야에 들어왔다.

왜 이런 반응이 이토록 흡족하고 보기 좋을까. 뭐, 이것 또한 제가 중증이기 때문이겠지.

다이아나는 스스로와 답이 정해진 문답을 하곤 입을 열었다.

"트리탄, 다른 남자가 나를 만지는 게 싫지?"

트리탄의 눈매가 대번에 일그러졌다. 상상만 해도 기분이 엉망이 된다는 듯.

"그래."

"내가 다른 남자와 대화하는 건?"

"그건, 그 정도는……."

"대화하면서 웃어주고, 지금 너한테 하듯 하는 건?"

"절대 안 돼."

트리탄이 으르렁거렸다. 비유가 아니라, 정말 목 깊은 곳에서 정제되지 않은 거친 울음이 새어나왔다.

트리탄은 제가 낸 위협적인 울림에 놀라 곧바로 입술을 닫았지만, 다이아나는 외려 그 소리가 마음에 든다는 양 눈꼬리를 접었다.

눈웃음에 트리탄의 시선이 묶일 때 다이아나가 말했다.

"아까, 그 남자한테 네가 내 친구라고 소개했지?"

트리탄은 소리 내어 답하는 대신 고개를 끄덕였다.

"이제 아니야."

"뭐?"

"우리 친구 아냐, 트리탄."

"……."

"친구, 그만하자."

갑작스러운 절교 선언을 들은 트리탄은 혼란에 빠졌다. 그가 실수해서, 잘못해서 그 대가로 친구 자격을 박탈하는 것이라기엔 다이아나는 여전히 기분이 몹시 좋아 보였다. 기분이 좋은 이유는 분명 그가 화를 냈기 때문이라고 했는데…….

"친구보다 더 깊은 사이 하자."

"친구보다 더 깊은 사이?"

트리탄이 바로 반응했다. 파티장에서 남자가 했던 말 중 가장 거슬렸던 부분이었다.

"응."

대답하며 다이아나가 트리탄의 옷깃을 쥐었다.

"……이런 거 하는 사이."

그러곤 손에 쥔 깃을 잡아당기며 발꿈치를 들었다.

입술과 입술이 만났다.

눈을 감은 채 트리탄의 입술에 제 것을 가져다 붙인 다이아나의 속눈썹이 움찔 떨렸다.

한 번씩 연극, 소설 같은 가상의 이야기나 타인의 경험에서 입맞춤에 대한 찬양이 나올 때마다 이해하지 못했었다. 그래 봐야 고작 코 아래에 위치한 조금 말랑한 피부를 서로 맞대는 것뿐인데. 그 접촉에 대체 무슨 의미가 있고, 어떤 즐거움이나 기쁨이 존재한단 것인지. 어릴 땐 어려서 모르는가 보다 생각했지만 성년이 되어서도 알 수 없었던 건 마찬가지였다.

그래서 하루는 다이아나가 일레나를 찾아가 직접 물어봤다. 대체 입맞춤이 뭐가 좋은 거냐고.

하필 일레나에게 가서 물은 이유는, 다이아나가 아는 사람 중 입맞춤을 가장 자주 하는 인물이었기 때문이다. 물론 그렇게 치면 카이휜이 일레나와 공동 1위였지만, 아버지에게 그런 것을 묻기엔 딸인 자신이 너무 커버렸다는 자각이 있었다.

어쨌든 그날 다이아나의 질문에 일레나는 이렇게 대답했다.

"입맞춤이 좋은 게 아니야."

"그럼요?"

"좋아하는 사람과 하는 입맞춤이 좋은 거지."

"……그럼, 그 사람을 좋아하는 만큼 입맞춤도 더 좋아져요?"

"일반적으로는?"

"엄마는 얼마나 좋으신데요?"

"말해줄 수 없지."

일레나는 웃으며 딸의 이마에 가볍게 뽀뽀했다.

"부끄러워서 그런 게 아니라…… 직접 겪어봐야만 알 수 있거든."

직접 겪어봐야 알 수 있다.

다이아나는 이제야 일레나가 들려주었던 답을 이해하고 실감했다.

이런 기분이구나. 이렇게…… 이런 식으로, 좋은 거구나.

말로는 콕 집어 설명할 수 없었다. 어울리는 표현을 적당히 찾아보려 했지만 어려웠다.

그저, 좋다. 그래, 무척 좋았다.

단순히 살갗을 맞대고 있을 뿐인 이 행위가…….

다이아나는 잠시 물러섰다. 파란 눈에 열기가 아른거렸다.

트리탄은 넋이 나가 있었다. 다이아나가 그의 옷깃을 놓아주었지만, 그는 여전히 구부정하게 숙인 자세로 서 있었다. 그 모습이 어딘지 조금 우스워 다이아나가 풋 웃음을 터뜨렸다.

웃음소리에 정신을 차린 트리탄이 다이아나의 얼굴을 들여다보았다. 그가 말을 더듬었다.

"다, 이아나?"

"응?"

"방금……."

"응, 이게 바로 친구보다 깊은 사이에 하는 일이야. 친구끼리는 안 하는 거지."

트리탄의 눈이 흔들렸다. 그는 조금 전의 감각을 되살리듯 손끝으로 입술을 만지작거리다가, 이윽고 사나워진 눈초리로 난간을 세게 쥐었다. 얼마나 세게 쥐었는지 그만 그 부분의 난간이 부서졌다.

"……?"

다이아나가 황당하게 트리탄을 쳐다보았다.

"뭐 해?"

왜 갑자기 테라스를 파괴하는 거지?

다이아나의 질문에 트리탄이 머뭇거리다가 답했다.

"조금 전의 그 남자…… 내게 너와 친구보다 깊은 사이가 될 예정이라고 말했다. 그 말은, 네게 이런 짓을 할 생각이었단 거잖아."

"그래서 화나?"

"……미안하다. 감정을 다스리려고 하는데, 잘 안 돼."

"사과하지 마."

다이아나가 웃음을 꾹 참고 트리탄의 얼굴 가장자리를 쓰다듬었다. 자각 없이 제 질투심을 곧이곧대로 드러내고 고백하는 트리탄이 귀여웠다. 아니, 이걸 사랑스럽다고 하던가?

다이아나는 까치발을 하고 트리탄의 입술을 한 번 더 훔쳤다. 그러곤 그녀의 입맞춤을 받고 석상이 된 커다란 몸을 손가락으로 가볍게 밀었다.

보잘것없는 힘에 트리탄은 순순히 밀려났다. 미는 대로 뒤로 몇 걸음 물러나다가, 이내 테라스에 마련된 푹신한 소파 위로 주저앉았다. 다이아나가 트리탄의 어깨를 짚고 몸을 숙였다.

"그리고 그 남자는 신경 쓰지 마. 걘 그냥 이룰 수 없는 자기 희망 사항을 떠벌린 것뿐이니까."

짧게, 입맞춤 또 한 번.

"이런 건 오직 너랑만 할 거야."

"……."

"어때, 트리탄."

트리탄의 호흡이 조금 가빠졌다. 들썩이는 가슴을 응시하던 다이아나가 상대의 눈을 쳐다보았다.

"나랑 친구보다 깊은 사이, 할래?"

"하겠다."

"……."

"하고 싶다. 원한다, 다이아나."

연달아 나오는 답은 간절하게까지 느껴졌다. 얼핏 목소리에 애원이 섞인 듯 들리기도 해서, 누가 누구에게 제안을 한 것인지 헷갈릴 지경이었다.

"좋아."

다이아나가 기쁘게 웃었다.

"그럼 우린 이제…… 친구가 아니라, 친구보다 깊은 사이인 거야."

연인이라는 말은 조금 더 뒤에 알려주기로 했다. 지금은 어쩐지 좀, 음, 부끄러워서.

"더 할 수 있나?"

"응?"

"친구보다 깊은 사이에 하는 것. 그러니까, 입술을……."

말을 흐리는 트리탄이 다이아나의 시야 바깥에서 주먹을 꾹 움켜쥐었다.

그는 인내하는 중이었다. 선불리 다이아나의 어깨를 감싸거나 허리를 끌어안은 다음, 턱을 쥐고 당겨 그녀가 저에게 했던 것처럼 입술을 삼키지 않도록. 마음 같아선 당장 원 없이 저지르고 싶었지만 참았다. 충동을 억누르자 갈증이 생겨났다. 목이 바짝바짝 타는 감각이 그를 괴롭혔으나 트리탄은 함부로 행동하지 않았다.

다이아나의 의사를 확인하기 전까지는 무엇 하나도 그의 뜻만 앞세워 하고 싶지 않았다.

생각해 보면 늘 그랬다. 어쩌면 처음 만났을 때부터, 다이아나는 트리탄에게 그런 생각이 들게 하는 존재였다.

"……"

트리탄의 말에 멈칫한 다이아나는 잠시 침묵하다가 고개를 끄덕였다.

"얼마든지."

그토록 바라던 허락이었다.

트리탄이 다이아나의 팔을 쥐고 아프지 않을 정도의 힘으로 잡아당겼다. 가벼운 몸이 균형을 잃고 트리탄의 위로 걸터앉았다. 허리를 끌어안은 트리탄의 손이 등을 타고 위로 올라갔다. 길고 가느다란 목을 지나 다이아나의 뒷머리를 감싸 그에게로 당겼다.

입술이 만났다.

트리탄은 집요하게 입술을 붙이고 있었다. 하지만 그 이상은 잘 모르는 것 같았다. 다이아나는 망설이다 맞붙은 틈새로 혀를 집어넣었다. 크게 움찔한 트리탄이 이내 적극적으로 호응했다. 살이 섞이고 마찰할수록 트리탄의 손이 더욱 단단히 다이아나를 당겨 안았다.

"잠깐……"

다이아나가 트리탄의 어깨를 밀어내고 부족한 숨을 몰아쉬었다. 뺨과 이마가 뜨거웠다. 얼굴이 달아올랐다는 걸 눈으로 확인하지 않고도 알 수 있었다. 그녀는 손등으로 슬쩍 자기 뺨을 눌러보았다가 전해지는 열기에 탄식을 흘렸다.

'사과나 토마토 같겠는걸, 내 얼굴.'

그러거나 말거나 트리탄은 입맞춤이 중단된 것이 못내 아쉬운 눈치였다. 그의 시선이 다이아나의 입술에 끈질기게 따라붙었다. 그 열렬한 눈길에 다이아나가 저도 모르게 픽 웃었다.

"왜 이렇게 급해?"

"……급한, 건가?"

되물음에 다이아나는 바로 답하지 못했다. 사실 비교할 사람이 없었다.

"뭐, 좀 더 천천히 해도 되잖아. 이제 매일 입맞춤을 할 건데."

"매일?"

"왜, 싫어?"

"하루에 한 번만 하는 건가?"

"뭐?"

"한 번은 너무 적은 것 같은데……."

트리탄이 초조하게 자신의 의견을 피력했다.

"하루는 무척 길다, 다이아나. 한 시간이 스물네 번이나 지나가야 해."

"……."

"하지만 입맞춤은, 지금 해 보니까 무척 짧고……."

"여러 번 해, 여러 번."

다이아나가 트리탄의 어깨에 팔을 걸쳤다.

"그리고 한 번 할 때 길게 해. 그러면 됐지?"

트리탄의 얼굴이 밝아지는 것이 너무 잘 보여서 다이아나는 기분이 묘해졌다. 묘한 기분은 어떤 충동이 되었고, 충동은 행동으로 변했다.

다이아나가 트리탄의 얼굴을 감싸고 그의 이마에, 코에, 뺨에 입 맞췄다. 입술은 피부 위에 감질날 만큼 아주 잠깐 머물렀다. 흔적과 온기는 금세 흩어졌다. 입맞춤이 반복될수록 트리탄의 목마름이 크기를 불렸다.

다이아나가 트리탄의 눈썹 위로 입술을 누르려는 찰나 트리탄이 그녀의 손목을 잡았다.

"……다이아나."

갈라진 목소리가 요구하는 바는 분명했다. 다이아나는 그녀의 것과 상반된 색의 눈이 품은 또렷한 열기를 감상하다가 고개를 조금 더 아래로 내렸다.

입술이 겹쳤다. 이번에는 처음부터 제법 깊은 입맞춤이었다.

입술이 아릿하고 혀가 얼얼해질 정도로 긴 입맞춤이 마침내 끝났을 때, 다이아나는 트리탄에게 궁금했던 것을 물었다. 어제 공작성의 파티에서 앨리와 무슨 이야기를 했던 거냐고.

돌아온 답은 뜻밖이었다.

"······내 얘기?"

"네가 어릴 때 있었던 일들을 들었다."

"그게 전부야?"

트리탄은 고개를 끄덕거린 후 혹시 뭐가 더 있어야 하냐는 눈으로 다이아나를 쳐다보았다. 다이아나는 묵묵히 트리탄을 마주 보다가 눈을 둥글게 휘었다.

"이만 돌아갈까?"

며칠 후, 앨리의 가문인 쿠피드 백작가에 엄청난 양의 선물이 도착했다. 보낸 이는 익명이었다.

마물, 엘비는 전생을 기억하고 있었다.

자각의 순간은 갑작스럽게 찾아왔다. 몇 년 전이었다. 난데없이 머리가 깨질 듯 아프더니 지난 삶이 떠올랐다. 전생에서 그는 인간 여성이었고, 웬 무능하고 멍청한 남동생을 둔 자작가의 영애였다.

'레베카 마르종.'

과거의 이름, 삶, 그리고 최후의 순간까지 남김없이 떠올랐을 때 엘비가 처음으로 느낀 감정은 분노였다.

'트리제프, 이 개놈의 새끼!'

전생에서 그는 트리제프의 손에 죽었다. 트리제프에게 반기를 들었던 것도 아니다. 오히려 그를 마계에서 인간계로 불러내고, 길 안내자 노릇까지 자처했었는데…….

'그랬는데 고마워하진 못할망정 내 가슴을 뚫어?'

화가 들끓었다. 숨이 붙은 트리제프를 마구잡이로 난도질해 놓고 싶었다. 물론 엘비에겐 그런 힘이 없었다. 트리제프가 이미 죽은 건 분명 다행인 일이었다.

'봐준다, 어차피 뒈진 놈.'

트리제프의 사망을 인지한 후 엘비는 분노를 조금 가라앉혔다. 그렇게 마음이 진정되고 나자 다음으로는 신기함이 느껴졌다.

전생을 기억한다니. 이 넓은 마계를 다 뒤진다 한들, 그런 마물이 과연 몇이나 될까?

그는 자신이 특별하다는 감각에 취했다. 그래서 한동안은 만나는 상대마다 제가 지난 생을 떠올렸노라고 미주알고주알 말하고 다녔다.

그러기를 1년쯤 되었을까.

그쯤 되자 슬슬 모든 것이 의미 없어졌다. 전생을 기억하든 아니든 그는 여전히 엘비였고, 마물이었고, 마계의 회색 하늘 아래에서 살아가고 있었다. 달라진 건 없었다.

아, 그나마 한 가지 변한 부분을 꼽자면, 전에는 안타까워했던 전 왕의 죽음에 이젠 콧방귀를 뀌게 되었다는 정도일 것이다.

그것이 전부였다. 전생을 기억하는 엘비는 그렇게 특별할 것 없이 살아갔다.

그러던 날이었다.

"엘비, 아스트라 님께서 널 찾으시는데?"

"……아스트라 님께서?"

아스트라는 마물의 성에서 두 번째로 고귀한 분이셨다. 엘비는 마물의 성에 기거하고 있었지만 그를 만날 일은 전혀 없었다.

'왜 그분께서 나를?'

그는 반신반의하며 아스트라를 찾아갔다. 아스트라는 엘비를 크게 반겼다.

"네가 엘비로군. 이야기는 익히 들었다."

"실례합니다만, 어떤 이야기를……."

"전생을 기억한다지?"

아하.

엘비는 긴장을 풀며 작게 한숨을 내쉬었다. 저것이었군.

"예, 맞습니다."

"하면 이번 생이 끝나도, 또 다음 생이 있을 거라 생각하겠군?"

"그렇지요."

생은 장소와 시대, 육신만 바뀌어서 반복된다. 전생을 떠올린 후부터 엘비는 그렇게 믿었다.

"역시 네가 적임자다."

"그게…… 무슨 말씀이십니까?"

"더 가까이 와라."

엘비가 아스트라에게 다가갔다. 가까이서 본 아스트라는 위압감이 상당했다. 게다가 용모 또한 뛰어났다. 특히 머리와 이마에 솟아난 세 개의 뿔이 어찌나 아름답고 근사한지 지척에서 감상하자 침이 꿀꺽 넘어갔다.

엘비가 아스트라의 외양에 정신이 팔렸을 때 그가 말했다.

"이것이 무엇인지 알겠느냐?"

아스트라가 품에서 작고 투명한 약병을 꺼냈다. 안에 담긴 검정에 가까운 보라색 액체가 찰랑거렸다.

"모르겠습니다만……."

"파시스 잎의 진액을 농축한 것이다."

"파시스 잎이요?"

엘비가 깜짝 놀랐다. 그가 약병을 좀 더 자세히 보았다.

"효과를 알고 있나?"

엘비의 고개가 위아래로 움직였다.

"압니다. 숙주가 이지를 잃고 죽을 때까지 피와 살육만 탐하게 하는 것이 아닙니까?"

"정확하다."

파시스 잎의 진액.

마계 깊은 곳에서 무척 드물게 자라나는 작은 나무에서 극소량 채취할 수 있는 그것은 본래 마물의 자살을 위해 쓰였다.

호전적인 성향과 드높은 자존심을 타고난 마물은 종종 자신이 힘없이 늙어 죽는 것을 견디지 못했다. 그래서 일부 마물은 수명이 다할 때가 되면 파시스 잎의 진액, 다른 말로는 '마신의 축복'이라고 불리는 것을 제 몸에 주입하여 그 효과로 심장이 멈출 때까지 날뛰다가 생을 마감하곤 했다.

"한데 이건……."

엘비가 말끝을 흐렸다.

자살제로 쓰였던 마신의 축복은 트리제프가 마계를 지배하며 더는 사용할 수 없게 되었다. 트리제프는 마계의 온 땅을 뒤집어 파시스 나무를 뿌리 뽑고 태운 뒤 이어 나무 재배 자체를 엄격히 금지했다.

이유는 간단했다.

"자살? 꼴사납다! 할 거면 차라리 인간계를 정복한 후 그곳에 건너가서 해라!"

인간계가 마기로 가득 차면, 마계와 인간계의 왕래를 가로막는 벽은 허물어진다. 그날을 기약하며 마신의 축복은 천 년이 넘게 사장되었다.

"오해는 마라, 엘비. 내가 빼돌렸던 것이 아니다."

아스트라가 부드러운 목소리로 설명했다.

"몇백 년 전 내게 도전했던 마물에게서 우연히 얻었는데, 마땅히 쓸 곳이 없어서 보관하고 있었던 것이지."

설득력은 떨어졌지만 엘비는 반발할 수 없었다. 그런 엘비에게 아스트라가 이어 말했다.

"그런데 상황이 바뀌었다. 지금 당장 이걸 사용해야겠어."

"예? 누구에게요?"

"트리탄 님께서 인간계로 넘어가신 후 몇 개월째 소식이 끊어졌다는 사실을 아느냐?"

"알고 있습니다만……."

그저 인간계 정복에 시간이 조금 걸리시는 게 아닌가?

엘비는 그렇게 생각했다가 뒤따른 아스트라의 말에 경악했다.

"아마 인간에게 정을 주셨을 거다."

"예? 어떻게 그런……!"

"침략을 시작했다면, 진작 마수들이 인간계로 소환되었겠지."

아스트라의 눈빛이 어두워졌다.

인간계를 침략하지 않았다. 그런데 돌아오지 않고 있다. 도출되는 결론은 하나뿐이었다.

최악의 상황이었지만, 아스트라는 어쩌면 자신이 이 사태를 예견했을지도 모르겠다고 생각했다.

트리탄이 아무렇지 않게 인간계로 가는 길을 열었을 때. 그에게서 고작 겉모습 외에 또 다른 '인간과의 접점'을 느꼈을 때. 자신도 모르는 마음 한구석에서 만에 하나 지금 같은 일이 일어날 수도 있겠거니 미리 의심했던 것이 아닐까. 그러니 이리 침착하고 빠르게 '마신의 축복'이라는 대안을 떠올린 것이겠지.

'역대 가장 강한 지도자를 잃는 것은 아쉽지만…….'

어차피 이대로 가면 그 지도자는 영영 돌아오지 않을 가능성이 크다. 그럴 바엔 인간계에서 죽을 때까지 날뛰게 하는 것이 나았다. 마계의 왕으로서 짊어진 소임을 조금이라도 해내도록.

아스트라가 미소를 그리며 엘비의 손을 잡았다. 엘비는 화들짝 놀랐다.

"너밖에 없다, 엘비."

"……."

"부디 인간계로 가서 이것을 트리탄 님에게 사용해라. 날카로운 것에 묻혀 육신에 상처를 내면 될 거야."

엘비는 그제야 아스트라가 그를 부른 이유를 이해했다.

목숨을 걸어야 하는 일이었다. 실패하든 성공하든, 왕을 공격한 마물이 무사히 살아남으리라 기대하긴 어려웠으니까.

엘비는 망설였다. 죽는다 해도 환생이 기다리고 있을 몸, 목숨이 아까워서 그런 것만은 아니었다.

"제가 무슨 수로 트리탄 님의 육신에 상처를……."

"방법이 보일 거다. 인간에게 정을 주었다는 내 가정이 정말로 사실이라면 말이지."

"……"

"인간계로 건너가는 일은 걱정하지 마라. 최근 하급 마수가 종종 인간계로 소환되기 시작했다. 인간들이 마수 소환진을 작동한 것이겠지."

아스트라는 과거 트리제프를 상대로 행했던 행위를 재연하기로 했다.

"그 파동을 증폭시켜 네가 소환에 응할 수 있게 해주마. 너 정도면 가능할 것이다."

"……"

"인간계에서 트리탄 님을 찾는 일도 염려 마라. 왕의 냄새를 아는 탐색형 마수를 붙여줄 터이니."

"아스트라 님, 저는……."

"엘비."

"……"

"부탁한다."

부탁. 그 말이 엘비의 가슴을 크게 흔들어 놓았다. 곧 그가 몽롱한 얼굴로 고개를 끄덕거렸다. 강력한 마물인 아스트라가 지닌 능력 중 하나인 '현혹'에 걸린 것이었지만 엘비는 알지 못하는 사실이었다.

"분부하신 대로 하겠습니다, 아스트라 님."

메이하드 공작성에서 어버이의 날 파티가 있고 정확히 일주일이 지났다. 다이아나가 트리탄과 그녀의 관계를 '연인'으로 공표했다.

공작성은 당연히 발칵 뒤집어…… 질 줄 알았으나, 뜻밖에 대부분이 그럴 줄 알았다는 반응을 보였다. 의아해하는 다이아나에게 다이앤이 한마디 했다.

"모든 사람이 누나처럼 둔한 줄 알아?"

"……아하."

다이아나는 수궁했다. 그리고 그쯤 트리탄의 정체에 대한 구체적인 추측이 사용인 사이에서 떠돌아다녔다.

"왕위 쟁탈전에서 안타깝게 밀려난 먼 나라의 왕족이야. 틀림없어."

"왜 그렇게 생각하는데?"

"내가 얼마 전에 트리탄 님이 지나가는 걸 보고 몰래 '전하'라고 불러 봤거든? 근데 트리탄 님께서 자연스럽게 대답하시더라니까!"

"정말이야?"

"뒤늦게 아차 하는 기색을 보이긴 하셨는데, 어쨌거나 내 말이 맞지?"

"그러게, 이전에 전하라고 불리셨다면 확실하네."

그렇게 트리탄의 신분은 '왕위 쟁탈에서 패해 도망치는 바람에 고국을 밝히지 못하는 모 나라의 왕족'이 되었다. 트리탄은 나서서 아니라고 부인하지 않았다. 어차피 언젠가는 그의 정체에 대해 적당히 둘러대야 했을 테니, 차라리 잘된 일이었다.

"트리탄, 이리로."

식후에 함께 산책하던 도중 다이아나가 트리탄의 손을 잡아끌었다. 그러곤 정원 후미진 곳에서 그에게 가볍게 키스했다. 다이아나는 만족한 얼굴로 까치발을 내려놓았다.

"아까 못 했잖아. 다이앤이 훼방 놓는 바람에."

점심 식사 전의 일을 회상하는 다이아나의 눈썹이 불만스럽게 휘었다.

다이아나는 오전부터 트리탄과 서고에서 시간을 보내고 있었다. 책을 고르고, 골라주다가 어느새 그런 분위기가 되었고 둘은 자연스럽게 입술을 맞대려 했다.

그런데 그때 서고에 다이앤이 난입했다. 다이앤은 별다른 용무나 목적이 있어 보이지도 않았다. 그저 갑자기 서고에 등장해서는 트리탄과 다이아나 곁에 죽치고 자리를 잡았다.

볼일 없으면 사라지라는 다이아나의 노골적인 축객령에도 꿈쩍하지 않았다. 외려 다이앤은 뻔뻔하게 굴었다.

"왜? 난 누나 동생이고, 트리탄의 친구잖아. 그냥 같이 있고 싶은 건데 뭐 문제라도 있어?"

다이아나는 그렇게 다이앤과 어영부영 오전을 모조리 함께 보낸 후 깨달았다.

이 자식이 우릴 방해하는구나!

"근래 다이앤이랑 대련을 거의 못 했더니, 얘가 버릇이 잘못 든 것 같아."

다이아나가 진지하게 중얼거렸다.

그녀는 다이앤과 주기적으로 해왔던 대련을 최근 걸핏하면 건너뛰었다. 이유는 트리탄이랑 노느라 바빠서였다. 더 정확히는 연애하느라.

'어딜 감히 동생이 누나 연애를……'

이참에 다이아나가 연무장에서 다이앤의 정신머리를 뜯어고쳐 놔야겠다고 다짐할 때, 트리탄이 다이아나의 어깨를 감쌌다.

"응?"

트리탄의 주도하에 둘의 몸이 나무 그늘 아래로 좀 더 깊숙이 이동했다. 다이아나가 고개를 들자 트리탄이 그녀가 잠깐 찌푸렸던 눈썹을 매만졌다.

"한 번 할 때, 길게 하기로 하지 않았나."

다이아나는 저 말이 무슨 이야기인지 바로 알아들었다. 입맞춤을 뜻하는 거였다.

"음……."

뭐, 방금 나눈 키스가 워낙 짧긴 했지.

다이아나는 그녀의 눈썹을 지나 볼을 만지기 시작한 트리탄의 손을 감싸듯 잡았다. 그러곤 눈을 감았다. 승낙의 신호를 읽어낸 트리탄이 고개를 숙였다. 혀와 머리가 한꺼번에 녹을 것처럼 단 입맞춤은 도중에 끊어지는 일 없이 꽤 길게 이어졌다.

"……하아."

입술이 멀어지자 다이아나가 눈을 떴다. 열기를 띤 파란 눈, 상기된 뺨, 조금 거칠어진 호흡이 트리탄의 주의를 흡수했다.

"이제 산책할까?"

트리탄은 키스를 더 하고 싶다고 하면 너무 욕심내는 것처럼 보일까 봐 고개를 끄덕였다. 두 인영이 나란히 정원을 거닐었다.

때때로 바람이 다이아나의 은발을 가닥가닥 흩트려 놓고, 햇빛이 그녀의 위로 쏟아졌다. 트리탄은 그럴 때마다 가슴이 울렁이고, 맥박이 빨라졌다.

그는 재차 결심을 굳혔다.

'떠나자.'

마계와 그의 연을 끊고, 이곳에 정착하기로.

왕의 자리는 내려놓을 것이다. 물러나겠다고 말하면, 자연히 다른 적임자가 그 자리를 차지하겠지.

마계는 트리탄이 태어나고 자란 고향이었다. 영영 떠날 결심을 하는 것이 쉽지는 않았다. 그러나 다이아나와 눈이 마주치면, 세상에서 그것보다 쉬운 일은 없는 것처럼 느껴졌다.

'아스트라가 순순히 설득되진 않겠지만……'

트리탄은 그가 알을 깨고 나온 직후부터 줄곧 곁을 보필했던 아스트라의 성격과 고집을 잘 알고 있었다. 하지만 어렵게 생각하지는 않았다.

설득이 안 되면, 설득하지 않으면 그만인 일 아닌가?

트리탄은 말로 의사를 전달해서 먹히지 않으면 무작정 왕좌를 내팽개치고 나올 생각을 했다. 트리탄의 앞을 막아서는 자는 언감생심 없을 것이다. 그가 제일 강했으니까.

"트리탄, 무슨 생각해?"

생각에 잠긴 것이 티가 났던 모양인지 다이아나가 물었다. 트리탄이 잠시 걸음을 멈추고 답했다.

"……평생."

"평생?"

"평생, 네 곁에 있는 생각."

다이아나가 눈을 동그랗게 떴다가 이내 반달 모양으로 접었다. 칭찬하듯 트리탄의 두껍고 단단한 팔을 감싸 안고 몸을 밀착시켰다.

"대단히 좋은 생각인걸."

트리탄의 심장이 다시 날뛰었다. 그는 이제 전투 중이 아니어도 얼마든지 긴장하고, 떨리고, 맥박이 빨라질 수 있다는 걸 알았다.

물론, 그 모든 것은 다이아나의 앞에서만 일어나는 일이었다.

그날 오후.

다이아나는 모처럼 다이앤과 연무장에 나갔다. 트리탄은 다이아나에게 줄 음료를 가지러─겸사겸사 다이앤의 것도─주방으로 향하다 우연히 하녀들이 떠드는 것을 들었다.

"아가씨와 도련님께서 모르시게 해야 해. 어서 나가자."

"맞아, 자고로 선물은 몰래 준비해야지."

'아가씨'와 '선물'이라는 말이 트리탄의 귀를 자극했다. 마침 주방을 지나면 나오는 모퉁이에서 그들이 딱 마주쳤다.

"어머, 트리탄 님!"

"다이아나에게 줄 선물을 사러 가는 건가?"

트리탄은 그렇게 물으며 문득 그가 다이아나에게 뭔가를 준 적이 없다는 사실을 떠올려 냈다. 선물은 대단히 기본적인 호감의 표시인데.

"맞아요."

무리 중 맨 앞에 선 하녀가 고개를 끄덕이며 답변했다.

"곧 아가씨와 도련님의 생일이거든요."

"생일?"

"그래서 두 분 몰래 깜짝 선물을 준비하려던 참이에요."

트리탄의 눈이 살짝 커졌다가 제 크기를 찾았다.

태어난 날을 기념하는 건 마계에도 존재하는 문화였다. 따라서 트리탄은 그날 건네는 선물에 평소보다 좀 더 특별한 의미가 담긴다는 것 또한 알고 있었다.

"괜찮다면, 나도 함께 가도 되나?"

트리탄이 소지한 화폐는 그가 마계에서 입고 왔던 옷에서 뜯어낸 금단추가 전부였다. 그는 돈이 부족하지 않을까 걱정했지만, 하녀들은 어차피 정성이 더 중요한 것이니까 상관없다고 입을 모았다. 그리고 사실 순금으로 된 단추 서너 개면 어지간한 선물을 구입하는 데는 전혀 문제가 없었다.

트리탄은 그렇게 하녀들과 저잣거리를 돌아다녔다. 약 두 시간가량의 탐색 끝에 손톱만 한 사파이어가 달린 귀고리가 그의 손에 들렸다. 참고로 다이앤의 생일선물은 다음 기회에 마련하기로 했다. 귀고리를 샀더니 소지금이 하나도 남지 않았다.

하녀들도 각자 눈에 차는 선물을 골랐다. 그녀들은 재잘거리며 트리탄과 함께 마차를 세워둔 장소로 걸었다.

"아가씨와 도련님께서 마음에 들어 하셨으면 좋겠어요. 올해에는 특별히 두 분의 머리 색에 맞춰서……."

그때였다.

가장자리에서 웃으며 떠들던 하녀가 골목에서 갑자기 튀어나온 손에 붙잡혀 끌려 들어갔다.

"······!"

"세나!"

일행이 비명처럼 붙들린 하녀의 이름을 불렀다. 트리탄이 급박하게 자리를 박찼다.

골목 안쪽으로 들어서자, 으스스한 분위기를 풍기며 세나라는 하녀를 끌어안고 그녀의 목에 날카로운 손톱을 들이댄 웬 생명체가 보였다.

그렇다. 생명체. 그건 사람이 아니었다.

이마 가운데에 솟아난 뿔 하나. 등 뒤로 펼쳐진 검은 날개. 회색과 검정이 뒤섞인 얼룩덜룩한 피부. 뱀처럼 세로로 좁고 가느다란 눈을 빛내며 생명체가 탁한 목소리를 끌어냈다.

"처음 뵙겠습니다, 트리탄 님."

"넌 누구지?"

"제 이름은 별로 중요하지 않고, 대신 지금 제 기분이 꽤 중요한데······ 그걸 알려 드릴게요."

엘비가 송곳니를 드러냈다.

"정말 역겹습니다, 전하."

아스트라의 힘으로 마계와 인간계를 가로막은 벽을 넘었다. 인간계에 소환되자마자 엘비는 그를 불러낸 사람을 죽이고 작은 새의 형상을 한 탐색형 마수를 풀었다.

마수를 통해 알아낸 도착지가 가까워질수록 엘비는 현실을 부정했다. 아닐 거다. 그럴 리 없다. 설마.

그러나 마수는 엘비의 실낱같은 기대를 배반하고 그를 메이하드 공작령으로 안내했다.

"어째서 여깁니까? 왜 하필 이곳인데요? 빌어먹을 연놈들! 전생으로도 모자라 이번 생까지, 지긋지긋하기도 하지."

"무슨 말을 하는지 모르겠고, 그 여자를 놔줘라."

트리탄의 표정이 딱딱하게 굳었다. 엘비는 그 표정에 더욱 속이 뒤틀린다는 듯 굴었다.

"이 인간을 아끼시나요? 제가 이 여린 목에 구멍을 낼까 봐 겁이 나세요?"

"내게 불만이 있다면 나에게 풀어."

"트리탄 님, 트리탄 님!"

엘비가 찢어지는 음성으로 외쳤다.

"어찌 그러시나요? 전대 왕이신 트리제프 님께선 인간의 손에 목숨을 잃었습니다. 그런데 당신이 인간을 감싼다고요?"

"무슨 상관이지?"

"뭐라고요?"

"이전 왕은 살아 있었다면 틀림없이 날 죽였을 거다. 인간이 그를 처치해 준 덕에 내가 태어날 수 있었지. 그렇게 치면 인간은 내 은인이 아닌가?"

트리탄을 품은 알이 탄생했을 무렵, 트리제프가 마계에 있었다면 알을 부쉈으리란 것은 명백히 사실이었다. 본래 부화 전 마신수의 알에 손을 대는 건 금기였으나, 트리제프는 거리낌 없이 금기를 깨버리곤 했다.

반박할 말을 찾지 못한 엘비가 주춤했다가 악을 썼다.

"그래도 당신은 마물입니다! 모든 마수와 마물을 다스리는 마계의 왕이라고요!"

엘비의 손에 붙잡힌 하녀가 히끅, 숨이 넘어가는 소리를 냈다. 그녀의 반응은 트리탄에게도 생생히 보였다.

트리탄은 눈을 감았다가 떴다. 참담한 기분이 들었다. 하지만 지금은 그걸 드러낼 수 없었다.

"인간계는 고작 마계의 먹잇감일 뿐입니다. 침략하고 지배해야 할 대상에 불과해요! 그런데 어떻게 당신이 인간과……."

"그만 떠들고, 본론을 말해라."

트리탄은 최대한 동요를 갈무리하고 서늘한 눈으로 엘비를 응시했다.

"나한테 원하는 게 뭐지?"

건조한 목소리에 눈을 가느스름하게 뜬 엘비가 품을 뒤졌다. 곧 트리탄에게로 웬 단검이 날아들었다.

"그걸로 당신의 팔을 찌르세요. 피를 볼 정도로 깊어야 합니다."

"그렇게 하면 그 여자를 놔줄 건가?"

"그럼요."

트리탄이 단검을 쥐었다. 팔을 끊어내는 것도 아니고 고작 상처를 내는 것쯤, 눈 한 번 깜빡하지 않고 몇 번이고 할 수 있는 일이다.

한데 왜일까. 트리탄은 잠시 망설였다.

검게 녹슨 단검의 칼날을 보는 순간, 어떤 나쁜 예감이 그의 머리를 건드렸다.

트리탄이 주저하는 것을 읽어낸 엘비가 하녀의 목에 가져다댄 손톱을 꾹 눌렀다.

"……!"

흉기처럼 길고 날카로운 손톱 끝에 찍힌 연한 피부에 핏방울이 맺혔다.

"사, 살려주……."

겁에 질려 애원하는 하녀의 눈에서 눈물이 떨어졌다.

찰나 그 눈물이 트리탄의 눈에 다른 사람의 것처럼 보였다. 하녀가 죽고, 그 하녀의 죽음에 슬퍼하는 다이아나. 다이아나의 눈물…….

"꺄악!"

단검이 날이 트리탄의 살가죽을 파고들었다.

다친 건 트리탄이었지만 비명은 하녀에게서 터져 나왔다. 단검이 바닥에 떨어졌다. 깊은 상처에서 피가 뚝뚝 흘러 낙하했다. 트리탄의 왼팔아래에 순식간에 피 웅덩이가 만들어졌다. 그러거나 말거나 트리탄은 표정 변화 없이 묵묵히 엘비를 주시했다.

"약속을 지켜라."

엘비는 몸을 부들부들 떨었다. 이내 희열과 뭔지 모를 감정이 뒤섞인 웃음이 장소를 장악했다.

"하하, 아하하! 인간을 지키기 위해 제 팔에 칼을 박아 넣는 우리의 왕이라니! 아하하하!"

한참 웃은 엘비가 하녀를 더욱 단단히 속박했다. 하녀를 놓아주겠다는 건 처음부터 거짓말이었다. 어차피 인질이 풀려나는 순간 자긴 죽게될 거다. 그럴 바엔 저승길 동무가 한 명이라도 더 늘어나는 편이 낫지 않을까?

엘비의 속셈을 눈치챈 트리탄이 눈을 크게 떴다. 그가 몸을 움직이고, 엘비가 손톱에 힘을 주는 순간.

"커헉!"

새하얀 검신이 뒤에서 엘비의 목을 뚫었다.

엘비의 몸이 허물어졌다. 그에게서 벗어난 하녀는 다리에 힘이 풀려 잠시 바닥에 주저앉았다가 재빨리 기어서 자리를 벗어났다.

엘비의 목을 뚫었던 검이 이번에는 그의 심장을 관통했다. 엘비는 흐려지는 의식 속에서 생각했다.

'제가 해냈습니다, 아스트라 님. 비록 인간계가 무너지는 걸 직접 보지 못하는 건 아쉽지만, 어차피 환생만 하면⋯⋯.'

그러나 엘비가 모르는 것들이 있었다.

그의 목과 심장을 찌른 이가 다름 아닌 다이앤이라는 점. 심장을 찌를 때, 다이앤이 본능적으로 체내의 신성력을 끌어올려 검에 주입했다는 점. 신성력으로 심장이 파괴된 마물은 영영 환생할 수 없다는 것까지.

중요한 사실을 알지 못한 채 엘비는 눈을 감았다.

"세나!"

"괜찮아?"

일행이었던 다른 하녀들이 우르르 골목에 모습을 드러냈다.

그들은 세나와 트리탄이 골목으로 사라지자마자 바로 치안대를 찾아 나섰다. 자기들의 힘으로는 도움은커녕 방해만 될 거라고 판단했기 때문이다. 그렇게 도움을 청할 치안대를 찾아 헤매던 하녀들은 우연히 다이아나와 다이앤을 마주쳤다.

아니, 사실 순전히 우연은 아니었다. 엘비를 죽인 검에서 피를 털어내며 다이앤이 혀를 내둘렀다.

"누나 말이 사실이 됐잖아."

둘은 연무장에서 시간이 가는 줄도 모르고 대련에 매진하고 있었다. 그런데 그런 도중 다이아나가 갑자기 목검을 내려놓고 대련 중단을 선언했다. 왜냐고 묻는 다이앤에게 다이아나는 간단히 답했다.

"느낌이 안 좋아."

그 '느낌' 하나로 둘은 잘 하던 대련을 내팽개치고 트리탄과 하녀들을 찾아 저잣거리로 나왔다. 그 결과가 지금 이것이었다.

"트리탄!"

다이아나가 한걸음에 트리탄에게 다가왔다. 이 장소에 펼쳐진 그 어떤 광경보다 먼저 트리탄의 상처가 다이아나의 눈을 잡아끌었다.

"팔, 이거 왜 이래? 어떻게 된 거야?"

다이아나는 뒤늦게 바닥에 쓰러져 죽은 엘비를 발견했다.

"······이거야? 애한테 당한 거야?"

"아니다."

트리탄이 고개를 흔들었다. 엄밀히 말하면 그의 팔에 상처를 낸 건 그 자신이었다.

"이건 내가······."

"저, 저를 도와주려다가 그렇게 되셨어요."

그때 동료 하녀에게 둘러싸여 있던 세나가 목소리를 냈다. 트리탄과 세나의 눈이 마주쳤다. 세나가 소스라치게 놀라 시선을 내리깔고 어깨를 움츠렸다. 하지만 그러면서도 말을 멈추지는 않았다.

"상처를 내지 않으면 저를 풀어주지 않겠다고 혀, 협박을 해서······ 그 바람에."

"트리탄, 너."

다이아나가 트리탄을 가만히 보다가 그의 몸을 확 껴안았다.

"······다행이다."

"······."

"더 안 다쳐서, 다행이야······."

트리탄은 어찌할 줄 모르다가 우선 다이아나의 등을 토닥거렸다. 가는 등 너머로 세나와 트리탄의 시선이 다시 만났다. 세나는 이번에는 눈을 피하지 않았다. 트리탄이 고맙다는 의미로 천천히 고개를 끄덕였다. 세나도 고개를 숙였다.

"그나저나, 대체 이건 뭘까?"

하녀들은 세나를, 다이아나는 트리탄을 살피는 가운데 외롭게 홀로 선 다이앤이 엘비를 가리키며 의문을 제기했다.

"마수 아냐?"

"이게?"

"마수의 생김새는 정해져 있는 게 아니니까. 짐승처럼 생긴 것도 있지만, 아닌 것도 있다고 했어."

다이아나가 트리탄을 끌어안은 팔을 풀지 않은 채 고개만 돌려 엘비를 내려다보았다.

쌍둥이는 태어나서 마수를 본 적이 없었다. 침공은 일레나가 두 사람을 잉태하기도 전에 일어났다. 이 자리에 있는 하녀들도 대개 나이가 어려 마수를 겪은 경험이 없는 건 마찬가지였다.

"갑자기 마수가 나타나다니······. 심지어 협박을 했을 정도면, 말할 줄 안다는 거잖아."

다이아나의 눈매가 당혹스럽게 굳었다.

"······그러네?"

분위기가 심각해졌다. 다이앤이 말했다.

"일단 돌아가자."

엘비의 시신을 보고 가장 놀란 사람은 바로 일레나였다. 엘비는 앞서 그녀의 꿈에 등장했던 마수와 생김새가 똑같았다.

'꿈은 꿈일 뿐이었던 거야.'

일레나는 안도했다. 꿈에서 본 마수가 실제로 나타난 점은 충격이었지만, 이는 달리 생각하면 외려 잘된 일이었다.

일레나의 꿈속에서 마수는 멸망한 세상 가운데서 자기네 새 왕의 강함을 숭배하라고 외쳤는데, 현실에서는 새 왕이고 뭐고 벌써 죽었으니까. 꿈과 현실은 같지 않다. 그 증거를 눈으로 보게 된 셈이었다.

하지만 일레나가 괜찮다고 말해도 카이휜은 엘비를 보고 놀랐던 아내의 상태를 계속 걱정했다. 따라서 결국 공작 부부는 남은 일과를 미루고 평소보다 이르게 침실에 틀어박혔다.

다이아나는 트리탄과 함께 처소에 있었다. 계속해서 핏물이 배어나는 트리탄의 상처를 보며 다이아나가 미간을 좁혔다.

"지혈이 도통 안 되네."

"독을 썼을 거다."

트리탄이 담담히 말했다. 엘비가 그에게 단검을 던졌을 때부터 쉽게 예상할 수 있었던 내용이었다.

다만 트리탄의 신체는 무적이라고 해도 좋을 만큼 독에 강한 내성을 지녔는데, 대체 어떤 독을 썼는지는 짐작이 되지 않았다.

"태평하게 말할 때야?"

다이아나가 황당하다는 듯 타박하곤 몸을 일으켰다.

"붕대와 약을 더 가져올 테니, 잠깐만 기다려."

다이아나는 그리 말하곤 처소를 나섰다. 어차피 이 정도 상처에서 흐르는 피쯤, 구태여 지혈하지 않고 내버려둬도 상관없었지만 트리탄은 다이아나를 붙잡지 않았다.

그녀가 그를 걱정해 주는 것이 좋았다. 가슴 중앙이 꽃봉오리라도 필 것처럼 간질간질했다. 트리탄은 다이아나의 관심을 실컷 받을 수 있게 도와주는 팔의 상처를 내려다보다가 문득 세나를 떠올렸다.

……고마웠다.

오랜만에 느끼는 감정이었다. 어쩌면 처음일지 모른다. 이 정도 깊이의 고마움은.

전부 끝났다고 생각했다. 그의 정체가 마계의 왕이라는 것이 알려졌을 때, 모든 것이 무너지는 걸 각오했다. 더는 다이아나 곁에 있지 못하게 될 줄 알았는데…….

트리탄은 전신을 휘감는 안도감 속에서 눈을 감았다. 다이아나를 떠올리며 미소 지었다.

그 순간.

그의 머릿속에서 날카로운 고성이 울렸다.

'죽여!'

움찔, 트리탄이 눈썹을 찡그리며 눈을 떴다. 무의식중에 손으로 머리를 감쌌다.

'죽여! 죽여! 죽여! 죽여!'

"큭……!"

머릿속 목소리가 반복되기 시작했다. 트리탄이 휘청거리며 몸을 일으켜 테이블을 짚었다. 힘이 단단히 들어간 손이 떨리는가 싶더니 원목 귀퉁이가 산산이 부서졌다.

트리탄은 머리를 부여잡은 채 비틀거렸다.

'죽여! 죽여! 죽여! 죽여! 죽여! 죽여! 죽여!'

머릿속에 목소리가 울릴 때마다 두개골이 반으로 갈라지는 것 같은 통증이 따랐다. 턱의 근육이 도드라지도록 꽉 다문 잇새로 억눌린 신음이 새어 나왔다.

"제발……."

닥치라고, 그만하라고 외치고 싶은데 누구에게 말해야 하는지 알 수 없었다.

'죽여! 죽여! 죽여! 죽여! 죽여! 죽여! 죽여! 죽여!'

반복되는 고성은 점점 빨라지고 커졌다. 트리탄의 이마에 힘줄이 섰다. 실핏줄이 터져 안구가 붉게 물들었다. 호흡이 간헐적으로 변했다. 이성이 사라지고, 점차 충동이 그 공백을 메웠다.

죽여. 죽이자. 죽여야 한다.

아무나, 누구든지, 눈에 보이는 건 전부…….

살의를 품자 놀랍게도 머리 전체를 괴롭히던 통증이 깨끗하게 가셨다. 허리를 세운 트리탄이 침실을 나서려 비척비척 걸었다.

그때였다.

"트리탄?"

문이 열리고, 파란 눈동자가 그를 직시했다. 바다를 품은 눈.

그 눈에, 아주 잠깐 트리탄의 사고가 정상적으로 기능했다.

"으윽······!"

"트리탄!"

"오, 지 마!"

가까스로 외친 트리탄이 뒤로 물러섰다. 그는 숨을 헐떡거렸다.

'죽여! 죽여! 죽여! 죽여······.'

머릿속 목소리가 다시 날뛰었다. 두통이 되살아났다.

다이아나는 멀거니 자리에 섰다. 가쁜 호흡, 이마의 식은땀과 푸른 핏줄, 핏발이 선 눈. 지금의 트리탄은 누가 봐도 정상으로는 보이지 않았다.

"독······ 이야? 중독 증상인 거야, 지금?"

"다이아, 나."

트리탄이 간신히 다이아나의 이름을 뱉었다.

찰나 돌아온 이성이 빠르게 모든 걸 판단했다. 제 팔을 갈랐던 단검의 날에 무엇이 묻어 있었는지, 그것의 효과가 뭔지. 저는 이제, 어떻게 해야 하는지.

두개골이 으스러지는 것 같은 고통 속에서 트리탄이 입술 끝을 끌어당겨 웃었다. 다이아나 덕분에 떠올렸다. 이 상황에서 자신이 할 수 있는 유일한 일을.

트리탄이 손을 들었다. 마지막 이성을 쥐어짜 신체를 억지로 통제하여, 인간계에서 마계로 건너가는 길을 열었다.

공간이 찢어졌다.

"할 말이, 있다."

목소리가 끊고 갈라지기 시작했다. 트리탄은 어둠이 넘실거리는 허공의 균열을 앞에 두고 다이아나를 돌아보았다.

"나는, 사람이 아니다."

인내를 바닥까지 긁어모아 폭주를 억누르며 고백했다.

"난 마계에서 왔다. 그곳의…… 왕이지."

트리탄은 느꼈다. 얼마 남지 않았다. 몇 초 뒤면 이지가 날아갈 테고, 지금처럼 멀쩡히 말하는 것 따윈 불가능해질 것이다. 그는 그전에 상대에게 전할 본심을 골랐다.

하고 싶은 말은 많았다. 다이아나를 볼 때면 항상 떠오르는 말이 있었다. 예쁘다, 눈부시다, 좋아한다…….

좋아한다.

그러나 가장 하고 싶은 말은 이 순간 제일 과분한 말로 느껴졌다. 적어도 이 상황에서 그가 입에 담아서는 안 되는 말처럼 생각됐다.

"……고마웠다."

파지직!

마지막 순간에 어울리는 인사를 끝으로, 트리탄이 균열에 몸을 던졌다.

'엘비가 성공했으려나.'

아스트라는 왕의 거처에 앉아 다리를 꼬았다. 호화로운 의자에 편안하게 몸을 파묻은 모습이 마치 그의 거처에 있는 것처럼 자연스러 웠다.

'무려 오백 년을 넘게 정제한 진액이다. 제아무리 왕이라 해도 저항할 수 없을 테지.'

사실상 힘의 고하는 그렇게 중요하지 않았다. 마물이라면 누구나 마신의 축복이 지닌 효과 앞에서 자유로울 수 없었다.

트리탄은 인간처럼 생겼으나 마물이다. 겉가죽은 유별나도, 피부 아래에는 마계의 생명체만이 지닌 피와 형질이 흘렀다. 너무나 당연한 사실이었다.

"쯧, 이제 어쩐다. 마신수의 알이 새로 탄생할 때까지는 인간계로 최대한 관심을 돌려야 하나……."

아스트라는 반복되는 찬탈로 마계가 혼란해지는 것은 바라지 않았다. 그는 분명 강한 마물이었으나 왕의 부재를, 특히 트리탄의 자리를 아무런 잡음 없이 대체할 정도로 뛰어나진 못했다.

"뭐, 좋아. 부디 엘비가 성공했기를 고대하며 인간계가 마기로 가득차기를 기다릴 수밖에- 응?"

아스트라가 혼잣말을 멈췄다.

파직, 파직.

아무것도 없던 허공이 갈라지기 시작했다. 아스트라로서는 처음 보는 광경이 아니었다.

'설마?'

왕이 돌아오는가? 이리 갑자기?

'엘비가 실패했나? 실패하며 내 이름을 대서 내게 책임을 물으러 온 것인가? 그게 아니면, 혹시 인간에게 정을 주어 돌아오지 않으리라 생각

했던 것이 섣부른 억측이었나?'

아스트라의 머리가 빠르게 회전했다. 그러나 그의 사고 중 어디에도 정답은 없었다.

이윽고 균열이 완전히 벌어지며 트리탄이 튀어나왔다.

충혈된 흰자. 초점이 사라진 눈. 창백한 뺨을 가로질러 이마를 덮은 핏줄. 거친 호흡으로 들썩이는 가슴과 잇새로 간간이 흘러나오는 낮고 탁한 울음.

아스트라의 입이 벌어졌다.

"이런, 미친 새끼……!"

콰앙—!

지축이 흔들리는 소리가 들렸다.

마물의 성이 무너지기 시작했다.

다이앤은 깊게 고민했다. 몸을 가만히 두지 못해 일정 반경 내에서 계속 이리 갔다, 저리 갔다 서성거렸다.

"하하, 아하하! 인간을 지키기 위해 제 팔에 칼을 박아 넣는 우리의 왕이라니! 아하하하!"

사실 그는 엘비의 유언이나 다름없는 말을 들었다. 하녀들을 챙기느라 그보다 조금 늦게 도착한 다이아나는 미처 듣지 못한 듯했지만, 그는 골목 안쪽에서 울리던 외침을 토씨 하나 놓치지 않았다.

"끄응……."

'우리의' 왕이라니. 저 말에 거짓이 없다면, 트리탄의 정체는…….

세나는 아무런 말도 하지 않았다. 하지만 그녀가 은인을 위해 입을 다물고 있는 것이라 추측하는 건 그리 어려운 일이 아니었다.

"……어쩔 수 없지."

결심을 굳힌 다이앤이 그의 거처를 박찼다. 다이아나에게 말해야 했다. 다른 사람은 몰라도, 트리탄과 점점 관계가 깊어지는 그의 누나만은 알아야 할 사실 같았다.

다이앤은 한걸음에 다이아나의 처소에 도착했다.

똑똑.

"누나."

똑똑!

"누나?"

답이 없었다. 다이앤은 조금 기다리다가 잠기지 않은 문손잡이를 성급하게 잡고 돌렸다.

"누나, 잠깐 할 말이……."

문을 열고 들어선 다이앤이 찰나 멈칫했다.

바닥의 핏자국과 귀퉁이가 부서진 테이블.

그건 그렇다고 치자. 문제는 다이아나였다. 그녀는 마치 동상처럼 방 한가운데에 우두커니 서 있었다.

"누나!"

뭔가 심상치 않은 기류를 느낀 다이앤이 그녀의 어깨를 잡아챘다. 다이아나는 그제야 고개를 돌렸다. 초점이 다이앤에게 맞춰졌다.

"무슨 일이야? 가만, 그러고 보니 트리탄이랑 같이 있겠다고 하지 않았어? 트리탄은?"

"트리탄……."

다이아나가 중얼거렸다.

"가버렸어."

"갔다니? 어디로?"

"몰라."

"뭐?"

다이아나의 시선이 다시 허공에 머물렀다. 그렇지만 이번에는 아주 잠깐이었다. 이어서 바로 몸을 돌린 다이아나가 거침없는 걸음으로 처소를 벗어났다.

"누나, 어디 가?"

"공용 서재."

"거긴 왜?"

"이모부 부르러."

"이모부는 왜 부르는데?"

"가야 할 곳이 있어. 당장 가야 하는데, 여기서 멀어."

다이아나는 그녀에게 따라붙어 질문하는 다이앤에게 곧이곧대로 다 대답해 주었지만, 잠시라도 걷는 걸 늦추지는 않았다.

잠시 후 시드리온이 공작성에 불려왔다. 그는 생일 선물은 이미 저번에 주지 않았냐고 한 소리 하려다, 다이아나의 표정을 보곤 입을 다물었다.

다이아나는 그렇게 시드리온의 도움을 받아 목적지에 도착했다. 예고 없이 들이닥친 방문객을 맞이한 웬 여성이 다이아나를 차분히 응시했다.

"어서 오세요, 공녀님. 무척 급한 용무가 있으신 모양이네요. 무엇이 알고 싶어 저를 찾으셨나요?"

'현자' 그레이스.

평범한 영주의 딸이었던 그녀는 자라면서 어느 순간부터 저런 별명을 얻게 되었다. '살아 있는 역사'나 '움직이는 대륙의 도서관' 또한 그녀를 이르는 별칭이었다.

그레이스는 수만, 수십만 권의 책을 읽었고 그 책의 내용을 전부 기억하고 있다고 했다. 따라서 모르는 것이 없었다. 최소한 오늘에 이르기까지 그녀는 저를 찾은 모든 사람들의 의문에 답을 주었다.

다이아나는 그녀가 목격한 것, 들은 것을 전부 말했다. 쉽게 믿기 어려운 이야기가 끝난 후, 그레이스의 입이 천천히 열렸다.

"기록이 있군요. 고서에는 돌연변이에게만 효과를 보이는 흑마법이라고 되어 있지만, 실은 마계의 것이었네요."

그레이스가 말했다.

"그분은 죽을 겁니다, 공녀님."

다이아나의 심장이 '쿵' 소리를 내며 떨어졌다. 실제로 그런 소리가 났을 리 없건만, 다이아나는 정말 그런 울림을 들은 것만 같았다. 목소리가 떨려 나왔다. 무릎에 얹어둔 주먹을 꽉 쥐었다.

"……왜?"

"제가 읽은 것이 틀리지 않다면, 공녀님께서 말씀하신 분께선 이성을 잃고 죽을 때까지 살생만 탐하는 효과에 잠식당한 상태입니다."

저주라고 지칭해도 좋을 효과였다. 그레이스가 말을 이었다.

"심장이 멈춰야만 그 효과가 다할 테고요. 오래 걸리지는 않을 겁니다. 생명력을 태워 날뛰는 것이니까."

"살릴 방법은?"

제발.

다이아나는 무척 오랜만에, 혹은 처음으로 그 단어를 머릿속에 떠올렸다.

부디, 제발, 어떤 방법이라도 좋으니…….

"음, 이건 확신하기 어려운 내용이지만……."

그레이스가 고심하는 기색으로 운을 뗐다.

"폭주를 잠재우는 데 신성력이 효과가 있을 거라 추측되긴 합니다."

"……신성력? 내가 가진 것?"

"네."

그레이스의 시선이 다이아나의 손에 닿았다.

"신성력을 끌어올려 보시겠어요?"

다이아나가 즉시 정신을 집중했다. 곧이어 그녀의 손이 은은한 흰빛으로 물들었다.

"능숙하시네요."

"하지만…… 이걸로 어떻게 살린다는 거지? 어머니와 아버지는 이 힘으로 마왕을 죽였는데……."

트리탄 또한 마왕이었다.

그레이스가 설명을 덧붙였다.

"신성력으로 낸 상처는 마계의 생명체에게 치명적이지요. 그러니 다치게 하는 게 아니라, 접촉한 상태로 신성력을 주입하는 겁니다."

"접촉?"

"내밀한 접촉일수록 좋겠죠. 체내에서 체내로 전달해야 하니까요."

다이아나는 멍하니 그레이스를 보다가 작게 탄식했다.

이해했다. 방법을.

"다만 이 내용이 적힌 고서는 반 이상이 소실되었고, 워낙 예전 것이라 해독도 정확하지 못합니다. 그러니까, 아닐 수도 있다는 거예요."

"맞을 수도 있다는 거네."

"그렇게 해석하시겠다면요."

다이아나는 말이 없었다. 그레이스는 한동안 침묵이 머무르게 둔 후에 물었다. 가장 큰 문제가 있었다.

"한데 그분께선 마계로 돌아가신 것이 아닌가요?"

설령 마계가 아니라 해도, 결코 이 세상은 아닐 것이다. 허공을 찢고 새까만 공간 너머로 사라졌다는 다이아나의 설명만 놓고 보면 그랬다.

"죄송하고 안타깝지만, 마계로 가는 법은 저도 알려 드릴 수가 없습니다."

"그건 괜찮아."

다이아나가 몸을 일으켰다. 푸른 눈이 그레이스를 내려다보았다. 진심으로 고마움을 담아.

"그 방법은 방금 막 떠올랐거든."

결심으로 단단해진 목소리가 자리에 떨어졌다.

"네 별명 덕분에."

저벅.

트리탄은 피 웅덩이를 밟고 앞으로 나아갔다.

지겹도록 맡은 냄새에 후각이 마비된 것일까. 코를 찌르던 피비린내가 이제는 거의 느껴지지 않았다.

몇이나 죽였더라. 몇 놈의 목을 베고, 몇 개의 심장을 가르고.

몇 번이나 배를 뚫고, 날개를 찢어낸 것은 또 몇 회인지…….

모르겠다. 트리탄은 그렇게 생각했다.

그는 생각할 수 있었다. 다만, '생각만' 할 수 있었다. 몸을 통제하는 것은 완전히 별개의 이야기였다.

트리탄의 육신은 그가 바라는 대로 움직이지 않았다. 주인의 의사와 관계없이 피를 갈구하고 끊임없이 살생을 원했다.

트리탄은 지쳤다. 그러나 지쳐도 멈출 수 없었다.

"끄으……."

시체 더미 속에서 용케 숨을 부지한 마물이 꿈틀거렸다. 트리탄의 몸이 저절로 움직였다. 목표물을 정확히 겨눠 붉은 기운을 두른 손날을 내리찍었다.

"끄아악!"

마물의 두꺼운 목이 깔끔하게 잘려 나갔다. 얼굴에 미지근한 피가 흩뿌려지듯 튀었지만 트리탄의 표정엔 미동조차 없었다.

트리탄은 마물을 죽인 후 계속 걸었다. 넓디넓은 마물의 성을 하염없이 떠돌았다. 혹 조금 전처럼 숨이 붙어 있는 생명체가 있다면 찾아내 죽이기 위해서였다.

얼마나 걸었을까.

순간, 공기가 뒤틀리는 것 같은 이질감이 느껴졌다.

곧이어 새로운 생명체의 기운이 트리탄의 오감을 자극했다. 트리탄이 뒤를 돌았다. 이내 그의 내면이 경악했다.

"트리탄."

들려서는 안 되는 목소리가 들렸다. 부서진 건물의 잔해와 여기저기 널브러진 처참한 시신 가운데 찬란한 은발과 바다 같은 눈동자가 빛났다.

'다이아나.'

어떻게 이곳에. 왜.

트리탄의 동공 안쪽이 흔들렸다. 그는 갈증으로 죽어가던 와중 샘을 발견한 사람처럼 반가워했다. 동시에, 실은 그 샘에 독이 풀려 있단 걸 안 것처럼 절망했다. 다이아나의 등장을 믿을 수 없었고, 믿고 싶지 않았다.

'안 돼, 제발.'

트리탄은 다이아나에게 도망치라고 말하고 싶었다. 이곳에 있으면 안 된다고, 당장 달아나라고 외치는 것을 간절히 상상했다.

하지만 상상은 현실이 되지 않았다. 트리탄의 육체는 어김없이 그의 의지를 배반했다.

'안 돼, 안 돼, 안 돼, 안 돼.'

트리탄이 다이아나를 향해 걸음을 옮겼다. 흉흉한 붉은색 기운이 그의 손 전체를 감싸고 넘실거렸다. 다이아나가 사정거리에 들어왔을 때, 트리탄이 그녀의 목을 노리고 손을 휘둘렀다.

'안 돼!'

마지막 발악이었다. 그의 사고가 육신에 무척 미미한 영향을 끼쳤다. 트리탄의 손이 다이아나의 목을 치기 전 아주 잠깐 주춤했다. 그 틈이면 충분했다. 다이아나는 손에 쥔 검으로 상대의 손을 쳐내고 그의 품으로 파고들었다. 그러곤 즉시 입술을 훔쳤다.

"……!"

살갗이 부딪히고 혀가 침범했다. 타액과 함께 청량한 기운이 트리탄의 목으로 넘어갔다.

붉은 눈에 초점이 돌아왔다. 흰 뺨과 반듯한 이마 위로 울퉁불퉁하게 잔뜩 도드라졌던 핏줄이 거짓말처럼 부피를 줄였다.

"다이아나……?"

입술이 떨어졌다. 트리탄이 가까스로 목소리를 냈다. 얼마 만에 '언어'를 입 밖에 내는 것인지 알 수 없었다.

"와, 효과 즉각적이네. 역시 그레이스는 천재야. 돌아가면 동상이라도 세워줘야지."

"이게 어떻게 된…… 다이아나, 무슨 수로 여기에 있는 거지?"

트리탄은 그제야 다이아나를 본 순간부터 떠올랐던 의문을 내뱉었다.

"왜, 왜 온 건가?"

다이아나는 바로 답을 주는 대신 트리탄을 살폈다.

실핏줄이 터진 눈, 혈관이 불거진 피부.

그녀도 모르게 손을 들어 시야에 있는 얼굴을 쓰다듬었다. 다정한 손길에 안타까움이 묻어났다.

트리탄이 흠칫 어깨를 떨었다.

"무슨 수로 왔냐고? 그야, 다 방법이 있었지. 우리 세상엔 보기보다 신기한 게 많거든."

"……."

"그리고 내가 왜 왔냐면……."

다이아나는 최상층에 도달한 이의 소원을 들어준다는 현자의 탑을 올랐다. 이십 년 전 마수의 침공을 겪으면서도 탑은 금이 가거나 부스러진 곳 하나 없이 멀쩡했다. 탑 꼭대기에 발을 디디는 데까지 꼬박 삼 개월이 걸렸다. 탑의 목소리는 다이아나에게 감탄했다.

[이리 단시간에 탑을 오른 인간이라니! 수천 년만의 일이로다.]

그녀에겐 억겁보다 긴 삼 개월이었는데, 찬사를 들을 만큼 단기간이라니.

어쨌든 다이아나는 자신이 얼마나 대단한 업적을 세웠는지에 대해선 관심 없었다. 그저 한시 빨리 원하는 바를 얻어내고 싶었다. 그래서 목소리가 들린 즉시 소원을 빌었다. 트리탄이 있는 곳으로 보내달라고.

목소리의 주인은 의아해했다.

탑의 목소리가 다이아나를 향해 질문했다.

[네 상황을 읽었다. 마계의 왕을 구하고자 하는구나. 왜지? 너는 인간이고 그는 마물인데. 둘은 섞일 수 없는 존재건만…….]

다이아나의 답은 간단했다.

"마물을 구하려는 게 아냐."

"당연히."

"트리탄을 구하려는 거지."

"널 구하러 왔지."

다이아나의 말에 트리탄이 홀린 듯 그녀를 쳐다보았다. 그의 입술이 달싹였다. 그 순간 다시금 극심한 두통과 살의가 그를 감쌌다.

"큭……!"

"저런, 효력이 생각보다 짧은걸."

다이아나가 재차 트리탄의 멱살을 잡고 입술을 겹쳤다. 덕분에 몸의 통제권을 되찾은 트리탄이 다이아나의 허리를 힘껏 끌어안았다.

"다이아나, 다이아나……."

"왜 그래. 울 것처럼."

하지만 그렇게 말하는 다이아나 또한 감성에 젖지 않기 위해 꽤 노력해야 했다.

"아무튼, 역시 입맞춤만으로는 안 되는구나. 뭐, 좋아. 이 정도는 각오했던 일이니까."

다이아나가 트리탄의 손을 잡았다.

"트리탄, 여기가 혹시 네가 원래 지내던 곳이야?"

"……그렇다."

"먹고 자고 했다는 거네. 그럼 침실도 있지?"

트리탄이 고개를 끄덕거렸다. 있는 정도가 아니라 아주 많다. 물론 피와 시신, 전투의 흔적으로 엉망이 되지 않은 곳은 소수이겠지만.

"가자, 안내해 줘."

"어딜? 침실 말인가?"

"응."

트리탄의 손을 붙잡은 다이아나의 손아귀에 힘이 들어갔다.

"설명은 가서 해줄게."

트리탄이 고심해서 안내한 침실은 살육의 현장과 가장 멀리 떨어져 있었다. 당연히 그만큼 멀쩡했다.

다이아나는 침실에 도착하자마자 트리탄을 침대 위로 밀어 넘어뜨렸다. 널찍하고 푹신한 침대가 트리탄의 등을 부드럽게 감쌌다. 다이아나가 따라서 침대에 올랐다.

트리탄은 그때까지만 해도 영문을 몰라 그저 눈만 깜박거리다가 다이아나가 옷을 벗기 시작하자 화들짝 놀라 상체를 세웠다.

"다이아나."

다이아나는 그녀의 손목을 붙잡은 트리탄의 손을 응시했다. 단추를 마저 풀 수가 없었다.

"놔줄래?"

"잠깐, 다이아나, 이건······."

"내가 뭘 하려는 건지 아는구나."

다이아나가 픽 웃었다. 약간 의외라는 듯.

"입맞춤은 모르는 것 같더니, 이건 어떻게 알아?"

트리탄이 얼굴을 붉혔다. 그가 다이아나의 손목을 놓아주지 않은 채 횡설수설했다.

"마계에서도 번식은······ 행해지니까, 그래서······."

"번식을 위한 행위라. 뭐, 그것도 맞는 말이긴 하지."

다이아나는 단추가 반쯤 풀어진 제 상의를 내려다본 후 고개를 들었다.

"하지만 지금 나는 너와 아이 낳자고 이러는 건 아니거든."

"······어차피."

"어차피?"

"나는 자손을 둘 수 없다, 다이아나."

트리탄이 다소 머뭇거리면서 고백했다.

"마계의 지도자는 핏줄로 승계되어서는 안 되기에…… 이유는 모르지만, 마계의 법칙이다."

그래서 왕은 언제나 알을 깨고 태어났다. 단순히 쾌락을 위해 정사를 나누는 건 문제없지만, 어떻게 해도 그들은 후사를 볼 수 없다. 그리 정해져 있었다.

"그래? 그렇구나. 뭐, 상관없어. 아이 가지려고 이러는 거 아니라고 말했잖아."

"하, 하지만."

"하지만?"

"번식 외에도 남자와 여자가 몸을 섞는 것이 어떤 의미인지 알고 있다."

"어떤 의미인데?"

"서로를 평생의 짝으로 맞겠다는 뜻이 아닌가?"

다시 말해 밤을 보내면 반드시 결혼해야 한다는 뜻이다. 꽤 보수적인 발언이었지만 다이아나는 마음에 들었다.

"응, 맞아. 뭐가 문젠데?"

"다이아나 너는, 인간이고……."

"……."

"난, 마물인데……."

말을 맺는 트리탄의 목소리가 기어들어 가듯 작아졌다.

마계, 정확히 마물의 성에 도착해 이지를 잃은 채로 생명체를 몇이나 베어냈을 때일까. 그는 갑자기 정신만 깨어나서 사고할 수 있게 되었다.

트리탄은 그의 육신이 통제에서 벗어나 살육을 자행하는 걸 지켜보며 생각했었다.

어쩌면 이건 대가일지 모른다. 원해서는 안 되는 것을 원하고, 감히 분에 넘치는 것을 바라고 탐냈던 욕심의 대가.

트리탄은 인간처럼 생겼지만 인간이 아니었다. 마물의 특징을 타고나지 않았지만, 마물이었다. 그런 주제에 어떻게 인간의 곁에 머무를 생각을 했을까?

심지어.

"……또, 너를 속였고."

그래, 그러면서.

트리탄은 뒤늦게 그가 다이아나의 곁에서 지내는 내내 그녀를 기만했었다는 것을 자각했다.

다이아나는 그에게 아무것도 숨기지 않았다. 그녀의 가족을 보여주고, 집을 알려 주었으며, 과거도, 신분도, 그 외 모든 것도……. 그 어떤 것도 감추지 않고 솔직하게 그에게 내보였다.

반면 트리탄은 어떠했나. 이름 외에, 그가 진실대로 말한 것이 있긴 한가?

마지막의 마지막에 가서야 모든 걸 고백했다. 사실 그건 고백이라고 할 수도 없었다.

만약 그때처럼 불가피한 상황이 오지 않았다면 트리탄은 끝까지 다이아나에게 그의 정체에 대해 말할 수 없었겠지. 영영 상대를 속일 작정을 했던 거다.

트리탄은 이제 와서 그 사실이 끔찍해졌다. 회한, 자책, 스스로를 향한 경멸이 샘솟았다.

그래서 제가 처한 이 상황이 어쩌면 형벌일지 모른다고 생각했다. 마땅히 그에게 주어졌어야 하는 결말이라고, 처음부터 이렇게 될 운명이었다고…….

그렇게, 받아들였는데.

"트리탄."

다이아나가 트리탄의 얼굴을 붙잡아 올렸다. 바닥에 떨어졌던 시선이 다이아나를 향했다.

"사실 나도 네게 말 안 하고 속인 게 있어."

"뭐?"

"난…… 라임과 꿀을 함께 먹으면 안 돼."

망할 놈의 알레르기는 아직도 낫지 않았다. 이대로 영원히 함께해야 하는 건지. 다이아나가 한숨을 내쉬었다.

"같이 먹으면 내 몸속에서 어떤 거부반응이 일어나서, 몇 시간 동안 꼼짝없이 잠들어 버리거든."

"……"

"누가 어떤 식으로 깨워도 절대 안 일어나. 충격이지?"

트리탄이 천천히 눈꺼풀을 열었다 닫았다.

……충격일 리가.

속였다는 표현을 쓰기엔 지나치게 사소한 이야기였다. 아, 덕분에 만일 다이아나에게 꿀과 라임을 섞어서 건네는 놈이 있으면 절대 가만두어선 안 되겠다는 사실은 습득했다.

"또 있어. 내 비밀."

"……"

"난 기억이 안 나는데, 내가 갓난아기였을 때 이모부를 그렇게 때

렸대."

다이아나는 기억을 더듬었다. 전해 들은 내용은 거의 폭군의 횡포 수준이었다.

"걸핏하면 얼굴 여기저기에 주먹을 날리고, 머리카락을 쥐어뜯고 손이나 팔 따위를 깨물고."

아기에게 얻어맞는 시드리온이라니, 도저히 상상이 안 되는 그림이었으나 다들 그랬다고 증언하니 수긍할 수밖에 없었다.

"패륜이 따로 없지? 어때? 난 지금껏 너한테 이런 걸 숨겨왔어."

"무슨…… 말인지 모르겠다, 다이아나. 그런 건 내게 전혀 상관없는 일이다. 그런 걸로 나를 속였다고 말하는 건……."

"마찬가지야."

다이아나가 트리탄의 보석처럼 붉은 눈, 그 안쪽을 들여다보았다.

"나한테 중요한 건 네가 마물이라는 게 아니야. 마계의 왕이었다는 것도 중요하지 않아."

처음 들었을 때는 솔직히 놀랐다. 하지만 곧 상관없어졌다. 금방 깨달았다. 그런 건 그녀에게 사소한 사실이었다.

"나를 좋아하지?"

"……"

"내 곁에 있고 싶고, 나를 지키고 싶고, 나만 보고 싶잖아."

다이아나가 고개를 슬며시 기울이며 충격요법을 썼다.

"내가 다른 남자와 손잡고, 웃고, 입 맞추고, 지금처럼 이렇게 함께 침대에 올라서…… 미래를 약속하는 걸 상상해 봐."

반응은 즉각적이었다. 트리탄이 손을 대고 있던 침대 가장자리가 처참하게 우그러졌다. 그런 와중에도 트리탄에게 붙잡힌 다이아나의 손목에는 어떠한 압박감도 전해지지 않았다.

다이아나는 트리탄의 머리카락을 귀 뒤로 살짝 넘겨주었다.

이렇게 질투하고, 이처럼 소중히 여기면서.

"네 마음이 진심이면 됐어. 내게 보여줬던 감정들이 솔직했다면, 그걸로 충분해."

"……."

"네가 정 이 상황이 마음에 걸린다면, 하나만 다시 확인할게. 지금, 나를 좋아해?"

트리탄의 입이 저절로 움직였다. 너무나도 당연한 질문에 답하지 않을 수 없었다.

"좋아한다."

"그래."

다이아나가 웃으며 트리탄의 손을 뿌리쳤다. 그가 순순히 다이아나의 손목을 놓아주었다.

"나도 좋아해."

트리탄의 몸이 다시 뒤로 넘어갔다. 다이아나가 그 위로 올라탔다. 단추를 풀고 옷가지를 끌어내리며 입을 맞췄다. 무의식중에 다이아나의 어깨와 허리를 감싸 안고 호응하던 트리탄이 퍼뜩 그녀를 밀어냈다.

"왜, 또?"

다이아나의 눈썹이 불만스럽게 눈과 멀어졌다.

"처음 키스했을 때 얼추 짐작했겠지만, 이건 다 네 몸에서 그 이상한 기운을 몰아내기 위한 거야. 당장은 준비가 안 됐어도 일단 받아들여."

"그런 게 아니라……."

트리탄이 오르락내리락하는 가슴을 겨우 잠재웠다.

준비? 마음의 준비인지, 육체적 준비인지 모르겠지만 그런 것은 진작 끝났다. 그가 마음에 걸리는 다른 부분을 입에 담았다.

"나는 꽤 오랜 시간 전투했고, 피에 젖었다. ……그러니, 먼저 육신을 청결히 해야 하지 않나?"

다이아나가 눈을 깜박깜박 감았다 떴다. 생각도 못 했지만, 실상 중요한 절차이긴 했다.

"……그래, 그럼."

성의 욕탕은 마물의 시신이 둥둥 떠다녀 엉망이었다. 트리탄은 다이아나를 데리고 마물의 성을 벗어났다.

숲속 깊은 곳, 생명체의 왕래가 드문 맑은 호수에 도착해 둘은 함께 몸을 씻었다. 다이아나는 맨몸에 물을 끼얹으며 생각했다. 사람 사는 세상이나 마계나 물은 똑같구나.

'차가워.'

밤의 호숫물에 냉기가 도는 것 또한 다르지 않았다. 다이아나가 무심코 따뜻한 체온을 찾아 트리탄에게 몸을 붙였다. 트리탄이 딱딱하게 긴장하는 것이 느껴졌다.

여러모로.

"……"

눈이 마주쳤다. 누가 먼저랄 것 없이 입술을 마주 대고 떼길 반복하며 물으로 올라왔다. 트리탄의 옷이 바닥에 깔렸다. 그 위로 은색 머리카락이 넓게 퍼졌다.

이후로는 기억이 뜨문뜨문했다. 다이아나가 나중에 회상하기로는 그랬다. 행위 자체가 목적이 아니라, 트리탄을 살려야 한다는 의도로 머릿속이 가득했기에 그런 것일지도 몰랐다.

다만 그러한 와중에도 뚜렷하게 머리에 남은 건, 트리탄의 신체를 장악한 흉포한 기운이 꽤 지독했다는 것이다.

다이아나는 호수에서 성내의 침실로 자리를 옮긴 뒤에도 한참이나 트리탄에게서 문제의 기운을 몰아내려 노력했다. 신성력을 지나치게 소모한 바람에 나중에는 기진맥진했다. 막바지에 이르러선 손가락 하나 까딱할 수 없었을 정도였다.

그나마 다행이었던 건 그쯤 트리탄의 몸이 완전히 멀쩡해졌다는 사실이다. 눈의 충혈은 사라졌고, 얼굴을 엉망으로 덮었던 시퍼런 핏줄 또한 언제 그랬냐는 듯 말끔하게 가라앉았다.

트리탄은 이전의 근사하고 매끄러운 외모를 되찾았다. 사실 그런 거야 아무래도 좋았지만.

여하튼, 정말이지 더는 못 하겠다는 심정이었는데 겨우 마무리가 지어져서 안심이었다.

트리탄은 녹초가 되어 널브러진 다이아나를 보곤 안절부절못하다가 갑자기 무슨 생각이 들었는지 침실을 벗어났다. 그러곤 수건에 물을 적셔와 다이아나의 몸을 정성스럽게 닦아주었다. 어디서 이렇게 해야 한다고 배운 것은 아니고, 직감대로 움직이는 것 같았다.

다이아나는 젖은 수건이 여린 살을 스칠 때면 이따금씩 미묘한 느낌에 신체를 긴장시켰지만, 결국엔 전신에서 아예 힘을 빼버렸다. 정말 기력이 없었다.

그렇게 침대에 누워 트리탄의 보살핌 속에서 시간을 얼마나 보냈을까.

"돌아갈까?"

다이아나가 손을 내밀며 말했다. 트리탄은 고개를 끄덕이며 그 손을 잡았다.

※── ✦ ──※

다이아나는 말없이 집을 떠났다가 수개월 만에 돌아왔다. 그녀는 공
작성이 발칵 뒤집히리라고 예상했다. 당장 부모님께 불려가 어릴 때처럼
혼이 나는 결과도 각오했다.

그런데 웬일.

"아가씨, 오셨어요?"

"즐거운 시간 보내셨나요?"

"얘는, 넌 왜 당연한 걸 묻고 그러니?"

사용인들은 귀환한 다이아나와 트리탄을 무척 자연스럽게 맞이했다.
공작 부부의 반응 또한 크게 다르지 않았다.

"다음부턴 출발하기 전에 우리한테도 이야기해 주렴. 네가 일일이 허
락받아야 하는 어린애는 아니지만…… 그래도 섭섭했단다."

서운한 기색을 내비치긴 했지만, 별개로 다이아나의 지난 부재를 이
상하게 여기는 눈치는 아니었다. 다이아나는 도대체 뭐가 어떻게 된 것
인지 알 수 없었는데, 모든 의문은 다이앤을 만난 자리에서 풀렸다.

"내가! 그동안! 얼마나! 고생했는지! 알아? 누나!"

"……뭘 한 거야, 다이앤?"

"설명해 줄 테니 들어봐."

다이앤은 그레이스를 만나러 간 다이아나에게서 하루 넘게 소식이 없
자 직접 누나를 찾아 나섰다. 그러곤 그레이스를 만나서 들었다.

다이아나가 현자의 탑을 오르러 떠났다고.

"미치겠네!"

다이앤은 머리를 부여잡고 세 번 정도 비명을 지른 후, 이어서 재빨리 집에 둘러댈 핑계를 생각해 냈다. 그렇게 떠올려 낸 내용이 바로 '다이아나가 트리탄과 함께 왕국을 둘러보러 떠났다'는 것이었다.

다이아나는 본래 충동적인 면이 강했던 터라 다이앤의 즉석 거짓말은 제법 수월하게 먹혀들었다. 그렇지만 제아무리 멀리 여행을 갔다 해도 몇 개월이나 감감무소식인 건 의아하게 여겨질 만했다. 그래서 다이앤은 팔자에도 없는 연기까지 펼쳐야 했다.

"주기적으로 누나와 연락이 닿는 척하느라고, 부모님과 함께 식사할 때마다 누나의 여행지와 여행담을 지어내서 들려 드렸는데…… 으윽, 아직도 양심이……."

"고마워."

과장되게 가슴을 부여잡고 주절거리던 다이앤이 멈칫했다.

"정말 고마워, 다이앤. 이번에 도와준 건 꼭 갚을 테니 달아둬."

"……하아."

다이앤이 한숨을 쉬었다. 그가 의자 등받이에 몸을 기댔다.

"됐어. 그나저나 현자의 탑은 난데없이 왜 오른 건데? 최상층에 도달하긴 한 거지? 뭘 얻었어?"

"그건 지금부터 내가 이야기해 줄게."

이젠 다이아나의 차례였다. 설명이 끝났을 때, 다이앤은 허리를 꼿꼿이 세우고 의자 팔걸이를 단단히 붙잡고 있었다. 그의 표정이 경악으로 물들었다.

"제정신이야?"

"어느 부분이 제정신이 아닌 것 같은데?"

"시작부터 마지막까지 전부 다. 하지만 그중에서 굳이 꼽자면……."

다이앤이 다이아나가 내렸던 결정을 도무지 믿기 어렵다는 얼굴로 따지듯 말했다.

"마계에서 못 돌아왔으면 어쩌려고 그랬는데? 트리탄이 누나를 해쳤으면? 그레이스가 읽은 기록이 잘못된 거였을 수도 있잖아!"

"어떻게든 되겠지 싶었어."

"뭐라고?"

"뭐라도 하지 않으면, 살기 힘들 것 같았거든."

"……."

"숨쉬기 어려워질 것 같아서…… 그래서 그랬지."

다이아나는 탑을 오르던 삼 개월을 생생하게 떠올렸다.

그녀는 탑이 준비한 관문을 차례대로 거칠 때마다 오로지 트리탄만 생각했다.

부디 늦지 않았길. 트리탄이 아직 무사하길. 그래서 그를 구할 수 있길.

간혹가다 그녀가 실패해서, 혹은 방법이 틀렸거나 너무 늦어서 트리탄을 잃는 상상을 하면 그때마다 호흡이 턱, 막혔다. 그 정도로 무섭고 두려운 감각은 처음이었다.

다이아나는 그때 배웠다. 이게 공포구나.

"그리고 나를 믿기도 했고."

다이아나가 장난스럽게 덧붙였다.

"나 다이아나 메이하드잖아. 인간 중에서 제일 세지. 내가 못 해낼 일이 있겠어?"

다이앤은 부정하지 못했다. '인간 중에' 가장 강하다고 하니 또 정확해서 할 말이 없었다. 유일하게 그녀를 이긴 트리탄은 마물이었으니까.

그렇다. 그것도 문제다. 다이앤이 관자놀이를 짚었다. 설마 했는데 트리탄이 실제로 마왕이었다니! 그의 누나가 마왕과…… 사…… 랑…… 그래…… 아무튼…… 그런 사이가 되다니!

'진짜 미치겠다.'

인생이 유별해도 이렇게 유별할 수가 있나. 그가 아니라 다이아나의 삶이 비범한 것이었지만 하여튼 쌍둥이 동생의 입장에서도 충분히 심란했다. 다이앤의 기분이 복잡해졌을 때 다이아나가 추가로 말을 이었다.

"뭐, 이제는 다시 내가 세상에서 제일 세졌지만."

"그게 무슨 말이야?"

"트리탄, 약해졌어."

다이앤이 눈을 휘둥그레 떴다.

"왜?"

"신성력으로 트리탄의 신체에서 문제가 됐던 기운을 몰아낼 때, 원래 몸에 있던 마기도 상당 부분 날아갔나 봐."

이는 트리탄이 직접 고백한 사실이었다. 지친 다이아나를 물수건으로 닦아주면서 이야기했었다.

"덕분에 무지막지하게 약해지고 말았지……."

"……."

"너 정도로."

"아, 그래."

다이앤의 얼굴이 대번에 무표정해졌다. 심각하게 귀를 기울였던 것이 억울했다.

"마지막은 농담인데, 약해졌다는 것 자체는 사실이야. 얼마나 약해졌는지 모를 뿐."

"농담할 정도면 아주 비실비실해진 건 아닌가 보네. 그럼 됐지."

다이앤은 그렇게 대답한 후 문득 다이아나를 뚫어지게 들여다보았다. 그의 눈에 이채가 서렸다.

"누나."

"왜?"

"트리탄이랑 결혼해?"

목숨 걸고 마계까지 가서 구해왔는데 미래를 약속하지 않는다면 그게 더 의아할 일이었다. 다이나가 고민하는 기색조차 없이 답했다.

"해야지."

그러다 잠시 생각해 보더니 부언했다.

"결혼식 여부는 아직 모르겠지만, 평생 데리고 살 거야. 근데 그건 왜? 축의금 미리 준비하게?"

"아니."

"그럼? 혹시 후계 걱정해? 그건 어차피 네 몫이잖아. 차기 공작도 네가 될 텐데."

다이아나는 열다섯 생일 때 생일 선물로 카이휜과 일레나에게 후계권 박탈을 요구했다. 당시 그녀는 다이앤보다 몇 분 일찍 태어났다는 이유로 소공작 감투를 쓰고 있었다.

공작 부부는 곤란해하면서도 다이아나의 요청을 들어줄 수밖에 없었다. 그들은 딸에게 권력을 쥐여주길 원했지, 족쇄를 채우고 싶었던 건 아니었으니까.

"그것도 아니야."

다이앤이 얼굴을 문질렀다. 손가락 틈으로 눈을 살짝 드러내고서 그가 물었다.

"마물은 몇 년이나 살아?"

"무슨 말을 하려나 했더니……."

"중요한 문제잖아."

다이앤은 이전 마왕이 인간계를 두 번 침공했고, 그 침공 사이에 천 년의 간격이 존재한다는 걸 기록으로 봐서 알았다. 그러니 그 기록을 참고하면, 마왕쯤 되는 마물은 최소한 천 년을 산다는 뜻이 된다.

"나보다는 트리탄에게 중요한 문제지."

"그러니까 궁금한 거야. 누나만큼 각별한 사이는 아니지만, 나도 나름대로 트리탄을 친구라고 생각해."

"트리탄이 들으면 좋아하겠네. 걔도 너 친구라던데."

"그래서 얼마나 살아?"

다이아나가 머뭇거리다가 말했다.

"만 년."

트리탄의 육체를 정상화시킨 후, 다이아나가 그저 조용히 늘어져 쉬기만 했던 건 아니다. 그녀는 트리탄과 긴 대화를 나눴다. 덕분에 전보다 알게 된 것이 많았다.

"……맙소사, 만 년?"

다이앤이 낮게 탄식했다. 짐작했던 수준을 훨씬 상회하는 수명이었다.

"트리탄이 심하게 오래 사는 편이야. 다른 마물은 천 년에서 이천 년 정도 산대."

"다른 마물이 몇 년이나 살고 가는지 알 게 뭐야? 누나는 트리탄이랑 결혼할 건데."

"그건 그렇지."

"어떻게 할 거래? 물어봤어? 누나가 먼저…… 그러니까…… 신의 품으로 돌아가고 나면."

다이앤은 차마 죽는다는 표현을 쓰지 못해 돌려 말했다. 다이아나가 곧바로 그 노력을 물거품으로 만들어 버렸지만.

"내가 죽으면……."

그녀는 트리탄과 나눴던 대화의 일부분을 회상했다.

"선택지가 세 개 있다더라."

"뭔데?"

"첫째는, 내가 죽고 다음 날 바로 나를 따라 죽는 거."

다이앤이 신음했다. 시작부터 비극이 따로 없었다.

"두 번째는?"

"수명이 다할 때까지 계속 사는 거지. 우리 가문 핏줄, 그러니까 네 후손을 돌보면서."

"수호신처럼 되는 거네. 뭐, 그래…… 세 번째는?"

트리탄이 말했던 마지막 선택지가 다이아나의 입에 담겼다.

"기다린대."

"기다려?"

"내가 혹시라도 다시 환생하기를."

"……."

"사람이 죽고 나면 과연 환생이란 걸 할까?"

"그걸 내가 알겠어?"

다이앤은 고개를 흔들었다. 그러더니 의자 등받이에 몸을 파묻고는 한참 말이 없었다. 다이아나가 묵묵히 기다려 주다가 물었다.

"무슨 생각 해?"

"우선은, 부모님께 누나가 여행 갔다고 둘러대길 잘했다는 생각. 이런 내용을 전부 아셨으면 두 분께선 쓰러졌을 거야."

"그렇게 연약한 분들은 아니시지. 누구 부모님인데."

하지만 다이아나도 굳이 부모님께 모든 사실을 밝힐 필요는 없다는 것에 동의했다. 그래서 그녀의 부재를 그럴듯한 거짓말로 수습해 준 다이앤에게 고마운 것도 진심이었다.

"그리고? 꽤 길게 생각하더니, 그게 다야?"

"또……"

다이앤은 대화의 화두에 올랐지만 당장 이 자리에 없는 존재, 즉 트리탄을 떠올렸다. 저절로 깊은숨이 새어나왔다.

"누나나 트리탄이나 정말 대단하단 생각. 장담하는데, 나는 절대 그런 연애는 못 할 거야."

트리탄을 살리겠답시고 기어코 마계로 건너갔던 다이아나나, 그녀가 죽으면 따라 죽겠다는 각오까지 밝힌 트리탄이나.

다이앤으로선 도무지 이해할 수 없었다. 공감하는 시늉이나마 하려 해도, 그것조차 어려울 만큼 둘은 너무 멀리 가버렸다.

"글쎄……"

'절대'라.

다이아나는 확신이 깃든 쌍둥이 동생의 말을 들으며 불과 일 년 전 이 무렵을 상기했다.

그때 그녀가 어떠했더라. 다이앤이 혀를 내두를 정도의 '그런' 연애는

커녕, 남은 인생 평생 남자와의 인연은 결코 없을 거라고 자신했었지.

미래는 감히 현재의 자신이 확언하는 것이 아니다. 다이아나는 이번에 무엇보다 그 진리를 톡톡히 배웠다.

다이아나가 '과연 그럴까?' 하는 식의 표정으로 느긋하게 다리를 꼬았다.

"그건 지켜봐야 알겠지."

장고한 끝에 다이아나는 트리탄과 결혼식을 올리기로 했다.

단, 하객을 초대하지는 않았다. 트리탄의 정체를 밝히기 어렵다는 문제도 있고 해서 다이아나는 딱히 그녀의 결혼이 외부에 알려지길 바라지 않았다.

그렇게 둘의 예식은 공작성의 사람들과 친척 몇몇만 참관한 가운데 이루어졌다. 주례는 은퇴한 전 집사, 벤이 불려 와서 맡았다.

반지 교환과 맹세의 키스까지 마친 식이 끝난 후 트리탄은 밀폐된 장소에서 공작 부부와 대면했다.

부부는 구태여 다이아나 없이 트리탄과 셋이서만 잠시 이야기를 나누길 원했다. 다이아나는 내심 걱정했고, 트리탄은 긴장했다.

"트리탄."

"예."

"너무 늦은 질문이지만, 그래도 묻는 게 좋지 않을까 해서요."

"……."

"어차피 트리탄은 이제 공작가의 사람이 되었고, 대답 여하에 따라 혼인을 무르거나 하는 일은 없을 테니 편히 대답해 줘요."

다이아나와는 또 다른 따뜻함을 품은 분홍색 눈이 트리탄을 가만 응시했다.

"무얼 하던 사람인가요, 트리탄?"

짐작했던 질문이었다. 트리탄은 그가 할 수 있는 최대한 솔직한 답을 내놨다.

"……무너진 성의 주인이었습니다."

마물의 성은 트리탄의 손에 반쯤 붕괴되어 더는 제구실하기 어렵게 되었으니, 틀리지 않은 말이었다.

"어머."

일레나는 놀란 듯 눈을 살짝 크게 떴다가 말했다.

"그럼 돌아갈 곳이 없는 거네요? 우리 다이아나의 곁 말고는."

"그렇습니다."

"그래요."

일레나가 저도 모르게 사위의 손을 잡아주려다 멈칫했다. 남편의 시선이 느껴졌다. 일레나의 손이 자연스럽게 카이휜의 손을 잡았다.

부부는 다정하게 손을 맞잡은 채 말했다.

"다이아나를 잘 부탁해요, 트리탄."

트리탄은 고개를 숙였다.

인간치고 제법 오랜 세월을 함께했지만, 여전히 서로가 서로에게 최우선인 부부의 모습을 보자 문득 기분이 이상했다.

그와 다이아나도 저렇게 지내게 될까. 수십 년은 트리탄에게 짧디짧은 시간이었지만, 그 세월이 앞으로 그의 모든 것이 된다 해도 결코 후회하지 않을 자신이 들었다.

트리탄은 문밖에서 그를 기다리고 있을 다이아나의 얼굴을 머릿속 가득 선명하게 그려내며 말했다.

"감사합니다."

두 뼘을 넘게 잘라 어깨 언저리에 겨우 닿는 은발이 바람에 정신없이 흩날렸다. 다이아나는 절벽 위에 서서 바람을 맞으며 아래를 내려다보다가 눈을 반짝였다.

"찾았다. 너도 봤지?"

"물론."

"가자, 데려다줘."

트리탄은 다이아나의 요구에 즉각 응했다. 그녀의 허리를 안고 절벽에서 뛰어내렸다. 둘의 몸은 절벽 아래로 추락하는 대신 완만하게 비행해 목적지에 내려섰다.

"크르르르!"

새까만 짐승이 다이아나와 트리탄의 기척에 기민하게 반응했다. 아니, 짐승이라는 표현은 지나치게 얌전하다. 상대는 얼핏 늑대의 외견을 하고 있었으나 자세히 살피면 괴상한 점이 많았다.

우선 송곳니가 비정상적으로 길고, 꼬리는 털 대신 웬 비늘과 뿔로 덮여 있는 데다, 등에는 크기가 볼품없긴 하지만 어쨌든 날개까지 달려 있었다.

"네가 바로 영주의 숙면을 방해한다는 그 몬스터구나! 이름이…… 키메라였나?"

"크와아아!"

키메라가 대답하듯 울부짖었다. 그 또한 결코 평범한 짐승의 울음소리는 아니었다.

"대체 이런 건 왜 만드는 거지? 참, 발명이란 알 수가 없네. 잡고 나면 꼭 물어봐야겠다."

다이아나가 중얼거리며 허리춤에서 검을 뽑았다. 서두르지 않는 동작에서 충분한 여유가 묻어났다.

키메라는 몸을 세우면 어지간한 성인 남성의 다섯 배는 될 법한 덩치를 지녔지만, 정작 거대한 그림자에 가려진 다이아나는 전혀 긴장하지 않은 기색이었다.

'자, 어디……'

일단은 저 몸집에 비해 너무 작아 쓸모없어 보이는 날개부터 떼어줄까. 다이아나가 그렇게 생각하며 검 손잡이를 그러쥐었을 때였다.

"……낑, 끼잉."

"응?"

귀를 납작 내린 키메라가 갑자기 하룻강아지처럼 앓는 소리를 내더니 몸을 돌려 달아났다. 다이아나는 작아지는 키메라를 잠시 황당하게 응시하다가 바로 트리탄을 돌아보았다.

"또 너야?"

"나는 아무것도 하지 않았다, 다이아나."

트리탄이 곤란한 척하며 시치미를 뗐다.

"알다시피 나는 사람이 아니지 않나. 저 몬스터가 그걸 본능적으로 알아채고 도망친 것 같다."

"말이나 못하면……"

심증은 차고 넘치는데 물증이 없다. 다이아나가 트리탄을 흘겨본 후 자리를 박찼다.

"가자."

처음부터 키메라의 둥지를 알아내는 것이 목적이었으니 일이 틀어진 건 아니었다. 다이아나는 트리탄과 함께 키메라를 추격했다. 그러다 키메라가 웬 바위를 통과해 사라지는 것을 봤다.

"와, 환영 마법까지 썼어? 이러니 토벌대를 그 정도로 파견하고도 못 잡았지."

다이아나가 혀를 차곤 키메라를 쫓아 바위를 통과했다. 트리탄이 뒤따랐다. 이윽고 탁 트인 동굴이 드러났다. 둘은 동굴 안쪽으로 한참을 더 이동해서야 키메라와 그의 주인으로 추정되는 사람을 발견할 수 있었다.

"뭐, 뭐야!"

키메라를 애완동물이라도 되는 듯 쓰다듬던 남자가 화들짝 놀라 주춤했다.

"어떻게 이곳에!"

"안녕. 영지 전체에 공포심을 조성하고 죄 없는 영지민 여럿을 해친 죄로 널 체포하러 왔어."

"체포라고? 누구 마음대로!"

"내 마음."

다이아나는 남자와 키메라를 번갈아 보곤 고개를 내저었다.

"왜 저런 걸 만든 건지 물어보려 했는데…… 안 들어도 알 것 같네. 그냥 취향과 심미안의 문제인가 봐."

키메라를 쓰다듬던 남자의 손길은 상냥하고 애틋하기 그지없었다.

"흥! 너흰 절대 나와 키키를 데려가지 못해!"

"맙소사, 애칭까지 있네."

"무슨 수로 고작 둘이서 키키를 여기까지 도망쳐 오게 했는지는 모르 겠지만, 죽어라!"

남자가 재빨리 동굴 바닥의 어딘가를 짚었다. 그러자 동굴 천장에서 폭발이 일어나며 다이아나 위로 커다란 돌조각들이 떨어졌다.

"다이아나!"

트리탄이 서둘러 다이아나를 끌어안고 몸을 날렸다. 둘의 몸이 천장 이 무너진 자리를 피해 바닥에 쓰러졌다.

트리탄은 그의 신체로 다이아나를 보호했다. 단단한 팔이 가느다란 육신을 제 사이에 가둔 채 땅을 짚었다. 다이아나는 시야에 들어오는 트 리탄의 잘빠진 턱선과 쇄골, 얄팍한 옷감으론 감춰지지 않는 탄탄한 흉 근 따위를 응시하다가 입을 열었다. 풍경은 훌륭했지만 지금은 그게 중 요한 것이 아니었다.

"……트리탄, 자꾸 이럴래?"

돌조각이 아닌 바윗덩어리가 머리 위로 떨어졌어도 다이아나는 멀쩡 했을 것이다. 눈이 있고 발이 멀쩡한데 보고 피하지 못할 이유가 없고, 아니면 검을 휘둘러 가루로 분쇄해 버릴 수도 있었다.

트리탄 또한 그 사실을 알았다. 아는데 이러고 있다.

"너……."

"크크큭! 해치웠나?"

그때 마침 착각에 빠진 남자의 웃음소리가 귀에 거슬렸다. 트리탄을 밀어내고 일어선 다이아나가 적당한 크기의 돌조각을 집어 남자를 겨냥 해 던졌다.

"크크크, 역시 나는…… 꽥!"

정확하게 돌에 머리를 맞고 넘어가는 남자를 보며 다이아나가 손을 탁탁 털었다.

키메라는 트리탄을 본 이후부터 시종일관 전투 의지를 상실한 상태였다. 귀는 여전히 납작 내려갔고 주둥이에선 낑낑거리는 구슬픈 울음만 흘러나왔다.

어쨌든 목적은 달성했다. 다이아나가 트리탄을 돌아보았다.

"자세한 이야기는 돌아가서 하자."

"정말 감사합니다! 역시 소문이 과장된 게 아니었군요! 이 은혜는 결코 잊지 않겠습니다."

혼절한 남자와 겁먹어 얌전해진 키메라를 끌고 영주성에 도착한 다이아나와 트리탄은 영주의 열렬한 환대를 받았다.

"은혜는 잊어도 되고, 약속한 것만 잊지 말아요."

"허허, 물론이죠! 고생하셨으니 편히 쉬십시오."

영주는 손수 다이아나와 트리탄을 그들의 처소까지 데려다준 후 물러났다. 돌아서서 걷는 엉덩이가 과하게 씰룩거렸다. 골칫거리가 해결되어 마침내 밤잠을 보장받게 되었다는 사실이 못내 기쁜 것 같았다.

"트리탄."

다이아아는 처소로 들어서 침대에 앉았다. 푹신한 매트리스를 양손으로 짚고 트리탄을 쳐다보았다.

"전부터 줄곧 왜 그래?"

벌써 사 개월이다. 결혼식을 올린 것도, 공작성을 떠나온 것도.

그렇다. 다이아나는 식을 치르고 얼마 안 되어 공작 부부를 찾아가 선언했다. 트리탄과 둘이서 대륙을 떠돌며 살겠다고.

느닷없이 집을 떠나 세계 각지를 누비겠다는 발언이 충격적일 만도 하건만, 부부는 뜻밖에도 별로 놀라지 않았다.

"네가 언제쯤 그 말을 할까 궁금했다, 다나."

오히려 예상했다는 반응을 보였다.

사실 다이아나가 열다섯 생일에 그녀의 것이었던 막강한 권력을 마치 짐 덩어리 취급하며 내던졌을 때부터, 부부는 둘 다 언젠가 이런 날이 오리라고 짐작했다.

"한동안 앤이 꽤 바빠지겠는걸."

일레나가 솔직하게 덧붙인 감상은 곧 사실이 되었다. 혹여 다이아나 의 마음이 바뀔까 봐 미뤄두었던 후계 발표가 이루어졌다. 외부에서 다 이앤을 부르는 공식적인 호칭이 그날로 '공자'에서 '소공작'으로 변했다.

그때부터 원래 한가한 편이 아니었던 다이앤의 하루가 한결 정신없어 졌다. 며칠이 지나 다이아나를 배웅하던 날, 그의 눈 아래에는 거뭇하게 그림자가 져 있었다.

"가끔 연락해."

다이앤은 밤새 한숨도 잠을 이루지 못한 얼굴이었다. 날밤을 새운 데는 바쁜 것 외에 다른 이유가 더 있어 보였지만, 다이아나는 그 사실을 지적해 그를 놀려주는 대신 커다란 몸을 말없이 꼭 껴안았다.

비밀이지만, 다이앤은 이때 살짝 울었다.

이어서 부모님과도 가벼운 포옹을 나누고 다이아나는 트리탄과 나란히 공작성을 떠났다.

그 후 어떻게 지냈느냐?

둘은 우선 옆 나라로 건너갔다. 그러곤 그 나라의 외곽부터 시작해 각 영지를 돌며 영주의 오랜 골칫거리를 해결해 주었다.

물론 맨입으로는 아니었다. 매번 결과에 상응하는 대가를 받아냈고, 덕분에 둘의 재산은 지난 사 개월 사이 부쩍 쌓였다. 족히 십 년은 빈둥거리며 놀고먹어도 될 액수였지만 다이아나는 당장 그럴 마음은 없었다. 트리탄과 함께하는 떠돌이 부부 해결사 노릇이 제법 성미에 맞고 재미있었으니까.

다만, 이 상황에는 사소한 문제가 있었는데…….

"지켜주지 않아도 된다고 했잖아. 과보호라고."

이것이다.

다이아나의 말처럼, 트리탄은 수개월째 걸핏하면 그녀를 감싸고 지키려 들었다. 그럴 필요가 전혀 없는 상황에서도.

다이아나로선 좀처럼 이해할 수 없는 일이었다. 그녀의 손짓에 트리탄이 묵묵히 옆자리에 앉았다. 침대가 흔들렸다.

"내가 얼마나 강한지 모르는 것도 아니면서. 석 달 전엔 대련에서 널 이겼는데, 기억 안 나?"

트리탄은 침묵을 고수했다. 다이아나가 답을 채근하듯 그의 이름을 불렀다.

"트리탄."

사 개월이면 오래 끌었다. 슬슬 이 원하지 않는 지나친 보호에 종지부를 찍을 때도 됐다.

"말해봐, 왜 그러는 건지."

"……."

"내가 그렇게 믿음직하지 못해? 나를 도무지 못 믿겠고, 매번 의심이 돼?"

"그런 게 아니다."

트리탄이 즉각 부정했다. 다이아나와 눈을 마주치고는 머뭇거리더니 결국 작은 목소리로 사실을 실토했다.

"기절한 적 있으니까……."

"응?"

"다이아나 네가 마계로 와줬던 날, 그러니까, 너와 내가 서로를 평생의 짝으로 맞이했던……."

"우리 같이 잔 날?"

어렵사리 돌려 내놓은 말을 다이아나가 쉽게 정리했다. 이내 다이아나의 눈이 큼지막하게 변했다.

"잠깐, 내가 그때 기절했었다고?"

고개를 주억거리는 트리탄을 보며 다이아나는 순간 충격에 빠져 말을 잊었다. 그날, 아마 하루가 아니었던 것 같긴 한데, 아무튼 그때의 기억이 쭉 이어지지 않고 군데군데 끊겨 있다곤 느꼈지만…….

'정신을 놨었어?'

다이아나가 진실을 알고 놀라워하는 사이 트리탄이 본심을 술술 털어놓았다.

"그때가 생각나서, 나도 모르게 자꾸 나서고 널 감싸게 된다. 결코 너를 못 믿어서 그런 게 아니야. 네가 누구보다 강하다는 걸 충분히 알지만……."

"아니, 잠깐만."

이 순간 그간의 과보호보다 더 중요한 사실을 떠올린 다이아나가 트리탄의 말을 끊었다. 아니, 저 말을 듣고 나니 어쩌면 이것도 과보호 영역에 드는 것 같긴 한데…….

"그럼, 너 그 뒤로 나랑 안 자는 것도 그날 내가 기절했던 것 때문이야?"

인간계에서 보낸 시간이 제법 길어진 덕인지, 트리탄은 '잔다'라는 표현이 지닌 여러 의미를 알고 있었다. 트리탄이 얼굴을 붉혔다.

답을 대신해 주는 표정을 보며 다이아나가 뭍으로 나온 고기처럼 입을 뻐끔거렸다. 그러더니 대뜸 괴로워했다.

"억울해!"

"……다이아나?"

"내가 결혼하고도 여태 수절한 이유가, 고작 그런 거였다니!"

"수절이라니?"

다이아나는 대꾸하는 대신 트리탄의 목깃을 단단히 쥐고 체중을 뒤로 넘겼다. 다이아나의 등이 침대에 닿고, 트리탄이 자연스럽게 두 팔 사이에 그녀를 가두게 되었다.

"트리탄, 내가 그날 기절까지 했던 건……."

"……."

"몸을 무리하게 써서 그랬던 게 아니라, 신성력 때문이야."

"신성력?"

"널 멀쩡한 상태로 되돌리느라 네 몸에 신성력을 주입했거든. 신성력을 너무 많이 소모해서 정신을 잃었던 거야."

"……."

"오로지 그것뿐이야. 알겠어? 체력적인 전혀 문제가 아니었단 말이야."

다이아나가 허탈하게 한숨을 내쉬었다.

"나는 또 네게 그럴 마음이 없는 줄 알고 기다렸더니……."

둘은 결혼식 이후 여태 손잡고 키스만 했다. 결혼 전 시간까지 합치면 무려 반년을 그랬다.

다이아나는 트리탄을 배려했다. 둘 사이는 확실히 만나고 얼마 안 되어 급히 진전된 감이 있었으니, 상대가 충분히 준비가 될 때까지 인내하고자 했다.

근데 그게 죄 착각이고 헛짓이었다니!

다이아나가 트리탄의 목에 팔을 감고 그의 눈을 집요하게 직시했다.

"하자, 우리."

"……."

"부부끼리 하는 일."

다이아나가 혹시 몰라 슬쩍 무릎을 세워 상대의 의향을 확인했다. 트리탄이 낮게 신음했다. 강한 긍정의 의사가 똑똑히 전해졌다. 과연, 구태여 확인할 필요도 없었다.

이내 조금 성급하게 입술이 만났다. 거추장스러운 옷가지가 널찍한 침대 구석에 던져지고, 바닥으로 떨어졌다.

뒤늦은 첫날밤을 맞이한 부부는 밤이 깊도록 어느 한쪽도 지치지 않았다.

아침이 되어 잠들었고, 정오가 조금 지나서 눈을 떴다. 다이아나는 눈을 비비며 영주성의 하녀가 전달해 준 편지를 확인했다.

엊그제 저녁이었나. 이 영지에서 며칠 지낼 거라고 다이앤에게 소식을 전했는데, 그새 답신이 온 모양이었다. 마법 통신구로 연락해도 되지만 남매는 일부러 편지를 이용했다. 그 나름의 맛이 있다나.

"응?"

아니나 다를까 발신인에 '다이앤 메이하드'라고 적힌 편지를 뜯어 읽던 다이아나가 곧 눈을 동그랗게 떴다.

늘 엇비슷한 근황만 적어 보내더니, 웬일로······.

마침 트리탄이 욕실에서 나왔다. 새까만 머리카락 끝에서 물기가 뚝 뚝 떨어져 쇄골에 고였다가 흘러내렸다. 다이아나는 편지를 내려놓고 그 물방울의 궤적을 눈으로 좇다가 말했다.

"트리탄, 우리 공작성에 잠깐 돌아갈까? 다이앤에게 재미있는 일이 생길 것 같아서."

"그래."

가까이 다가온 트리탄이 순순히 답하고는 다이아나의 이마에 입을 맞췄다. 이내 물러나려는 그를 확 끌어당겨 입술을 훔친 다이아나가 그러곤 제안했다.

"너, 약해졌던 힘이 돌아오는 것 같다고 했지?"

"······응."

"가는 길에 평야 찾아서 대련하자. 누가 이길지 궁금하네."

"알겠다."

둘은 처소에서 나가지 않고 이틀을 더 보냈다.

그리고 사흘째 되던 날 아침 영지를 떠나 오후쯤 평야에 들러 대련했고, 트리탄이 이겼다. 둘 중 누구에게도 그리 중요하진 않은 결과였다.

이후 부부는 손을 잡고 메이하드 공작성에 귀환했다. 다이아나의 귀에 매달린 작은 사파이어가 반짝거리며 빛났다.

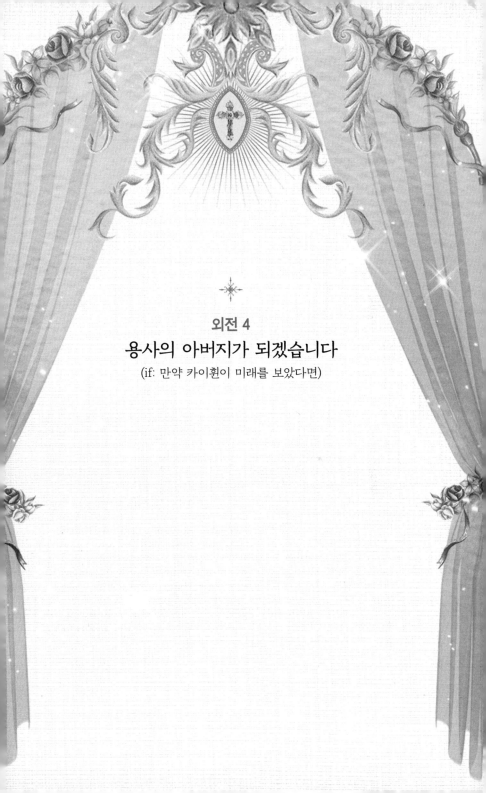

외전 4

용사의 아버지가 되겠습니다
(if: 만약 카이휀이 미래를 보았다면)

히히힝!

토벌대 선두에서 달리던 흑마가 요란한 울음소리를 내며 멈췄다.

고삐를 세게 당겨 말을 멈추게 한 카이휜이 덤덤한 표정으로 앞을 응시했다. 이어서 카이휜의 뒤를 따라오던 토벌대원들이 저마다 말을 멈춰 세웠다.

"무슨 일입니까?"

"……노파?"

토벌대 기사들이 수군거렸다. 토벌대의 대장이자 그들의 주인이 어째서 말을 멈춰 세웠나 했더니, 웬 노파가 다짜고짜 튀어나와 길을 가로막고 있었다.

"비렁뱅이……."

노파는 거적때기를 걸치고 있었다. 노파의 남루한 행색에 몇몇 기사가 눈살을 찌푸렸다.

"나리!"

그때 노파가 카이휜에게 달려들더니 카이휜의 바짓단을 덥석 붙잡고 구걸했다.

"벌써 이틀이나 아무것도 먹지 못했습니다. 배가 고파 당장 죽어버릴 것 같습니다."

"각하!"

일부 기사들이 경악했다. 당연한 반응이었다. 땟국이 잔뜩 낀 노파의 지저분한 손에 바짓단을 잡힌 카이휜의 신분은 무려 공작이었다.

감히 비렁뱅이 노파가 공작의 의복에 손을 대다니!

앞서 노파의 행색에 눈살을 찌푸렸던 기사 중 한 사람이 나섰다.

"제가 처리하겠……."

"됐다."

카이휜은 손을 들어 나서는 기사를 제지했다. 그러곤 그의 왼쪽 대각선 뒤편에 선 다른 기사에게 명령했다.

"콜린."

"네, 각하."

"가서 음식과 물을 사 와. 이틀을 굶었다고 하니 부드러운 음식이 좋겠군."

"알겠습니다."

콜린이라고 불린 기사는 명령이 떨어지기 무섭게 말에서 훌쩍 뛰어내렸다.

자리에서 사라졌던 그가 돌아온 것은 잠시 후였다. 이내 노파의 손에는 카이휜의 바짓단 대신 갓 만들어 따뜻하고 부드러운 음식과 깨끗한

병에 담긴 물이 들렸다.

"감사합니다. 정말 감사합니다, 나리."

연신 고개를 꾸벅 숙여 인사하는 노파를 두고 카이휜이 묵묵히 다시 고삐를 쥐고 말을 출발시켰다.

"이랴!"

이어 카이휜을 따라 토벌대의 기사들이 각자 그들이 탄 말의 옆구리를 걷어찼다. 자리에 바람과 미약한 먼지를 만들어내며 토벌대가 멀어졌다.

멀어지는 토벌대 뒤로 어느새 고개를 바로 세운 노파의 시선이 잠시 따라붙었다.

"……이거면 됐겠지."

카이휜은 밤이 매우 깊어서야 집무실에서 빠져나왔다. 다른 날보다 고단한 하루였다.

그도 그럴 것이 그의 오늘 하루는 바쁘기 그지없었다. 동이 트기도 전에 기사들을 이끌고 영지 근처의 산에 몬스터 토벌을 다녀왔다. 토벌을 끝내고 귀환했더니 늦은 오후였다.

카이휜은 그때부터 바로 조금 전까지 집무실에 틀어박혀 시간을 보냈다.

어깨가 무거웠다. 아주 약간이지만.

'쉬어야겠군.'

당장 쉬지 않으면 과로로 죽고 말 일정을 소화한 카이휜이 마침내 침실로 향했다. 잠시 후 간단히 환복을 마친 커다란 몸이 침대 위로 누웠다.

상대적으로—사실 절대적으로 따져도 몹시—고단한 하루였기 때문일까. 카이휜의 육신은 평상시보다 조금 이르고 수월하게 잠에 빠져들었다.

"나를 여기까지 직접 오게 하다니!"

카이휜은 눈을 떴다. 아니, 눈을 원래 뜨고 있었을까?

그는 정면을 응시했다.

'사람?'

믿을 수 없는 광경이 보였다. 웬 폐허 사이에 장신의 사내가 팔짱을 끼고 비딱하게 서서 카이휜을 주시하고 있었다.

'그리고 여긴……'

카이휜은 미간을 좁혔다. 단순히 폐허라고 생각했던 주변은 자세히 살피니 그냥 폐허가 아니었다.

'공작성.'

이곳은 그의 성 한복판이었다. 어째서 성한 곳 없이 온통 부서지고 무너져, 영락없이 폐허가 되고 말았는지는 모르겠지만.

그 순간, 카이휜의 사고가 끊겼다. 카이휜을 지켜보던 사내가 팔짱을 풀고 그에게 달려들었기 때문이다.

챙!

카이휜은 반사적으로 검을 들어 사내의 공격을 막았고, 그제야 깨달았다. 그가 검을 쥐고 있었다는 것을.

'……대체, 뭐지?'

카이휜은 혼란스러운 와중에도 그와 대치한 사내를 면밀히 살폈다.

가만 보니, 장신의 사내라고 생각했던 이는 사람과 거리가 먼 외양을 지니고 있었다.

카이휜을 공격한, 강철처럼 단단하고 긴 손톱.

카이휜마저 고개를 조금 꺾어 올려다봐야 할 만큼 비인간적으로 큰 신장. 아니, 이건 그렇다고 치더라도…….

무엇보다 날개. 사내의 등에는 박쥐의 것과 생김새가 비슷한 한 쌍의 새까만 날개가 달려 있었다.

그때 사내의 등에 돋아난 날개가 크게 펄럭거렸다. 흙먼지가 카이휜의 시야를 가렸다.

카이휜은 아주 잠깐 주춤했고, 곧바로 잔인한 결과가 뒤따랐다.

촤악!

"큭."

사내의 손톱이 카이휜의 왼팔을 길게 베어냈다. 카이휜은 우선 검을 회수하며 뒤로 급히 물러났다.

사내는 카이휜에게 바로 따라붙지 않았다. 그러는 대신 여전히 같은 자리에 서서 마치 흥미로운 장난감을 보듯 카이휜을 응시했다.

"인간치고 뛰어나구나. 내 군단이 지금까지 당해내지 못할 만해."

"……."

"하나 많이 지쳤구나. 아쉽다, 아쉬워."

사내는 정말로 아쉬운지 입맛을 다셨다.

"네가 멀쩡한 상태였다면 조금쯤은 더 재미있는 싸움이 되었을 텐데……."

재미. 사내는 마치 이 모든 상황이 그에게는 단순히 유희에 불과하다는 듯 말했다.

카이휜의 미간에 주름이 생겨났다. 다른 이유가 아니라, 왼팔에서 올라오기 시작한 통증 때문이었다.

손톱에 독이 발라져 있었던 것일까? 다친 왼팔이 금세 말을 듣지 않았다.

'……알 수 없군.'

여전히 지금 이 상황이 어떻게 된 건지, 확인할 방도가 없었다.

다만 한 가지는 명백했다. 고통을 포함하여 모든 감각이 지나치게 생생하다는 것. 이것이 현실이 아니라고는 차마 가정조차 해 볼 수 없을 만큼.

"전투가 끝나면 특별히 네 목을 마왕성에 당분간 장식해 주마. 어떠냐, 영광이지?"

카이휜은 묵묵히 검을 들어올렸다.

뭐가 어찌 됐든, 목숨이 걸린 전투였다. 저 사내에게 지면 죽을지도 모른다.

아니. 틀림없이 죽겠지.

"어디, 네가 얼마나 버틸지 궁금하구나!"

그러나 그렇게 확신하면서도, 이어진 사내의 공격을 막아내는 카이휜의 얼굴에선 마땅히 절실함이라고 할 만한 것을 찾아볼 수 없었다.

"……님."

"……."

"주인님!"

카이휜은 눈을 떴다. 이번에야말로, 진짜 눈을 '떴다'.

잠기운 따위 없이 선명한 시야 가운데 익숙한 얼굴이 보였다. 카이휜이 중얼거렸다.

"벤?"

"예, 주인님. 접니다."

노집사가 걱정스러운 눈치로 대답했다.

"오늘따라 이상할 만큼 늦게까지 기상하지 않으시기에……."

벤은 머뭇거리다가 물었다.

"혹 악몽을 꾸신 겁니까?"

"……악몽?"

카이휜은 멍하니 그가 들은 말을 되풀이했다.

악몽이라고? 그게, 꿈이었단 말인가? 폐허가 된 공작성에서 정체를 알 수 없는 사내와 싸웠던 일이?

카이휜이 벌떡, 몸을 일으켰다. 그가 손을 들어 자기 왼쪽 가슴을 더듬었다. 침의 대용으로 입는 얇은 셔츠 아래, 두껍게 자리 잡은 단단한 근육이 느껴졌다.

그게 전부였다. 상처도, 통증도 없었다. 분명 전투 막바지에 사내의 손톱에 심장을 꿰뚫렸는데.

카이휜이 주변을 둘러보았다. 그의 침실이었다. 부서지거나 무너진 곳 따위 없이 멀쩡한. 폐허와는 무척 거리가 먼…….

"……하."

카이휜이 낮게 탄식했다.

악몽, 그것이 악몽이었다니…….

"주인님?"

"……아무것도 아니야. 집무실로 바로 갈 테니 식사는 그리로 준비해 주게."

"알겠습니다."

벤이 순순히 고개 숙여 대답하고 침실에서 물러갔다.

카이휜은 침실에 남아, 환복하기 위해 셔츠 단추를 풀다 말고 잠시 생각에 잠겼다.

……정말 꿈이었을까? 그토록 모든 것이 생생하고, 실제 같았는데? 꿈이었다기에는…….

'……아니.'

이내 카이휜이 생각을 중단하고 셔츠 단추를 마저 풀었다.

꿈이 아니면, 그래서?

만약 그것이 현실이라고 해도…… 그것이 뭐?

카이휜은 미래인지 단순한 악몽인지 알 수 없는 꿈에서 겪은 그의 죽음을 떠올렸다. 대단히 나쁘다고 할 것은 없는 끝이었다.

카이휜은 평소와 다를 것 없는 하루를 보냈다. 무척 바빴다는 이야기다.

동이 틀 무렵에 기상해서 밤늦게 잠자리에 들었다. 주로 집무실에서 종일 업무를 처리했고, 오후에 시간이 나면 이따금 공작성 기사들의 훈련을 직접 지도했다. 잠을 줄여서 몬스터 토벌이나 영지 시찰을 나가는 날도 간혹 있었다.

그렇게 두 달이 흘렀다. 공작성에 갑자기 손님이 찾아온 것은 그때였다.

아니, 사실 손님이라고 해줄 수는 없었다. 누구도 반기지 않는 불청객이었으니까.

"비렁뱅이 노파인데요."

하인이 복도에 서서 투덜거리면서 벤에게 말을 전달했다.

"글쎄, 공작님을 만나기 전까지는 절대 돌아갈 수 없다고 우기고 있다지 뭡니까? 병사들은 왜 고작 그런 노파 하나 쫓아내지 못하는 건지…… 헉!"

하인이 말을 전하다 말고 찰나 뻣뻣하게 굳었다. 카이휜이 복도에 나타났기 때문이다. 정확히는, 복도에 나타난 카이휜의 얼굴을 무방비하게 쳐다보고 만 탓이었다. 하인은 이내 고개를 아래로 처박고 오들오들 떨기 시작했다.

카이휜은 하인의 반응에 별달리 감응을 느끼지 않았다. 익숙한 일이었다. 그는 무척 어렸을 때부터 저런 일을 겪어왔다. 타인이 그를 두려워하고, 기피하는 일.

이유는 하나였다. 카이휜의 얼굴에 있는 얼룩.

그는 태어났을 때부터 얼굴의 절반이 넘는 면적이 검은 얼룩으로 뒤덮여 있었다. 누구도 얼룩이 존재하는 이유를 몰랐다. 얼룩의 정체를 밝혀낸 사람도 없었다.

그런데 언제부터일까, 소문이 돌기 시작했다. 사실 저 얼룩은 카이휜이 악마에게 저주받은 흔적이라는 소문이. 벤은 처음 소문을 듣자마자 미친놈들이 헛소리를 한다고 길길이 날뛰었지만, 소문을 가짜라고 생각하는 사람은 공작성 내에서 오직 그 한 명뿐이었다.

카이휜은 어느새 그렇게 악마에게 저주받은 공작이 되었다. 이제 와서는 진정 아무렇지도 않게 된 일이었다.

카이휜은 하인에게서 시선을 돌려 벤을 응시했다. 꼭 필요할 때가 아니면, 카이휜은 벤을 제외한 사용인에게 길게 시선을 주지 않았다. 그것이 그를 두려워하면서도 어쨌든 성에 남아 제 할 일을 해내는 사용인들에게 카이휜이 해줄 수 있는 최대한의 배려였다.

"벤."

카이휜은 잠시 생각에 잠겼다가 말했다.

"노파를 응접실로 들여."

"……이제야, 겨우, 얼굴을 보는구려."

노파는 어딘지 지쳐 보이는 얼굴이었다. 그러나 두 눈은 형형하게 안광을 뿜어냈다.

노파는 약 한 달 전 카이휜의 앞을 가로막고 그에게 구걸했던 노파와 같은 사람이었지만, 완전히 다른 인물처럼 보였다.

카이휜은 별로 놀라지 않았다. 어쩌면 이럴 것을 짐작했는지도 모르겠다. 흑마 앞으로 뛰어든 노파를 봤을 때부터.

"나를 보고 딱히 놀라지 않는군. 그래, 당신이라면 그럴 줄 알았지."

"……."

"왜 나를 찾지 않았지?"

"찾아야 했나?"

카이휜이 되물음에 노파가 기가 막히고 황당하다는 듯 언성을 키웠다.

"찾아야 했냐고? 공작 당신, 미래를 겪지 않았나?"

미래라. 카이휜이 순순히 긍정했다.

"겪었지."

"……한 번만 겪지 않았을 텐데. 몇 번이나 겪었소?"

"열두 번."

그랬다. 처음 폐허가 된 공작성에서 정체 모를 사내와 싸우고 그에게 목숨을 잃었던 날 이후, 카이휜은 지금까지 사흘에 한 번꼴로 잠자리에서 저와 동일한 경험을 했다. 정확히 계산하면 사흘에 한 번보다 잦았다. 한 달 동안 열두 번 겪었으니.

노파가 입술을 파들파들 떨었다.

"그 미래를 열두 번이나 겪으면서…… 나를 찾을 생각이 들지 않았다고? 내가 원인이라는 것을 짐작했을 텐데?"

카이휜은 부정하지 않았다. 저 말이 옳았다. 그는 가장 처음 미래를 보았을 때부터 노파를 떠올렸다.

노파에게 무엇인가가 있구나. 의심이 아니라 확신이었다.

하지만 노파를 찾아내서 다시 만나야겠다는 생각은 딱히 들지 않았다. 왜냐면…….

잔잔한 바다 같은 카이휜의 파란 눈을 빤히 들여다보던 노파가 이내 헛웃음을 뱉었다.

"관심이 없군, 당신."

"……."

"미래가 어떤 식으로 흘러가든 상관없는 거야."

"……."

"그 끝에 설령 공작 당신의 죽음이 있다 해도! 전혀!"

"사람은 누구나 언젠가 죽는다."

카이휜이 덤덤히 말했다.

"대단한 일은 아니지."

"공작이 겪은, 그 미래 말인데……."

노파가 이마를 짚었다. 두통이 느껴진다는 듯.

"공작만 죽는 것이 아니야. 살아남는 사람이 없어. 세상이 멸망하는 미랠세."

"……."

"이래도 여전히 아무 관심이 생기지 않나? 미래를 바꿔야겠다는 마음, 들지 않아?"

"세상이 멸망한다니, 애석한 일이긴 하지만……."

말과는 달리 별로 애석하게 여기지조차 않는 기색으로 카이휀이 말했다.

"그게 세상의 운명이라면, 사람이 언젠가는 반드시 죽는 것처럼 어쩔 수 없는 일이겠지."

"미치겠군."

노파가 느닷없이 박수를 치며 웃었다. 정말 즐거워서 그러는 것이라기엔 건조하기 이를 데 없는 동작이었다.

"내가 실수했군. 내가 잘못했어."

"……."

"잘못 골랐어. 이쪽에 미래를 보여주는 것이 아니었는데!"

노파는 깊이 후회하는 듯 보였다. 자세한 배경은 알 길이 없었지만, 카이휀은 노파의 회환에 내심 동의했다. 미래를 바꿀 작정이었다면, 노파는 적어도 그가 아닌 다른 사람에게 미래를 보여주었어야 했다.

카이휀에게는 아무것도 없었다.

살고자 하는 욕망도. 세상을 지키고자 하는 사명감도.

그저 살아 있으니 살아갔다. 더해서 주어진 일이 있으니 하는 것뿐.

세상을 구하는 것은, 카이휀이 생각하기에 딱히 그에게 주어진 일이 아니었다.

"이미 거래는 끝났어. 되돌릴 수 없는데……."

"……."

"후우, 좋아. 별로 듣고 싶어 하는 기색은 아니지만, 우선 내가 해야 하는 말은 전부 해주지."

노파가 이야기를 시작했다.

"이 세상은 멸망해. 지금부터 약 19년 후에 '마왕'이 '마수'를 이끌고 세상을 침공하기 때문이지."

카이휜은 미래에서 그와 싸웠던 정체 모를 사내의 정체가 마왕이라는 걸 알게 되었다. 그러고 보니 사내가 카이휜 그의 목을 '마왕성'에 장식해 주겠다는 말을 했었지. 이제야 어렴풋이 생각이 났다. 중요한 것은 아니었다.

"세상이 멸망하는 걸 막을 방법은 단 하나. 카이휜 메이하드, 당신이 일레나 소르테와 결혼하여 미래에 마왕을 죽일 용사를 낳는 것."

카이휜의 눈이 살짝 커졌다. 뜻밖의 이야기였기 때문이다. 그러나 그뿐, 카이휜은 별달리 말을 얹지는 않았다.

노파는 기대하지도 않았다는 듯 딱히 실망하는 기색 없이 응접실 소파에서 벌떡 일어섰다. 그러더니 잠시 자리에서 머뭇거렸다.

"……이것까지 이야기하면 규율 위반인데."

"……."

"후우, 어쩔 수 없지. 실수한 대가를 치른다고 생각할 수밖에."

한숨을 내쉰 노파가 형형한 빛을 내뿜는 눈으로 카이휜을 내려다보며 말했다.

"똑똑히 잘 듣게, 공작. 20년 후 미래에는 공작의 운명을 바꾸기 위해 자신이 가진 모든 걸 내놓은 사람이 있어."

"뭐?"

카이휜이 흠칫했다. 응접실에 들어선 후 그가 처음으로 보인 동요
였다.

"아무 대가 없이 미래를 바꿀 기회를 얻을 수는 없지. 과연 누가 공작
을 위해서 그 대가를 치렀을까?"

"……."

"잘 생각해 봐…… 쿨럭!"

노파가 별안간 피를 한 움큼 토했다. 창백해진 얼굴로 비틀거린 노파
가 신경질적으로 옷소매로 입을 닦았다.

"이 육신은 너무 허약해서 탈이야. 굳이 노파일 이유가 있는 건지……."

"……."

"어쨌든 할 말 다 했으니 나는 가오. 더 궁금한 것이 생기면 다시 찾
든지."

노파는 그 말을 남기고 홀연히 응접실에서 나가 버렸다. 카이휜은 노
파가 사라지고 나서도 한동안 응접실을 지켰다.

─뭐야, 카이휜?

먼 거리에서도 상대와 실시간으로 소통할 수 있게 돕는 마법도구. 통
신구 표면에 금발 미남자의 형상이 떠올랐다.

─갑자기 연락하다니, 어쩐 일이야?

"시드리온."

카이휜은 하나뿐인 친우의 이름을 입에 담은 후, 잠시 머뭇거리다가 물었다.

"만약 19년 후에 세상이 멸망한다면, 넌 어떡할 거지?"

—뭐? 그게 무슨 소리야?

"대답해."

—이게 어디서 이상한 잡상인을 만났나…….

금발 미남자, 시드리온은 그렇게 타박하면서도 곰곰이 생각한 끝에 답을 주었다.

—세상이 멸망하면, 너도 죽어?

"뭐?"

—아니지. 안 죽는 게 더 이상한가. 좋아, 질문 바꿀게. 너 어떻게 죽어?

"그게 중요한가?"

—당연하지. 그때까지 행복하게 살다가 사랑하는 사람 곁에서 편히 눈감으면, 뭐, 그냥 넘어간다. 그런데 그게 아니면…….

시드리온의 목소리가 한결 심각하게 가라앉았다.

—너 못 죽어. 죽어도 내가 다시 살려낼 거다.

"……."

—영혼이든 뭐든 바쳐 시간을 되돌려서라도.

카이휜이 눈을 질끈 감았다가, 다시 떴다.

—그나저나 너, 대체 어디서 어떤 잡상인을 만난 거야? 미래에 세상이 멸망하는 걸 막으려면 뭘 사라든? 야, 그 잡상인 이름 대봐. 내가 아는 사기꾼일 수도…….

통신구에서 흘러나오던 목소리가 뚝 끊겼다. 빛을 잃은 통신구를 옆으로 밀어 치운 카이휜이 집무실 의자에 몸을 기댔다. 근심이 카이휜의 얼굴을 뒤덮었다.

설마. 정말이지 설마, 했다.

응접실에서 노파의 말을 듣자마자 한 사람이 떠올랐다. 그렇지만 아니었으면 했다. 저의 착각이길. 우스운 오판이고 자만이길.

부디 그랬으면 했는데…….

"……빚을 갚을 필요는 없다고 말했었는데."

카이휜은 무척 오래전 시드리온의 인생을 구했다. 시드리온은 어쩌면 현재 카이휜 덕분에 살아 있는 셈이었다. 그 사실 자체를 부정할 생각은 없었다.

하지만 맹세하건대, 보답을 받을 생각으로 그런 일을 했던 것은 절대 아니었다. 애초에 빚을 지웠다고 생각한 적도 전혀 없다. 단지 시드리온이 저 혼자서 곧잘 채무자라도 된 것처럼 행동하곤 했는데, 그러더니 결국…….

카이휜은 어두운 눈으로 꺼진 통신구를 응시했다.

그는 한 가지 가설을 세웠다. 아니, 말이 가설이지 사실은 진실이라고 단정하고 있었다.

우선 카이휜이 겪었던 장면은 아직 일어나지 않은 미래가 아니다. 이미 '일어났던' 일이다.

그러나 미래에서 시간이 돌아가 현재가 되었고……. 그 바탕에 존재하는 건, 매우 높은 확률로, 몇백 년에 한 번 태어날까 말까 한 천재 마법사라고 불리는 시드리온의 희생.

정말 영혼씩이나 바쳤는지는 알 수 없다. 어쨌든 희생했다. 그것이 중요했다.

카이휜이 곤혹스럽게 신음했다.

이제 부채감은 누구의 몫이 된 것인지…….

한참 묵묵히 고민하던 카이휜이 이윽고 집무실로 사람을 불렀다. 그의 머릿속에 노파가 들려주었던 이야기가 떠올랐다.

세상이 멸망하는 걸 막을 수 있는 유일한 방법.

"지금 당장 소르테 백작가에…….

카이휜은 소르테 백작가에서 도착한 답신을 펼쳐서 읽고 뻣뻣하게 굳었다.

일주일 전, 카이휜은 일레나 소르테를 아내로 맞이하고 싶다는 내용의 청혼서를 작성해 소르테 백작가로 전했다. 그리고 정확히 일주일 만에 답을 받았는데…….

거절. 그것도 무척 단호한 거절이었다. 재고할 의사 따위는 존재하지 않는다는 듯.

'왜?'

카이휜은 자기도 모르게 그렇게 생각했다.

그는 일레나 소르테와 혼인하는 대가로 청혼서에 꽤 파격적인 조건을 적어 보냈다. 황금으로 따지면, 마차 한 대에 금을 꽉 채워 나르는 수준이었다. 절대 모자랄 리 없는 조건이라고 생각했는데…….

카이휜은 고심하다가 청혼서를 다시 작성했다. 이번에는 꽤 파격적인 조건이 아니라, 매우 파격적인 조건을 제시했다.

또 거절당했다.

심지어 두 번째로 도착한 거절 답신은 몹시 분노에 차 있었다.

[가아아암히 내 따아아알을! 돈으로! 사려고 하다니! 이 쓰레기이이이이!!]

……라고 적혀 있는 것은 당연히 아니었지만, 카이휜은 어쩐지 그러한 환청이 들리는 것 같았다.

당혹스러웠다. 분명 그랬다.

일레나 소르테가 소르테 백작가에서 사랑받는 막내딸이라는 건 알고 있었다. 첫 번째 청혼서를 보내고 답을 기다리는 동안 따로 조사했으니까.

그러나 귀족가의 모든 사랑받는 막내딸은 결혼을 한다. 게다가 오히려 사랑하는 만큼 더 '조건'을 따져서 시집보내는 경우가 많았다. 장성한 자녀를 둔 늙은 귀족 중에는 재력 있는 남편을 만나 풍족하게 사는 것이 여자의 행복이라고 믿는 치들이 여전히 꽤 있었으니까.

그런 점에서 카이휜은 최고의 남편감이었다. 그는 돈이 많았다. 많아도 너무 많았다.

메이하드 공작가 자체가 원래도 돈이 없는 편은 아니었지만, 카이휜이 공작이 된 후로는 가산이 그야말로 미친 듯이 불어났다. 카이휜이 달리 할 것이 없어서 매일 일만 해 이루어낸 결실이었다.

……그런데 설마 결과가 이럴 줄은.

소르테 백작이 보낸 답서를 내려놓은 카이휜이 신음했다.

난감했다. 세 번째 청혼서를 보내는 건 역효과겠지. 이미 두 번째 청혼서를 보낸 시점에서 미운털이 단단히 박혀 버린 듯했다.

카이휜은 고뇌에 잠겼다. 일레나를 아내로 맞이할 방법이 전혀 없는 것은 아니었다. 정 안 되면 직접 찾아가서 그가 아는 사실을 전부 밝히는 방법도 있었다.

미래에 세상이 멸망할 것이라는 것, 그걸 막기 위해서는 일레나와 그가 혼인하여 용사를 낳아야 한다는 것…… 뭐, 그런 내용들.

쉽게 믿어주지 않겠지만, 믿을 때까지 설득하면 어떻게든 되지 않겠는가. 그렇게 해서 결과적으로 일레나를 아내로 들여, 아이만 하나 낳는다면…….

'잠깐.'

카이휜이 멈칫했다. 뒤늦게 어떤, 한 가지 의심이 들었다. 왜 이제야 떠올랐나 싶은 의심이었다.

카이휜이 급히 하인을 호출했다.

"사람을 찾아."

"피를 본 보람이 아주 없지는 않군."

응접실에 다시 앉은 노파가 느긋하게 중얼거렸다.

"그새 공작에게 세상을 구할 마음이 아주 조금쯤은 생긴 것 같으니 말이야."

아주 조금쯤.

카이휜은 반박하지 않았다. 어쩌면 저 표현이 정확했다.

그에게는 여전히 살고자 하는 마음도, 세상을 지키고자 하는 거룩한 마음도 없었다. 단지 친우의 희생을 아무 의미 없는 헛짓으로 만드는 건 도리가 아니라는 생각을 했다. 그뿐이었다.

"뭐, 좋아. 그래서 뭐가 궁금해 나를 찾으셨소? 사실 필요한 건 지난 번에 다 말해주었을 텐데."

"용사가 태어나는 것 말인데."

카이휜은 의심하고 있던 내용을 단도직입적으로 질문했다.

"정말 나와 일레나 소르테가 아이를 낳기만 하면 되는 건가? 다른 조건이 필요하지는 않고?"

"그야 당연히 아이를 낳으면…… 아."

순간 노파가 멈칫했다.

이내 카이휜의 의심이 현실로 변했다.

"내가 이 말을 해주는 걸 깜박했군. 몸만 통해서는 아이가 생기지 않아. 몸과 마음이 전부 통해야만 아이가 들어설 걸세."

"……뭐?"

"두 사람 사이의 사랑이 필요해. 용사가 탄생하기 위한 조건은 그것이네."

카이휜이 굳었다. 시드리온의 희생을 짐작했을 때보다 더.

소르테 백작가로부터 청혼을 두 번이나 거절당했을 때보다 더.

마치 석상처럼.

"행운을 비오, 공작."

어떻게 이럴 수가.

이럴 줄 알았지.

카이휜은 상반된 두 가지 생각을 동시에 했다.

카이휜이 노파를 찾아 용사가 태어나는 조건을 다시 한번 확인했던 건, 불안함 때문이었다. 그 불안은 다름 아닌 카이휜이 살아온 지난 삶에서 기인한 것이었다.

그는 단 한 번도 삶이 '쉬웠던' 적이 없었다. 공작가의 장자로 태어났지만, 얼룩 또한 타고났기 때문일까.

카이휜은 태어난 이래 줄곧 칼날이 섞인 가시밭길을 헤치는 심경으로 살아왔다. 그래서 세상을 구하는 방법을 재차 떠올렸을 때, 뒤늦게 위화감을 느꼈다.

이렇게 쉽다고? 다른 사람도 아닌 '그가' 세상을 구하는 일인데······. 이토록 방법이 간단해도 되나?

뭔가 이상하다고 생각했다. 분명 그가 모르는 어떤 문제가 있지 않을까 의심했다.

그리고 아니나 다를까······.

"벤."

"예?"

"불가능한 일을 해내겠다고 시도하는 것에 대해, 어떻게 생각하나?"

벤은 카이휜의 말에 자기도 모르게 막 공작의 책상에 내려놓은 서류 뭉치를 응시했다.

'너무 많나?'

아니, 하지만 이 정도는 원래 매일 처리하시던 양인데······. 심지어 주인의 건강을 걱정한 그가 제발 업무량 좀 줄이라고 사정해도 들은 척도 하지 않으셨고······.

벤은 의아해하다가 일단 대답했다.

"제 생각에는······ 우선 시도해 보기 전에는 알 수 없다고 생각합니다.

그것이 정말 불가능한 일인지, 아닌지."

"……."

"어디까지나 이 노부의 사건이 그렇다는 겁니다만."

"도움이 됐어. 고맙네, 벤."

카이휜이 그러곤 작게 혼잣말을 덧붙였다.

"……하긴, 나중에 변명할 말이라도 필요하겠지."

이내 카이휜의 시선이 벤이 책상에 내려놓은 산더미 같은 서류 뭉치에 닿았다. 카이휜이 입을 열었다.

"일을 줄이지. 자리를 오래 비워야겠네."

"델!"

일레나는 화가 머리끝까지 올랐다. 그건, 전부, 지금 그녀의 눈앞에 있는, 이 오렌지색 머리카락 친구 때문이었다!

"델 몬트리아, 지금 장난해?"

"일레나! 왔어?"

일레나를 발견한 몬트리아 영애가 흠칫 놀란 표정을 지었다가 이내 배시시 웃었다.

"어떻게 된 거야? 이번 생일 파티는 분명히 네 저택에서 하겠다고 했 잖아."

"음, 그게……."

"그래서 꼭 참석하겠다고 약속했던 건데!"

"일레나, 내 말 좀 들어봐. 다 사정이 있었어."

몬트리아 영애가 일레나에게 팔짱을 끼고 사정을 늘어놓기 시작했다.

"실은 얼마 전에 저택 연회 홀 난간에 문제가 생긴 거 있지? 그걸 보수하느라고 당분간 연회 홀을 폐쇄하게 되어서……."

"그럼 수도에 있는 다른 저택을 빌리면 되잖아."

일레나는 화를 꾹꾹 눌러 참으면서 대답했다.

"이런 산속 별장으로 사람을 부를 게 아니라!"

그렇다. 몬트리아 영애의 열아홉 번째 생일 파티가 열린 장소는 그야말로 '산속' 별장이라는 표현이 어울렸다.

경치는 더없이 좋았지만, 그뿐. 여기까지 오느라 수도 중심가에서 대체 몇 시간이나 마차를 타야 했는지!

실력 좋은 마부가 이끄는 고급 마차를 탔는데도 엉덩이가 욱신거리는 착각이 들었다.

몬트리아 영애가 애교 넘치게 웃으면서 일레나에게 친밀하게 달라붙었다.

"이잉, 일레나. 내 생일 파티잖아. 남의 공간이 아닌 내 장소에서 하고 싶었단 말이야."

"……."

"이 별장은 내 개인 소유니까."

"그래, 델. 어쨌든 참석하겠다는 약속은 지켰으니, 이만 돌아갈게."

"미안해! 정말 미안해, 일레나! 다신 안 그럴 테니 가지마!"

몬트리아 영애가 필사적으로 일레나에게 매달렸다.

"……왜 이래?"

"왜긴! 너를 사랑하니까 이러지! 기껏 여기까지 와줬는데, 이대로 돌아가면 너무 아깝잖아. 오느라 고생만 실컷 하고, 와서 즐기지도 못하고. 그게 뭐니?"

"……."

"이왕 온 거, 경치 좋은 곳에서 며칠 푹 쉬다가 가. 모처럼 바람 쐰다고 생각하고, 응?"

"……하아."

일레나가 마지못해 한숨을 내쉬었다. 사실 그녀도 바로 돌아가는 건 왠지 손해 보는 느낌이라는 생각을 하고 있던 차였다.

"오늘은 머무를게."

"잘 생각했어! 파티가 끝날 때까지 머물러도 좋아. 일주일 동안 할 거야."

"그건 너무 길어."

그렇게 대답한 일레나는 마침 목이 말라져 지나가는 하인에게 오렌지 주스를 가져다달라고 부탁했다. 왜인지 친구인 몬트리아 영애만 만나면 오렌지 주스가 생각이 나곤 했다.

"그나저나 델, 저건 뭐야?"

"응? 저거라니?"

"가면 말이야."

별장의 연회 홀을 둘러보던 고개를 살짝 기웃거렸다. 이제 보니 연회 홀을 채운 사람 중 상당수가 가면을 쓰고 있었다.

심지어……

"남자만 쓰고 있네."

"아아. 실은, 이번 내 생일 파티에 참석하는 남자는 전부 가면을 착용해야 해. 규칙이야."

"뭐? 왜?"

"재미있잖아."

거짓말이다.

몬트리아 영애는 사실 얼마 전 익명의 편지를 전달받았다. 내용은 단순했다. 이번 생일 파티 때 남자에 한정해도 좋으니, 가면무도회를 열어달라는 것.

말로만 하는 부탁이 아니었다. 편지는 커다란 다이아몬드와 함께 도착했다.

'최상등급 다이아몬드였지.'

저택에 모셔둔 다이아몬드를 떠올린 몬트리아 영애가 슬쩍 뺨을 붉혔다. 떠올리기만 해도 가슴이 저절로 뛸 만큼 아름다운 크기, 모양, 빛깔이었다.

그야말로 완벽했다!

'대체 누가 그 다이아몬드를 보냈을까? 우선 내게 관심이 있는 남자라는 건 확실해.'

최상등급 다이아몬드는 고작 가면무도회를 열어달라는 간단한 부탁을 들어주는 대가라기에는 지나치게 고가의 물건이었다. 다이아몬드를 보낸 것에는 분명 저의 환심을 사려는 목적도 있을 테지. 몬트리아 영애는 확신했다.

'……일레나는 왜 불러달라고 한 건지 잘 모르겠지만.'

몬트리아 영애가 문득 생각했다.

편지에 담겨 있던 부탁은 정확히 말하면 두 개였다. 다름 아닌 '일레나 소르테'를 며칠간 파티에 참석하게 해달라는 요청이 같이 적혀 있었으니까.

'일단 일레나를 일부러 먼 별장까지 부르기는 했는데…….'

일레나를 며칠씩 파티에 참석하게 하는 방법은 그것뿐이라고 생각했다.

'흠, 겸사겸사 친구의 부탁을 들어준 것일지도······.'

최상급 다이아몬드를 보낸 남자와 그 남자의 친구.

'아마 둘 다 엄청 못생겼겠지. 그러니까 가면무도회를 열어달라고 한 걸 거야. 그 틈을 타서 얼굴을 가리고 나와 일레나에게 접근하려고!'

우습고 괘씸한 수작이었지만, 다이아몬드를 떠올리니 또 저절로 마음이 풀어졌다.

'한 번쯤은 만나줄까? 어쨌든 돈은 제법 많을 테니까. 끼리끼리라는데, 어쩌면 그 남자뿐 아니라 그 남자의 친구도······.'

그런 생각을 하다 들뜬 몬트리아 영애가 옆에 있던 일레나를 확 잡아당겼다.

"일레나, 이번 파티에서 말인데―"

혹여 네게 접근하는 남자가 있거든 바로 퇴짜 놓지 말고 재산을 살펴봐.

······라고 말하려 했던 몬트리아 영애가 뜻을 이루지 못하고 멈칫하더니 이어 버벅거렸다.

"어, 어머. 일레나, 어떡해."

그녀가 일레나의 팔을 갑자기 잡아당기는 바람에, 일레나가 들고 있던 잔에서 오렌지 주스가 넘쳤기 때문이다.

일레나는 주스 때문에 더러워진 제 드레스를 흘끗 쳐다보곤 담담히 입을 열었다.

"괜찮아. 갈아입을 옷이나 좀 빌려줄래?"

"당연히 그래야지! 복도로 나가서 아무 하녀나 잡고 드레스 룸으로 안내해 달라고 해. 진짜 미안해, 일레나."

"아냐."

일레나는 태연한 얼굴로 연회 홀에서 빠져나왔다. 덤덤한 척하는 것이 아니라, 일레나는 정말 별로 놀라지 않았다. 왜냐면 이런 적이 한두 번이 아니었으니까.

'저 옆에서 주스를 마실 생각을 했던 내가 잘못했지.'

마차를 오래 타서 그랬나, 목이 너무 말랐던 바람에…….

"저기."

"예, 예? 저요?"

"응. 보다시피 내 옷이 더러워져서 그런데, 드레스 룸으로 데려다줄래?"

"아아! 네, 네. 알겠습니다. 저를 따, 따라오세요."

일레나에게 지목당한 어린 하녀는 지나치게 긴장한 기색이었다. 하지만 일레나는 별로 신경 쓰지 않았다. 긴장하면 어떤가. 일만 제대로 하면 그뿐이다. 일레나가 지시한 일은 그리 어려운 것도 아니었다.

고작 드레스 룸으로 안내해 주는 것뿐인데. 설마 길을 잃기야 하겠어?

"꺄아악!"

잃었다.

정확히는, 방을 잘못 찾았다.

여기가 드레스 룸이 틀림없다고 말하며 단단히 닫힌 방의 문을 열어젖힌 하녀는, 이내 귀가 따갑게 비명을 질렀다. 일레나는 멍하니 서서 정면을 응시했다.

객실 안쪽. 옷을 갈아입던 중이었을까. 윗옷을 입지 않고 상반신을 드러낸 남자의 가슴과 눈이 마주쳤다.

……아니, 가슴과 눈이 마주치는 건 사실 불가능하지.

그런데 그런 느낌이 들었다. 그 정도로 강렬한 사내의 맨가슴이 일레나의 시야 중앙을 차지했다.

"……문을, 닫아주겠나?"

"죄송합니다! 죄송합니다!"

하녀는 미친 듯이 허리를 연달아 굽히며 사과하고 문을 쾅 닫았다. 일레나의 시야에서 가슴이 사라졌다. 일레나는 자기도 모르게 아쉽다고 생각했다가 정신을 차렸다.

"이쪽이 아니었어요. 으흑, 이, 이쪽으로……."

하녀는 길을 모르는 것이 아니라, 단순히 방을 착각했던 것뿐인 모양이었다. 일레나를 제대로 된 드레스 룸으로 안내한 뒤 어린 하녀는 훌쩍훌쩍 울었다. 일레나는 조금 당황해서 하녀를 달래주었다.

"울지 말렴. 별일 아니었으니까."

사실 별일이었지만…….

그것도 무척…….

하지만 울 정도의 일은 아니었다. 하녀는 일레나가 달래주자 금세 울음을 그쳤다.

"감사해요. 훌쩍, 환복을 도와드릴게요."

"그래."

하녀는 제법 능숙하게 옷시중을 들었다. 이건 의외였다. 옷시중을 들며 긴장이 풀렸는지 하녀가 조잘거렸다.

"저, 아까는 정말 놀라셨죠? 저도 깜짝 놀랐어요. 태어나서 처음 봤거든요."

하녀가 무슨 말을 하려는 것인지 알 것 같아서 일레나는 내심 고개를 주억거렸다.

"그런 엄청난……."

그래, 엄청난 가슴―

"흉터는……."

"응? 흉터?"

"혹시 못 보셨어요?"

하녀가 순진무구하게 눈을 깜박거렸다.

"어깨에 화상 흉터가 있었잖아요."

"……그랬나?"

일레나가 기억을 더듬었다. 그러나 떠오르는 것은 여전히 남자의 가슴뿐이었다.

대단한 가슴. 그걸 대단하다고 표현하는 것이 맞는지는 모르겠지만.

하녀가 말을 이었다.

"못 보셨구나. 다행이에요. 엄청 징그러웠거든요!"

"……징그러워?"

"네에, 얼마나 심했는지, 꿈에 나올까 봐 무서워서……."

"얘."

일레나는 하녀를 부르고 나서야 하녀의 이름을 모른다는 걸 깨달았다. 별로 궁금하지는 않았다.

"이만 나가봐."

"네? 하지만 드레스 끈을 아직 다 못 묶었는데……."

"내가 할 테니, 나가렴."

"……네."

하녀는 일레나의 단호한 표정을 살피다가 이윽고 순순히 드레스 룸에서 퇴장했다. 일레나는 하녀를 내쫓자마자 후회했다.

'내가 왜 그랬지?'

전신 거울에 몸을 비춰보았다. 혼자서 드레스 어깨끈을 마저 묶는 건 그리 쉬운 작업이 아닐 것 같았다.

'그렇지만 갑자기 얼굴을 보기 싫어지는 바람에⋯⋯.'

왜 난데없이 이름도 모르는 어린 하녀가 밉게 느껴졌을까. 알 수 없는 노릇이었다.

일레나는 거울을 보며 혼자서 어깨의 드레스 끈을 묶기 위해 한참 끙끙거렸다.

겨우 연회 홀로 복귀한 일레나가 그녀도 모르게 자꾸 주변을 둘러보았다. 일레나의 시선이 바삐 움직이는 걸 주시하던 몬트리아 영애가 불쑥 물었다.

"누구 찾아?"

"⋯⋯아니?"

일레나는 반사적으로 대답했다. 몬트리아 영애가 의미심장하게 웃었다.

"누구 찾는 것 같은데⋯⋯."

"아니라니까."

"알겠다."

일레나가 저도 모르게 긴장하는 순간 몬트리아 영애가 말했다.

"일레나, 너도 드디어 연애할 마음이 생긴 거구나?"

"뭐?"

"잘 생각했어. 언제까지 고작 일주일 만났던 그 쭉정이를 네 처음이자 마지막 남자 친구로 둘 생각이니?"

몬트리아 영애가 일레나에게 바짝 붙어 서서 일레나의 어깨를 툭 건드렸다.

"자아, 나한테 맡겨. 내가 여기서 네게 어울릴 법한 진정한 사내를 골라줄게."

"무슨 소리를……."

"저 남자는 어때?"

몬트리아 영애가 부채 끝으로 한 남자를 가리켰다. 일레나의 시선이 무심코 그리로 이동했다.

"가슴이 대단히 크지? 옷을 입고 있지만 내 눈은 못 속여. 자고로 진정한 사내란 가슴이 커야……."

"별로 안 큰데."

"뭐?"

"아니, 아무것도 아니야. 그냥, 별로라고."

"그래? 흠, 그렇다면 저기 저 남자는 어때?"

몬트리아 영애의 부채 끝이 다른 남자를 가리켰다.

"키가 워낙 커서 기둥 같지 않니? 가슴이 큰 것도 중요하지만, 역시 남자는 키가……."

"저것보다 더 컸는데……."

"뭐라고?"

"나, 바람 좀 쐐야겠어."

일레나가 대뜸 말했다. 그러곤 붙잡을 새도 없이 가까운 테라스로 직행했다.

일레나는 테라스로 들어가 문을 닫자마자 난간에 매달렸다.

'나, 왜 이러는 거지?'

아까부터 좀 이상했다. 분명하게 말할 수 있었다.

'어째서 계속 그 남자가…….'

……떠오르는 걸까.

일레나는 하녀와 함께 잘못 들어선 객실에서 우연히 마주쳤던 남자를 생각했다.

남자의 가슴.

……만 기억하고 있다고 생각했는데, 차근차근 회상했더니 의외로 더 떠오르는 것이 몇 가지 더 있었다.

이를테면 남자가 썼던 가면. 흰색이었다. 아무런 무늬도 없었지. 남들이 이런 파티에서 으레 쓰곤 하는 반 가면이 아니라, 얼굴 대부분을 가리는 디자인이었다. 턱만 조금 드러난 정도?

다음으로 신장. 남자는 가슴만 큰 것이 아니라, 키도 무척 컸다. 기둥이라는 표현은 확실히 몬트리아 영애가 지목했던 이보다는 그 남자에게 좀 더 적합했다.

'그리고 또…….'

눈동자 색을 봤던 것 같기도 하고…….

그때였다.

"소르테 영애."

등 뒤에서 갑자기 들린 목소리에 일레나는 소스라치게 놀랐다.

얼마나 놀랐는지, 그만 발이 미끄러졌다.

'어?'

난간에 아슬아슬하게 기대고 있던 몸이 난간 바깥쪽으로 확 기울었다.

큰일 났다. 여기가 몇 층이더라? 떨어진다고 해서 죽을 만한 높이는 아니었던 것 같지만, 그래도 다치면 아프…….

"……!"

일레나는 반사적으로 질끈 감았던 눈을 다시 떴다.

일레나의 몸은 난간 밖으로 떨어지지 않았다. 그러기 전에 그녀를 붙잡아준 손이 있었다.

"……괜찮습니까?"

난간 안쪽에 제대로 다시 선 일레나가 멍하니 고개를 들었다. 조금 들었더니 상대의 얼굴이 보이지 않았다.

좀 더, 이것보다 더…….

이윽고 일레나의 눈이 커다랗게 변했다.

끝났다.

몬트리아 영애의 개인소유 별장 객실에서 하인의 실수로 물에 젖은 옷을 갈아입다가, 거짓말처럼 일레나 소르테와 마주쳤을 때.

"죄송합니다, 죄송합니다!"

굳게 닫히는 문을 보며, 카이휜은 모든 것이 끝났다고 직감했다.

흉터를 보았을 것이다. 그의 어깨를 덮은, 크고 끔찍한 흉터를.

'대화를 나눌 기회조차 주어지지 않겠군.'

지방의 작은 성 하나를 매입할 수 있는 값의 다이아몬드를 바쳐 얻어낸 기회치고는 꽤 허무하게 날려 버렸다.

카이휜은 느린 동작으로 새 셔츠를 몸에 걸치고 천천히 단추를 채우면서 그렇게 생각했다.

그는 일레나가 파티에서 그를 피할 것이라고 확신했다. 카이휜의 눈에는 익숙한 흉터였지만, 다른 사람에게는 그렇지 않을 것이다. 실제로 카이휜은 그의 흉터를 본 하녀의 얼굴이 하얗게 질리는 것을 확인했다.

일레나 소르테의 표정은, 글쎄……. 하녀의 뒤쪽에 있었고 너무 잠깐이라 자세히 살피지는 못했지만, 어쨌든 놀란 것처럼 보였다.

카이휜은 별장을 떠나 바로 공작성으로 돌아가려 했다. 불운이 겹치는 바람에 생각보다 다소 이르게 결말이 나긴 했지만, 늦든 빠르든 어차피 결과적으론 이렇게 될 일이었다. 차라리 더 이상의 시간 낭비, 헛수고를 하지 않게 되어 다행일지 모른다.

카이휜은 그처럼 생각하며 객실을 나서려다…….

"……."

멈칫했다.

왜일까. 이대로 돌아가자니, 이상하게도 망설여졌다.

'……이걸로는 변명거리가 부족하기 때문인가.'

최선을 다했지만 안 되었다고 말하기에는, 아직 딱히 그 정도로 뭔가 하지 않았기 때문인가. 하지만 뭔가 하려고 해도, 일레나가 그의 흉터를 목격해 버린 이상…….

'아.'

카이휜이 얼굴에 착용한 가면을 더듬었다.

그러고 보니, 그가 일레나에게 보여준 것은 흉터와 가면뿐이다. 흉터
는 옷을 입으면 가려지니 상관없고, 가면은…….

'……새것으로 바꾼다면.'

그럼, 파티에서 다시 마주쳤을 때 일레나가 그를 못 알아보지 않을까.

카이휜은 갈등하다가 복도로 나섰고, 가까이 있던 하인에게 혹시 별
장에 여분의 가면이 구비되어 있는지 물었다.

다행인지 불행인지. 그렇다는 답변이 돌아왔다.

카이휜은 마지막으로 한 번 더 망설인 다음 말했다.

"그럼……."

"실례합니다."

몬트리아 영애는 샴페인을 홀짝거리다가 뒤로 돌았다. 이 근사한 목
소리의 주인은…….

"아."

상대를 확인한 몬트리아 영애가 난감한 듯 웃었다. 그녀가 부리는 하
인이 실수로 화병의 물을 끼얹었던, 이름 모를 사내였다.

"저, 아까는 정말 죄송했어요."

"아닙니다."

"새 셔츠는 잘 맞으시나요?"

몬트리아 영애는 질문하자마자 속으로 자답했다.

안 맞네. 누가 봐도 작았다.

'저게 제일 큰 건데……'

"……네, 잘 맞습니다."

사내는 선의의 거짓말을 할 줄 아는 사람이었다. 몬트리아 영애가 품은 미안함이 한결 커졌다.

"그나저나 제겐 어떤 용무가 있으신 건지……."

"……혹시."

사내는 잠시 주저한 끝에 말을 꺼냈다.

"일레나 소르테 영애께서 이 파티에 참석하지 않았는지……."

"아, 일레나요?"

몬트리아 영애의 시선이 사내의 전신을 순식간에 훑었다.

'일레나에게 마음이 있는 남자인가?'

가슴도 키도 이만하면 나쁘지는 않은, 아니, 사실 무척이나 훌륭하긴 한데.

그 순간 몬트리아 영애가 금방이라도 터져 버릴 것 같은 사내의 셔츠에 시선을 주었다.

에라, 모르겠다. 이렇게라도 이 무거운 죄책감을 덜 수 있다면.

"……저쪽 테라스로 가보시겠어요?"

"내가 놀라게 한 모양입니다. 미안합니다."

카이휜이 솔직하게 사과했다. 몇 번이나 노크했는데, 기다려도 답이 돌아오지 않아서 혹시 테라스를 착각한 건가 하고 문을 열었더니…….

일레나가 테라스 난간 밖으로 떨어질 뻔했을 때, 카이휜의 심장 또한 떨어질 뻔했다. 왜 그렇게 놀랐는지는 알 수 없었다.

"……소르테 영애?"

일레나가 눈을 깜박거렸다. 그녀는 제 앞에 기둥처럼 우뚝 선 카이휜을 보자마자 생각했다.

그 남자다. 조금 전까지 머리에서 아른거렸던 그 남자. 하녀가 잘못 안내한 객실에서 마주쳤던…….

아까와 달리─당연하겠지만─옷을 입었고 얼굴에 쓴 가면도 달라지긴 했다. 하지만 첫눈에 바로 그 남자라는 걸 알아볼 수 있었다. 틀림없었다. 그리고…….

"……흡."

일레나가 고개를 숙였다.

설마 우는 건가? 놀라서? 난간 아래로 떨어질 뻔해서?

카이휜이 굳는 찰나 일레나가 다시 고개를 획 들었다.

"아하하하!"

우는 게 아니라, 웃는다.

일레나는 어깨를 들썩거리면서 웃음을 터뜨렸다. 한참을 그렇게 웃은 후, 의아한 기색을 감추지 못하는 카이휜에게 일레나가 말했다.

"아, 저기, 갑자기 웃어서 미안해요. 하지만 당신 가면이 너무……."

"……내 가면이요?"

"고르면서 이상하다는 생각, 안 했어요?"

카이휜이 주저하다 답했다.

"못 했습니다."

"그렇구나. 아니, 귀여워요. 귀여운데……."

다시 웃음이 터질 것 같아서 일레나가 입술을 깨물었다. 카이휜은 토끼 귀가 달린 연분홍색 가면을 쓰고 나타났다.

토끼 귀! 연분홍색!

대체 어디서 저런 가면을 구했을까?

'양심도 없지.'

저 덩치에 저런 가면을 쓸 생각을 한 상대나, 상대가 저 가면을 골랐다고 해서 곧이곧대로 그걸 상대에게 넘겨준 사람이나. 양심이 없는 사람이 둘이나 있었다.

일레나는 뒤늦게 자기가 너무 실컷 웃었다는 걸 떠올리곤 헛기침했다.

"큼, 아니에요. 오해하지 말아요. 내가 원래 귀여운 가면만 보면 웃음이 나서."

특별히 진실을 감추고 선의의 거짓말을 꺼냈다.

"정말이에요."

"……네."

카이휜은 일레나가 단순히 그런 이유로 웃었던 게 아니라는 걸 알아차렸다. 그래서 차마 말하지 못했다. 이 가면이 당신을 닮은 것 같아서 골랐다고는.

일레나는 분홍색 눈을 깜박거리면서 카이휜을 올려다보았다.

"그런데 왜 이 테라스에 들어왔어요? 혹시 일부러 나를 찾아온 거예요?"

그녀는 테라스에 들어선 카이휜이 그녀의 이름을 불렀던 것을 떠올렸다. 정확히는 '소르테 영애'라고.

카이휜이 잠시 뜸을 들이다 답했다.

"그렇습니다. 혹시 불쾌했다면……."

"아뇨, 별로 불쾌하지 않아요."

카이훤이 사과하기 전에 일레나가 그의 말을 끊어냈다. 불쾌하기는커녕 일레나는 기분이 좋아진 상태였다.

찾았다. 드디어.

……아니, 잠깐. 찾았다고?

일레나는 머리를 점령한 생각에 잠시 당황했다.

'아, 그렇구나. 나는 이 남자를 다시 만나고 싶었던 거야.'

그런데 왜? 만나서 뭘 할 작정으로?

일레나는 고민하다가 일단 궁금한 걸 질문했다.

"왜 날 찾아왔어요?"

"……만나고 싶다고 생각했습니다."

"왜요?"

"예전에…… 먼발치서 우연히 본 적이 있습니다. 그때 이후로 가까이서 보고 싶다는 생각을…… 줄곧 품고 있었습니다."

"그렇구나."

일레나는 고개를 끄덕거렸다. 그녀는 카이훤이 하는 말을 의심 없이 믿었다. 그도 그럴 게, 딱히 이런 경험이 처음이 아니었기 때문이다.

일레나는 예뻤다. 달을 조각내어 뿌린 것 같은 눈부신 은발에, 봄을 연상시키는 따뜻한 분홍색 눈동자. 가는 곳마다 사내들의 추파가 당연한 듯이 따라붙었다.

'이번에는 전혀 기분 나쁘지 않네.'

일레나는 사내들의 일방적인 관심을 싫어하는 편이었다. 모든 사내가 일레나가 거절했을 때 순순히 물러서는 것은 아니었으니까.

신사처럼 행동하면서 일레나의 비위를 맞추려 들 때는 언제고, 그녀에게 거절당하는 순간 짐승처럼 화를 내며 무섭게 일레나를 위협했다.

그런 경험을 몇 번 하고 나자, 일레나는 남자들이 그녀에게 품는 관심 자체가 그다지 달갑지 않게 되었다.

뭐, 아직 느낌에 불과하지만, 이 남자는 고작 마음을 거절당한 걸로 돌변하는 그런 부류는 아닐 것 같긴 한데…….

일레나는 카이휜의 겉모습을 신중하게 살폈다. 그러다가 문득 발견했다. 상대의 외모 중에서, 그녀의 마음에 쏙 들어오는 부분을.

'눈동자.'

일레나는 감탄을 삼켰다.

'파란색이잖아.'

일레나는 파란색 눈을 좋아했다. 바다를 품은 눈.

만개했다가도 특정 시기가 지나면 져버리는 꽃과 달리, 바람이 차가워지면 잎을 떨어뜨리는 나무와 달리. 바다는 변하지 않는다. 그 점이 근사하다고 항상 생각했다.

일레나는 카이휜의 눈을 들여다보며 자기도 모르게 웃었다. 카이휜이 움찔했다.

"내 이름은 이미 알고 있을 테고, 당신은 이름이 뭐예요?"

"카……."

무심코 입을 벌렸던 카이휜이 멈칫했다.

"……드입니다."

일레나가 눈을 끔벅거렸다.

"카드? 이름이 카드예요?"

"……예."

"처음 듣는데."

"애칭…… 입니다."

카이휜은 혀를 깨물고 싶었다.

하필. 이런 바보 같은 애칭이라니.

무의식중에 본명으로 대답하려다가, 흠칫 놀라 뒤늦게 그의 이름 중 가장 마지막 글자를 갖다 붙였다. 그랬더니 저 꼴이 되고 말았다.

"애칭이 꽤 특이하네요."

"……."

"좋아요, 카드. 당신이 애칭을 알려줬으니, 나도 카드가 날 이름으로 부르는 걸 허락해 줄게요."

일레나가 일견 장난스럽게 말했다.

이름.

카이휜은 언뜻 목이 살짝 막혀왔다. 이유는 알 수 없었다.

"……네, 일레나 양."

"카드는 왜 이 파티에 참석했어요? 아, 아니다. 나를 보러 왔다고 했지."

"……."

"음, 어때요? 나를 가까이에서 보니까? 생각했던 것과 같아요, 달라요?"

"다릅니다."

거의 반사적으로 그렇게 말해놓고 카이휜이 주저하다가 덧붙였다.

"……훨씬 좋은 사람인 것 같습니다. 일레나 양은."

"그래요? 이전까지는 나를 대체 어떻게 생각했길래."

일레나는 난간에 다시 기대면서 내심 스스로 답을 내렸다.

냉정한 여자라고 생각하지 않았을까? 남자에게는 눈길도 주지 않는, 무척 차갑고 도도한…….

'사람에 따라 아주 틀린 말은 아니긴 한데.'

일레나가 그렇게 생각할 때였다. 돌연 바람이 불었고, 시원해서 좋다고 느낀 순간.

"웅?"

스르륵— 하고 웬 끈 따위의 매듭이 풀어지는 미세한 소리와 함께 왼쪽 어깨와 가슴이 갑자기 허전해졌다. 아까 혼자 애써 묶었던 매듭이 풀린 모양이었다. 가면 사이로 드러난 카이훤의 눈이 순식간에 커졌다.

"어라."

일레나가 작게 중얼거리는 찰나, 카이훤이 황급히 돌아섰다.

"못 봤습니다. 아무것도."

그런 말을 하기에는 살짝 늦게 뒤돈 감이 있지 않나…….

일레나가 카이훤의 넓은 등을 빤히 주시하다가 말했다.

"거짓말. 봤잖아요."

카이훤의 등이 벼락이라도 맞은 것처럼 크게 들썩였다.

재밌다. 일레나는 무심결에 그처럼 생각했다.

장난기가 샘솟았다. 일레나는 태연한 표정을 하고 뻔뻔하게 입으로만 훌쩍거렸다.

"흑, 어떡하지. 처음 만난 사람한테 이런 모습을 보이다니……."

"미, 미안합니다."

"진짜? 정말 미안해요?"

카이훤이 돌아선 채 고개를 끄덕거리는 것이 보였다. 뒤에서 보기에도 진심이 한가득 느껴지는 고갯짓에 웃음이 터질 것 같았다.

'뭐, 이 정도로만 놀릴까.'

일레나는 드레스 끈이 풀려 카이훤에게 맨살을 노출하게 된 걸 크게 신경 쓰지 않았다. 어차피 속옷을 입은 상태고…….

그리고 엄연히 따지면, 일레나가 상대의 맨살을 목격했던 것이 먼저니까. 어떻게 보면 공평하게 한 번씩 주고받은 셈이 아닐까?

대충 그런 계산을 마친 일레나가 잠시 갈등하다 입을 열었다. 살을 노출한 건 그렇다 치고, 다른 문제가 있었다.

"그렇게 미안하면, 한 가지 부탁이 있는데요."

긴장한 것처럼 경직되는 카이휜의 어깨를 보며 일레나가 말을 덧붙였다.

"이 드레스 끈, 나 혼자 묶는 건 어려울 것 같거든요."

어설프게 묶어봐야 금방 다시 풀릴 것이다. 그럴 바에는.

"묶는 걸 도와줄래요?"

"하녀를……."

"설마 나를 이대로 두고 저 테라스 문을 열겠다고요?"

카이휜의 등이 움찔했다. 그 부분은 미처 생각하지 못한 모양이었다.

"어서 도와줘요. 앗, 이러다 다른 쪽 끈도 풀리……."

일레나의 과장된 말이 완성되기도 전에 카이휜이 돌아섰다. 그런데 문제점이 존재했다.

"……눈을 감은 상태로 어떻게 내 드레스 끈을 묶어주려고요?"

"할 수 있습니다."

"그냥 눈 뜨고 제대로 보면서 묶는 게 어때요? 이미 봤는데."

"……보면서 하는 것과 큰 차이는 없을 겁니다. 눈을 감고 곧잘 대련하기도 했으니까."

"대련? 기사예요?"

일레나는 카이휜의 넓게 벌어진 어깨를 응시했다. 기사라, 제법 어울렸다.

"기사는 아니지만…… 검을 오래 익혔습니다."

"아아."

카이휜은 매우 조심스럽게 일레나에게 손을 뻗었다. 의외로, 한 번의 헛손질도 없이 끈을 잡았다.

'잘하네.'

일레나는 카이휜이 눈을 감고 그녀의 드레스 끈을 묶어주는 걸 멀뚱멀뚱 구경했다.

'손재주가 좋은가.'

검을 휘두르는 것도 손재주와 관련이 있을까? 아닌가?

'궁금해.'

일레나는 문득 카이휜이 검을 쓰는 모습을 보고 싶다고 생각했다. 그럴 기회가 있다면 말이지만…….

이윽고 일레나의 어깨 부근에서 손을 뗀 카이휜이 눈을 떴다.

"고마워요."

"……아닙니다."

"카드."

"네."

"우리 내일도 만날래요? 여기서."

카이휜의 눈이 살짝 커졌다. 이내 약간 잠긴 듯한 목소리로 답이 흘러나왔다.

"……네."

"일레나, 바람은 잘 쐬―"

"얘기 좀 해."

테라스에서 빠져나온 일레나가 몬트리아 영애를 이끌고 다짜고짜 연회장 메인 홀에서 벗어났다. 두 사람은 휴게실로 자리를 옮겼다.

"무, 무슨 일이야, 일레나?"

짚이는 것이 있는 몬트리아 영애가 내심 덜덜 떨면서 질문했다.

'큰일 났다. 이를 어쩌지? 그 셔츠 작은 남자가 이상한 자식이었나 봐!'

믿었는데. 모름지기 몸매가 착하면 마음씨도 착하게 마련이 아니었던 가! 적어도 그녀가 여태 만났던 사내들은 다 그랬는데!

침묵을 견디지 못한 몬트리아 영애가 눈을 질끈 감고 말했다.

"일레나, 잘못—"

"이건 내가 그 남자에게 관심이 있는 걸까?"

"뭐?"

"잘 들어봐, 델."

일레나는 몬트리아 영애를 붙잡고 테라스에서 있었던 일을 모두 이야기했다. 마지막에 그녀가 카이훤에게 내일도 테라스에서 만나자고 말한 것까지.

"나도 모르게 그렇게 말했어. 원래는 그럴 생각이 아니었는데."

"……맙소사, 일레나."

차르르. 몬트리아 영애가 부채를 펼쳐서 입을 가렸다.

"네게도 드디어 사랑이 찾아왔구나."

"사랑?"

난데없이 등장한 거창한 단어에 일레나가 눈을 동그랗게 떴다.

"상대가 네 몸을 만졌는데 기분이 나쁘지 않았다며."

정확히는 드레스 끈을 묶어주느라 손이 아주 살짝 닿았던 것뿐이지만…….

"네 이름을 불렀는데, 듣기 좋았고."

"일레나 양."

"……그건 그래."

"무엇보다 다시 만나고 싶은 마음이 들었다는 것! 이건! 틀림없이 사랑이야!"

일레나는 놀랐다. 사랑이란, 생각보다 쉽게 찾아오는 것이었다.

"오늘 처음 만났는데……."

"원래 사랑이 그래. 첫눈에 반한다는 말이 왜 있겠니?"

"그렇지만, 나는 그 사람 얼굴도 이름도 모르잖아."

"애칭은 알잖아. 카드라며."

"……얼굴은?"

"사랑에 얼굴은 중요하지 않아."

평소에 잘생기지 않은 남자는 사람 취급도 하지 않는 몬트리아 영애가 제법 뻔뻔하게 설파했다.

"만나본 적 없는 사람과 사랑에 빠지기도 하는걸?"

일레나도 그런 내용의 로맨스 소설을 읽어본 적이 있었다.

"사랑이라……."

"이참에 '진짜' 연애를 좀 해 봐. 소꿉장난 말고."

"알겠어. 그 자식 이야기는 이제 그만해."

일레나가 설핏 인상을 썼다.

성년이 되기도 전, 순전히 호기심에 일주일 만나고 헤어졌던 그녀의 전 남자 친구–라는 말도 너무나 거창한–는 아주 별로인 인간이었다. 여러 면에서 별로였지만, 특히 일레나와 헤어진 후 여태 기혼자만 골라 만나고 있다는 점이 가장 끔찍했다.

기분 나쁜 옛 기억을 떠올린 일레나가 두 주먹을 말아 쥐었다. 결심에 차서 눈을 빛냈다.

"좋아, 델. 네 말대로 진짜 연애를 해 볼게."

"어머, 어머! 일레나, 응원해!"

"근데 진짜 연애는 어떻게 하는 거야? 내가 먼저 사귀자고 고백하면 되나?"

교체를 신청하는 법을 모르는 건 아니었다. 해 본 적이 없어서 문제지.

일레나의 말에 몬트리아 영애가 소파에서 펄떡 튀어 올랐다.

"무슨 소리야! 당연히 그 남자가 먼저 네게 고백하게 해야지!"

"그런 거야?"

"잘 들어. 사내를 유혹하는 법은 무척 간단해."

몬트리아 영애가 일레나의 전신을 가볍게 훑었다.

"넌 아주 예쁘니까, 더욱 쉽지."

"……"

"자아, 어떻게 하냐면……"

"일레나 양."

일레나는 테라스 문을 열고 들어서자마자 바다와 마주쳤다.

"언제부터 있었어요? 나도 일찍 온 건데……"

일레나가 테라스 난간 근처에 선 카이휜에게 다가가며 말했다. 일레나는 연회가 시작하자마자 거의 바로 왔다. 일찍 왔다는 말은 과장이 아니었다.

"조금 전부터 있었습니다."

"흠."

일레나가 테라스에 붙어 서서 바람을 맞이했다.

"오늘은 끈이 없는 드레스를 입고 왔어요. 어제처럼 벗겨질 걱정은 없겠죠?"

일레나는 카이휜이 움찔하는 걸 곁눈질로 훔쳐봤다. 가면 안쪽 얼굴이 어떤 상태일지 궁금했다.

뺨이 달아올랐을까? 아니면 의외로 표정은 태연할까?

'이성 교제 경험이 많아 보이지는 않았는데…….'

어제 느낀 것이지만, 상대는 여자를 대하는 일이 별로 능숙해 보이지 않았다. 만약 일부러 그렇게 보이도록 의도해서 행동했던 거라면, 반대로 경험이 엄청 많은 편이겠지만…….

일레나는 갑자기 기분이 나빠졌다. 후자는 아니었으면 좋겠다는 생각이 들었다.

"카드."

"……예."

"혹시 몇 살이에요?"

일레나는 문득 물었다. 목소리는 젊게 들렸지만, 얼굴이 보이지 않으니 나이를 추측하는 데는 한계가 있었다.

"스물…… 네 살입니다."

'나보다 다섯 살 많네.'

조금 많은가? 뭐, 이 정도면 적당하지.

일레나는 난간에 팔을 걸쳤다.

"나는 열아홉 살이에요."

카이휜은 하마터면 알고 있다고 대답할 뻔했다.

정신 나간 짓이었다. 당신에 대해 따로 조사했다고 떠벌리는 것도 아니고.

카이휜이 자기 혀를 깨물 때 일레나가 말했다.

"위로 언니와 오빠가 한 명씩 있고요."

"……."

"카드는? 형제가 있어요?"

"동생이 있었지만…… 지금은 없습니다. 사고로 먼저 떠나서."

"아, 저런. 미안해요. 내가 괜한 걸 질문해서."

"아닙니다."

카이휜이 조금 황급히 대답했다. 이제 와서는 별다른 느낌이 들지 않는 일이었다. 사실 그 당시에도, 그래, 대단한 감응은 없었지.

카이휜의 동생과 부모님은 한날한시에 세상을 등졌다. 피가 섞였지만, 카이휜을 가족으로 취급했던 적 없는 이들이었다.

"그보다 일레나 양의 가족 이야기를 더 듣고 싶습니다. 언니나 오빠와는 사이가 좋은 편입니까?"

"언니와는 항상 사이가 좋아요. 오빠랑은, 글쎄요, 아주 나쁘지는 않은데……."

일레나가 조잘조잘 이야기를 이어나갔다.

"……그래서 에드워드, 아니, 오빠가 그 일을 전부 아버지께 일러바친 거예요."

"저런."

"그때 일만 생각하면 아직도 황당하고 괘씸해서……."

카이휜은 일레나의 모든 것에 집중했다.

그녀가 하는 이야기. 목소리. 말투. 표정. 사소한 동작.

그밖에 뭐든…….

하나하나 놓치지 않고 눈에 새기고 있자니 이야기가 끝났다. 가족에 대한 얘기는 충분히 했다고 생각했는지, 일레나가 화제를 돌렸다.

"그런데, 카드."

기분 탓일까. 일레나의 목울대가 작게 울렁였다.

"검을 오래 배웠다고 했잖아요."

"네."

"그러면, 검을 오래 배운 사람은 원래 다들 이렇게……."

일레나의 손이 은근슬쩍 카이휜의 팔에 닿았다.

"팔이 단단해요?"

일레나는 말하면서 내심 깜짝 놀랐다. 몬트리아 영애는 일레나에게 위 같은 수작질(?)을 알려주면서, 설령 상대의 팔이 별로 단단하지 않더라도 무조건 단단하라고 말하라고 당부했다.

그런데 이제 보니 그건 불필요한 당부였다.

'돌 아니야?'

카이휜의 팔은 단단해도 너무 단단했다!

일레나의 손이 닿자 카이휜의 팔에 반사적으로 힘이 들어갔다. 일레나는 안 그래도 팽팽한 셔츠가 한결 빠듯하게 당겨지는 걸 구경했다.

괜찮나……?

그때 카이휜이 뭔가 생각하다가 곧 크게 결심한 얼굴로 그의 팔에 얹힌 일레나의 손을 조심히 잡아챘다. 뜻밖의 접촉에 일레나가 흠칫할 때, 그녀의 손을 감싼 채로 카이휜이 말했다.

"검을 오래 잡는다고 해서 전부 팔이 단단하게 변하는 건 아닙니다. 하지만……."

"……."

"손은 대부분 이렇게 거칠어집니다."

아, 그걸 알려주려고, 손을.

일레나는 그녀의 손을 놓아주고 물러나는 카이휜의 커다란 손을 멍하니 응시했다. 뒤늦게 정신이 퍼뜩 들었다.

'뭐야? 이 정도면 제법 능숙한 거 아니야? 설마 여자를 많이…….'

의심하던 일레나의 눈에 문득 카이휜의 귀가 보였다. 새빨간 색이었다.

"……."

왠지 손등이 간질거렸다. 바람이, 부나.

일레나가 고개를 돌려 난간 밖의 경관을 응시했다.

"경치가 정말 좋네요. 우리, 산책할까요?"

"……좋습니다."

카이휜의 대답을 들으며 일레나가 맑게 웃었다.

별장에서 몬트리아 영애의 생일 파티가 열린 지 어느덧 일주일째. 연회 마지막 날.

"하아."

드레스 룸에서 연회에 참석할 준비를 하던 몬트리아 영애가 한숨을 내쉬었다.

"다이아몬드가 왜 안 나타날까……."

한탄하는 몬트리아 영애에게 조금 떨어져 앉은 일레나가 시선을 주었다. 그러나 그 시선은 얼마 안 가서 다시 거둬졌다. 지금은 일레나도 남의 고뇌에 주의를 기울여 줄 수 있는 처지가 아니었다.

연회 첫날부터 바로 어제까지. 일레나는 매일 카이휜과 만났다.

만날 때마다 즐거웠다. 대화는 매끄러웠고, 분위기는 화기애애했다. 일레나는 카이휜과 그녀의 사이가 부쩍 가까워졌다고 확신했다. 그런데…….

일레나의 얼굴에 그늘이 졌다.

'왜 아직도 이름을 알려주지 않는 걸까?'

그녀는 여전히 '카드'라는 이름밖에 알지 못했다. 그뿐일까?

'얼굴도 안 보여주고…….'

상대가 가면을 벗은 모습도 본 적이 없었다. 일레나는 슬슬 불안해졌다. 어쩔 수 없이 마음이 그렇게 흘러갔다.

'여섯 번, 아니, 일곱 번이면 만날 만큼 만난 거 아냐?'

남들은 교제하기 전에 보통 일주일에 한 번씩 만난다던데. 그렇게 따졌을 때, 이 정도면 두 달 가까이 만난 셈이 아닌가? 벌써 두 달이나 얼굴도, 이름도 알려주지 않다니!

계산법이 제멋대로였으나 어쨌든 일레나는 그렇게 생각했다. 그러자 한층 더 우울해졌다.

'정체를 밝히지 못하는 이유가 있나?'

일레나는 카이휜이 그녀를 좋아한다고 반쯤 단정했다. 좋아하는 상대에게도 정체를 밝히지 못할 만한 사정이라면…….

'범죄자?'

일레나가 고개를 마구 저었다. 아닐 거다. 상대에게서 그런 음습한 느낌은 받지 못했다.

무엇보다 범죄자가 사람이 득실거리는 파티에 참석한다니? 아무리 이 파티가 초대장 없이 누구나 자유롭게 참석할 수 있는 파티라지만, 그렇다 해도 범죄자가 들어와 있을 거라고는 상상하기 어려웠다. 사람들 앞에서 행여라도 얼굴이 드러나는 순간, 바로 잡혀가게 될 텐데…….

'그래, 범죄자는 아냐. 그럼…… 혹시 얼굴이 엄청나게 못생겼나?'

일레나가 다른 가정을 떠올렸다. 이번에는 나름대로 그럴듯했다. 적어도 범죄자일 거라는 추측보단 신빙성이 있었다.

'얼굴을 드러내지 못하니, 이름도 함께 숨기는 걸까.'

엄청나게 못생긴 얼굴이라.

일레나는 상상력을 최대한 동원해서 '엄청나게 못생긴' 얼굴을 머릿속에 그려보았다.

'……상관없을 것 같은데.'

이내 일레나는 재차 답을 내렸다. 그래, 상관없다.

사랑에 얼굴은 중요하지 않다고 했던 몬트리아 영애의 말이 떠올랐다. 그 말이 정확했다. 일레나는 가면 안쪽에 있는 카이휜의 얼굴이 생겼든 지금처럼 그를 계속 좋아할 자신이 있었다.

'아, 아니면…….'

찰나 또 하나의 가정이 떠올랐다.

'얼굴에 흉터가 있나?'

일레나는 카이휜의 어깨에서 화상 흉터를 봤다고 말했던 어린 하녀를 생각했다. 하녀의 표현을 빌리면, 엄청 징그러운 흉터라고 했지. 만약 그런 흉터가 얼굴에도 있는 거라면…….

일레나는 저도 모르게 고개를 끄덕거렸다. 이제까지 했던 가정 중 가장 납득이 되는 이유였다.

'그래도 난 상관없을 것 같지만.'

처음에는 조금 보기 당혹스러울 수 있겠지. 하지만 보다 보면 결국 익숙해지지 않을까? 사람은 반복되는 자극에 생각보다 쉽게 적응한다. 화상으로 얼룩진 얼굴쯤이야! 보고 또 보고, 질릴 때까지 보다 보면 눈에 익겠지!

일레나는 최종 결론을 내렸다. 그녀의 사랑을 막을 수 있는 것은 없다. 그 무엇도!

일레나는 그처럼 생각하다 멈칫했다. 대체 언제부터 이 정도로 상대를 좋아하게 되었을까? 처음에는 사실, 말이 사랑이지 굳이 정의하면 '호기심'이나 더 나아가도 '호감' 수준의 감정이었던 것 같은데.

그런데 지금의 일레나는 어느새 '사랑'이라는 표현을 부정할 수 없게 되었다. 만남을 거듭하는 사이, 상대와 점점 더 많은 시간을 보내는 사이……. 마치 정해진 일처럼, 불가항력처럼 이렇게 되고 말았다.

그래서 혹시 싫냐고?

'그럴 리가.'

일레나가 소파에서 벌떡 일어섰다.

"더는 못 참아."

"일레나?"

자기 고뇌에 빠져 있던 몬트리아 영애가 일레나에게 한순간 시선을 주었다.

"나 먼저 갈게, 델. 나중에 만나!"

이제 곧 연회가 시작될 시간이었다. 이 별장에서 열리는 마지막 연회가.

드레스 룸에서 빠져나오는 일레나의 분홍색 눈이 결심으로 반짝거렸다.

"카드, 범죄자예요?"

카이훤은 당황했다.

"예?"

"수배 중이에요? 왕국군한테 쫓기고 있어요? 내가 카드를 왕실에 신고하면, 포상금 나와요?"

"아니, 아닙니다. 절대 그렇지 않습니다. 왜 그런 생각을 했는지는 모르지만……."

"근데 왜 나한테 이름을 안 알려줘요?"

일레나가 직설적으로 문제를 언급했다. 카이훤의 말문이 막혔다.

"얼굴도 보여주지 않고."

"그건……."

"불공평해요. 카드는 내 얼굴도, 이름도 알잖아."

정확한 지적이다. 카이훤은 침묵했다. 할 말이 없었다.

타당한 항의였고, 너무 타당한 나머지 이쪽에서는 차마 꺼내놓을 변명조차 없었다.

아니, 변명…… 비슷한 것이 하나 있긴 했다.

사실 카이휜은 여태 일레나에게 몇 번이나 그의 정체를 밝히려고 했었다. 정말 몇 번이나. 하지만······.

입을 열지 못하는 카이휜을 물끄러미 응시하던 일레나가 이내 말했다.

"시간이 더 필요해요? 내 앞에서 가면을 벗고, 애칭이 아닌 이름을 알려주기까지?"

"······네."

"얼마나?"

카이휜이 머뭇거리다 왠지 힘겹게 답했다.

"······조금만 더 시간을 준다면."

"좋아요. 기다려 줄게요. 조금쯤이라면."

"······."

"단, 조건이 있어요."

"······조건이요?"

"만지게 해줘요."

일레나가 카이휜의 얼굴로 손을 가져갔다. 카이휜은 움찔했으나 일레나의 손을 피하지는 않았다. 카이휜이 착용한 가면의 겉면을 가볍게 만지작거린 일레나가 손을 물렸다. 차갑고, 딱딱했다.

"이 가면 말고, 당신 얼굴."

"······."

"보여달라고 안 해요. 정말 만지기만 할게요. 이렇게, 눈을 감고······."

일레나가 말을 꺼내면서 눈을 감았다. 길고 가지런한 속눈썹이 아래로 내리깔렸다.

카이휜은 얌전히 눈을 감은 일레나의 얼굴을 홀린 듯 응시하다가, 별안간 주먹을 꽉 움켜쥐었다. 가면 안쪽 얼굴이 당혹감으로 물들었다. 방금 그를 사로잡았던 충동을 믿을 수 없었다.

카이휜이 스스로에게 날선 비난과 욕을 퍼부을 때 일레나가 눈을 떴다.

"어때요?"

"……."

"절대 눈 안 뜰게요. 만져보게 해줘요, 응? 부탁이에요."

부탁.

과연 일레나는 알까? 저 말이 카이휜에게 끼치는 영향이 얼마나 큰지.

흔들리는 눈을 꾹 감았다가 뜬 카이휜이 입을 열었다.

"……장소를, 옮겨도 괜찮겠습니까?"

일레나와 카이휜은 별장에서 빠져나와 정원으로 향했다. 해가 진 뒤라서 바깥은 어두웠다. 두 사람은 일부러 불빛이 있는 산책로에서 벗어나 정원 후미진 곳까지 들어섰다. 인위적인 불빛과 멀어질수록 점점 사방이 어두워졌다.

일레나는 어느새 한 치 앞도 분간하기 어려워진 어둠 속에서 거침없이 걷는 카이휜을 보면서 생각했다.

'앞이 보이나?'

참고로 일레나는 거의 안 보였다. 그녀는 그저 카이휜에게 손을 잡혀, 그가 걷는 대로 따라 걸을 뿐이었다.

그러다 잠시 후, 카이휜이 걸음을 멈췄다. 일레나도 따라서 멈춰 섰다.

"……."

사위가 깜깜했다. 고요한 가운데 풀벌레 소리만이 희미하게 들렸다.

"일레나, 정말 괜찮습니까?"

그때 카이휜의 목소리가 들렸다.

일레나는 어둠에 조금씩 익숙해지기 시작한 눈을 깜박거리며 저 말의 의미를 생각했다.

뭐가 정말 괜찮냐는 것일까? 그의 얼굴을 만지는 게?

'괜찮지 않을 정도로 심각한 얼굴인가?'

대체 가면 안에 얼마나 엄청난 것이 있길래…….

하지만 일레나는 진작 여러 상상과 그에 따른 각오를 마쳤다. 일레나가 비장하게 고개를 끄덕이며 답했다.

"괜찮아요."

"어둠이 무섭지 않다니, 다행입니다."

뭐? 그런 의미였어?

'무서울 리가 있나.'

일레나는 여전히 그녀의 손을 단단히 붙잡고 있는 카이휜의 손을 의식했다. 가슴 가득 설명하기 어려운 안정감이 차올랐다.

이런 상황에선, 어둠이 아니라 그 어떤 것이라도 무섭지 않을 것이다.

이내 카이휜이 천천히 가면을 벗었다. 어둠에 익숙해진 일레나의 눈은 가까이 있는 카이휜의 형체를 매우 어렴풋이 구분해 냈다.

카이휜이 가면을 벗은 걸 확인한 일레나의 심장이 쿵쿵 뛰었다.

이건 기대감일까? 설렘? 아니면, 긴장감?

셋 다일 수도 있겠지. 어쨌든 중요한 것은…….

'놀라지 말자.'

일레나는 다짐했다. 어떤 것을 만지게 되어도, 절대 놀라는 반응을 보이지 않겠다. 그녀가 놀라면, 상대가 상처받을지도 몰랐다. 일레나가 바라는 결과가 아니었다.

'놀라기 금지! 놀라기 금지!'

일레나가 속으로 같은 다짐을 반복할 때, 카이휜이 그녀의 손을 잡고 자기 얼굴로 이끌었다.

일레나는 숨을 죽였다. 곧 그녀의 손끝에 가면을 쓰지 않은 카이휜의 얼굴이 닿았다.

'어?'

동시에 일레나는 깜짝 놀랐다. 바로 조금 전까지 했던 다짐이 무색하게도. 하지만 그건 앞서 각오했던 것들과는 전혀 다른 이유에서였다.

'너무 부드러워!'

손끝에 닿은 살결이 마치 아기의 것 같았다.

'남자 피부가…… 이렇게 부드러워도 되나?'

편견으로 똘똘 뭉친 생각이었으나 당장 그런 감상밖에 들지 않았다.

일레나의 손이 카이휜의 얼굴을 전체적으로 더듬었다. 어딜 만져도 같은 느낌이 전해졌다. 처음부터 마지막까지 한결같이 부드러웠다.

'설마 이 정도면 나보다 좋은…… 아니, 비교하지 말자.'

일레나는 이어서 생각했다.

'……흉터는 없네.'

이마부터 턱까지, 얼추 전부 더듬었지만 흉터 특유의 거친 느낌은 어디서도 찾아볼 수 없었다.

'그럼 얼굴에 화상이 있는 건 아니고…….'

그냥 엄청나게 못생긴 축인 건가?

일레나가 이번에는 카이휜의 이목구비에 집중해서 손을 움직였다.

얼굴 맨 위부터 시작해 아래까지 서서히, 서두르지 않고 신중하게 더듬었다.

넓지도 좁지도 않은 이마, 가지런한 눈썹, 미간부터 시작되는 코, 이어지는 콧대와 콧날, 콧방울. 그리고 인중과 입술…….

일레나의 손이 우뚝 멈췄다. 속눈썹이 파르르 떨렸다. 입술도 잘게 떨렸다. 그 떨림이 목소리에 고스란히 묻어나왔다.

"날 속였어."

"일레나 양?"

"이 사기꾼!"

충격적인 결과에 일레나가 그녀도 모르게 외쳤다.

'안 못생겼잖아!'

카이휜의 이목구비는 일레나가 생각했던 것과는 전혀 달랐다.

솔직히 말해, 균형 따위 무시하고 아무 곳에나 중구난방으로 붙어 있을 줄 알았다. 아니면 균형은 멀쩡해도 각각의 생김새가 전혀 멀쩡하지 않거나.

그런데 이게 뭔가.

'아니, 안 못생긴 수준이 아니라…….'

이건. 이 이목구비는.

'잘생겼어!'

카이휜의 이목구비는 믿기지 않을 만큼 근사했다. 일레나는 어둠 속에서 손에 닿는 이목구비를 더듬으면서 조각상을 떠올렸다. 그 정도로 완벽했다. 실로 배신감이 들 정도였다. 속았다는 생각을 지울 수 없었다.

사실 일레나를 속인 인물은 아무도 없었다. 카이휜을 포함해서 그랬다. 그는 얼굴을 드러내지 않았을 뿐, 자기가 못생겼다는 말은 한 번도 한 적이 없었으니까.

일레나를 속인 건 일레나 자신이었다. 그녀 혼자 상상했던 내용을 진실일 거라고 믿었다가 뒤통수를 얻어맞았을 뿐이다.

일레나는 얼얼한 뒤통수를 안고서 생각했다.

'왜 이런 얼굴을 꽁꽁 감춘 거지?'

선뜻 이해하기 어려웠다.

'미모로 하도 주목받다보니, 피곤했나?'

일레나도 예쁜 편이라, 주목받는 사람의 고충을 전혀 모르는 바는 아니었지만…….

"……사기꾼이라는 게 무슨 뜻인지는 모르겠지만, 아직 부족합니까?"

그때 카이휜의 목소리가 일레나의 귀를 스쳤다. 더 만져야 하냐는 말이다.

일레나는 자기도 모르게 손을 떼어냈다가, 바로 후회했다. 좀 더 만지고 싶었는데.

하지만 일레나의 손이 물러가자마자 카이휜은 바로 가면을 다시 착용했다. 일레나는 조금만 더 만져보게 카이휜에게 가면을 도로 벗어달라고 억지를 부려볼까 하다가, 그냥 다음을 기약하기로 했다.

다음.

일레나 자신도 어쩔 수 없이 시각적인 것에 약한 사람인 걸까? 얼굴을 만져보고 나자 저 '다음'이 한결 기대되었다. 무척 기다려졌다. 별장 밖에서 카이휜과 만날 날이. 손으로 만져본 저 얼굴을 눈으로 직접 보게 될 날이.

"카드, 우리 언제 또 만날까요?"

일레나가 불쑥 물었다. 카이휜이 움찔 몸을 굳혔다. 어둠 덕분에 드러나지는 않았다.

"난 당신에게 먼저 연락할 수 없잖아요."

어디에 사는지, 누구인지 모르니까.

"내가 일레나 양에게 연락하겠습니다."

"좋아요. 오래 기다리게 하면 안 돼요."

침묵 끝에, 카이휜에게서 아주 작게 대답이 흘러나왔다.

"……네."

"델, 사랑해."

"얘가 왜 이러지?"

몬트리아 영애가 생글생글 웃는 일레나를 응시하며 가슴 앞으로 팔짱을 꼈다.

"미인의 사랑을 받는 건 기쁜 일이지만……."

이어서 몬트리아 영애가 피식 웃었다.

"나 덕분에 그 남자를 만나게 돼서 그런 거구나? 카드?"

"……응."

"단단히 사랑에 빠졌네."

몬트리아 영애가 의외라는 듯 중얼거렸다.

그녀는 앞서 그녀의 입으로 직접 '이건 사랑이야!' 하고 일레나의 감정에 정의를 내려준 적이 있었다.

'그렇지만 그때는 반쯤 장난이었는데.'

이름은 그렇다 치고—사실 이쪽은 오히려 중요하지 않았다—얼굴을 모르는 남자를 사랑하게 되는 것이 가능하다니. 몬트리아 영애가 팔짱을 살짝 풀고 손에 쥔 부채를 살랑거렸다.

도도한 미녀처럼 생겨선, 일레나. 겉보기와 달리 낭만적인 구석이 있다니까.

"어쨌든 축하해. 아, 혹시 그 남자가 편지를 보냈던 사람일까?"

"무슨 편지?"

"그게……."

생일 파티는 끝났다. 파티에 참석한 손님으로 북적거렸던 별장은 이제 쓸쓸하게 느껴질 정도로 텅텅 비었다. 남은 사람은 원래 별장에 있던 사용인과 몬트리아 영애, 특별히 마지막까지 친구의 곁을 지킨 일레나가 전부였다.

이제 와선 숨길 것도 없지. 몬트리아 영애가 사실대로 모두 털어놓았다.

"델, 내 사랑은 회수할게."

"일레나! 그렇지만, 어쨌든 내가 편지에 적힌 부탁대로 한 덕분에 네가 카드라는 남자를 만난 거잖아? 보아하니 그 남자는 가면무도회가 아니었다면 참석하지 않았을 것 같은데?"

"그건……."

틀린 말은 아니지만.

일레나가 주춤하는 틈에 몬트리아 영애가 재빨리 말했다.

"사랑이 찾아온 걸 다시 한번 축하해, 일레나. 비록 난 다이아몬드를 만나지 못했지만……."

몬트리아 영애는 생일 파티가 완전히 막을 내릴 때까지 그녀에게 최상등급 다이아몬드를 보냈던 남자와 조우하지 못했다. ……실상은 벌써 만나 대화까지 나눴었지만, 그녀는 그 사실을 꿈에도 알지 못했다.

몬트리아 영애가 탁, 소리가 나게 부채를 접었다.

"흥, 돈이 아무리 많으면 뭐 해! 먼저 다가오지 못할 정도로 소심한 남자는 내 쪽에서 사양이야!"

"그래, 그래."

"……그래서 일레나, 내가 거짓말했던 건 용서해 주는 거지?"

"알겠어."

일레나는 관대해졌다.

확실히 몬트리아 영애가 주장했던 대로, 그녀가 가면무도회를 열지 않고 일레나를 별장으로 부르지도 않았다면 이 장소에서 이런 추억을 쌓지는 못했을 테니…….

일레나는 연회 시작 전, 카이휜과 밝은 낮에 미리 만나 녹음 사이를 산책했던 걸 떠올렸다. 깊은 산속에 둘만 남겨진 기분이었지. 실제로 별장 부지에서 조금만 떨어져도 그렇게 될 수 있긴 했지만. 동화 같은 시간이었다.

일레나는 기껏해야 며칠 전을 떠올리며 행복감에 젖어 말했다.

"그래도 내 사랑은 회수."

"이잉! 돌려줘!"

"주인님, 수도에는 잘 다녀오셨습니까?"

보름 넘게 자리를 비웠던 공작성의 주인이 귀환했다. 카이휜은 벤의 질문에 고개를 끄덕이는 행위로 답을 대신했다.

"업무를 봐야겠군."

그러곤 드레스 룸을 거쳐 간단히 환복만 마친 후 곧장 집무실에 틀어박혔다.

벤은 몇 시간 동안 집무실에서 나오지 않는 카이휜을 이상하게 여기지 않았다. 카이휜은 항상 그랬으니까.

'언제까지 저렇게 일만 하실 셈인지……'

벤이 복도에서 몰래 한숨을 내쉬었다.

벤은 알고 있었다. 카이휜이 매일같이 '공작으로서의 의무'인 일에 집중하는 건, 정작 카이휜 그 개인의 삶에 전혀 관심이 없기 때문이라는 걸.

"사랑하는 사람이라도 생기면 좀 달라지시려나."

벤은 그렇게 중얼거렸다가 바로 피식 웃었다.

말도 안 되는 상상을. 나이가 드니 헛바람만 늘어가는구나 싶었다. 자기 삶조차 돌보지 않는 그의 주인에게 사랑하는 사람이 생긴다니……. 실로 허황된 바람이지만.

'그래도 어디 하늘에서 갑자기 그런 분이 뚝 떨어져 준다면 좋겠네. 공작성으로 직접 찾아와 주신다면 더욱 좋고.'

벤은 그처럼 생각하며 남은 일과를 수행하기 위해 움직였다.

집무실.

업무를 본다고 말했던 것과 달리, 정작 카이휜은 책상에 쌓인 서류를 건드리지도 않았다. 그는 다만 깊은 회한에 잠겨 있었다.

생각에 잠긴 카이휜의 눈이 어둡게 가라앉았다. 어쩌다 이렇게 되었을까.

본래 카이휜의 계획은 무척 간단했다.

우선 몬트리아 영애에게 편지와 뇌물—다이아몬드—을 보낸다. 뇌물이 먹히면, 몬트리아 영애의 생일 파티에 참석해 가면을 쓰고 일레나를 만난다. 며칠간 일레나와 대화하며 적당히 친해진다. 생일 파티가 끝나기 전, 일레나에게 그의 정체를 밝힌다. 실망하는, 또는 화를 내는 일레나에게 정중히 사과하고 공작성으로 돌아온다. 끝.

'……그랬는데.'

카이휜은 후회했다. 이렇게 될 줄 몰랐다.

간단히 생각했다. 애초에 정체를 감추고 일레나를 유혹하겠다는 식의 거창한 다짐은 해 본 적도 없었다. 유혹이라니, 그런 것은 불가능한 일이라고 처음부터 생각했다.

다만 카이휜은 변명이 필요했다. 그를 위해 '희생'이라는 거룩한 선택지를 고른, 미래의 시드리온에게 건넬 변명.

나는 네 희생을 무시하지 않았다. 봐라. 내가 할 수 있는 것을 전부 하지 않나. 최선을 다했지만, 미래를 바꾸는 것에 실패했다. 어쩔 수 없었다.

그렇게 말할 구실만 얻을 수 있다면, 그뿐이었다.

그런데 막상 계획한 일을 시작하자 덜컥 문제가 생겼다.

실제로 만난 일레나는…… 너무 좋은 사람이었다. 아마 그렇기 때문일 것이다. 그녀가 그토록 순식간에 그의 마음에 들어오고 만 건.

카이휜은 타인에게 애정을 줘본 적이 없었다. 아주 어렸을 때를 제외하고, 가족도 제대로 좋아해 봤던 경험이 없다. 그러니 감히 남을 사랑한다는 건, 카이휜에게는 도통 상상하기 어려운 감각이었다. 일레나가 그를 사랑하게 될 리도 없지만, 그가 일레나를 사랑하게 될 일도 마찬가지로 결코 없을 것이다. 그렇게 생각했다.

그런데 만나자마자 그 판단이 깨졌다. 깨달은 것은 시간이 좀 더 지나서였지만…….

실상 첫눈에 빠졌다. 카이휜은 뒤늦게 확신했다.

그럴 리 없다고 부정하고 부정하다 결국 그 사실을 받아들인 건, 어둠 속에서 일레나가 그의 얼굴을 만졌을 때였다.

카이휜은 속절없이 깨달았다.

그는 일레나를 좋아했다. 사랑했다. 어쩌면.

……그리고 일레나에게 그의 정체를 밝힐 수 없었다. 평생.

무서우니까.

그의 얼굴을 보고, 그의 이름을 듣고 나서 실망하고, 화를 내고…….
어쩌면 상처받고.

더 나아가 다른 사람처럼 그를 기피하게 될 일레나를 마주하는 일이 상상만 해도 숨이 막힐 만큼 두려웠으니까.

카이휜은 이 정도로 큰 두려움을 태어나 처음 겪었다. 빼곡한 몬스터 사이에 혼자 남겨졌을 때도 무섭지는 않았다. 하다못해 목숨 걸고 마왕과 싸우다가 기어이 상대에게 심장을 내줬을 때에도, 두려워서 달아나고 싶단 생각은 해 보지 않았는데.

카이휜은 일레나 앞에서 도망쳤다. 무섭고, 두렵고, 겁이 나서.

"*내가 일레나 양에게 연락하겠습니다.*"

이딴 지키지 못할 쓰레기 같은 약속만 남기고.

카이휜의 표정이 한결 암담해졌다. 오지 않을 '카드'의 연락을 기다리는 일레나를 상상하자 가슴이 찢어지다 못해 으스러져 흩어지는 것 같았다.

후회가 되었다. 너무나.

처음부터 다가가지 않는 거였는데. 적어도 '카드'로는. 차라리 대화를 나눠볼 기회조차 얻지 못하고 단칼에 거절당하더라도, 카이휜 메이하드로서 접근할 것을.

그게 나았다. 그렇게 했어야 했다. 그랬다면 적어도 일레나를 속여 놓고 비겁하게 도망이나 치는 이런 결과는 생기지 않았을 테니.

허구의 인물인 '카드'에게 순수한 호의를 보여주었던 일레나가 떠올랐다. 날카로운 자책과 자괴감이 밀려들었다. 스스로가 더없이 한심하게 느껴졌다.

카이휜은 차라리 마왕이 지금 당장 쳐들어와 그와 싸워줬으면 좋겠다고 생각했다가…….

'아니, 그건 안 되지.'

뒤늦게 정신을 차렸다.

고작 일주일의 만남이었지만 일레나를 만난 후, 카이휜은 생각이 크게 바뀌었다. 더는 미래에 세상이 멸망하도록 고분고분 놔둘 의사가 없었다. 일레나가 마수나 마왕 따위에게 죽기를 바라지 않았다.

그러니 미래를 바꾸고, 세상을 구해야만 했다. 용사를 낳는 것 외에, 어떤 방법을 써서라도.

잠시 후 카이휜이 집무실로 벤을 호출했다.

"으흠흠."

소르테 백작가의 둘째, 에드워드 소르테는 오늘따라 기분이 무척 좋았다.

'내가 성사시켰다! 이번 거래, 나 덕분에 성공한 거야!'

소르테 백작가의 첫째이자 그의 누나인 릴리아나 소르테와 백작 위 승계를 두고 치열하게 경쟁하길 몇 년째.

이번에 모처럼! 아주 작은! 승리를 거머쥐었다!

'좋아하기에는 너무 사소한 거래인가…… 뭐, 어쨌든.'

이긴 건 이긴 거다. 에드워드가 싱글벙글 웃으면서 백작저의 현관을 통과했다. 그러곤 그대로 거실을 가로지르다가…….

"일레나!"

한쪽에 앉아 있는 일레나를 발견하곤 깜짝 놀랐다. 정확히는 일레나의 안색을 보곤 기겁했다.

"……에드워드? 왔어?"

"너 얼굴이 왜 그래?"

"내 얼굴이 어떤데?"

"내일 죽을 사람 같잖아!"

에드워드는 성미가 단순했다. 꼭 필요할 때가 아니면, 말을 돌려서 하는 법이 없었다. 일레나는 그 사실을 잘 알고 있었고, 에드워드의 말을 듣자마자 생각했다.

'내가 내일 죽을 사람 같은 얼굴을 하고 있구나.'

저런, 큰일이었다.

"그렇구나."

그러나 큰일이라고 생각하는 것치고 정작 일레나의 입에서 나간 답은 무성의하기 짝이 없었다. 에드워드가 후다닥 일레나 옆에 다가와 앉았다.

"무슨 일 있어?"

"글쎄⋯⋯."

"너 지난주까지만 해도 멀쩡했잖아. 아니, 그때도 뭔가 걱정이 있어 보이긴 했지만⋯⋯ 이 정도는 아니었어."

"⋯⋯."

"그리고 그 지난주에는 오히려 기분이 좋아 보였고."

지난주, 그 지난주. 일레나가 픽 웃었다.

"그때만 해도 연락이 올 줄 알았거든."

"일레나?"

"무슨 사정이 생긴 걸까, 어쩌면 사고가 난 건 아닐까 걱정했어."

일레나가 자조를 섞어서 중얼거렸다.

"연락하겠다는 말이 거짓말이었을 거란 발상은 못 하고."

"무슨 말이야, 일레나? 연락이라니, 대체 누가⋯⋯."

"나도 몰라."

"뭐?"

"누가 나한테 연락하겠다고 약속해 놓고 연락하지 않는 건지, 나도 모른다고."

에드워드가 일레나의 얼굴을 빤히 쳐다보았다. 그는 단순했지만, 그와 별개로 눈치가 빨랐다.

'맙소사.'

금세 떠올렸다. 그의 동생이 바로 몇 주 전, 델 몬트리아의 생일 파티에 일주일이나 참석했었다는 사실을.

'거기서 정체를 감춘 어떤 놈팡이를 만났던 거구나!'

이런 빌어먹을. 감히 소중한 제 동생의 마음을 가지고 놀고 잠적하다니, 이 죽일 놈! 쓰레기! 폐기물! 사내의 수치!

에드워드는 얼굴도 모르는 사람을 천으로 돌돌 말아서 패죽이고 싶은 분노에 휩싸였지만, 화를 내리누르고 우선 다정하게 위로했다.

"괜찮아, 일레나. 실연…… 의 상처 같은 건 금방 없어져."

"……."

"이 오라버니가 자주 실연당해서 알아."

"진짜?"

거짓말이다. 에드워드는 놀랍게도 이성과 교제를 시작한 이래 단 한 번도! 실연당해 본 경험이 없었다. 연애 경험이 특별히 적지는 않은 편인데도 그랬다.

에드워드는 항상 이성 사이에서 인기가 좋았다. 릴리아나와 일레나는 어째서인지 절대 인정해 주지 않는 사실이었지만…….

아니나 다를까, 일레나는 이번에도 자주 실연당한다는 에드워드의 거짓말을 무척 철석같이 믿는 기색이었다.

"으응, 그럼."

에드워드는 어쩐지 자존심에 금이 가는 기분이었지만, 거짓말을 유지했다. 지금은 그의 자존심보다 일레나의 상처를 달래주는 일이 더 중요했다.

"한 달, 아니, 보름이면 괜찮아져. 정말이야."

"……."

"너한테 상처를 준 그 새, 아니, 자식도 그쯤이면 더는 생각나지 않을 거야."

사실 보름도 길게 쳐준 것이다. 기껏해야 일주일 만났을 놈. 일레나의
마음이 깊다면 얼마나 깊겠는가.

그의 동생에겐 아직 제대로 된 이성 교제 경험이 없었다. 그래서 처
음 겪는 풋사랑과 거기서 파생된 예기치 못한 실연에 이토록 잠시 힘들
어하는 것이다. 위로하기 위해 지어낸 말이 아니라, 그의 동생은 정말로
빠른 시일 내에 괜찮아질 것이다.

"아니면 괜찮아질 때까지 나랑 놀러 다닐까?"

"그건 됐어."

어차피 바빠서 그냥 꺼내본 말이었지만, 에드워드는 왠지 약간 상심
했다.

"고마워, 에드워드. 아니…… 오빠."

에드워드가 눈을 휘둥그레 떴다. 얼마 만에 듣는 오빠 소리인지!

"보름은 금방 흘러가니까. 견뎌볼게."

"그래, 일레나. 힘들면 이 오빠한테 꼭 이야기하고!"

"응."

일레나는 고개를 끄덕거리고, 에드워드를 안심시켜주듯 살짝 웃었다.

보름이 지났다.

"집사."

"네, 일레나 아가씨."

일레나는 차분해졌다.

"부탁이 있는데, 왕국에 있는 모든 귀족 남성의 초상화를 구해줄래?"

차분하게 이성을 잃었다.

"예? 모든······ 귀족 남성의 초상화요?"

"어린아이와 노인은 제외해도 돼."

일레나는 카이휜의 모든 것이 가짜였을지도 모른다고 생각했다.

그녀에게 말해주었던 나이도 가짜. 머리 색도 염색으로 바꾼 가짜. 눈 색은······ 마법 따위를 사용한다면 바꿀 수 있을 테지. 그것도 가짜.

'단, 귀족인 건 분명해.'

일레나는 카이휜의 몸에 배어 있었던 예법을 떠올렸다. 오랜 시간 교육받고 익혀서 습관이 된 것. 그런 것은 설령 작정하더라도 쉽게 속일 수 없었다. 일레나 또한 귀족이었다. 상대의 예법 정도는 진짜인지 아닌지 구분할 줄 알았다.

'그리고 내가 만진 이목구비는 진짜였을 테니······.'

만약 그것까지 가짜였다면, 뭐, 애초에 실체가 존재하지 않는 귀신에게 홀렸던 것이겠지. 그러나 그럴 리 없다. 일레나는 확신했다. '카드'는 존재했다. 어딘가에.

집사는 일레나의 요구에 당황한 눈치였지만, 이내 일레나가 진심이라는 걸 알아챘는지 대답했다.

"알겠습니다, 아가씨. 단 시간이 며칠 걸릴 텐데, 괜찮으십니까?"

며칠쯤이야. 일레나가 웃으며 답했다.

"얼마든지."

일레나는 한동안 정신없이 바쁘게 돌아다녔다. 집사가 그녀에게 안겨

준, 산더미 같은 양의 초상화를 하나하나 살펴 추려낸 '카드'의 후보들을 만나기 위해서였다.

'이 남자는 아니야.'

키가 너무 작다.

'이 남자도 아니야.'

얼굴은 그나마 가장 비슷한 느낌이었지만…… 저 팔은 뭐지? 정녕 사람 팔인가? 한겨울의 나뭇가지가 아니라? 미안한 말이지만 눈사람인 줄 알았다. 팔만.

'이 남자도 절대 아니고.'

배가 너무 튀어나왔잖아.

'이건…… 초상화랑 같은 사람 맞아?'

한 달. 무려 한 달을 허비했지만, 일레나는 '카드'를 찾지 못했다.

후보 자체는 몇 명 되지 않았지만, 그들이 전부 수도 내에 기거하는 것은 아니다 보니 일일이 만나는 데 시간이 너무 많이 소모되었다.

"……."

일레나는 착잡한 눈으로 그녀가 아직 직접 만나지 않은, '마지막 후보'가 그려진 초상화를 응시했다.

솔직히 기대되지 않았다. 만나기도 전에 아닐 거란 생각부터 들었다. 일단 좀 못생겼다. 초상화 속에 그려진 얼굴은 그랬다.

'그리고 이게 뭐야? 얼룩을 너무 칠해놔서 생김새는 잘 보이지도 않잖아.'

이목구비가 별로라는 사실도 여러 번 뜯어본 끝에 겨우 확인할 수 있었다.

못생긴 얼굴. 그런데도 일레나가 이 사람을 '카드'의 후보에 포함시켰던 이유는…….

'검은 머리에 파란 눈.'

……단지 그것 때문이었다.

알고 있다. 그녀가 기억하는 카드의 눈 색과 머리 색이 진짜 그의 것이 아닐지 모른다는 것쯤은. 애초에 그렇게 생각했기에 수많은 초상화를 전부 뒤진 것이 아니었나.

그래도, 다만…….

지푸라기라도 잡는 심정으로 후보에 추가했다. 그뿐이었다.

"그런데 이 지푸라기밖에 안 남았네."

일레나는 한숨을 쉬고 초상화를 내려놓았다. 심지어 지푸라기는 수도에서 멀리 떨어진 곳에 살았다. 일레나가 이 상황에 이르기까지 그를 만나러 가지 않았던 이유 중 하나였다.

"어차피 아닐 텐데."

일레나는 갈등했다.

만나러 가야 하나? 이 남자를? '카드'일 리가 없는데?

눈을 씻고 찾아봐도 그녀가 만져보았던 카드의 이목구비와 닮은 구석이 없다. 눈은 작고, 코는 훨씬 낮고. 인중은 좁은 편에…… 반대로 턱은 왜 이렇게 커?

'카드는 이렇게 안 생겼었는데.'

솔직히 비교할수록 카드에게 미안해지는 기분이었다.

물론! 카드는 아주 나쁜 놈이고 일레나는 앞으로 무슨 일이 있어도 그 자식에게 미안함 따위를 느끼지 않을 것이다. 다만 그렇게 표현할 수밖에 없을 만큼, 초상화 속 인물이 지나치게 뒤떨어진다는 의미였다.

"……어쩔 수 없지."

일레나는 장고한 끝에 침실로 하녀를 불렀다.

지푸라기는 작고 가늘었다. 심지어 변색까지 된 것 같았다. 그야말로 당장에라도 끊어질 것처럼 볼품없었지만……

"일레나 아가씨, 부르셨어요?"

"짐을 꾸리는 걸 도와줄래? 좀 멀리 다녀와야 할 것 같아."

유일했다.

이윽고 네 마리의 말이 이끄는 마차 한 대가 소르테 백작가에서 출발했다.

휘익, 휙!

검이 날카롭게 허공을 잘라내는 소리가 연신 연무장에 울렸다. 연무장 한구석에 옹기종기 모여 선 기사들이 수군거렸다.

"갑자기 왜 저러시는 거지?"

"내가 알겠어?"

"지금도 강하신데, 얼마나 더 강해지시려고……"

"혹시 검 한 자루로 세계를 정복하는 것이 목적?"

"헉, 멋있다."

"그럼 나는 내 고향을 정복하겠어!"

"누가 연무장에 개 들여놨냐. 관리 안 해? 짖는데?"

기사들이 훈련도 내팽개치고 한데 모여 숙덕거리는 이유는 하나였다.

바로 카이휜.

구체적으로는, 벌써 한 달이 넘게 연무장에서 매일 몇 시간씩 몸을 단련하는 카이휜이었다.

"후우."

카이휜이 연무장 바닥에 검을 꽂고 잠시 숨을 골랐다.

카이휜은 일레나와 헤어져 공작성에 돌아온 후, 미래에 세상을 멸망시키는 '마수'와 '마왕'에 대해 닥치는 대로 찾아보았다. 왕국 내에는 쓸만한 자료가 거의 존재하지 않았다. 어디까지 왕국 '내'에는.

카이휜은 대륙 전체를 뒤졌고, 돈이면 안 되는 것이 없다는 오랜 격언을 몸소 증명하며 거의 사장되다시피 한 고대의 자료까지 입수했다. 자료에 따르면, 용사의 탄생 없이도 카이휜이 세상을 구할 수 있는 방법이 딱 한 가지 더 있었다.

'마왕을 다치게 하는 것.'

마왕은 이미 천 년 전에 세상을 침략한 적이 있었다. 그러나 그때 이 세상에 존재했던 '용사'에게 크게 부상을 입고 물러갔다.

카이휜은 과거 용사가 했던 것처럼 마왕에게 부상을 입히기로 했다. 마왕은 용사에게 당했던 상처를 회복하는 데 장장 천 년이 걸렸다. 카이휜의 목표는 그 상처의 십 분의 일이었다.

백 년. 어림잡아 그 시간 동안만 마왕을 세상에서 몰아낼 수 있다면 충분했다.

사실 정확히 따지면 이건 세상을 구하는 방법이 아니라, 세상의 멸망을 잠시 늦추는 방법이었다.

카이휜은 어느 쪽이든 좋았다. 어쨌든 백 년 후면 이 세상에 더는 일레나가 존재하지 않을 테니까. 그때 가서는 멀쩡해진 마왕이 다시 세상을 침략하든 말든, 카이휜이 알 바가 아니었다.

카이휜이 다시 허공에 대고 검을 휘둘렀다.

그는 가상의 적과 싸웠다. 노파가 보여준 미래에서 만났던 마왕이었다. 카이휜은 수천 번이 넘게 이루어진 가상의 전투에서 가끔, 정말 가끔 마왕의 오른쪽 날개를 베어내는 데 성공했다.

마왕은 천 년 전에 왼쪽 날개를 다쳤었다. 날개를 노리면 자연스럽게 왼쪽을 보호하려 들 것이고, 그 틈을 노린 전략이었다.

물론 쉽지 않았다. 카이휜은 상상 속에서 매번 목숨을 내던져 마왕의 날개를 노렸다. 천 번을 시도하면 구백아흔아홉 번 실패했다. 날개를 건드리지도 못하고 허무하게 죽었다. 그러다 한 번은, 목숨을 대가로 겨우 날개를 반 넘게 잘라냈다.

천 번에 한 번. 참혹한 확률이었다. 과연 저것이 정말로 가능한 일일까 저절로 의문이 생길 만큼.

그러나 마왕이 세상을 침략하기까지는 아직 십구 년이라는 시간이 남았다. 그때까지 매일 단련한다면. 지금부터 아주 조금씩이라도 계속 강해진다면, 미래에는…….

"공작님."

하인의 목소리에 카이휜이 검을 휘두르던 것을 멈췄다.

"……무슨 일이지?"

"공작님을 찾는 손님이 오셨습니다."

카이휜이 기억을 간단히 더듬었다. 딱히 약속을 잡은 기억이 없었다.

"돌려보내."

"알겠습니다."

하인은 곧바로 대답하고 물러갔다.

연무장에서 매일 몸을 단련하기 시작한 뒤로, 카이휜은 결코 시간을 낭비하는 법이 없었다. 기별하지 않고 찾아온 불청객을 만나는 것은 그의 입장에서 '시간을 낭비하는' 행위 속했다.

"……고, 공작님."

그런데 순순히 물러갔던 하인이 잠시 후 연무장에 다시 나타났다.

"손님께서 돌아가지 않겠다고 하십니다."

"뭐?"

"공작님이 오실 때까지 며칠이고 기다리시겠다고……."

카이훤은 찰나 기시감을 느꼈다.

"혹시 노파인가?"

"예? 아닙니다."

"그럼?"

"이름을 밝히셨는데, 일레나 소르테-"

쨍그랑.

"-라고……."

하인이 눈을 깜박거렸다.

"응?"

바닥만 보고 있었는데, 어느새 카이훤이 사라졌다. 대신 훈련용 검만 그 자리에 덩그러니 놓여 있었다. 주변을 휙휙 둘러본 하인이 곧 연무장을 빠져나가는 카이훤의 모습을 발견했다.

'언제 저기까지 간 거야?'

귀신이 곡할 노릇이었다.

하인은 바닥을 뒹구는 검을 한 번 더 홀긋 응시한 후, 어깨를 으쓱하고 걸음을 옮겼다.

카이휜은 정신없이 걷다가 멈춰 섰다.

'가면.'

허전한 얼굴을 한 손으로 더듬다가, 그도 모르게 지나가던 하녀를 붙잡았다.

"당장……."

가면을 가져다 달라고 말할 뻔했던 카이휜이 이를 악물었다.

미친 건가? 지금, 어디서 뭘 뒤집어쓰고 누굴 만나려고?

일레나는 '메이하드 공작성'에 '카이휜 메이하드'를 만나러 왔다. 그런데 그 앞에 '카드'로서 나타나려 하다니!

일레나에게 그의 얼굴을 뒤덮은 얼룩을 보이고 싶지 않다는 일차원적인 욕구가 앞서 하마터면 실수할 뻔했다.

"……공작님?"

고개를 숙인 하녀가 조심스럽게 카이휜을 불렀다.

흠칫, 정신이 돌아온 카이휜이 입을 열었다. 가면을 찾는 미친 짓거리 말고, 그가 지금 진짜 해야 하는 일이 떠올랐다.

"공작성 입구에서 기다리는 손님을 응접실로 모셔."

"네, 공작님."

"……금방 가겠다고도 전해."

"알겠습니다."

카이휜은 하녀를 뒤로하고 걸음을 돌렸다.

일레나가 왜 '카이휜 메이하드'를 찾아왔을까. 이유는 아직 알 수 없었다. 다만, 어쨌든…….

카이휜은 연무장의 먼지로 더럽혀졌을, 그가 입고 있는 칙칙한 단색

훈련복을 의식했다. 그가 걸음을 재촉해 드레스 룸이 딸린 침실로 향
했다.

—※— ✦ —※—

응접실의 문이 열리는 순간, 일레나는 하마터면 자리에서 벌떡 일어
설 뻔했다.

카드다. 그녀가 그토록 찾아 헤매던 카드가, 그녀 앞에 나타났다.

"처음 뵙겠습니다, 소르테 영애. 오래 기다렸습니까?"

일레나는 응접실에 들어선 카이흰이 그녀의 맞은편에 착석해 말을 건
넬 때까지, 무례할 정도로 상대를 빤히 보다가 덜컥 물었다.

"당신이 정말 메이하드 공작님이신가요?"

"……그렇습니다."

'말도 안 돼!'

일레나가 경악에 물들어 무릎 위에 놓아둔 주먹을 힘껏 움켜쥐었다.

'무슨 짓이야, 초상화!'

자칫하면! 만나러 오지 않을 뻔했는데! 마차를 타고 여기까지 오는 동
안에도, 너무 지루했던 나머지 다시 돌아갈까 몇 번이나 고민했었는데!

일레나는 속이 서늘해졌다. 만약 그대로 돌아갔다면, 땅을 치고 후회
할 뻔했다.

'……아니, 어차피 몰라서 후회하지도 못했으려나.'

일레나는 겨우 흥분을 다스렸다. 침착함을 되찾은 뒤, 그녀 앞에 나
타난 카이흰을 다시 차근차근 살폈다.

'……똑같네.'

카이휜의 이목구비는 일레나가 어둠 속에서 더듬었던 '카드'의 것과 정확히 일치했다. 오히려 눈으로 보니 조금 더 근사한 것 같기도 했다.

역시 잘생겼다. 무척이나.

비록 검은 얼룩이 얼굴을 뒤덮고 있긴 했으나, 수려한 이목구비는 고작 얼룩 따위로 가려지지 않았다.

'왜 이 외모가 여태 안 알려졌지? 초상화는 왜 그따위고?'

초상화가 아니라 상상화 내지 추(醜)상화였던 그림을 떠올리던 일레나가 이내 답을 얻었다.

'아무도 저 얼굴을 제대로 볼 생각을 안했던 거구나.'

저 대단하지도 않은 '얼룩' 때문에.

일레나가 기가 막힌다는 듯이 웃었다. 그 웃음을 어떻게 해석했는지 카이휜이 조심스럽게 그녀를 불렀다.

"소르테 영애?"

"이름으로 불러요."

원래 그렇게 했잖아.

일레나는 저도 모르게 그처럼 쏘아붙일 뻔했다가 뒤늦게 이성을 붙잡았다.

"그쪽이 더 익숙해서요. 소르테 영애라는 호칭은 아무래도 좀, 언니를 부르는 것 같아서……."

"……네, 일레나 양."

일레나는 눈을 내리깔았다. 실수하지 않기 위해 천천히 호흡을 가다듬었다.

'잊지 마, 일레나. 카드를 다시 만나면 네가 하려고 했던 건…….'

왜 나를 속였냐고 따지는 것? 아니다.

나쁜 자식이라고 실컷 욕해주고 두들겨 패는 것? 때려봤자 왠지 그녀의 손만 아플 것 같다는 현실적인 생각은 제쳐놓고 몹시 실천하고 싶지만, 아니다.

나를 정말 좋아하기는 했었냐고 묻는 것? ……궁금하긴 하지만, 역시 아니다.

셋 다 아니고…….

'복수.'

내리깔린 긴 속눈썹에 가려진 일레나의 눈이 차갑게 빛났다.

똑같이 갚아줄 것이다. 그녀가 느꼈던 상처, 상실감, 배신감 전부. 고스란히 되돌려 주기 위해서 일레나는 기를 쓰고 '카드'를 찾아냈다.

'이 사람일 줄은 몰랐지만…….'

어쨌든 찾았다. 그렇다면, 이제 어떻게 복수할 것인가?

그와 관련해서는 미리 생각해 둔 계획이 있었다. 마침 상황도 맞아떨어졌다. '카드'가 바로 '카이휜 메이하드'였던 덕분에.

'그러고 보니 카드라는 이름도, 본명에서 맨 앞글자랑 뒷글자만 따서 붙인 거잖아.'

일레나는 멈칫했다. 왜 이걸 이제야 떠올렸지?

'진작 알았다면…… 아니, 그래도 몰랐으려나? 초상화 때문에.'

그놈의 추상화. 끝까지 지푸라기를 놓지 않아서 정말 다행이지.

일레나가 재차 안도의 한숨을 삼킨 뒤 시선을 올려 말했다.

"우선 기별하지 않고 불쑥 찾아온 점은 사과드려요."

"아닙니다."

"마음이 급했거든요. 한시 빨리 공작님과……."

일레나가 카이휜을 향해 살짝 웃었다.

"혼인하고 싶어서."

"……!"

카이휜의 몸이 크게 들썩였다.

지금 일어서려고 했군. 일레나는 지나가듯 생각했다. 일레나도 조금 전에 자리에서 일어설 뻔했기 때문인지 약간의 동질감이 들었다.

"그게 무슨……."

"제 앞으로 청혼서를 보내셨었더라고요. 두 번이나."

일레나는 말을 꺼내면서 동시에 추측했다. 혹시 그것 때문이었을까?

그녀는 카이휜의 청혼을 거절했었다. 아버지인 소르테 백작의 결정이었으나 일레나 또한 반발하지 않았으니 그에 동의했던 셈이다.

일레나에게 두 번이나 청혼을 거절당해서, 그래서 앙심을 품고 별장에서 작정하고 그녀에게 접근했던 걸까? 지금 일레나가 하려는 것처럼, 복수하려고?

'하지만 그건 당신 소문이나 얼굴에 있는 얼룩 때문이 아니라, 그냥 아직 결혼하고 싶지 않아서였는데…….'

카이휜이 아니라 다른 사람이 청혼서를 보냈다 해도 마찬가지로 거절했을 것이다. 실제로 비슷한 시기 청혼까지는 아니어도 결혼을 전제로 한 교제 신청을 몇몇에게 받았으나, 전부 단칼에 거절했다. 그러니까 딱히 카이휜이라서 거부했던 것은…….

일레나는 변명이나 다름없는 사고를 실컷 이어가다가 입술을 깨물었다. 이제 와서 이런 말들이 무슨 소용이지. 어느 것 하나 되돌릴 수도 없는데.

이미 그녀는 카이휜의 청혼을 거절했고, 그는 그녀를 속이고 기만했다. 특히 후자. 일레나가 지금 기억하고 명심해야 하는 사실은 단지 그것뿐이었다.

카이휜은 복잡한 표정으로 일레나를 응시하다가 입을 열었다.

"그건 사실입니다만, 지난 일입니다."

"왜요? 이제는 저와 결혼하고 싶은 마음이 없어지셨나요?"

카이휜은 바로 대답하지 않았다. 일레나는 정적이 흐르는 틈에 재빨리 다시 입을 열었다. 기다렸다가 그렇다는 답을 듣게 되면 왜인지 상처받을 것 같았다. 아직도 상대방의 말이나 행동에 상처받을 마음이 남아 있다는 것이 우스웠다.

"저는 아니에요. 청혼을 거절했다는 걸…… 몰랐어요. 아버지께서 결정하셨던 일이라."

"……."

"후회해요. 공작님과 결혼하고 싶어요. 단."

일레나가 조건을 붙였다.

"지금 바로 결혼식을 올리자는 것은 아니에요."

그녀는 카이휜에게 복수하고자 했다. 방법은 단순했다.

"어차피 준비하는 시간도 필요할 테니, 두 달 후에 식을 진행했으면 해요."

우선 두 달 동안 최선을 다해 카드, 즉 카이휜을 유혹한다.

"그동안 저는…… 공작성에 머물면서 공작님과 서로 알아가는 시간을 가지고 싶어요."

그렇게 카이휜이 그녀에게 홀딱 빠지게 한 다음.

"어차피 결혼할 거라고 해도, 서로를 잘 아는 상태로 부부가 되면 더좋잖아요?"

실은 네가 '카드'라는 사실을 알고 있고, 복수하기 위해 접근했던 거라고 전부 밝히고 떠난다. 결혼식 전날에.

"어때요?"

일레나는 눈을 사르르 접으며 미소 지었다. 몬트리아 영애가 알려준 미소였다. 이른바 '사내 열에 아홉은 반드시 넘어오는' 여우 같은 눈웃음이었다. 결정적인 순간에 필살기로 사용하면 효과가 좋다고 해서, 아끼고 아꼈다. 덕분에 연습만 실컷 했지, 실전(?)에서 배운 대로 웃어보기는 처음이었다.

은근히 쉽지 않았다. 그래도 잘 해냈을 것이다. 몬트리아 영애 앞에서 연습할 때마다 그녀가 박수를 치면서 '열에 아홉이 아니라 백에 아흔아홉은 넘어오겠다'라고 장담했으니까.

카이휜은 일레나의 웃는 얼굴을 묵묵히 쳐다보다가 입을 열었다.

"미안합니다."

백에 하나를 만난 일레나가 깜짝 놀라 얼굴에서 웃음기를 지웠다.

"왜 사과를…… 설마 거절은 아니죠?"

"일레나 양께는 나보다 더 좋은 남자가 남편으로 어울립니다."

"……그런 남자는 없어요."

"있습니다."

"없어요!"

일레나는 자기도 모르게 화를 내듯이 받아쳤다가 입을 다물었다. 급히 헛기침해서 분위기를 환기하곤 다시 말했다.

"저는 공작님이 무척 훌륭한 남편감이라고 생각해요."

"……내 소문을 들어봤을 겁니다."

"네, 많이 들었어요. 그런데요? 그게 뭐가 중요한가요? 저는 소문으로 사람을 판단하지 않아요."

이다음에 뭐라고 하지? 뭔가, 좀 더 이 상황에 효과적인 말이 있지 않을까?

에잇, 모르겠다. 일레나는 냅다 고개를 숙이고 우는 것처럼 어깨를 들썩거렸다.

"그건 어리석은 사람이나 하는 짓이잖아요. 저를 그런 사람으로 취급하시다니…… 슬퍼요."

"그건……! 그런 뜻은 아니었습니다. 내 말은."

"흑, 너무 미워. 으흑."

일레나는 한탄했다. 정말이지 세상에 이것보다 더 어설픈 연기는 존재하지 않을 것 같았다. 그런데 그때 쩔쩔매는 목소리가 일레나의 귀를 스쳤다.

"……정말 미안합니다, 일레나 양. 내가 실수했습니다. 절대 일레나 양을 매도하려고 했던 말이 아닙니다."

'응?'

일레나는 고개를 숙인 채 눈을 깜박거렸다.

이유는, 잘 모르겠지만…….

'효과가 있는 것 같은데?'

뭐지? 저 남자, 보기보다 둔한 편인 건가?

일레나는 내친김에 더욱 서럽게 우는 시늉을 했다.

"으흐흑!"

어린아이를 포함해 실로 그 누구도 속지 않을 것 같은 연기였다.

"일레나 양."

이 남자만 빼고.

카이휀은 일레나가 우는 연기를 그치지 않자 계속해서 안절부절못했다.

'왜 속지?'

속이면서도 이해되지 않는 일이었다.

"……내가 어떻게 하면 일레나 양의 마음이 나아지겠습니까?"

기어이 저 말까지 나왔다!

"결혼하겠다고 해주면…… 눈물이 멈출 것 같기도 하고……."

"……."

"흑흑."

"알겠습니다."

진짜?

일레나는 곧장 고개를 치켜들고 싶은 것을 꾹 참고 확인했다.

"약속해 주는 거예요?"

"약속하겠습니다."

일레나가 확답을 듣자마자 냉큼 고개를 들어 눈물 자국조차 없는 얼굴로 카이휜을 응시했다.

'웅? 별로 안 놀라네?'

속았다는 걸 알고 몹시 당황할 줄 알았는데, 카이휜은 작게 움찔하긴 했으나 그뿐이었다. 일레나가 내심 의아해할 때 카이휜이 말했다.

"우선 머무를 방을 내드리겠습니다."

일레나는 복잡한 생각은 이만 그만두기로 했다. 여하튼 바라던 바를 이뤘으니까. 과정이야 어쨌든 결과가 좋으면 다 좋은 거지.

"고마워요."

일레나가 배시시 웃었다. 기분이 좋았기에 자연스럽게 배어난 웃음이었다.

카이휜은 일레나의 얼굴을 한참 쳐다보다 입술을 달싹였다. 그러나 어떤 말도 입술 밖으로 흘러나오지는 않았다.

—※← ✳ →※—

임시 거처는 넓었다. 그리고 넓이에 비해 가구가 몇 개 없어서 휑했다.

처음에 일레나는 카이휜이 치사하게 그녀에게 일부러 이런 방을 내준 것일까 진지하게 고민했다. 그러나 곧 그런 것이 아니라는 사실을 알게 되었다. 고민 끝에 결국 하녀를 불러다 물어봤는데, 공작성의 침실이 대부분 이렇다는 답변이 돌아왔으니까.

"그럼 카이휜의 침실도 이럴까?"

일레나는 그녀가 굴러다니면서 운동해도 될 것 같은 크기의 침대에 누워 중얼거렸다.

"궁금한데……."

들여보내 달라고 부탁하면, 들여보내 줄까?

'우는 척하면 들여보내 줄 것 같은데.'

일레나는 그녀에게 무적의 무기가 있다는 사실을 이번 기회로 알게 되었다. 비록 카이휜 한정으로 추정되긴 하지만.

"우는 사람한테 엄청 약한가?"

생긴 건 별로 그렇게 안 생겼는데. 잘생기긴 했지만 은근히 매정할 것 같은…….

일레나는 카이휜의 생김새를 떠올리다가 벌떡 일어나 앉았다.

"짜증 나."

근사한 이목구비를 떠올렸더니 반사적으로 가슴이 두근거렸다.

기분이 나빴다. 내가, 왜! 나를 속인! 남자한테! 곧 처절하게 복수하고! 버릴! 사람한테!

"가슴이 왜 설레……."

비참했다. 일레나는 우는 척이 아니라, 정말로 눈물이 살짝 맺혀서 훌쩍거렸다.

'쓸데없이 잘생겼어.'

이건 그녀 탓이 아니다. 전부 카이휜이 잘못한 거였다. 잘생긴 게 죄다. 얼굴 하나로 유명해진, 사교계를 대표하는 미남들도 저 정도로 잘생기진 않았었다. 오히려 카이휜을 보고 나서 그들을 다시 떠올렸더니 그 얼굴이면 평범한 게 아닌가 하는 생각밖에 들지 않았다.

하. 인간은 왜 잘생긴 얼굴에 약한 거지. 내가 약한 건가.

"나쁜 놈…… 진짜 가만 안 둬. 잘생기면 다야? 더 용서 못 해."

반드시 복수할 거다. 그녀를 속인 걸 땅을 치고 후회하면서 엉엉 울게 해주고 말겠다.

일레나는 후회하면서 엉엉 우는 카이휜을 상상했다.

"흥."

기분이 나아졌다.

사실 카이휜이 '엉엉 우는' 모습이 잘 상상이 안 돼서 조용히 눈물만 뚝뚝 흘리는 장면으로 바꿨지만…… 여하튼 울렸으니 아무렴 된 것이 아닐까?

일레나는 이윽고 눈물을 닦고 침대에서 폴짝 뛰어내렸다.

'공작성 구경이나 하자.'

오늘부터 두 달 동안 지낼 곳이었다. 구조를 익혀두는 것이 여러모로 편할 것 같았다.

일레나는 하녀에게 공작성 내부를 구경시켜 달라고 할까 하다가 그냥 침실을 벗어났다. 마침 혼자 가보고 싶어진 곳이 있었다.

"안정을 돕는 차입니다."

벤은 집무실 책상에 차를 내려놓으면서 카이휜의 표정을 흘긋 살폈다. 카이휜의 얼굴은 번뇌로 얼룩져 있었다. 누가 봐도 두 달 뒤에 결혼하게 생긴 남자의 얼굴로는 보이지 않았다.

……아니, 원래 결혼 전에는 생각이 복잡해지던가?

벤은 그가 결혼하던 날을 떠올려 보려고 노력했다. 헛수고였다. 지나치게 오래전이었다.

"……고마워."

"그리고 미리 결혼 축하드립니다, 주인님."

카이휜은 대답하지 않았다. 벤이 말을 이었다.

"소르테 백작은 적당히 야망이 있으면서도, 도의를 지킬 줄 아는 인사지요."

"……."

"나쁘게 않게 선택하셨습니다."

"……그래. 차는 식기 전에 잘 마시지."

완곡한 축객령이었다. 이 결혼에 대해 뭔가 더 이야기를 듣고 싶었던 벤은 미련이 남았지만, 어쩔 수 없이 집무실에서 물러갔다.

"하아."

카이휜은 벤이 퇴장하자마자 책상에 팔꿈치를 대고 손등으로 이마를 받쳤다.

'무슨 생각일까.'

일레나가 떠올랐다. 무려 우는 시늉까지 하면서 그와 결혼하겠다고 주장한 일레나.

멍청이가 아니고선 누구나 알아차릴 수 있었을 것이다. 그와의 '결혼'을 입에 담는 일레나는 어느 모로 봐도 딴 속셈으로 가득해 보였다.

사실, 카이휜은 별로 상관없었다. 일레나에게 어떤 속셈이 있든. 하다못해 그를 암살하러—그럴 리는 없겠지만—온 것이라고 해도 나쁘지 않을 것 같았다.

실제로 카이휜은 일레나의 어설픈 연기에 고스란히 속아주었다.

……실은 반쯤 정말 당황했었지만. 연기라는 걸 알면서도 흐느끼는 목소리를 듣자 반사적으로 몸이 굳었다.

응접실에서 있었던 일을 떠올린 카이휜이 재차 한숨을 내쉬었다.

일레나에게 어떤 속셈이 있든 상관없다고 생각하면서도, 일레나의 제안을 처음에 거절했던 건 무서웠기 때문이었다. 그녀가 '카드'와 그가 동일인물이라는 것을 알아차릴까 봐.

사실 처음에는 일레나가 그 사실을 알고 화를 내고 따지러 온 것일까 했다. 응접실로 들어서기 전까지 그 상상 때문에 가슴이 미친 듯이 불안하게 뛰었다.

그리고 일레나와 마주친 뒤 찰나에 다 잊었다. 불안도, 무서움도.

그저 일레나를 다시 보게 되어 기쁘다는 생각 외에는, 전부…….

모자란 놈처럼 일레나의 방문이 마냥 반갑다고 생각하다가 제정신을 차린 건, 일레나가 두 달 뒤에 결혼하자고 말했을 때였다.

두 달?

일레나가 정말 그와 결혼하고 싶어 한다고 생각하진 않았다. 다만 두 달이라는 기한이 마음에 걸렸다. 적어도 그 기간 동안 이곳에 있겠다는 건가?

카이휜은 그 순간 다시 두려워졌다.

두 달 안에 들키면 어떡하지. 그가 바로 카드였다는 걸. 일레나는 아직은 모르는 눈치였다. 하지만 그사이에 알게 된다면…….

그래서 거절했지만, 우는 척하는 일레나를 다시 밀어낼 수가 없었다.

그리하여 지금, 이 꼴이 되었다.

"자초한 거지."

카이휜이 냉정한 판단 속에서 중얼거렸다.

그는 죄인이었다. 일레나가 무슨 짓을 하든 감히 저항할 자격이 없었다. 그녀가 저에게 무얼 바라든, 그래, 다 들어줄 것이다. 일레나가 그를 암살하러 온 것이어도 괜찮다는 건 빈말이 아니었다. 심장을 달라고 해도 기꺼이 내줄 거다. 오히려 그런 마지막이라면 기쁠 것 같았다.

"……징그러운 상상을 하는군."

자기객관화 과정을 거친 카이휜이 거침없이 평가했다. 일레나가 그의 마음을 안다면 어떻게 반응할까. 질색하겠지. 그가 생각해도 음습했다. 일방적이고 질척거려서는.

카이휜은 상상에서 빠져나왔다. 그러곤 밀린 업무를 시작했다.

시간이 얼마나 지났을까?

"주인님!"

벤이 헐레벌떡 집무실 문을 열고 들이닥쳤다.

"벤? 무슨 일……."

"일레나 소르테 영애께서……."

일레나의 이름이 나올 때부터 딱딱하게 굳었던 카이휜의 얼굴이 이어진 말에 새하얗게 질렸다. 이내 카이휜이 집무실을 박차고 뛰어나갔다.

"괜찮으십니까?"

"여, 영애. 정말 괜찮으십니까?"

"괜찮⋯⋯."

저놈의 괜찮냐는 소리, 벌써 한 서른 번은 들은 것 같네.

일레나는 새떼를 물리치듯이 손을 휘휘 저었다.

"괜찮아요. 보기에나 이렇지, 안 아파요."

사실 아팠다. 하지만 아프다고 말하면 실수한 기사가 당장 뛰쳐나가 접시 물에 코라도 박을 것 같아서⋯⋯.

어쩔 수 없이 일레나는 안 아픈 척, 표정 연기에 최선을 다했다. 적어도 우는 연기보다는 능숙하게 해낼 수 있었다.

'따가워.'

일레나는 그녀의 팔에 생긴 베인 상처를 흘긋 쳐다보았다. 윽, 괜히 쳐다봤다. 기분 탓인지 상처를 봤더니 더 쓰라린 것 같았다.

'운이 나빴지.'

일레나는 생각했다.

연무장을 구경하고 싶었을 뿐이다. 그게 전부였다.

그런데 사용인에게 길을 물어 연무장에 찾아갔더니, 기사들이 하필 대련 중이었다. 여기까지는 괜찮았다. 오히려 좋았다. 대련 구경은 꽤 재미있었으니까.

그런데 구경하느라 넋을 놓았던 게 문제였을까? 아니, 딱히 넋을 놓지 않았다고 해도 그녀의 운동신경으로 그걸 피할 수 있었을지는 모르겠다. 대련 도중 기사가 검을 놓쳤고, 그 검이 하필이면 구경하던 일레나에게 날아들었다.

정말, 운이 나빴다.

'그래도 이만하길 천만다행이긴 해.'

눈먼 검에 급소를 찔려서 세상을 하직하기라도 했다면 얼마나 억울했겠는가?

이만하면 그렇게 큰 상처도 아니었다. 피는 좀 나지만, 많이 나는 것도 아니고……. 아픈 것도 이 정도면 조금, 아니, 제법 축소해서 따끔한 수준…….

"일레나!"

일레나는 깜짝 놀랐다. 환청인가 했는데, 제대로 들은 것이 맞았다.

연무장으로 뛰어 들어온 카이휜이 다급하게 일레나 곁으로 다가왔다.

"상처가……."

카이휜은 일레나의 다친 팔을 보더니 말을 잇지 못했다.

"어, 이건, 그러니까……."

일레나는 왠지 변명해야 할 것 같은 기분이 되었다. 그러나 달리 거창하게 떠오르는 말이 없었다.

"……대련을 구경하다 다쳤어요. 근데 별거 아니에요."

일레나는 이실직고한 뒤에 지극히 개인적인 판단을 덧붙였다.

카이휜은 말이 없었다. 마치 화를 참는 듯한 얼굴로 묵묵히 그녀를 응시하기만 했다.

……화를 참아? 왜?

"……치료부터 해야겠습니다."

"알겠…… 앗!"

일레나는 발이 붕 뜨면서 갑자기 시야가 급변하는 바람에 화들짝 놀랐다. 카이훤이 그녀를 안아 올렸다!

'내가 다친 건 팔인데?'

혼자서도 걸을 수 있는데?

"카……."

일레나는 카이훤의 이름을 부르려다 말고 멈칫했다. 그러고 보니, 이름으로 불러도 되냐는 허락을 아직 구한 적이 없었다. 그 생각을 하느라 일레나는 그만 카이훤에게 내려달라고 말할 기회를 놓쳤다.

"……."

결국 그녀는 잠자코 카이훤에게 안긴 채 연무장을 벗어났다.

"위험하게 연무장에는 왜 간 겁니까?"

의사가 일레나의 상처를 처치하고 방에서 나가자마자 카이훤이 들어와서 일레나에게 따져 묻듯 말했다. 추궁처럼 떨어진 질문에 일레나는 눈을 깜박거렸다.

나, 지금 혼나는 건가?

곧 억울해졌다.

'아니, 내가 뭐 이런 일이 생길 줄 알고 연무장에 갔나?'

연무장에 있던 기사 중 한 사람이 설명해 주길, 오늘 일레나가 겪은 일은 일 년에 몇 번 일어날까 말까 한 사고라고 했다. 그것도 대련 중에 기사가 놓친 검이 상대 기사를 위협하는 빈도가 그 정도고…….

'기사가 아니라 멀리서 구경하던 나 같은 사람이 다친 건 처음이라고 했는데.'

그랬다. 일레나는 무려 공작성 연무장에서 전례 없는 사고를 당했다. 그것도 공작성에 도착한 첫날에!

다시 생각해도 정말이지 운이 굉장히 나빴다. 그뿐이었다.

"위험할 줄 몰랐어요."

"그게 말이 됩니까?"

"왜 안 돼요?"

"검이 날아다니는 곳입니다."

'연무장이?'

일레나는 말문이 막혔다. 황당해서.

'무슨 전쟁터도 아니고…….'

그녀가 지내던 수도 소르테 저택에도 기사들이 사용하는 연무장이 있었다. 일레나가 정말 할 짓이 없을 때마다 아주 가끔 기웃거리곤 했던 연무장은, 카이휜의 표현처럼 검이 막 날아다니는 위험천만한 장소는 딱히 아니었다. 단지 거의 항상 시끄럽고 땀 냄새가 조금, 아니, 꽤 나는 공간일 뿐…….

일레나가 카이휜의 비약에 반박하려 했다.

그때였다.

"크게 다칠 수도 있었습니다. 하마터면……."

정말 우연히, 일레나의 눈에 카이휜의 손이 들어왔다. 카이휜의 손은 미세하게 떨리고 있었다. 일레나는 멈칫하고 시선을 상대의 손에 고정했다. 순간, 잘못 본 것인가 싶어 다시 자세히 관찰했다.

……정말로, 떨리고 있었다.

'……왜?'

일레나는 조금 당황해서 시선을 위로 올려 카이휜의 얼굴을 확인했다. 얼룩 때문에 바로 발견하지 못했는데, 지금 보니 카이휜은 안색이 무척 나빴다. 얼룩으로 가려지지 않은 피부에 핏기가 하나도 없었다.

일레나는 손가락을 꼼지락거리다가 입술을 달싹거렸다.

말이 나오지 않았다. 뭐라고 말하면 좋을지도 알 수 없었다.

'왜 저런 반응을……'

누가 보면 그녀가 곧 죽을 만한 상처라도 입은 줄 알겠다.

"……"

일레나가 깔끔하게 처치를 마친 그녀의 상처에 흘긋 시선을 주었다. 이어서 카이휜을 흘끔.

무슨 생각을 떠올렸는지 잠시 망설이던 일레나가 이내 자기 상처로 은근슬쩍 손을 가져갔다. 곧바로 카이휜에게 손을 잡혔다.

"뭐 하는 겁니까?"

"……아니, 그냥"

"건드리지 마세요. 덧날지도 모릅니다."

붕대 위로 살짝 만지려던 것뿐인데?

그러나 일레나의 손을 잡고 그녀의 행동을 제지한 카이휜은 더없이 진지한 얼굴이었다. 일레나의 가슴이 미미하게 수런거렸다.

일레나는 지금과 비슷한 경험을 해 봤다. 그러니까 아마, 열 살 전에.

그때 일레나는 가족의 과보호 속에서 키워지고 있었다. 막내라서 그랬을까. 아니면 어머니가 돌아가신 지 얼마 안 되었기 때문일까. 어린 일레나도 인식할 정도의 지나친 걱정과 보호가 그녀를 둘러싸고 있었다.

그러다 하루는 도서관에서 빌린 책에 '과보호'라는 단어가 등장했고, 일레나는 그 단어를 습득하자마자 '이거다!' 하고 생각해서 가족에게 달려갔다. 마침 일레나의 근처에 있었던 가족은 언니 릴리아나였다.

"언니! 할 말이 있어!"

"뭔데?"

"왜 나를 과보호해? 나는 여섯 살이고, 어린애가 아냐. 과보호는 필요 없어!"

그때 릴리아나는 웃음을 꾹 참았다. 그러곤 대견하게 주장하는 일레나 앞에 무릎 꿇고 앉아, 차분히 설명했다.

"일레나가 어린애라서 우리가 널 걱정하고, 보호하는 건 아니야."

"그럼?"

"사랑하니까."

"……사랑?"

"응. 사랑하는 만큼 과보호하는 거야."

결과적으로 어려서 과보호했던 것이 맞긴 했다. 일레나는 어느 정도 자란 이후 자연스럽게 가족의 과한 걱정과 보호에서 해방되었으니까.

'근데 지금은…….'

일레나가 카이휜을 보며 멍하니 생각했다.

'나는 열아홉 살이고, 성인이고, 이 남자는 내 가족이 아니고…….'

왜일까. 얼굴에 점점 열이 올랐다.

'사랑……'

"일레나 양?"

일레나가 고개를 푹 숙이자 카이휜이 깜짝 놀란 듯 그녀를 불렀다.

"어지러운 겁니까? 아니면 상처가……."

"안 어지러워요. 상처도 안 아파요."

그냥 갑자기 얼굴이 뜨겁고, 카이휜을 쳐다보는 것도 왠지 어렵게 느껴져서 잠깐 이러는 것뿐이다. 그런데 그때 카이휜이 작게 결심한 듯 말했다.

"실례하겠습니다."

"응?"

일레나의 시야에 카이휜의 손이 불쑥 나타났다. 커다란 손은 그녀의 이마에 잠시 닿았다가 물러갔다.

"미열이 있군요."

"네?"

그럴 리가? 설마 조금 전에 얼굴이 달아올랐다고 느껴서?

당황한 일레나가 고개를 다시 들었다.

"그건……."

아니, 근데 뭐라고 설명하지. 당신이 아무리 봐도 나를 과보호하는 것 같아서…… 그거에 대해 생각하다가…… 갑자기 얼굴이 뜨거워진 거라고 말할 순 없잖아.

일레나는 고민하다가 둘러댔다.

"사실 내가 원래 남보다 체온이 높아요."

새빨간 거짓말이었다. 오히려 실제와 반대였다.

일레나는 태생적으로 다른 사람보다 체온이 살짝 낮았다. 그래서 곧

잘 추위를 타곤 했다. 일레나가 제일 싫어하는 계절은 겨울이었다. 겨울만 되면 집밖에 거의 나가지 않았다. 그 시기의 일레나는 뜨거운 차와 담요, 벽난로 없이는 살 수 없는 몸이 되었으므로.

"……글쎄요."

카이휜이 두루뭉술하게 대답했다.

그는 일레나의 거짓말을 전혀 믿지 않았다. 거짓말하는 티가 나서 그런 것은 아니고, 단지 '카드'로서 일레나와 보냈던 시간을 떠올린 것뿐이다.

그때 그가 종종 잡곤 했던 일레나의 손은 매번 찬 편이었다. 체온이 높다니, 전혀. 손만 그런 것이 아니라, 드레스 매듭을 묶어주던 중에 그의 손에 살짝 스쳤던 살갗도 딱히…….

"카, 아니, 공작님?"

카이휜이 벌떡 일어섰다. 일레나가 의아하게 쳐다보자 카이휜이 입을 열었다.

"기다려 주세요. 곧 다시 오겠습니다."

"……?"

일레나는 방에서 빠져나가는 카이휜의 뒷모습을 어리둥절하게 주시하다, 이내 작게 한숨을 내쉬었다.

"뭐가 뭔지 모르겠네."

정신이 없었다. 그저 카드가 아닌 카이휜과 잠깐 대화를 나눈 것뿐인데, 어째선지 이래저래 심력을 꽤 소모한 기분이 되었다.

풀썩. 일레나가 침대에 누워 소모된 기력을 충전했다.

그러고 있을 때 카이휜이 다시 방에 나타났다. 반사적으로 일어나려는 일레나를 카이휜이 제지했다.

"누워 있어도 됩니다."

"······뭐예요?"

카이휜은 그새 용도가 명확한 준비물을 가지고 등장했다. 물이 담긴 대야, 수건······.

일레나가 누운 침대 옆에 자리를 잡은 카이휜이 준비물들을 바닥에 내려놓았다. 그러고는 수건을 대야에 담긴 물에 적시더니 비틀어 짰다. 일레나는 사정없이 쥐어 짜이는 수건을 멍하니 구경하다가 퍼뜩 정신을 차렸다.

"나 열 안 난다니까요?"

"납니다."

"당신이 의사예요?"

"의사가 아니어도 그 정도는 구분합니다."

이윽고 카이휜이 물기를 적당히 제거한 수건을 일레나의 이마에 얹어 주었다.

'차가워.'

일레나는 깜짝 놀랐다.

'······그리고 기분 좋네.'

평소였다면 보나 마나 춥다고 느꼈을 것이다. 근데 기분이 좋다니.

'세상에, 진짜 열이 났나 봐.'

몰랐는데······.

일레나는 입을 다물었다. 적어도 이제 열이 안 난다는 주장은 할 수 없게 됐다.

그때, 노크 소리 후 방문이 열리더니 하인이 들어와 카이휜에게 종이 뭉치를 건넸다.

"공작님, 여기 말씀하셨던 서류입니다."

"고맙네."

일레나는 이마에 물수건을 얹고 누운 채 눈을 깜박거리다가 하인이 퇴장한 뒤 질문했다.

"그 서류는 뭐예요?"

"별건 아닙니다. 검토해야 할 내용이 있어서……."

"여기에서 하려고요?"

내 옆에서?

"네."

"……."

"수건은 미지근해지면 교체해 주겠습니다. 푹 쉬어요."

그렇게 말한 카이휜은 정말로 의자에 앉아서 서류를 검토하기 시작했다. 팔랑, 서류가 한 장씩 넘어갈 때마다 일레나는 기분이 이상해졌다.

물수건 교체 같은 건, 하녀에게 맡기고 방에서 나가도 되지 않나. 아니, 애초에 직접 물이 담긴 대야와 수건을 가져온 것부터 과한 처사였다. 어째서 직접…….

"……카이휜."

충동적으로 뱉은 이름에 커다란 몸이 움찔했다. 카이휜이 서류에서 눈을 떼고 일레나를 쳐다보았다.

"혹시 뭐가 불편합니까?"

"이름으로 불러도 돼요?"

카이휜은 이때 깨달았다. 그가 아직 상대에게 그의 이름을 부르는 걸 허락하지 않았다는 걸. 그건 아마, 굳이 허락이 필요한 일이 아니라고 무의식중에 생각했기 때문이겠지만.

"……네, 얼마든지."

"카이휜."

"……."

"미안해요."

갑자기 흘러나온 사과에 카이휜이 놀란 듯 눈을 살짝 크게 떴다.

"연무장이요. 걱정을 끼칠 생각은 아니었어요."

"……."

"정말 잠깐 구경하러 갔던 거예요. 원래는 그런 곳에 잘 안 가는데, 당신이—"

"……내가?"

아차. 일레나가 내심 당황해서 입을 다물었다.

'이 말은 하면 안 되잖아.'

그녀가 공작성에 있는 많고 많은 장소 중 하필 연무장을 구경하러 갔던 이유는 간단했다. '카드'가 그녀에게 들려주었던 이야기가 떠올랐기 때문에.

카드는 본인의 가문 기사들을 칭찬했다. 훌륭한 기사들이라고, 하나같이 실력이 출중하다고 말했다.

그래서 문득 궁금해졌다. 실제로 보고 싶어졌다. 어떤 사람들일까. 카이휜과 함께 훈련하고, 그에게 인정받은 기사들은…….

……그런 이유로 기사들을 보러 연무장에 갔던 건데, 이런, 큰일 났다. 그녀가 카드와 카이휜이 동일인물이라는 것을 알고 있다는 사실은 아직 비밀인데!

일레나는 어쩔 수 없이 황급히 말을 바꿨다.

"나를 심심하게 해서."

"심심하게…… 해요?"

"나를 놔두고 일만 했잖아요, 지, 지금도!"

"……."

"옆에 있어주긴 하지만 서류만 보고!"

와아! 엄청나게 억지다! 실로 어린애나 부릴 것 같은 투정!

일레나도 그녀의 말이 어떻게 들릴지 알고 있었다. 그렇지만 급하게 핑계를 꺼내다 보니 정말 어쩔 도리가 없었다. 믿기지 않겠지만 저것도 나름대로는 최선을 다한 것이었다.

'모르겠다.'

일레나는 침묵하기로 했다. 저기에 뭔가 더 말을 덧붙이느니 이편이 나을 것 같았다.

그때 일레나를 묵묵히 응시하던 카이휜이 서류를 한쪽으로 치운 다음 말했다.

"내가 뭘 하면 됩니까?"

'응?'

"……여인과 시간을 보내본 적이 별로 없습니다."

사실 아예 없지. 그와 이런 관계가 된 건 일레나가 처음이다. 카이휜은 그것까지 솔직하게 말하지는 않았다.

"어떻게 하면 일레나 양이 심심하지 않을지, 내게 알려줬으면 합니다."

"어……."

일레나는 뜻밖의 전개에 어안이 벙벙해져 있다가 얼른 말했다. 어쨌든 놓칠 수 없는 기회였다.

"그, 그래요! 이제 내가 알려줄게요. 당신이 앞으로 나와 뭘 하면 좋을지……."

"……."

"하나씩……."

분명 머리에 찬 물수건을 얹고 있는데, 왜 열이 내리지 않는 기분일까?

일레나는 우물쭈물하다가 슬쩍 말을 이었다.

"……열이 내리면, 공작성을 안내해 줄래요?"

"네."

"그리고 지금은…… 당신 이야기를 해줘요. 아무거나 좋아요."

"별로 재미없을 겁니다."

카이휜은 습관처럼 그렇게 받아쳤다가 멈칫했다. '카드'일 때도 저렇게 말했던 것이 떠올라서.

"상관없어요. 아무거나 좋다고 했잖아요. 내가 듣고 싶은 건 재미있는 이야기가 아니라, 당신 이야기예요."

……그리고 일레나는 그때도 지금처럼 대답했다.

누구에게나, 다, 그렇게 말해주는 걸까.

"카이휜?"

카이휜은 정신을 차렸다.

맙소사, 멍청한 생각에 빠져 있었다. 대체 무슨.

"그럼……."

카이휜이 잡생각을 다시 떠올리지 않기 위해 서둘러 입을 열었다. 곧 카이휜의 입에서 누구도 궁금해하지 않았던, 그의 어린 시절 이야기가 흘러나왔다.

일주일이 지났다.

일레나는 그동안 카이휜과 공작성을 둘러보고, 도서관에 가서 같이 책을 고르고, 정원을 산책하고……

'드레스도 샀지.'

영지로 외출해서 쇼핑하기도 했다.

'카이휜이 당황하는 모습을 보고 싶어서 가게에 진열되어 있던 걸 전부 골랐는데……'

"여기에서 여기까지 전부 사지."

일레나는 점원에게 그렇게 말하곤 카이휜을 슬쩍 살폈다. 그러나 당황한 건 직원과—그리고 곧바로 매우 기뻐했다—조금 떨어져 상품을 구경하던 다른 손님 한 명뿐이었다. 일레나가 드레스를 한 자리에서 수십 벌 구매하든 말든, 정작 결제를 맡은 카이휜은 눈 하나 깜짝하지 않았다.

'뭐, 사실 꼭 그 이유 때문에 드레스를 그만큼 샀던 건 아니지만……'

조금 떨어져 상품을 구경하던 다른 손님 한 명. 그 손님이 일레나의 신경을 계속해서 건드렸다.

연인이나 가족의 선물이라도 사러 온 것일까. 화려하게 전시된 드레스 근처에 있던 젊은 남자는 카이휜과 일레나가 가게에 들어서자마자 두 사람을 흘끔거리기 시작했다.

일레나는 기분이 나빴다. 그녀와 카이휜을 번갈아 쳐다보는 시선. 그 시선에 담긴 의미를 어렵지 않게 짐작할 수 있었기 때문이다.

남자는 카이휜을 쳐다본 다음, 거울을 보며 자기 얼굴을 만지작거렸다. 일레나는 그때, 모르는 사람의 뒤통수를 구두 굽으로 내려치고 싶다는 기분이 어떤 것인지 깨달았다. 마음 같아선 저 남자를 거울과 함께 가게에서 치워 버리고 싶었지만…….

'내 가게가 아니라 그럴 수는 없었고.'

결국 남자가 둘러보던 전시 상품을 모조리! 구입하는 걸 선택했다. 일레나는 드레스를 전부 구매한 다음 턱을 치켜들고 남자를 거만하게 내려다보았다. 남자를 머리부터 발끝까지 훑어준 뒤 일부러 피식, 웃었다.

일레나의 의도를 읽었을까. 남자는 드레스가 다 결제되기도 전에 얼굴을 새빨갛게 물들이곤 가게에서 도망쳤다.

"재수 없는 놈. 다시 만나면 내가 아주……."

일레나는 복도에 서서 신경질을 담아 중얼거리다가 멈칫했다. 카이휜이 떠올랐다.

카이휜은 가게에 있는 내내, 일레나와 달리 남자의 존재를 신경 쓰지도 않았다. 중간쯤에는 '혹시 여기에 우리 말고 다른 손님이 있는 걸 모르는 거 아냐?' 하는 의심이 들었을 정도였다. 그건 단순히 남에게 관심이 없는 성격이기 때문일 수도 있겠지만…….

어쩌면, 익숙한 걸까. 그래서 더욱 신경 쓰지 않게 된 것일까. 그런 시선쯤은…….

"……짜증 나."

일레나가 벽에 기대어 섰다. 뭐가 짜증 나는 거지. 모르겠다. 어쨌든 짜증 났다.

고작 일주일이지만, 곁에서 지켜본 카이휜은 너무 좋은 사람이었다. 그리고 주변에는 반대로 나쁜 인간들이 너무 많았다.

아니, 사실 그들은 '나쁜' 인간이 아닐지도 모른다. 무지한 것뿐. 아무

것도 몰라서, 그래서, 그렇게 악의 없이…….

"아니, 근데 악의가 없으면 다야? 왜 사람을 고작 소문으로 판단하는 거야? 얼룩도 뭐, 딱히 별것도 아닌데…….'

일레나는 주절거리다가 문득 말문이 막혔다.

과거의 그녀는 어땠더라. '카드'를 만나기 전에. '카드'가 카이휜이라는 사실을 몰랐을 때. 카이휜을 두고 괴물 공작이라고 수군거리는 주변을 보며 무슨 생각을 했지?

시인한다. 아무 생각도 안 했다. 어떻게 고작 소문 하나로 사람을 깎아내리고 헐뜯을 수 있냐고 나서서 말린 적, 없다. 그녀와 상관있는 일이 아니라고 치부했고, 방관했다.

"……나도 별로 다를 것 없네."

이제 와 카이휜을 대하는 주변 사람의 태도에 화가 나는 것, 이것도 단지 카이휜에게 관심이 생겼기 때문이면서.

"복수, 그냥 하지 말까."

일레나가 작게 혼잣말했다. 그런 생각이 들었다. 과연 그녀에게 그럴 자격이 있나, 하는 생각.

방관도 가해라는 말이 있다. 사실 그렇게 치면 일레나도 카이휜 앞에서 떳떳할 수 없는 처지 아닌가? 괴물 공작이라는 표현이 잘못되었다고, 과거에 한 번도 생각해 본 적 없었는데?

귀족 사회가 카이휜을 매도하고 낙인찍는 것에 어쩌면 동조했다. 그러니까 정말, 아주 조금쯤은. 그런 주제에 상대가 그녀를 속였다고, 상처받았다고 해서 바로 복수를…….

"사정이 있었던 건 아닐까."

일레나가 불쑥 중얼거렸다.

'일부러 나를 속인 건 아니었을지도 몰라.'

가슴이 점점 빠르게 뛰었다.

'처음부터 나를 기만할 작정은 아니었을지도……'

일레나는 추측했다. 기실 추측이라기보다는 기대였고, 바람이었다. 제발 그랬으면 하는, 무척이나 간절한.

"일레나 님."

그때 일레나가 상념에서 빠져나왔다. 벽에 기대어 있던 몸을 바로 세웠다. 집사가 다가왔다.

"벤."

일레나는 집사의 이름을 불렀다.

그녀는 벤과 딱히 친밀한 사이는 아니었다. 친해지기에 일주일은 너무 짧았다. 그러나 일레나는 벤에 대해 나름대로 이것저것 알고 있었다. 카이휀이 말해주었으니까. 카이휀이 태어나기도 전부터 공작성에서 집사로 근무했었다고 했지. 유능한 사람이고, 또.

'공작성에서 유일하게 카이휀을 주인님이라고 부르는 사람.'

이건 일레나가 지켜보며 알아낸 것이다.

"좋은 오전입니다. 잠자리는 평안하셨습니까?"

"응, 항상 그렇지."

"공작성에서 지내는 데 불편한 점은 없으시고요?"

"전혀 없네."

"다행입니다."

벤은 며칠 전부터 일레나를 '일레나 님'이라고 부르기 시작했다. 한 사나흘 됐나? 그전까지는 '레이디 소르테'였다. 무슨 계기로 호칭이 변하게 된 건지, 일레나는 잘 알 수 없었다.

"항상 감사합니다."

그 순간 벤이 말했다. 일레나가 어리둥절한 표정으로 그를 쳐다보았다.

"내가 자네에게 뭘 해줬었나?"

"주인님과 함께 시간을 보내주셔서요."

"……."

"일레나 님께서 공작성에 와주셔서…… 정말 기쁩니다."

일레나는 머뭇거렸다. 머릿속에 그녀가 보낸 지난 일주일이 스쳐 지나갔다. 업무로 바쁜 카이휜을 이리저리, 부지런히 끌고 다녔지.

다른 사람이 그녀 앞에서 저렇게 말했다면, 솔직한 말로 비꼰다고 판단했을 것이다. 그러나 벤은 누가 봐도 일레나에게 진심으로 고마워하는 것처럼 보였다.

"아니야. 나도 고맙네. 그, 공작님을 곁에서 잘 보필해 줘서."

"그것이 제 일인데요."

"……."

"가봐야겠습니다. 이 늙은이가 보기와 달리 일이 많아서. 앞으로도 주인님을 잘 부탁드립니다, 일레나 님."

"……응."

일레나는 겨우 대답했다. 벤이 멀어졌다.

일레나가 이번에는 복도 벽에 이마를 쿵, 박았다.

"어떡하지."

생각보다 세게 찧었는지 이마가 아팠지만 신경 쓸 겨를이 없었다.

"복수…… 정말로…… 어떡하지."

그 상태로 일레나가 얼마나 우두커니 서 있었을까.

"일레나아아아아!"

잔뜩 성난 목소리가 일레나를 불렀다. 덧붙여 추가적인 문제가 있었는데, 지나치게 익숙한 음성이었다는 것이다.

일레나가 고개를 돌렸다. 이윽고 경악했다.

"돌아가자."

일레나는 응접실에서 에드워드와 대치했다. 그녀는 딱딱하게 굳은 에드워드의 얼굴을 흘끔 본 다음 시선을 피하며 대답했다.

"싫어."

"지금 장난해?"

"……내가 왜 돌아가야 하는데."

"가출은 끝났으니까."

"난 가출한 적 없어! 외출한 거지."

"외출?"

에드워드가 픽, 코웃음 치더니 응접실 테이블 위에 편지를 한 장 내려놓았다. 얇은 편지 한 장을 사이에 두고 에드워드의 손바닥과 테이블이 사정없이 부딪히면서 '탕!' 하고 소리를 냈다.

"고작 이딴 편지 하나 남겨두고 집을 나갔으면서, 외출이라고?"

그랬다. 에드워드의 설명처럼, 일레나는 '사정이 생겨서 메이하드 공작성에 다녀올게요'라고 적은 편지를 그녀의 침실 책상 위에 올려놓고 하녀가 챙겨준 짐과 함께 무작정 마차에 올라탔다. 어느새 근 보름이나 지난 일이었다.

"세상에선 이런 걸 두고 가출이라고 말해, 일레나."

"웃기지 마. 난 성인이야. 가출은 어린 애들이나 하는 거지."

"성인이라도 타당한 사유 없이 집을 나가면 가출이야."

"타당한 사유가 왜 없어? 편지에 적었잖아. 사정이 생겼다고."

"일레나."

에드워드가 주름진 미간을 엄지로 꾹 눌렀다.

"여기까지 오느라 마차로 일주일 걸렸어. 나 너랑 말장난하려고 온 거아니야."

"……."

"같이 돌아가자, 집에."

"……충분히 설명하지 않고 집을 나왔던 건 미안하게 생각해. 반성하고 있어. 하지만 집에는 못 돌아가."

"왜?"

일레나는 입술을 살짝 깨물었다. 뭐라고 설명하면 좋을까.

"그건……."

"메이하드 공작이 너를 협박해?"

너무나 뜻밖의 이야기에 일레나는 그만 바로 대답할 시기를 놓쳤다.

"뭐─"

"역시 그랬구나. 개자식!"

"잠깐, 잠깐! 에드워드! 야!"

에드워드가 자리에서 벌떡 일어섰고, 일레나가 따라서 일어섰다. 일레나는 응접실에서 뛰쳐나간 에드워드를 복도에서 겨우 붙잡았다.

"어디 가려고?"

"당연히 공작에게지. 이 쓰레기 자식이 감히 남의 동생을……."

"욕하지 마! 무슨 오해를 하는 거야? 협박이라니, 그런 거 아니야!"

발상 자체가 지나치게 황당했다.

에드워드가 이마에 주름을 잡고 일레나를 내려다보았다.

"협박당해서 편드는 거야?"

"이게 좀 전부터 진짜 미쳤나. 아니라고! 협박 같은 거 안 당했어!"

"믿을 수가 있어야지……."

"내가 협박했어! 내가!"

얼떨결에 털어놓은 일레나가 탄식을 삼켰다. 에이, 씨.

"뭐?"

"내가……."

일레나가 눈을 질끈 감고 말을 이었다.

"두 달 뒤에 결혼하자고 말했어. 공작님한테. 우는 시늉하면서, 결혼 해 주지 않으면 눈물을 그치지 않겠다고 협박해서……."

"일레나."

에드워드가 일레나의 양팔을 단단히 붙잡았다. 그의 얼굴은 희게 질 려 있었다.

"집에 돌아가면, 바로 의사에게 가자."

"뭐라고?"

"네가…… 이 정도로 힘든 줄 미처 몰랐어. 미안하다. 정말 미안해. 가족이면서 챙겨주지 못한 내 탓이야."

"무슨 말을 하는 거야?"

"진료하고 면담하고, 그러다 보면 좋아질 거야. 실연 같은 건 정말 아 무것도 아니야, 일레나. 네가 그놈을 못 잊어서 이런 짓까지 벌일 줄 알 았더라면……."

일레나는 이제야 에드워드가 어떤 착각에 새롭게 빠진 것인지 짐작했다. 입이 저절로 떡 벌어졌다.

"나 안 아파! 안 힘들어!"

"하, 내가 무심해서…… 오빠 자격이 없다……."

"실연의 상처 때문에 충동적으로 이런 짓 한 거 아냐! 일탈, 그딴 거 절대 아냐!"

"델 몬트리아에게 연락하겠어. 그쪽에도 책임이……."

"그 남자가 이 사람이야."

……맙소사, 나도 모르게.

일레나의 안색이 에드워드 못지않게 창백해졌다.

"……지금 뭐라고 말했니, 일레나?"

"일탈 같은 거 아니라고."

"그다음에."

"……아무 말도 안 했는데?"

"네게 연락하겠다고 약속해 놓고 연락하지 않았던, 그 누군지 모른다던 남자가 메이하드 공작이라고?"

망할! 자세하게도 기억하네!

일레나가 재차 눈을 질끈 감았다가 떴다.

"……그래."

"넌 지금 너를 기만했던 놈과 결혼하겠다고 하는 거구나."

일레나가 울컥했다. 기만. 틀린 말이 아니었지만, 분명히 그녀 또한 얼마 전까지 저렇게 생각했지만 왠지 반박하고 싶었다.

"기만했던 거 아니야! 사정이 있었어."

"무슨 사정?"

"그건······."

"사정 따위 없는 거 알아, 일레나. 공작은 단지 거짓말쟁이야. 너는 거짓말쟁이의 편을 드느라 없는 말을 지어내는 거고."

일레나가 입술을 아플 정도로 씹었다.

"그렇게 말하지 마."

"네가 무슨 생각을 하는 건지 정말 모르겠다, 일레나 소르테."

"······."

"공작은 네게 청혼을 두 번이나 거절당했어. 근데 이제 와 네가 결혼하자고 하면······ 그 의도를 어떻게 생각할까?"

"나한테 잘해줘."

"잘해주는 척하는 거겠지."

"에드워드."

"결혼하는 순간 돌변할 거야. 네게 앙갚음할 거라고. 그런 생각 못 해?"

"그럴 사람 아니야."

"일레나!"

에드워드가 일레나의 팔을 잡은 손에 힘을 주었다. 일레나가 아픈 듯 표정을 찡그리자, 금방 에드워드의 손아귀에서 힘이 풀렸다. 그가 복잡한 표정으로 일레나를 응시했다.

"일레나, 너 지금 이성적인 상태 아니야. 냉정하게 생각해. 우선 나와 집에 돌아가서 이 결혼에 대해 천천히 재고해 보자."

"미안해."

"······."

"나, 여기 있고 싶어······. 미안, 오빠."

오빠라는 호칭에 에드워드의 눈이 흔들렸다. 이내 에드워드가 일레나의 팔을 놓아주고 자기 머리를 미친 듯이 흩뜨렸다.

"좋아. 한 달."

"……?"

"나도 한 달 동안 여기 있을 거야. 그동안 너와 메이하드 공작을 지켜볼 거고."

"한 달이나?"

"너무 짧지?"

일레나가 조용해졌다. 에드워드가 말을 이었다.

"만일 공작이 널 상대로 불순한 의도를 품은 것 같으면…… 지체 없이 너를 데리고 집에 돌아갈 거야. 그때는 네가 아무리 싫다고 버텨도 소용없어."

말다툼을 더 이어나가고 싶지 않았기 때문에 일레나는 속으로만 반발했다. 그럴 일은 절대 없을걸.

일레나의 생각을 읽은 것처럼 에드워드가 말했다.

"어디 두고 보자, 일레나."

에드워드의 등장으로 인해 안 그래도 복잡했던 일레나의 심경은 훨씬 복잡해졌다. 에드워드와 말싸움했던 이후, 줄곧 그녀의 머리에 달라붙어 떠나지 않는 말이 있었다.

"공작은 네게 청혼을 두 번이나 거절당했어. 근데 이제 와 네가 결혼하자고 하면…… 그 의도를 어떻게 생각할까?"

그러게. 그녀가 생각해도 수상하긴 했다.

아버지가 멋대로 거절했던 거라고 변명하긴 했지만……. 아마 거짓말하는 표시가 났을 것이다. 일레나는 원래 말로 남을 속이는 데는 별로 재주가 없었으니까.

에드워드와의 설전을 돌이켜 봐도 그랬다. 정신을 차리니 그녀도 모르게 진실을 줄줄 내뱉고 있지 않았던가.

'이미 짐작한 거 아닐까? 내가 다른 의도를 품고 자기에게 접근했다는 걸?'

근데 왜…… 변함없이 잘해주지?

처음 만났을 때나 지금이나. 줄곧…….

'……나를 좋아하는 걸까? 별장에서 만났을 때부터 계속?'

그런데 그럼, 왜 저를 속였지? 연락하겠다던 약속을 어째서 지키지 않았던 걸까? 사정이 있었다면, 사실 저에게 진작 털어놓지 않았을까?

'나한테 미안한가?'

일레나는 그럴듯한 가정을 떠올렸다.

'나를 속였던 것 때문에, 내게 죄책감을 가져서 잘해주는 거라면…….'

일레나는 침대 위로 쓰러졌다.

"동정은 싫어."

슬펐다.

"그냥 나를 좋아하는 거면 좋겠어……."

그녀를 속였던 일은, 그건, 그냥…….

모르겠다. 아무것도 생각하고 싶지 않다. 일레나는 누운 김에 스르르 잠을 청했다.

에드워드가 공작성에 눌러앉은 지도 어느새 이 주가 흘렀다. 한 달이라는 기한에서 벌써 절반이 사라졌다.

"어디 가?"

에드워드가 복도에서 일레나를 발견하자마자 물었다. 일레나는 에드워드를 지나쳐 걸었다.

"외출하려고."

"밖에 나간다고?"

"기분 전환할 거야. 누구 때문에 스트레스가 왕창 쌓여서."

진심이었다.

공작성에 머무르면서 일레나와 카이휜을 지켜보겠다더니, 에드워드의 그 말은 반쯤 거짓말이었다.

지켜보는 게 아니라, 에드워드는 방해 공작을 펼쳤다!

일레나와 카이휜이 같이 있기만 하면 어디서 귀신같이 나타나선 갖은 억지를 부려 두 사람을 떨어뜨려 놓았다.

그것 때문에 일레나는 날이 갈수록 스트레스가 쌓였다. 지금은 쌓인 스트레스가 거의 폭발하기 직전이었다. 해소해 줄 필요가 있었다.

'카이휜에게 같이 외출하자고 할까 고민했지만……'

에드워드가 거머리처럼 따라붙을 것이 불 보듯 뻔했으므로 그만두었다. 일레나는 카이휜과 에드워드가 한자리에 있으면 불편했다. 당연하게도 에드워드 때문이었다.

'무슨 죄인과 취조관도 아니고……'

카이휜은 에드워드가 얼마나 무례하게 굴든 크게 개의치 않는 기색이었지만, 오히려 일레나가 신경이 쓰여서 안절부절못했다.

'괜찮아. 이제 이 주만 더 참으면 되니까.'

카이휜에게도 얼마 전 몰래 언질을 마쳤다. 이 주 뒤에는 저 거머리가 알아서 사라져 줄 거라고.

카이휜은 웃기만 했다. 가족에게 거머리라는 말은 조금 너무하지 않냐고 살짝 덧붙이면서.

'……너무 착한 거 아냐? 나는 몰라도, 에드워드한테까지 잘해주다니.'

그렇게 생각하며 일레나가 척척 걸음을 옮겼다. 아니나 다를까 에드워드가 졸졸 따라왔다. 일레나는 소용없을 걸 알면서도 말했다.

"따라오지 마."

"나도 마침 밖에 우연히 볼일이 생겼어."

에드워드는 기어이 일레나와 같은 마차에 올라탔다. 마차가 출발한 뒤 일레나는 에드워드를 마차 밖으로 밀어버릴까 잠깐 고민했지만, 가족의 정이 뭐라고 결국 실천하지는 않았다.

"일레나."

마차가 덜컹거렸다. 에드워드는 대꾸하지 않는 일레나에게 재차 말을 붙였다.

"넌, 공작이 왜 그렇게 좋냐?"

일레나는 잠시 망설이다 창밖에 시선을 둔 채로 대답했다.

"다정해서."

"그게 다야?"

"잘생겼고."

"……?"

"네가 얼굴을 자세히 안 봐서 그래. 에드워드 너보다 백 배 정도 잘생 겼어."

"……어, 그리고 또? 더 없어?"

"목소리가 듣기 좋고."

"……."

"가슴이…… 아주 크고."

"야."

"키도 크고. 어깨도 넓고. 다리도 길고."

"어쭈, 자세하게도 봤네?"

"손이 따뜻하고."

"……."

"내 앞에서만 잘 웃고."

일레나는 말하는 동시에 떠올렸다.

그녀는 카이휜이 원래 잘 웃는 사람인 줄 알았다. 그녀에게는 웃는 얼 굴을 자주 보여주었으니까.

그런데 하루는 벤이 두 사람을 지켜보다가 대뜸 눈물을 흘렸다. 그것 도 줄줄, 거의 오열하는 수준이었다. 일레나가 당황해서 왜 그러냐고 하 자 벤은 목이 잔뜩 메서는 대답했다.

"주인님께서 이렇게 웃으시는 모습은 오랜만에 봬서……."

카이휜은 쓸데없는 말을 한다고 타박했지만, 일레나는 저 고백을 듣 자마자 가슴이 쿵쿵거렸다.

또, 희망이 피어났다.

어쩌면 정말 카이휜에게 사정이 있었을 거란 기대가 마음을 점령했다. 카이휜은 실은 처음 만났을 때부터 그녀를 변함없이…….

"여우가 따로 없네."

에드워드가 투덜거렸다. 일레나는 황당해졌다.

"아주 영악해."

"이 주 동안 대체 뭘 본 거야?"

"연기가 능숙하던걸. 일레나 너는 순진해서 깜박 속을 수밖에 없었을 거야."

말을 말아야지. 일레나는 입꼬리를 슬쩍 말아 올렸다.

말은 저렇게 해도, 에드워드는 카이휜을 지켜보기 시작한 후 아직 일레나에게 집에 돌아가자고 말한 적이 없었다. 에드워드가 보기에도, 카이휜에게 별달리 나쁜 속셈 같은 건 없어 보였던 거겠지.

나쁜 속셈은 외려 그녀에게 있었다. 복수할 생각으로 여기까지 왔으니까.

'……복수.'

일레나는 다시금 갈등에 빠졌다.

사실, 아직까지도 마음을 정하지 못했다. 에드워드에게는 단단히 부탁해 두었다. 그녀가 별장에서 만났던 남자가 카이휜이라는 걸 알고 있다는 사실을, 카이휜에게는 절대 밝히지 말아달라고. 에드워드는 이건 또 무슨 상황이냐고 날뛰었지만, 순순히 부탁을 들어주었다.

'물어볼까?'

일레나가 문득 생각했다.

'차라리 툭 까놓고 질문할까? 그때 왜 나를 속였던 거냐고? 사정이 있었냐고? 혹은 사정이 있었던 게 아니라도…… 지금은 날 속였던 걸 후

회하냐고?'

가슴이 세차게 두근거렸다.

그래, 언제까지 지금처럼 갈팡질팡할 수는 없다. 말하자. 오늘 외출을 끝내고 돌아가면 전부 털어놓고, 카이윈의 이야기를 듣자.

후회한다고 말해준다면. 진심으로 그녀를 좋아한다고 말해준다면. 그렇다면…….

"도착했습니다."

마차가 멈췄다.

일레나는 가게가 줄지어 늘어선 거리에 내려섰다. 그녀 뒤로 호위 기사 두 사람과 에드워드가 자연스럽게 따라붙었다.

일레나는 이 가게, 저 가게 돌아다니면서 장신구와 모자, 장갑, 구두 같은 걸 구입했다. 드레스는 지난번에 너무 많이 사서 새로 구매하고 싶지 않았다.

'돌아다녔더니 좀 개운하네.'

화려하고 반짝거리는 것을 잔뜩 구경했기 때문인지도 모른다.

일레나는 마지막으로 사람이 우글거리는 식당에 들어갔다. 실컷 움직였더니 허기가 졌다. 적당히 배를 채우고 공작성으로 돌아갈 심산이었다.

"어서 오십시오. 이쪽으로 안내해드리겠습니다."

직원이 일레나와 다른 사람들을 가게 안쪽으로 데리고 들어갔다.

그때였다.

"불이야!"

'불?'

누군가가 크게 외쳤다. 동시에 연기가 자욱하게 피어올랐다. 가게 내부가 순식간에 아수라장으로 변했다.

"꺄악! 불이야!"

"나가야 해! 살려줘!"

"비켜!"

"잠깐……."

식당 입구로 나가기 위해서는 일레나가 서 있는 방향을 지나쳐야 했다. 인파에 치인 일레나가 일행과 동떨어져 물러났다. 연기가 점점 짙어져서 주변을 살피기가 쉽지 않았다.

"에드─"

일레나가 인상을 찡그리며 입을 벌린 순간이었다.

퍽!

목뒤에 강한 충격이 전해졌다. 일레나가 그대로 까무룩 정신을 잃었다.

"페, 페토."

마차에 앉은 사내가 불안한 듯 눈을 이리저리 굴리면서 말했다.

"정말 이 여자를 데려가면, 두목이 우리를 용서해 줄까?"

맞은편에 앉은 사내가 자신만만하게 대답했다.

"당연하지! 매튜, 너 몰라? 두목이 토끼에 살고 토끼에 죽는 미친 변태 새끼라는 거?"

그렇게 대답한 사내가 의식을 잃고 마차 한쪽에 축 늘어져 있는 일레나를 가리켰다.

"그리고 저 여자는 토끼를 닮았고!"

"그, 그건 그래. 네 말이 맞아. 역시 페토 너는 영특해."

페토와 매튜. 사실 그들은 이 왕국 사람들이 아니었다. 그런 그들이 왜 지금 기절한 일레나를 마차에 실은 채 길을 달리고 있는 것일까.

사정은 단순했다.

"내 애장품을 망가뜨리다니, 배짱도 좋지."

"자, 잘못했습니다! 제발 살려주세요!"

페토와 매튜는 본래 옆 왕국에 있는 '레비트'라는 거대 범죄 조직에 속한 조직원이었다. 그런데 그만 실수로 그들의 우두머리가 아끼던 물건을 훼손하고 말았다.

범죄 조직의 우두머리는 당연하게도 사람을 날벌레처럼 쉽게 죽이는 피도 눈물도 없는 악당이었다. 하루아침에 목숨을 잃을 처지에 놓인 두 사람은 곧장 머리를 처박고 애원했다.

"뭐든지 하겠습니다! 그러니 제발 목숨만은……!"

"두 놈이니 특별히 두 달 주지. 그 안에 네놈들이 망가뜨린 것 정도로 귀한 물건을 구해 와."

"……."

"그럼 목숨은 살려주마."

페토와 매튜는 알겠다고 대답했지만, 눈앞이 깜깜했다. 그들이 망가뜨린 물건은 돈이 있어도 구할 수 없다고 알려진 굉장히 희귀한 보물이었다. 그 수준의 값어치를 지닌 물건을 그들이 도대체 어디에 가서 어떻게 구한단 말인가?

"우, 우리 그냥 목을 매달까? 그게 덜 아프게 죽는 방법일 거야."

"잠깐, 매튜. 너 기억나? 카이휜 메이하드 공작?"

"그게 누군데?"

"옆 왕국에서 왔다던 놈이 얘기했었잖아. 얼굴이 검은 얼룩으로 온통 뒤덮인, 저주받았다는 소문이 도는 공작이 있다고."

"그런데?"

"공작성의 창고를 털자."

"거길 왜?"

"멍청한 놈아! 생각을 해 봐. 공작씩이나 되면서, 자기 얼굴에 있는 얼룩을 없애려는 시도를 과연 안 했겠어? 보나 마나 귀하다는 약초나 물건을 싹 긁어 모았을 거야."

"아아!"

"그 창고가 해결책이야."

그렇게 페토와 매튜는 국경을 넘었다. 그리고 메이하드 공작령에 찾아가, 위장 신분으로 공작성에 취업하는 데까지는 성공했는데……

"뭐야, 설마 이게 다야?"

"별로 대단한 물건은 없는데……?"

"이, 이럴 리가 없어. 분명 귀중품만 모아놓은 진짜 창고가 따로 있을……"

"거기 두 놈! 거기서 뭐 하는 거냐!"

"제길!"

고생 끝에 접근한 공작성의 창고에는 그들이 원하던 엄청난 보물이라 곤 보이지 않았고, 설상가상으로 창고에 잠입했던 사실을 들켜 공작성에서 쫓겨났다.

"우린 진짜 끝났어! 나, 지금이라도 목을 매달래!"

"진정해, 대책이 있을 거야. 시발! 아무리 생각해도 없어! 그냥 이대로 도망쳐서 평생 숨어 사는 게……."

페토와 메튜는 절망에 빠져 공작령에서 한 달 넘게 시간을 허비했다.

그때였다. 두 사람이—정확히는 페토가—저잣거리에서 마치 운명처럼 한 사람을 발견한 것은.

은발에 분홍색 눈. 거기에 보기 드물 정도로 빼어난 미모.

"찾았다."

"페토?"

"저 여자를 납치해서 두목에게 바치면 돼."

"하지만 저 여자는 물건이 아닌데……."

"이 등신 새끼! 죽기 싫으면 일단 내가 하자는 대로 해!"

그렇게 두 사람은 일레나를 납치했다. 은밀히 미행하다가 일레나가 사람이 많은 식당에 들어가자마자 연막을 터뜨리고 일을 벌였다.

두 사람은 왕국의 뒷세계를 쥐락펴락하는 범죄 조직에서 오랜 시간 활동해 온 잔뼈 굵은 유능한 범죄자였다. 혼란을 틈타 사람 한 명 납치하는 것쯤, 그들에게는 그리 어려운 일이 아니었다.

"페토. 근데 정말 이 여자를 데려가면 두목이……."

"입 닥쳐! 한 번만 더 말하면 두목한테 가기 전에 너부터 여기서 죽여 버린다."

매튜가 조용해졌다.

"빨리 국경을 넘어야 하는데. 이놈의 공작령은 뭐가 이렇게 넓은 거야."

시간이 흐르니 자신만만하던 매튜도 점점 초조해지는지, 다리를 떨기 시작했다.

"그래도 이제 저 경계만 넘으면……."

그때, 마차가 멈춰 섰다.

"뭐야?"

페토와 매튜가 당황할 때 공작령의 경계를 지키는 병사가 마차로 다가와 창문을 두드렸다. 페토가 창문을 아주 살짝 열었다.

"무슨 일인지……."

"문 좀 열어주시겠습니까? 잠시 검문이 있겠습니다."

"예? 검사요?"

"공작성에서 급히 명령이 떨어져서요. 공작령에서 나가는 마차를 한 대도 빠짐없이 검사하라는 명령입니다."

페토의 표정이 굳어졌다.

'왜지? 설마 저 여자가 공작의…….'

페토의 시선이 흘끔, 기절한 일레나에게 닿았다.

'쳇, 어쩔 수 없지.'

페토가 품을 뒤적거려 돈주머니를 꺼냈다. 얼핏 보기에도 무게가 꽤 나갈 것 같은 돈주머니였다. 페토가 창문을 조금 더 열고 병사에게 돈주머니를 내밀었다.

"저어, 저희가 한시가 급해서 말입니다. 저희도 검사를 받고 싶은데, 시간이……."

"크흠! 뭐 그런 사정이 있으시다면."

병사가 헤벌쭉한 얼굴로 페토가 내민 돈주머니로 손을 뻗었다.

그때였다.

미동조차 하지 않고 축 늘어져 있었던 일레나가 벌떡 일어나 마차 문을 열고 뛰어내렸다.

"미친! 저 여자 잡아!"

페토의 말이 떨어지기도 전에 매튜가 손을 뻗었지만, 몹시 아슬아슬하게 일레나에게 닿지 않았다. 일레나는 바닥을 한 바퀴 구른 다음 일어나 뛰었다. 그야말로 어렸을 때 젖 먹던 힘까지 짜내 달렸다.

"자, 잡았다!"

"악!"

그러나 그녀보다 덩치가 한참이나 큰 남자를 따돌리는 것은 어려운 일이었다. 하필 주변에 몸을 숨길 만한 장소가 없었기에 더욱 그랬다. 일레나의 머리채를 잡아챈 매튜가 이어서 그녀가 움직이지 못하게 뒤에서 양팔을 꽉 붙들었다.

"놔! 이 범죄자 놈들아, 놓으라고!"

"아오, 씨. 하마터면 겨우 찾은 살길이 날아가는 줄 알았네! 매튜, 그 여자 잘 잡고 있어."

병사를 기절시킨 후, 한발 늦게 두 사람을 따라잡은 페토가 헉헉 숨을 몰아쉬면서 투덜거렸다. 이내 그가 살벌한 표정으로 일레나에게 다가갔다.

"벌써 깨어날 줄은 몰랐는데, 보기보다 튼튼한 모양이니 조치를 취해야겠어. 우선 다신 제멋대로 도망치지 못하게 양쪽 발목을……."

그 순간, 말발굽 소리가 들렸다.

매튜에게 붙잡혀서 버둥거리던 일레나가 어딘가를 보곤 크게 외쳤다.

"카이휜!"

페토와 매튜가 시선을 마주쳤다. 이내 자리에 흑마가 나타났다. 카이휜이 말 위에서 훌쩍 뛰어내렸다.

카이휜이 멈칫, 자리에 서서 매튜와 일레나를 응시했다. 어느새 한 뼘 길이의 칼을 꺼내든 매튜가 그걸 일레나의 목덜미에 들이대고 있었다.

"카, 칼 버려."

"……."

"이 여자 죽여 버린다! 지금!"

"버렸다."

카이휜이 검집에서 검을 꺼내 바로 바닥에 떨어뜨렸다.

"자, 잘했어. 그럼 이제 다시 말을 타고 왔던 길로 돌아가."

"……."

"빨리 말에 타라고! 그러지 않으면-"

그때 일레나가 매튜의 발등을 힘껏 밟았다. 앞서 말했듯이 매튜는 산전수전 다 겪은 유능한 범죄자였다. 대단한 효과는 없었다.

매튜가 아주 잠깐 주춤했다. 그러나 카이휜에게는 충분한 시간이었다.

"……!"

순식간에 매튜에게 달려든 카이휜이 일레나를 위협하는 칼날을 맨손으로 잡았다.

"이거 놓-!"

퍼억!

이어서 쇳덩이 같은 주먹이 매튜의 안면을 후려쳤다. 매튜의 몸이 쓰러졌다. 일레나가 곧장 카이휀에게 안겼다. 카이휀은 피가 뚝뚝 떨어지는 손을 등 뒤로 감춘 채 일레나를 끌어안았다.

"괜찮습니다. 이제 괜찮습니다, 일레나."

"카……."

일레나는 카이휀의 품에서 울먹거리다가 멈칫했다.

잠깐. 그녀를 납치했던 남자는, 두 명인데…….

그 순간 카이휀의 뒤에서 페토가 칼을 휘둘렀다.

"은신이 내 특기다. 죽어!"

카이휀은 페토가 칼을 휘두르기 직전, 그의 습격을 눈치챘다. 하지만 피하지 않았다. 지금 그가 피했다가는…….

카이휀이 일레나의 몸을 한결 힘주어 끌어안았다.

촤악!

"안 돼!"

"해치웠— 컥!"

칼에 베인 카이휀이 바로 돌아서서 페토의 얼굴에 주먹을 꽂아 넣었다. 주먹질 한 방에 페토가 절명했다.

이내 카이휀의 세상이 크게 흔들렸다. 카이휀이 무릎을 꿇었다.

"카이휀!"

일레나가 바로 그 옆에 무릎을 꿇고 앉았다. 그녀가 덜덜 떨리는 손으로 카이휀의 등을 더듬었다.

피, 피가. 피가 너무 많이…….

"어, 어떡해. 상처, 상처가."

일레나의 머릿속이 미친 듯이 복잡해졌다. 드레스, 드레스를 찢어서 지혈해야 하나? 효과가 있을까? 있든 없든 일단 뭐라도 시도해야 했다. 일레나가 바들거리는 손을 겨우 드레스로 가져갔을 때였다.

"괜찮습니다, 일레나. 나는 정말 괜찮아요. 그러니……."

울지 말아요.

말을 완성하지 못하고 카이휜이 허물어졌다.

"……카이휜?"

적막했다. 지나치게.

"카이휜, 아니죠? 아니잖아……."

왜 조용하지. 왜. 숨소리도, 들리지 않고…….

"카이휜."

일레나가 드레스를 놓고 카이휜에게 달라붙었다.

이상했다. 이럴 리 없는데. 숨을. 사람이 아무리 크게 다쳤어도, 숨을 쉬어야 하는데.

"카, 카이—"

아. 안 돼. 안 돼, 절대, 이건…….

일레나가 카이휜을 부르다 말고 그의 몸 위로 굵은 눈물방울을 뚝뚝 떨어뜨렸다. 목소리도 나오지 않았다. 머리가 하얗게 비면서 오직 한 가지 생각만이 떠올랐다.

신이시여, 제발. 제 목숨을 가져가셔도 좋아요. 그러니 이 남자를 살려주세요. 제발…….

그리고 그 순간. 일레나의 손에서 새하얀 빛이 뿜어져 나왔다.

"어떻게 된 일인지, 칼에 베인 상처는 전부 아물었습니다만……."

카이휜을 진찰한 의사가 말을 이어서 설명했다.

"칼에 독이 발라져 있었던 모양입니다. 체내에 독이 남아 있습니다. 지금 공작님께서는 중독 상태이십니다."

"살 수 있나요?"

일레나가 물었다. 의사가 신음했다.

"음……."

일레나의 창백한 안색을 살핀 의사가 얼른 덧붙였다.

"깨어나실 겁니다. 상처도 전부 회복되지 않았습니까. 신이 다시 한번 기적을 내려줄 겁니다."

그러니까 카이휜이 깨어나려면 기적이 필요하다는 말이었다.

"해독약을 처방해 드리겠습니다. 그럼 저는 이만……."

의사가 후다닥 침실에서 빠져나갔다.

일레나가 침대 옆에 놓인 의자에 앉아, 침대에 누운 카이휜을 말없이 응시했다. 에드워드가 다가왔다. 에드워드도 그다지 혈색이 좋지 않았다. 마음고생을 꽤 했는지 그새 볼이 움푹 들어간 얼굴로 에드워드가 사과를 건넸다.

"정말 미안하다, 일레나."

"……뭐가?"

"나 때문에 이런 일이 생긴 거잖아. 내가 아니었다면 네가 기분 전환 한다고 외출하지도 않았을 거고, 그럼……."

"됐어. 재수가 없었던 거야."

그래. 그것뿐이다. 단지 운이 나빴던 거다. 연무장에서 대련 중이던 기사가 놓친 검이 일레나에게 날아왔을 때보다, 훨씬……

"아니, 일레나. 내 잘못—"

"에드워드, 부탁할게."

일레나가 이 자리의 누구보다, 심지어 카이휜보다 핏기 없는 낯으로 에드워드를 응시했다.

"내가 단순히 운이 나빴던 거라고 생각하게 해줘."

"……미안하다."

에드워드는 그렇게 말한 다음 머뭇거리다가 침실에서 나갔다. 일레나는 묵묵히 다시 카이휜에게 시선을 주었다. 그러다 몇 시간 전에 있었던 일을 떠올렸다.

도대체 뭐였을까. 그 빛은.

목숨을 바쳐도 좋으니 카이휜을 살리고 싶다고 생각한 순간, 양손에서 빛이 흘러나왔다. 일레나는 그 빛이 뭔지도 모르면서, 본능적으로 손을 카이휜의 상처에 가져다 댔다. 빛이 남김없이 카이휜에게 빨려 들어갔다.

일레나는 그 장면을 고스란히 지켜본 다음 의식을 잃었다. 의식이 돌아왔을 때는 그녀도, 카이휜도 전부 공작성에 있었다. 정신을 차린 것은 일레나 혼자라는 문제점이 있었지만.

'나한테 사람을 치료하는 힘이 생긴 걸까?'

일레나는 멍하니 생각했다.

그렇다면, 반쪽짜리 힘이다. 카이휜이 깨어나지 못했으니까.

일레나는 공작성에서 눈을 뜬 뒤, 깨어나지 않는 카이휜을 보며 다시 한번 간절하게 그를 살리고 싶다고 생각했다. 하지만 정체 모를 빛이 다시 나타나 주는 일은 없었다. 일레나는 신을 원망했다가, 마음을 다잡았다.

이게 어딘가. 지금 이 상황에라도 감사해야 한다.

적어도 현재 카이휜은 숨을 쉬고 있었다. 의식이 없을 뿐이지, 고르게 호흡했다.

……감사해야 하는 일이었다. 정말로. 정말…….

"빨리 깨어나요, 카이휜."

일레나가 작게 중얼거렸다.

"어서 안 일어나면, 나, 다른 남자랑 확 결혼해 버린다……."

우스운 협박도 곁들였다. 카이휜에게서는 아무 대답이 없었다.

카이휜이 깨어나기를 기다리는 동안, 일레나는 카이휜이 어떻게 그녀를 찾을 수 있었는지 들었다.

"아, 네. 제가 식당에서 나와 전서구로 바로 연락했습니다."

그날 일레나를 호위했던 기사 중 한 사람이 말했다.

이름은 토마스였다.

"고마워요."

"아닙니다! 그리고 놈들이 바로 공작령에서 빠져나가려 할 거라는 판단은 각하께서 하신 건데요, 뭘."

일레나는 토마스라는 기사가 낯익었다. 연무장에서 대련 중에 검을 놓쳤던 기사였다.

얄궂은 일이었다.

"……각하께서는 금방 깨어나실 겁니다. 제가 장담합니다. 보통 사람이 아니시거든요."

일레나가 희미하게 웃었다.

"나도 그렇게 믿어요."

나흘이 지났다.

일레나는 밤에는 카이휜 곁을 지키고, 낮에는 자꾸 불안해지는 마음을 다스리기 위해 밖을 산책했다. 해가 높이 떠오른 시각이었다.

정원을 산책하던 일레나가 꾸벅꾸벅 졸았다. 벌써 나흘째 푹 잠든 기억이 없으니, 어쩌면 당연한 일이었다.

"아."

졸면서 걷던 일레나가 결국 발을 잘못 디뎌 자빠졌다.

정원 산책로에 주저앉아 있는데, 느닷없이 눈물이 핑 돌았다. 일레나는 떨리는 손으로 재빨리 눈물을 훔쳤다. 소용없었다. 닦는 속도보다 눈물이 흐르는 속도가 더 빨랐다.

일레나는 결국 눈물을 닦는 걸 포기했다. 진주알 같은 눈물방울이 바닥으로 떨어졌다.

잘 참았는데. 공작성에서 깨어난 뒤로, 한 번도 울지 않았는데.

눈물이 나려고 할 때마다 기를 쓰고 참았다. 울면 인정하는 것 같았기 때문이다. 지금 이 상황이, 그리 희망적이지만은 않다는 걸.

"괜찮아."

일레나가 중얼거렸다.

아직 일주일도 안 지났잖아. 아무 문제없다. 안 슬프다. 나는 안 슬퍼. 지금은 눈에 대왕 먼지가 들어간 거다.

일레나는 그렇게 되뇌며 자리에서 일어나려고 했다. 그러나 제대로 일어서지 못하고 주저앉았다.

'발목이……'

지금 보니 넘어지면서 단단히 삔 것 같았다. 드레스 자락 밖으로 드러난 발목이 그새 퉁퉁 부어 있었다. 하지만 계속 주저앉아 있을 수는 없었다. 일레나가 입술을 깨물고 몸을 일으켰다.

그때였다.

일레나의 시야가 획, 높아졌다. 일레나는 조금 뒤늦게 그가 누군가에게 안겼다는 걸 깨달았다. 단단한 팔이 그녀를 안정적으로 받쳤다.

그리운 살 냄새를 맡았다고 생각한 순간, 목소리가 들렸다.

"무리해서 일어서면 안 됩니다. 발목이 꽤 아플 텐데."

"……카이휜?"

"걷지 말고, 지금 바로 의사에게……."

"카이휜!"

일레나가 카이휜의 얼굴을 덥석 붙잡았다.

"진짜…… 당신이네. 헛것이 아니라."

"……."

"이거 꿈 아니죠."

카이휜이 고개를 끄덕였다. 일레나가 카이휜의 얼굴을 빤히 들여다보다가 눈을 깜박였다. 아슬아슬하게 매달려 있던 눈물방울이 툭, 떨어졌다. 카이휜이 움찔했다.

"언제 깨어났어요?"

"조금 전에……."

"깨어나자마자 날 찾으러 온 거예요?"

"……네."

"몸은 좀 어때요?"

"멀쩡합니다."

카이휜은 정말 멀쩡해 보였다. 우선 혈색이 괜찮았다. 일레나가 웃었다.

"다행이다."

일레나를 받친 카이휜의 손에 힘이 들어갔다.

"아무튼, 의사에게 가겠습니다."

일레나는 붕대로 칭칭 동여맨 그녀의 왼쪽 발목을 쳐다보다가 고개를 들었다. 카이휜이 그녀보다 훨씬 심각한 표정으로 다친 발목을 살피고 있었다.

"그만 봐요."

"생각보다 크게 다쳤습니다."

"그래봐야 발목 좀 삔 것 가지고 유난은."

"가볍게 여길 게 아닙니다. 인대는 한 번 다치면······."

일레나는 잔소리하는 카이휜을 가만히 응시했다. 지긋한 시선에 카이휜이 말을 멈췄다. 정적이 찾아온 김에 일레나가 입을 열었다.

"카이휜."

"······네."

"나 좋아하죠."

카이휜이 어깨가 흠칫, 굳었다. 그러면서도 순순히 대답하긴 했다.

"네."

"사랑하죠. 엄청."

"······네."

"그럴 줄 알았어."

일레나는 카이휜이 그녀를 구하고 칼을 맞았던 순간을 떠올렸다. 숨이 멎기 직전까지 카이휜은 오직 일레나만 신경 썼다. 피가 멎지 않는 그의 상처보다 일레나의 눈물에 더 주의를 기울였다.

그걸 사랑이라고 말하지 않는다면. 도대체 뭐가 사랑일까?

"왜 나를 속였어요?"

"무슨……."

"카드."

카이휜의 커다란 몸이 돌처럼 굳었다.

"사실 여기 와서 처음 당신을 보자마자 말았어요. 당신이 '카드'라는 거."

카이휜은 입을 열지 못했다. 입술이 떨어지지 않았다. 사과해야 하는데. 잘못했다고, 빌어야…….

"나 원래 당신한테 복수하려고 했었어요."

일레나가 큰 잘못을 들켜 겁먹은 아이처럼 조용해진 카이휜의 얼굴을 눈에 담으며 말했다.

"당신이 나를 사랑하게 한 다음에, 버리려고 했어."

"……."

"그 정도로 상처받았었거든요, 나. 당신이 연락하지 않아서."

"……미안, 합니다."

"왜 그랬던 거예요?"

일레나가 속삭이듯 물었다. 카이휜이 대답했다.

"……무서웠습니다."

"뭐가요?"

"내가 누군지 알면 일레나 양이 실망할까 봐……."

"……."

"화를 내고, 나와 보냈던 시간 자체를 후회할까 봐."

카이휜은 말을 꺼내면서 깨달았다.

그가 진정 두려워했던 건 저것이었다. 일레나가 별장에서 그를 만나고, 대화하고, 함께 시간을 보냈던 것을 후회하는 것. 카이휜에게는 단 꿈 같았던 그 순간들이, 일레나에게 악몽이 되는 것.

"……정말 미안합니다."

"당신이 깨어나길 기다리면서, 내가 무슨 생각을 했었는지 알아요?"

카이휜이 시선을 내리깐 채 일레나의 말이 이어지길 얌전히 기다렸다.

"당신이 이대로 영영 깨어나지 않으면, 다른 사람이랑 확 바로 결혼해 버려야겠다고 생각했어."

"그건."

카이휜이 깜짝 놀라 일레나와 시선을 맞췄다. 일레나의 눈이 휘었다.

"근데 못 했을 거야."

"……"

"다른 사람이랑 결혼하기 싫거든, 난. 상상만 해도 결혼식장에서 뛰쳐 나오고 싶어져요."

"……"

"내 남편이 되는 사람은, 역시 당신뿐이면 좋겠어."

"……"

"나랑 결혼해요, 카이휜."

어차피 결혼하기로 한 상태이긴 하지만, 다시 한번. 진심으로.

일레나는 웃으면서 카이휜의 파란 눈을 들여다보다가 이어 화들짝 놀랐다.

"……당신 울어요?"

일레나의 지적에 카이휜 또한 놀란 눈치였다. 일레나만큼은 아니었지만.

"내가 울고 있습니까?"

"세상에."

자기가 우는 것도 모르면서 우네.

"왜 울어요?"

"행복해서……."

"……."

"……네, 행복해서. 그래서 눈물이 납니다."

본인이 우는 줄도 몰랐으면서, 말은 잘하네.

일레나는 카이휜의 눈물에 시선을 고정했다. 가슴 한가운데에서 간질거림이 피어났다.

우는 얼굴을 보겠다고 다짐한 적이 있었는데…….

의도한 것은 아니지만, 어쨌든 보긴 봤다.

일레나는 울지 말라고 말하려다 그만두었다. 사실 계속 울어도 좋을 것 같다고 생각했다. 그녀 때문에 우는 것을 보니 내심 기분이 좋았다. 살짝 흡족하기도 하고…….

조금 변태 같은가? 뭐, 어쩌겠는가. 이런 그녀를 사랑한다고 한 건 카이휜이니, 그가 알아서 감당할 일이다.

일레나는 손을 뻗어 카이휜의 눈물을 훔쳐 주다가, 천천히 그에게 다가갔다.

"……."

일레나의 속눈썹이 천천히 내리깔렸다. 이내 카이휜의 손이 일레나의 손을 단단히 붙잡았다.

에드워드는 일레나와 카이휜 사이를 반대하는 걸 그만두었다.

"결혼, 미리 축하한다."

처음으로 그런 말도 했다.

일레나는 에드워드가 저렇게 말한 다음 공작성에서 홀연히 떠날 줄 알았다. 그런 분위기였으니까. 그런데 다음날에도 여전히 에드워드는 공작성에 붙어 있었다!

"너 왜 집에 안 가?"

일레나에게 불려와 그녀와 티 룸에서 함께 차를 마시던 에드워드가 대답했다.

"네 결혼식 보고 갈 거야."

"이럴 거면 결혼 축하한다는 말은 왜 했던 거야?"

"미리 축하한다고 했잖아. 결혼식 날에도 축하해 줄 거야."

어이가 없어서.

일레나는 맞은편에 앉은 에드워드를 흘겨보다가 고개를 내저었다.

"……그리고."

에드워드가 머뭇거리다가 입을 열었다.

"아직 공작한테 사과 못 했고."

일레나가 눈을 동그랗게 떴다.

"그런 걸 할 생각이었어?"

"무례했던 건 사실이니까."

일레나는 놀란 표정을 숨기지 않고 에드워드를 주시하다 중얼거렸다.

"······평소에는 잊고 사는데, 이럴 때면 네가 나보다 나이가 많다는 게 실감 나."

"평소에는 왜 잊고 사는데?"

일레나가 어깨를 으쓱였다. 그러다 문득 말을 꺼냈다.

"이건 에드워드 네가 나보다 연상이니까 묻는 건데, 혹시······."

일레나가 말을 중단했다. 에드워드가 재촉했다.

"왜 말을 하다가 말아. 혹시 뭐?"

"······아무것도 아니야! 이건 내가 알아서 할게."

일레나의 귀가 새빨갛게 물들었다.

시간이 흘렀다. 일레나와 카이휜의 결혼식 준비가 본격적으로 시작되었다.

또한.

"이만 잠자리에 들겠습니까?"

"네."

두 사람은 일레나의 적극적인 제안하에 오늘부터 같은 침실을 쓰게 되었다.

자세히 말하자면 카이휜이 쓰던 침실로 일레나가 거처를 옮긴 것인데, 카이휜의 침실은 그녀가 상상했던 것과 크게 다르지 않았다. 지나치게 넓고, 고풍스러운 가구가 정확히 필요한 것만 있었다!

'이런 데서 혼자 잠들다니, 쓸쓸했겠다.'

이제는 절대 쓸쓸할 일 없을 테지만.

일레나는 그렇게 생각하며, 두근거리는 가슴을 안고 침대에 앉아 카이휜을 기다렸다.

침실의 불을 끈 카이휜이 침대로 다가왔다. 곧이어 지척에서 인기척이 느껴졌다. 일레나가 눈을 질끈 감았다.

쪽.

카이휜의 입술이 일레나의 이마에 가볍게 닿았다가 떨어졌다.

"좋은 꿈 꾸길 바랍니다, 일레나."

카이휜은 이제 일레나를 '일레나 양'이 아니라 그냥 '일레나'라고 불렀다. 아니, 그게 중요한 것이 아니라.

'뭐야? 이대로 잔다고?'

일레나가 불 꺼진 침실에서 눈을 깜박거렸다.

'진짜?'

이마에 뽀뽀하는 게 끝? 정말로?

'뭔가 이상한데……'

일레나가 알기로, 성인 남녀가 한 침대를 쓰면 일반적으로…… 그러니까…….

"일레나?"

"……잘 자요."

담백하기 이를 데 없는 카이휜의 목소리를 들으며 일레나가 일단 침대에 누웠다.

그래, 오늘은 첫날이잖아. 다짜고짜 일을 치를(?) 수는 없지. 적응할 시간도 필요하고…… 마음의 준비를 할 시간도…….

'난 그런 거 필요 없는데…….'

하지만 카이휜이 필요하다면, 마음씨 넓은 예비 배우자로서 배려해

줄 수밖에…….

일레나는 그처럼 생각하며 잠을 청했다.

결혼식 날이 성큼 다가왔다. 식을 치르고 나면, 어차피 초야를 보낼 것이다.

하지만 일레나는 그때까지 기다릴 수가 없었다!

'이미 많이 기다렸어!'

"일레……."

일레나는 초저녁부터 침실에서 기다리고 있다가 카이훤이 침실에 도착하자마자 그를 침대 위로 쓰러뜨렸다.

"……나?"

"당신, 나 사랑한다고 말했죠."

카이훤은 영문을 모르겠다는 눈치였지만 우선은 고분고분 고개를 끄덕거렸다.

"네."

"우리는 곧 결혼할 거고."

"예."

"서로 사랑하는 사이고."

"……예."

"그런데 왜 아무것도 안 하지?"

"예?"

카이훤이 눈을 크게 뜨고 일레나를 응시했다. 일레나는 오늘만큼은 물러설 마음이 결코 없었으므로, 당당히 말했다.

"사랑하는데 왜 아무것도 안 하냐고?"

"그게 무슨……."

일레나가 카이휜의 셔츠 깃을 잡고 확 젖혔다. 카이휜이 침의 대용으로 입는 얇은 셔츠는 이 순간 일레나에게는 무척 다행이게도 박음질이 제법 허술했다.

팍!

일레나의 보잘것없는 힘에 셔츠가 양쪽으로 벌어지며 카이휜의 가슴팍이 훤히 드러났다.

일레나는 자기가 카이휜의 셔츠를 찢다시피 벗겨놓고 놀라서 멈칫했다. 그녀의 시선이 카이휜의 맨가슴에 고정되었다.

오랜만이네…….

그때 카이휜이 일레나의 손목을 잡았다.

카이휜은 당황한 눈치였다. 그리고 이제야 일레나가 말하는 바를 알아들었는지 목과 귀를 새빨갛게 물들였다.

일레나는 눈에 보이는 대로 말했다.

"당신 목이 빨간색이에요."

"알고 있…… 아니."

안 봐도 알 것 같아서 카이휜이 무심코 긍정하다가 멈칫했다. 그가 일레나의 손목을 쥐고 그대로 몸을 일으켰다. 자연히 그에게 올라타 있던 일레나의 몸이 뒤로 밀렸다. 이번에는 일레나의 등이 침대에 닿았다. 일레나는 그 상태로 카이휜의 가슴팍을 쳐다보았다.

여기서 보는 것도 꽤 나쁘지 않은데…….

일레나의 동그란 머리통을 가득 채운 생각을 아는지 모르는지, 카이휜이 주저하다 입을 열었다.

"……그런 것을 신경 쓸 줄은 미처 생각 못 했습니다."

모르는 모양이었다.

일레나는 열심히 카이휜의 가슴을 훔쳐봤다. 아니, 훔쳐봤다는 표현은 너무 얌전하다. 그냥 대놓고 봤다.

카이휜은 노골적으로 그의 가슴을 탐닉하는(?) 일레나의 시선을 알아차리지 못한 기색으로 말을 이었다.

"내 몸에는 흉터가 있습니다."

"알아요."

카이휜의 가슴을 구석구석 훑던 일레나가 마침 그의 어깨에 있는 흉터를 막 발견한 참이었다.

저거구나. 하녀가 징그럽다고 말했던 화상 흉터가.

별거 아닌데…….

흉터가 얕다는 말이 아니라, 보기에 딱히 거부감이 든다거나 하지 않았다.

"지금 보이는 것이 다가 아닙니다. 실은 등 전체에……."

"나는 뱃살이 있어요."

느닷없는 말에 카이휜이 눈을 깜박거렸다.

"예?"

"이래봬도 아랫배가 좀 나온 편이에요."

거짓말이다. 옷을 벗자마자 들킬 거짓말을 일레나가 술술 늘어놓았다.

"가슴은 짝짝이고, 아랫배 말고도 군살이 붙은 곳이 많아요."

"일레나, 지금 무슨 말을……."

"그래서 내 몸, 안 보고 싶어요?"

카이휜이 자기도 모르게 진심을 담아 서둘러 대답했다.

"아뇨."

다급하게 느껴질 만큼 빨리 나온 대답을 의식하고 카이휜이 얼굴을 붉힐 때 일레나가 말했다.

"나도 그래요. 당신 등이 흉터로 가득하든 말든, 별로 상관없어요."

"……."

"지금 이 어깨의 흉터도, 적어도 내 눈에는 아무렇지 않고……."

일레나가 손을 뻗어 카이휜의 어깨에 남은 흔적을 어루만졌다. 간지러운 손길에 흠칫, 몸이 굳은 카이휜이 일레나와 눈을 맞췄다.

"그리고, 또, 음."

일레나가 할까 말까 고민했던 말을 덧붙였다.

"당신 등은…… 중요한 순간에…… 내가…… 보기 어렵지 않나?"

"……."

"당신이 내 등을 볼 수 있다면 모를까."

카이휜이 벼락 맞은 사람처럼 움찔했다. 일레나의 얼굴이 새빨갛게 익었다.

"아무튼, 뭐, 내 말은……."

그때 카이휜이 일레나를 두고 벌떡 일어섰다.

'어디 가!'

일레나가 허망해지려던 참이었다. 침실이 어두워졌다. 불을 끈 카이휜이 다시 일레나 곁으로 돌아왔다. 카이휜이 어둠 속에서 일레나의 어깨에 손을 댔다가 말했다.

"……불을 켜는 편이 낫겠습니까?"

"아, 아니요."

일레나가 침을 꿀꺽 삼키고 대답했다.

"이대로가 좋을 것 같아요."

"……."

카이휜이 천천히 일레나에게 입을 맞췄다.

아니, 근데 이렇게 불을 끌 거면 흉터 얘기는 뭐 하러 한 거람.

일레나는 그렇게 생각했다가 곧 납득했다.

하긴, 어차피 나중에는 불을 환하게 켜고 하는(?) 날도 올 텐데. 미리 저 부분을 확실하게 짚고 넘어가는 것도 좋겠지!

일레나는 그런저런 생각을 하며 카이휜과 나누는 입맞춤에 집중했다. 입맞춤을 나눌수록, 설명하기 어려운 감각이 몸 안쪽에서 피어올랐다.

간지러움 같기도 하고…… 혹은 엇비슷하지만 살짝 다른…….

"아."

입술이 떨어졌을 때 일레나가 살짝 신음했다. 카이휜이 어둠 속에서 멈칫했다. 일레나의 옷을 벗기기 전, 카이휜이 재차 그녀의 의사를 확인했다.

"정말 괜찮습니까?"

일레나는 내심 기막혔다. 그녀가 먼저 그를 덮쳤다는 건 그새 잊어버린 건지! 괜찮냐고? 고작 괜찮기만 할 뿐일까? 쌍수를 들고 환영하고 싶은 걸 참고 있는데.

일레나는 괜찮다고 대답하는 대신 카이휜의 목에 팔을 감고 끌어당겨 그의 입술을 그녀의 입술로 틀어막았다. 카이휜은 같은 질문을 두 번 하지는 않았다.

이내 옷자락이 스치는 소리가 들렸다. 침실의 공기는 따뜻했다. 아무 것도 입지 않은 상태가 되었지만, 일레나는 별로 춥지 않았다. 어쩌면 그녀에게 밀착한 카이휜의 체온이 높기 때문인지도 몰랐다.

일레나는 점점 숨을 짧게 들이마시고, 내뱉었다. 몸이 저절로 긴장했다가, 부드러운 손길에 느슨하게 풀어지길 반복했다.

어느 순간, 일레나가 눈을 질끈 감고 카이휜의 넓은 등을 힘껏 끌어안았다.

긴 밤이 겨우 시작을 알렸다.

눈을 떴을 때, 카이휜은 별장에 있었다. 정확히는 별장 테라스에.

"카드."

다정한 목소리가 그를 불렀다.

바람이 불어오는 개방된 테라스. 따뜻한 분홍색 눈을 반짝거리며 그를 올려다보는 일레나.

카이휜은 쉽게 깨달았다. 꿈이었다. 그것도, 꽤 익숙한 꿈.

'몇 번째 꾸는 거지.'

정말로 몇 번이나 꿨는지 궁금한 것은 아니었지만, 카이휜은 습관처럼 생각했다.

처음 일레나와 헤어지고 공작성에 돌아왔을 때. 카이휜은 걸핏하면 꿈에서 일레나와 재회하곤 했다.

장소는 매번 같았다. 몬트리아 영애의 생일 파티가 열리는 별장 테라스. 카이휜이 '카드'로서 일레나와 만나고 시간을 보냈던 곳.

"나 어때요?"

일레나가 카이휜을 향해 장난스럽게 질문했다.

그녀는 반투명한 레이스가 달린 은색 나비 모양 반가면을 쓰고 있었다. 이번에도.

늘 같은 장소, 같은 인물, 같은 대화로 구성된 꿈이었다.

카이휜은 초반에는 자신이 과연 이 꿈을 몇 번이나 꾸는 것인지 세어 보려 했으나, 금세 그만두었다. 그걸 아는 것이 무슨 의미가 있을까 싶어졌기 때문이다.

열 번을 꾸면 어떻고, 스무 번을 꾸면 또 어떤지.

카이휜은 이 꿈을 꽤 좋아했다. 꿈에서 깨어날 때는 슬펐지만, 그 직전까지 행복했다.

카이휜은 꿈에서 몇 번이나 마주친 일레나를 유심히 응시했다. 일레나가 움직일 때마다 나비 가면에 달린 레이스가 팔랑거렸다. 아름다웠다.

"아름답습니다."

"더 구체적으로 말해줘요. 어디가 어떻게 예쁜데요?"

어려운 주문이었다. 특히 카이휜처럼 타인의 외모를 칭찬해 본 경험이 한 번도 없는 사람에겐 더욱 그랬다.

그렇지만 비록 꿈속의 일레나라고 해도 실망시키고 싶지 않았으므로, 카이휜은 이번 꿈에서도 최선을 다했다.

"가면 색이 머리 색과 잘 어울립니다."

"같은 은색이긴 하죠. 그리고?"

"가면에 달린 레이스가 움직일 때마다, 나비가 날갯짓하는 것 같습니다."

"그 말은 가면을 쓴 내가 나비 같다는 거예요?"

그보다는…….

"……나비가 내려앉은 토끼 같습니다."

"토끼? 내가요?"

일레나가 가면 사이로 드러난 눈을 동그랗게 키웠다.

"내가 토끼를 닮았어요?"

카이휜이 고개를 끄덕거렸다.

이 꿈에서, 일레나는 토끼를 닮았다는 말에 항상 저렇게 놀랐다. 현실을 반영한 반응일 테지. 현실에서도 일레나는 그녀를 보면 토끼가 생각난다는 카이휜의 고백에, 뜻밖의 말을 들었다는 듯 반응했으니까.

왜일까. 누가 봐도 토끼인데. 혹시, 이성에게 토끼를 닮았다고 하는 건 외모 면에서 별로 칭찬이 아닌가? 토끼는 보편적으로 예쁜 동물에 속하지 않는 건가?

카이휜은 뒤늦게 의심했다. 정말로 뒤늦었다.

"토끼는, 예쁘니까……."

카이휜이 변명처럼 얼른 말을 덧붙였다.

사실 토끼는 예쁘다기보다는 귀엽다는 평을 많이 듣는 동물이다. 일단 작으니까.

일레나는 미인이었지만, 키가 커서 앙증맞다는 느낌은 딱히 없었다. 아니면 눈꼬리가 살짝 올라간 탓에 '귀여운' 동물이 쉽게 연상되지 않는 건지도 몰랐다. 어쨌든 머리 색과 눈 색만 보면 보편적으로 토끼가 떠오르는 조합이 맞긴 하지만…….

일레나가 카이휜을 빤히 올려다보다가 돌연 눈을 살짝 접어서 웃었다.

"좋아하는 동물이 토끼예요?"

"……네."

"흠, 혹시 나 때문에 좋아하게 된 건가?"

사실을 정확하게 짚는 말에 카이휜이 묵묵히 고개만 움직여 긍정했다.

이 꿈에서 일레나는 카이휜이 그녀를 얼마나 좋아하는지 정확히 알고 있었다. 그리고 이따금 그 사실을 말로 꺼내 확인했다.

카이휜은 그런 일레나가 좋았다. 사실, 어떤 일레나라도 좋았다. 일레나니까.

"카드."

"네."

"내 어디가 좋아요?"

"……."

"토끼 닮은 예쁜 얼굴 빼고."

일레나의 당당한 말에 카이휜이 옅게 웃음을 터뜨렸다. 어디가 좋으냐니…….

"모르겠습니다."

"모른다고요?"

"전부 좋아서……."

"……."

"좋아합니다, 일레나 양. 정말로."

현실에서 '카드'로서 일레나와 만날 때에는 해 보지 못했던 고백이었다. 늘 목에 걸려 있었던 말이다. 그러나 내뱉지 못하고 몇 번이나 다시 삼켰던.

"정말? 내 모든 걸 좋아한다고?"

"네."

"내가 그렇게 좋아요?"

"……네."

"그럼 부탁이 있는데."

일레나가 카이휜과 간격을 좁혀서 낮게 속삭였다.

"내 앞에서 그 가면 벗어요. 당장."

부탁이라더니, 어조는 명령이나 다름없었다.

카이휜은 꼼짝없이 굳었다.

처음 겪는 전개였다. 적어도 '이' 꿈에서는.

가슴이 쿵쿵 뛰었다.

'어째서……'

별장에서 떠나 공작성에 돌아온 뒤, 카이휜에 항상 행복한 꿈만 꾸었던 것은 아니었다.

군이 계산하자면, 악몽을 꿨던 날이 더 많았다. 그리고 행복한 꿈이 그랬듯이, 악몽 또한 거의 매번 상황과 전개가 같았다.

카이휜의 가면을 벗기는 일레나. 그의 정체를 알게 된 일레나. 그리고 그를 경멸하는…….

하지만 '이 꿈'은, '그 꿈'이 아닐 텐데.

카이휜이 자기도 모르게 뒤로 한 발 물러섰다. 별로 소용은 없었다. 그러자마자 일레나가 바로 그만큼 따라붙었으니까.

카이휜은 더 물러나지 못했다. 등에 난간이 닿았다.

"벗어. 어서."

일레나가 말했다. 틀림없이 명령이었다.

카이휜은 차마 싫다고 거부하지 못했다. 이다음 전개를 짐작하면서도. 이 꿈이 어떻게 흘러갈지 알면서도…….

그를 빤히 응시하는 일레나의 시선에, 어쩔 수 없이 그의 얼굴을 가린 가면을 벗었다.

카이휜은 눈을 감았다. 꿈을 통해 이미 몇 번이나 목격했지만. 그래도 볼 자신이 없었다. 놀라고, 이 상황을 부정하고, 이어 그를 경멸하게 되는 일레나를.

그런데 그때였다. 얼굴이 붙잡히는 느낌이 들더니, 다음으로 카이휜의 입술에 부드러운 감촉이 와 닿았다.

쪽.

카이휜에게 가볍게 입맞춤한 일레나가 물러났다.

카이휜이 숨을 멈춘 채 눈을 떴다. 일레나가 여전히 양손으로 그의 뺨을 감싼 채 웃고 있었다.

"계속 그렇게 가면을 쓰고 있으면, 입을 맞출 수가 없잖아요."

"……."

"참 나, 이걸 꼭 내가 말해야 하나?"

일레나가 투덜거렸다.

카이휜은 아직 호흡하지 못한 채 굳어 있었다. 한참 후에야 그의 가슴이 다시 천천히 오르락내리락 움직이기 시작했다. 얼어붙었던 그의 입술이 달싹거렸다.

"왜……."

"왜는 무슨 왜? 뭘 몰라서 질문하는 거예요?"

일레나가 미간을 살짝 좁힌 채 카이휜의 파란색 눈을 물끄러미 들여다보았다.

"설마 가면을 쓴 상태로는 입을 맞출 수 없다는 걸 몰랐다고 말하려는 건 아니겠지?"

"아니……."

"그럼?"

카이휜은 말문이 막혔다.

뭐지, 이 꿈은.

처음 꾸는 꿈이었다. 상상조차 해 본 적 없던 전개라 꿈이라는 사실을 아는 와중에도 몹시 당황스러웠다.

"얼룩……."

"얼룩?"

"내 얼굴에, 얼룩이 있는데. 놀라지 않았습니까?"

혼잡한 머리로 겨우 저 정도 질문을 완성했다. 일레나가 고개를 살짝 기울였다.

"처음 봤을 때 말했지만, 안 놀랐는데……."

아, 지금 일레나 앞에서 가면을 처음 벗었다는 설정이 아니구나. 그런 꿈이구나. 이 꿈은. 아니, 그렇다 해도.

"당신이 너무 잘생겨서 놀라기는 했었지."

"……잘생겼다고요?"

"당신이 자기가 잘생긴 걸 모른다는 것도 놀라운 점이고."

일레나가 살짝 웃고 다시 한번 카이휜에게 입을 맞췄다.

……아.

일레나의 입술이 그에게 닿았다가 떨어지는 순간, 극심한 갈증이 카이휜의 목을 바짝 태웠다. 카이휜은 본능적으로 이 갈증을 없애기 위해 어떻게 해야 하는지 깨달았다. 일레나의 목 뒤를 부드럽게 감싸 잡고 물러나는 그녀를 따라 움직였다.

입술이 재차 겹쳤다. 이번에는 금방 떨어지지 않았다. 호흡이 길게 섞였다.

"……하아."

먼저 숨이 찬 일레나가 카이휜을 밀어냈다. 카이휜은 순순히 밀려나면서도 일레나의 입술에서 시선을 떼지 않았다.

갈증이…….

없어지진 않았지만, 아주 약간 나아졌다. 물을 마시는 행위로 비유하면, 물을 고작 한 모금 정도 마신 느낌이었다. 솔직히 말해 부족했지만, 전혀 안 마신 것보다는 나았다.

"카드."

"네."

일레나의 입술이 움직이는 모양을 멍하니 응시하며 카이휜이 대답했다.

"얼굴은 보여줬으니까…… 이제, 당신 이름도 알려줄래요?"

카이휜은 문득 정신이 들었다.

재미있는 꿈이었다. 그의 머리가 멋대로 구성한 것이겠지만. 얼굴에 있는 얼룩을 보였는데도, 일레나가 그의 정체를 알지 못하는 상태라니.

카이휜이 일레나와 시선을 맞췄다.

이름을 밝히는 것. 두려운 일이었다. 무섭고, 감히 그다음을 상상하고 싶지 않은 일.

하지만 지금이라면. 이 꿈에서라면…….

"일레나 양, 내 이름은……."

"카이휜!"

죽어서 영혼이 되어서도 놓치지 못할 것 같은 목소리가 귀를 스쳤다.

카이휜이 눈꺼풀을 밀어 올렸다. 고개를 돌리자 일레나의 얼굴이 선명하게 보였다.

"……일레나?"

일레나는 꽤 놀란 것 같았다. 뭘 보고 저런 표정을 짓는 것일까.

문득 실오라기 하나 걸치지 않은 일레나의 상반신이 카이휜의 시야에 들어왔다. 이불은 몸을 타고 진작 아래로 흘러내린 상태였다.

얼굴을 붉힌 카이휜이 고개를 반대쪽으로 돌렸다.

"고개 돌리지 마요."

그런데 그러자마자 일레나에게 얼굴을 붙잡혀 고개가 원위치로 돌아왔다. 카이휜은 크게 당황했다.

"일레나?"

"당신……."

눈 둘 곳을 찾지 못하던 카이휜이 멈칫했다.

그는 조금 늦게, 일레나가 그의 얼굴을 구석구석 살피고 있다는 사실을 알아차렸다.

"없어."

"……무슨 말입니까?"

"얼룩이 없다고요!"

일레나와 카이휜이 처음으로 밤을 함께 보낸 다음 날. 정확하게는 다음 날, 늦은 오후.

카이휜의 얼굴에서 검은 얼룩이 온데간데없이 사라졌다.

일레나 소르테와 카이휜 메이하드의 결혼은 연일 화제로 떠올랐다.

두 사람의 결혼이 화제가 된 것은, 결혼식이 진행된 이후였다.

"결혼식에 다녀온 사람, 이 중에 있어요?"

"괴물 공작의 얼룩이 없어졌다는 게 정말인가요?"

"괴물 공작이 더는 괴물이 아니라던데……!"

"본 사람 없나요? 듣기로는 괴물은커녕……."

이유는 카이휜의 얼굴.

얼룩이 사라진 그의 얼굴을 두고 사교계의 귀족들이 매일 뜨겁게 열을 내며 떠들었다.

"흠……."

일레나는 공작 부인에게 내어진 서재의 책상에 앉아 편지를 작성하다 말고 턱을 괴었다.

'왜 얼룩이 사라졌을까?'

카이휜은 일레나와 밤을 보냈다. 그게 전부인데.

'얼룩이 정말 저주의 상징이었나? 그럼 내가 저주를 푸는 열쇠?'

뭔가, 어렸을 적에 비슷한 내용이 적힌 동화를 읽었던 것 같은데. 아름다운 여인과 야수가 입맞춤을 했더니, 야수가 사람으로 변하는 내용이었던가. 야수가 아니라 개구리였나? 뭐 어쨌든.

'잘된 일이긴 한데……'

일레나는 결혼식장에서 일어났던 일을 떠올렸다.

놀랍게도, 식이 시작되고 하객이 몇 명 기절했다. 거짓말 같지만 사실이었다. 기절한 하객들은 하나같이 카이휜이 등장하자마자 그의 얼굴을 보고 기절할 것처럼 놀랐던 이들이었다. 기절할 '것처럼'이 아니라…… 진짜 기절하고 말다니. 덕분에 일레나와 카이휜의 결혼식은 한결 유명세를 탔다.

기분이 이상했다.

"내 남편이 졸도할 정도로 잘생기긴 했어."

꼭 그런 이유로 기절했던 것은 아니겠지만…….

"……모르겠다. 답장이나 해야지."

일레나가 혼잣말하며 다시 편지를 작성하기 시작했다.

그녀가 지금 작성 중인 것은 언니 릴리아나에게 보내는 답신이었다.

일레나의 아버지 소르테 백작과 언니 릴리아나는 일레나의 결혼식에 참석했다가 다시 바삐 돌아갔다. 하필 두 사람이 협력해서 중요한 사업을 진행하던 도중이었기 때문이다.

"에드워드 너는?"

"……시끄러워."

에드워드가 저 혼자만 한가한 듯이 공작성에 몇 주씩 머물렀던 이유가 밝혀지는…… 줄로만 알았으나, 웬일로 에드워드도 바쁜 처지였다. 따로 자기 이름으로 진행 중인 일이 있었던 것이다. 일레나는 에드워드가 그 일을 중단하고 공작성까지 왔었다는 걸 결혼식이 끝나고 나서 알았다.

"미쳤나 봐. 그냥 백작위는 지금 미리 언니에게 바치고, 다른 작위를 찾아봐."

"간섭하지 마! 내가 알아서 해."

결혼식이 끝난 뒤, 에드워드는 다리가 아플 정도로 오래 서서 머뭇거린 끝에 겨우 카이휜에게 사과하고 수도로 돌아갔다.

일레나는 카이휜과 나란히 서서 에드워드가 탄 마차를 배웅해 주면서 고개를 내저었다.

가족이란, 뭘까.

어쨌든 에드워드보다 조금 먼저 집으로 돌아갔던 릴리아나는 수도 저택에 도착하자마자 일레나에게 편지를 보냈다. 전체적으로 일레나의 안부를 묻는 내용이었는데, 꽤 인상적인 이야기도 적혀 있었다.

"내 결혼식에서 우는 남자를 만났다니."

일레나가 답장을 적다 말고 펜 끝을 입술에 가져다댔다.

'기절한 사람은 봤지만, 우는 사람은 못 봤는데……'

심지어 릴리아나의 편지에는 서럽게 오열하는 남자를 목격했다고 적혀 있었다. 장소가 식장 안이 아니라 후원이라고 했나. 그냥 지나치려다, 워낙 서럽게 울기에 망설이다 손수건을 건네주었다고.

"오열……."

일레나는 펜 끝을 물고 잠시 고민한 끝에, 릴리아나에게 보내는 편지에 '그런데 언니, 결혼식에서 목격했다는 그 남자 말이야. 혹시 어떻게 생겼어?'라고 추가로 적었다.

내 남자의 결혼식에서 서럽게 우는 남자……!

'얼굴이라도 알아놔야지.'

별 의미는 없었다. 정말로.

똑똑.

그때 서재 문을 두드리는 소리가 들렸다.

"들어와."

서재로 들어선 인물은 벤이었다.

"어쩐 일인가?"

그러고 보면, 벤은 의외로 공작 부부의 결혼식 날에 눈물을 보이지 않았다. 누구보다 크게 목 놓아 울 것 같았는데 말이다.

'이미 전에 울 만큼 울어서 그런가.'

벤은 카이휜의 얼굴에서 얼룩이 사라진 걸 확인한 날에 종일 울다가 목이 심하게 쉬어버렸던 전적이 있었다. 사흘 내내 쉰 상태를 유지했었지, 아마. 지금은 언제 그랬냐는 듯 멀쩡해졌다.

일레나가 막 편지 작성을 마치고 편지지와 펜을 정리하는 사이 책상
으로 다가온 벤이 말했다.

"날이 따뜻하니 오늘은 바깥에서 오찬을 함께하는 것이 어떠하시냐
는, 주인님의 전언입니다."

멈칫한 일레나가 이내 밝게 웃었다.

"몹시 환영한다고 전해주게."

오찬을 마친 후, 일레나는 충동적으로 카이훤에게 호수를 보러 가자
고 제안했다. 밝은 햇빛 아래에서 카이훤의 눈동자를 구경하다 보니 든
생각이었다.

사실 바다를 보러 가고 싶었지만…… 바다는 여기서 너무 멀리 떨어
져 있었으니, 차선책이었다.

"좋습니다."

카이훤이 대답했다. 정해진 대답이었다. 그는 일레나와 함께하는 일
이라면 그게 뭐가 됐든 좋은 사람이었으므로.

"예쁘다!"

일레나는 맑고 잔잔한 호수를 보자마자 감탄했다.

"예쁘지 않아요? 반짝거리고……."

"예."

카이훤이 일레나의 옆얼굴을 응시하며 동의했다. 일레나 또한 곧 카이

휜의 시선을 알아차렸다.

"어딜 보고 대답하는 거예요?"

"……"

"내가 그렇게 좋은가."

웃음기 섞인 일레나의 말에 카이휜은 문득 얼마 전 그가 꿨던 꿈을 떠올렸다. 잠시 주저하다 카이휜이 입을 열었다.

"만약……"

말이 이어지지 않았다. 일레나가 호수를 감상하던 걸 그만두고 카이휜을 쳐다보았다.

"만약? 그다음은요?"

"……어땠을까요."

"뭐가요?"

"내가 가면을 쓰지 않고 부인께 다가갔다면."

결혼한 뒤로 얻은 '부인'이라는 호칭은 언제 듣기에도 참 좋았다. 일레나는 마음에 쏙 드는 호칭을 충분히 음미한 뒤 입을 열었다.

"그랬다면……"

카이휜이 꾼 꿈은, 이미 '카드'로서 일레나에게 접근한 뒤 그녀에게 그의 정체를 밝히는 내용이었다. 하지만 꿈에서 깨고 나자 정작 다른 상황이 궁금해졌다.

만약 '카드'가 없었다면. 처음부터 카이휜 메이하드로서 일레나에게 다가갔다면. 그랬으면 지금쯤 어떻게 되었을까?

카이휜은 나쁜 상상을 했다. 그의 버릇이었다.

그때 일레나가 뺨을 살짝 붉히면서 대답했다.

"내가 그 자리에서 당신한테 청혼하지 않았을까?"

"······네?"

일레나는 상상해 보았다.

'카드'가 아닌 카이휀과 별장에서 마주친 상황을.

소문으로만 들었던 사람을 실제로 봐서, 처음엔 조금 놀랐을 거다. 다음으론 흉흉한 소문치고 얼굴에 있는 얼룩이 별거 아니라고 생각했을 거고······.

바다처럼 깊은 파란색 눈을 발견했겠지.

어쩌면 옷으로도 가려지지 않는 탄탄한 가슴······ 을 먼저 봤을지도 모르고.

어쨌든 호감을 느꼈을 것이다. 그 사실은 분명했다.

그리고 바로 이어서 그녀가 상대의 청혼을 두 번이나 거절했다는 사실을 떠올리지 않았을까? 즉시 마음이 조급해졌겠지.

저 남자를 거절하다니. 왜 그랬지? 혹시 다시 청혼해 주지 않을까? 두 번이나 실패했는데, 진작 단념했으려나? 어쩌면 그새 다른 여자에게 청혼한 건······!

"고, 공작님! 드릴 말씀이 있는데요!"

······그렇게 만난 지 얼마 되지도 않은 카이휀을 붙잡고 결혼하자 말하는 자신의 모습을, 일레나는 어렵지 않게 상상했다. 참으로 그럴싸했다.

"뭐, 그 자리에서 바로는 아니어도 아마 그날 안에 청혼했을 거예요."

"······."

"안 믿는 표정인데?"

"……꿈같은 이야기라."

카이휜은 솔직하게 감상을 밝혔다. 감격적일 만큼 기뻤지만, 그만큼 믿기 어려웠다.

"못 믿겠으면 말아요. 어쨌든 난 진심으로 대답한 거니까."

"나도……."

카이휜이 입술을 달싹이다가 말을 꺼냈다.

"어떤 상황에서 어떤 모습을 하고 부인을 만났든, 반드시 좋아하게 됐을 겁니다."

세상을 구하기 위해서는 일레나와 결혼해서 용사를 낳아야 한다는 이야기. 그런 말을 들었던 적이 있었나 싶을 정도로, 카이휜에게 이제 와서 그런 건 아무런 의미도 없게 느껴졌다.

아무것도 알지 못했어도. 일레나 소르테라는 이름조차 들어보지 못했어도.

마주치는 순간 사랑에 빠졌을 것이다. 틀림없이 지금처럼 되었을 거다. 그런 확신이 들었다.

"알아요."

일레나가 맑은 목소리로 대답했다. 당연하다는 듯이 대답하면서도, 목소리에는 기쁜 내색이 묻어났다.

일레나는 카이휜에게 기대 호수를 한참 구경했다. 하늘에 뜬 해의 높이가 낮아지자 바람이 조금씩 차가워졌다. 일레나는 문득 날씨에 비해 그녀가 별로 추워하지 않는다는 것을 느꼈다. 카이휜이 챙겨준 숄이 굳이 필요하지 않다고 느껴질 정도였다.

새삼 지각했다. 몸이 따뜻해졌다. 전에는 평범한 사람보다 체온이 약간 낮은 수준이었다면, 이제는 남과 비슷해졌다.

'사랑의 힘?'

그럴 리가 있나…….

하지만 그렇게 치부하는 것도 제법 낭만적이라 나쁘지 않았다. 그렇지. 카이흰의 얼굴에서 얼룩이 사라진 것도 사랑의 힘이라고 생각해야겠다.

이윽고 일레나가 카이흰에게 기댄 채로 입을 열었다.

"이만 돌아갈까요?"

일레나는 충격에 빠졌다. 다른 이유가 아니었다.

"어두워도 밝을 때처럼 잘 볼 수 있다고요?"

호수를 떠나 공작성에 돌아왔을 때는 날이 저문 직후였다. 저녁 식사 도중, 어두워진 바깥을 주제로 카이흰과 이런저런 이야기를 나누다가 일레나는 불시에 뒤통수를 세게 얻어맞은 기분이 되었다. 카이흰이 일레나의 표정을 살폈다.

"내가 이야기한 적 없습니까?"

"없−"

아니, 없었나?

일레나는 기억을 곰곰이 더듬었다. 직접 말로 들은 경험은, 아마 없었다.

하지만 짐작해 볼 수는 있었다. 몬트리아 영애의 별장 정원에서 그녀가 카이흰의 얼굴을 더듬었던 그날. 카이흰은 한 치 앞도 제대로 분간되지 않는 어둠 속에서 일레나를 이끌고 거침없이 걸었었다.

'맞아! 그랬지!'

일레나의 입술이 파르르 떨렸다. 그럼, 그렇게 되면⋯⋯.

"나만 손해 봤던 거잖아! 지금까지!"

"일레나?"

일레나가 무슨 이야기를 하는 것인지 알아듣지 못한 카이휜이 고개를 갸웃했다. 일레나가 포크를 내려놓고 목에 건 냅킨을 풀었다.

"식사는 끝난 것 같으니, 침실로 가요."

일레나가 '손해 봤다'고 느꼈던 이유는 단순했다.

처음 밤을 보냈던 날에도, 그 이후로도. 두 사람은 항상 침실의 불을 전부 끄고 중요한 시간(?)을 보냈다.

'그런데 나만 이 몸을 못 봤던 거였어! 카이휜은 나를 볼 수 있는데!'

못 볼 거라면 둘 다 못 보거나, 볼 거라면 둘 다 봤어야 공평한 게 아닌가? 억울했다! 얼마나 억울했는지 눈물이 살짝 고였다.

카이휜은 눈이 미미하게 젖은 채로 그의 육신을 노려보는 일레나를 어쩔 줄 몰라 하며 응시했다.

"⋯⋯나는, 불을 켜면 일레나 당신이 부끄러워할 거라고 생각해서."

그래서 따로 의사를 묻지 않고 매번 불을 껐던 거라고 말하는 카이휜에게 일레나가 코웃음을 쳤다.

"처음엔 그랬을지 몰라요. 처음에만!"

"⋯⋯."

"누워요."

일레나가 새침하게 말하며 카이휜의 어깨를 툭 밀었다. 어린아이도 안 밀릴 것 같은 힘에 카이휜의 석상 같은 신체가 순순히 뒤로 넘어갔다. 일레나는 환한 불빛 아래에서 카이흰의 몸을 구석구석 살폈다.

'너무 밝나?'

조금 그런 것 같기도 하고……. 그렇지만 전시장에 장식된 조각상도 보통 밝은 불빛 아래 놓여 있으니까…….

일레나가 말이 되는 듯 말이 전혀 되지 않는 비유를 떠올리며 카이흰의 가슴 위로 손을 얹었다. 갑자기 긴장이 되었다.

일레나는 느닷없이 떨리기 시작한 가슴을 진정시키기 위해 아무 말이나 꺼냈다.

"아이 이름은 내가 지어야겠어요."

"……?"

"당신은 작명 솜씨가 형편없으니까요. 가명을 대도, 하필 카드가 뭐예요?"

"그건……."

당황한 카이흰이 그도 모르게 항변했다.

"사정이 있었습니다."

"무슨 사정?"

"가명을 생각해 두지 않았는데, 부인께서 이름을 물어봐서……."

"그래서 카드?"

일레나가 픽, 옅게 비웃었다.

"그럼 내 가명은 '일테'겠네요."

일레나 소르테의 맨 앞 글자와 뒤 글자를 따면 그렇게 된다.

"아니지, 지금은 '일드'인가."

이건 일레나 메이하드의 앞 글자와 뒤 글자를 땄을 때.

일레나의 표정이 어느새 심각해졌다.

"우리 아이 이름이 '일카' 같은 게 되게 둘 순 없어요."

일레나와 카이흰에서 앞 글자를 딴 거다.

"그럴 일은……."

카이흰의 반박은 완성되지 못했다. 그전에 일레나의 은색 머리카락이 카이흰의 목과 어깨로 쏟아졌다. 카이흰에게 입을 맞춘 일레나가 이어서 아래로 타고 내려가 그의 어깨를 깨물었다. 카이흰이 크게 움찔했다.

'얼마나 세게 깨물어야 자국이 남는 거지?'

경험이 적으니 알 턱이 있나……. 뭐, 경험쯤은 이제부터 쌓으면 그만이지만.

"일레나, 잠깐……."

"싫어."

그녀를 제지하는 카이흰을 무시하고 일레나가 하던 것을 계속했다.

그러나 일레나는 끝까지(?) 해내지 못했다. 근처까지 도달했을 찰나, 카이흰이 벌떡 일어나 반대로 일레나를 눕혔으니까.

카이흰은 왠지 쩔쩔매며 말했다.

"역시 불을 꺼야겠습니다."

"왜요?"

"……너무 밝습니다."

자극이 지나쳤다. 카이흰의 머리통에 든 인내의 실이 아까부터 끊어질 듯 말 듯했다. 카이흰은 그 말은 하지 않고 삼켰다. 일레나가 의아해하면서 물었다.

"어차피 당신은 밝으나 어두우나 비슷하게 잘 볼 수 있다면서요."

"……느낌이, 다릅니다."

느낌이라…….

'이번만 봐줘야지.'

사실 일레나도 좀 전부터 '너무 밝은가' 하는 생각을 되풀이하고 있었다.

하긴, 모든 일에는 모름지기 '단계'라는 것이 필요한 법. 매번 어두운 환경에서 하다가(?) 갑자기 불을 환하게 켜버리면 적응이 되지 않아서 어색할 법했다.

'다음에는 초를 가져와서 켜자.'

은은한 불빛부터 시작하는 거다.

"알겠어요. 불을 꺼도 좋아요."

일레나의 머릿속을 채운 미래 계획을 아는지 모르는지 카이휜이 안심한 눈치로 침실의 불을 껐다. 중단되었던 부부의 시간이 다시 흐르기 시작했다.

그로부터 십수 년 뒤.

"천 년을 기다렸다! 이번에야말로 이 세상을 멸망시켜 내 발아래 둬주마!"

……라고 외치며 세상을 침공한 마왕은 은발에 파란색 눈을 지닌 쌍둥이 용사의 손에 즉시 처단되었다. 동생 다이앤이 마왕의 날개를 잘랐고, 누나 다이아나가 마왕의 심장에 성검을 꽂아 넣었다.

"이게 아닌 것 같은데……."

"뭐가 아닌데, 누나?"

다이아나가 마왕의 시신을 내려다보면서 중얼거렸다.

"이 약해빠진 마왕 말고, 다른 마왕이 있어야 할 것 같아서……."

"무슨 소리야?"

"그러게, 나도 무슨 소리인지 모르겠네."

"어쨌든 마왕을 해치웠으니까, 이만 돌아가자."

"……그래."

쌍둥이 용사는 세상을 구한 뒤 부모님의 품으로 돌아갔다.

예정된 무사귀환이었다.

여담1

왜 그랬을까?

모두가 놀란 와중 몇몇은 기절하고, 몇몇은 순수하게 축하했던 메이하드 공작 부부의 결혼식 날.

"고맙다."

시드리온은 알 수 없는 일을 겪었다.

카이휀에게서 저 말을 듣고 돌아서는데, 이상하게 눈시울이 확 달아올랐다. 시드리온은 그렇게 후원 구석으로 자리를 옮겨 치미는 눈물을 참지 않고 실컷 쏟아냈다.

눈앞에 손수건이 불쑥 나타난 것은, 한참 울던 도중이었다.

"나중에 돌려주세요."

손수건을 건넨 여성은 그 말만 남기고 사라졌다. 시드리온은 그녀의 정체를 알아보았다. 결혼식에서 봤다.

'릴리아나 소르테.'

메이하드 공작 부인의 언니였다.

시드리온은 처음에는 손수건을 버리려고 했다. 그는 빌려달라고 말한 적도 없는데, 상대가 멋대로 안기고 간 것이었다. 하필 우는 모습을 보였다는 점이 수치스럽기도 했다.

그러나 바람이 차가워진 계절. 해가 하늘의 정점에 떠오른 어느 한낮. 시드리온은 손수건을 품에 안고 소르테 백작가에 방문했다.

릴리아나는 시드리온을 보자마자 웃었다. 이내 그녀에게서 시드리온의 심장을 '쿵' 하고 떨어뜨릴 한마디가 흘러나왔다.

"기다렸어요."

여담2

에드워드가 거울을 유심히 들여다보았다.

"네가 얼굴을 자세히 안 봐서 그래. 에드워드 너보다 백 배 정도 잘생겼어."

"……크윽!"

이어서 패배감이 그를 휘감았다.

백 배라니! 그 정도는 아닌 것 같은데……! 근데 맞는 말인 것 같기도 하고……!

"하아."

에드워드가 이내 한숨을 쉬고 옷매무새를 점검한 뒤 돌아섰다.

이 세상에 그보다 백 배 잘생긴 남자가 버젓이 존재하든 말든, 무슨 상관이지. 어차피 지금 당장 잘 보여야 할 연인도 딱히 없는데 말이다.

"에드워드, 미적거리지 말고 빨리 나와! 무려 타국의 공주님을 뵙는 자리라고! 늦었다간, 알지?"

드레스 룸 밖에서 함께 왕성에 방문하기로 한 친구의 목소리가 들렸다.

성격도 급하긴. 에드워드는 복도에서 그를 기다리는 친구에게 대답하며 걸음을 재촉했다.

"지금 나가!"

여담3

매튜는 간신히 살아남았다. 그는 공작령 옆 영지로 도망쳐, 몇 개월간 몸을 회복하던 도중 조직 '레비트'에게 붙잡혀 사지가 꽁꽁 포박된 채 국경을 넘었다.

"뒈지기 전에 마지막으로 할 말은?"

"토, 토끼! 메이하드 공작성에 토끼를 닮은 미녀가 있습니다!"

"토끼?"

"네, 네. 어, 엄청나게 미녀입니다! 그, 그 여자를 납치해서 두목님께 바치려다가 이렇게……."

수개월이 지났는데도 매튜의 얼굴은 엉망이었다.

"그 여자가 누군데?"

"이름은 모, 모릅니다만, 카이휜이라는 남자의 여인……."

"미친 새끼 아냐? 썰어."

매튜의 말이 끝나기도 전에 우두머리가 기겁하면서 부하에게 명령했다.

"두, 두목님? 두목님! 살려주세요! 으아아악!"

"이걸 어떡해, 이걸 어떡해. 카이휜이라니, 카이휜 메이하드 공작? 설마 저 새끼들, 공작 부인을 납치하려고 했었던 거야? 어쩜 좋아."

우두머리의 안색이 점차 하얗게 질렸다.

"내가 명령한 거라고 오해하면 어떡해!"

"메이하드 공작이 그렇게 무서운 자입니까?"

"네가 만나본 적 없어서 그래. 그 인간은 검 한 자루만 쥐여주면 혼자서 우리 조직을 박살낼 놈이야."

먼 옛날, 카이휜이 몬스터를 토벌하는 걸 지켜본 경험이 있는 '레비트'의 우두머리가 바들바들 떨기 시작했다.

"지금은 우릴 몰라서 가만히 있는 모양인데, 알게 되면…… 우아아앙! 망했어!"

"선물을 보내죠."

"으앙, 선물?"

"공작 부인과 미래에 태어날 아이를 위한 선물이 어떻겠습니까? 귀하고 값진 것만 골라서 마차 여러 대에 잔뜩 실어 보내는 겁니다. 그리고 매튜와 페토가 벌인 짓은 우리 조직과 관계없는 일이었다는 전언을 첨부하는 거죠."

"선물 공세……! 좋은 생각인데?"

우두머리가 웃음을 되찾았다.

"당장 선물 준비해!"

'레비트'는 그렇게 당장 괴멸할 위기에서 벗어났다.

그러나 갖은 범죄를 업으로 삼던 거대 조직은 후일 결국 무너지고 만다. 골목에서 강도짓을 하던 조직원 중 한 사람이 마침 여행 중이던 다이아나의 눈에 띄기 때문이다.

먼 미래의 일이었다.

외전 〈완결〉

작가 후기

안녕하세요, 〈용사의 어머니가 되겠습니다〉를 집필한 엘리아냥입니다.

다섯 번째 작품이 끝을 맺었습니다.

사실 작가 후기는 친한 친구를 앉혀놓고 이야기를 늘어놓듯 술술 쓸 수 있을 줄 알았는데, 막상 써보니 그렇게 되지 않네요. 지금도 의외로 한 줄 한 줄 골라서 쓰고 있습니다.

흠, 역시 세상에 쉬운 일은 없나 봅니다.

인생, 회처럼 날로 먹고 싶다…….

농담입니다. 사실 저는 회를 별로 좋아하지 않아요. 이유를 들자면 매년 여름마다 회를 먹고 죽다 살아나기 때문이라고 할 수 있겠네요. 가만, 그런데 안 좋아한다면서 왜 매년 회를 먹는 걸까요? 이상한 일이네요……. 쓰고 보니 이상합니다……. 어쨌든 여러분은 저처럼 고생하지 마시고 여름에는 가급적 날음식 드시지 마세요. 익힌 음식을 사랑합시다. 저도 사랑하겠습니다.

네, 대충 읽고 넘어가 주시면 되는 부분입니다.

헛소리는 줄이고, 슬슬 작품 이야기를 좀 해 볼까 합니다.

사실 〈용사의 어머니가 되겠습니다〉(이하 용엄마)는 제게 일종의 '도전'인 작품이었습니다.

결혼부터 하고 이후에 연애하는 걸 두고 전문용어(?)로 '선결혼후연애'라고 한다죠?

저는 사실 몇 년 전만 해도 제가 그 소재로 장편소설을 쓰게 될 것이라곤 상상도 해 보지 못했습니다. 왜냐면 재미가 없을 것 같았거든요…….

자고로 결혼이란 로맨스 소설의 마지막 장 혹은 못 해도 후반에 나와야 하는 것인데…… 왜 시작부터 나오느냐……. 다 큰 어른들이 초장부터 한집 살이라니…… 이건 아니다…….

뭐 그런 생각을 했었습니다.

그런데 웬걸.

어느 날 정신을 차려보니 용엄마 1화가 냅다 완성되어 있었고(정말 냅다 완성되었어요. 용엄마 1화를 부산에서 서울 가는 KTX에서 작업했거든요. 신 내린 줄 알았습니다. 안타깝게도 그 신은 1화를 쓰고 나자 사라져 버렸지만요. 인스턴트 신……^^) 저는 그렇게 선결혼후연애 소재로 종이책 4권, 연재 기준으로는 200화가 훌쩍 넘는 장편을 쓰게 되었습니다(두둥)

그리고 이마를 빡 치며 생각했습니다. 과거의 나는 편협했다……. 바보 멍청이……. 선결후연(*선결혼후연애의 줄임말입니다. 별걸 다 줄인다고요? 맞습니다.)은 사실 이토록 재미있는 소재였는데! 다 큰 어른이 시작부터 한집 살이 해도! 얼마든지! 재미있을 수 있는 거였는데!

뭐, 어쨌든 결론은 평생 안 쓸 줄 알았던 소재로 글을 썼더니 집필 자체가 도전으로 느껴졌습니다. 그리고 지금은 도전을 마무리한 기분입니다.

제 도전은 과연 독자님께 조금이나마 즐거움을 드렸을까요?

그랬다면 저는 더는 바랄 것이 없겠습니다.

그럼, 이대로 물러가기 아쉬우니 덤으로 IF 상황극을 간단히 던져봅니다!

IF: 카이휀이 기억을 잃는다면?

카이휀: (눈앞의 이 토끼 같고 툭 치면 부러질 것 같은 가냘픈 여자가 제 아내라고 한다. 그런데 기억이 나지 않는다. 혼란스럽다.)
(어쨌든 이 말은 해야겠다.)
아무것도 기억나지 않습니다. 미안합니다. 다만 부인이 내게 과분한 사람인 것만은 분명합니다. 그러니 부인께서 만약 이혼을 원한다면…….

일레나: 카이휀, 그거 알아요? 당신 기억 잃기 전에 나랑 약속한 거 있

는데.

카이휜: 예?

일레나: 내 앞에서 과분하다거나 이혼이라는 말 하면 잘 때 옷 하나
씩 벗기.

카이휜:

일레나: 오늘 침실에서는 셔츠 벗고…… 바지도 벗어야겠네.

카이휜:

일레나: 내친김에 지금 과분하다거나 이혼이라는 말 또 해볼래요? 당
신이 걸친 옷이 셔츠와 바지만 있는 건 아니잖아.

카이휜:

일레나: 어서 말해봐요. 지금 당장. 빨리.

카이휜: 자, 잠깐…….

이날 이후 카이휜은 기억이 돌아올 때까지 일레나 앞에서 절대 과분
하다거나 후회라는 말을 꺼내지 않았다고 합니다.

해피 엔딩!

IF: (이번에는 반대로) 일레나가 기억을 잃는다면?

일레나: (처음 보는 남자가 내 남편이라고 한다! 세상에!)

(잘생겼다! 파란 눈 엄청 예쁘다!)

(……크다!)

카이휜: 일레나, 아니, 부인. 지금은 기억이 나지 않아 많이 혼란스럽

고 내가 무섭겠지만…….

일레나: 안 무서운데요?

카이휜: 네?

일레나: 저기, 내가 당신을 뭐라고 불렀어요? 여보? 허니? 카이휜?

카이휜: 카이휜…… 이라고…….

일레나: 좋아요, 카이휜. 오늘 밤엔 우리 침실에서 함께 와인을 마실
　　　　래요? 과거의 나에게 술을 바쳐야겠어요. 고맙다는 의미로.

카이휜:

일레나: 참, 그리고 우리는 부부니까…… 와인을 마시고 바로 잠들지
　　　　않는 거…… 맞죠?

카이휜:

일레나: 어서 밤이 됐으면 좋겠다! (속으로 말한다는 게 입 밖으로 튀
　　　　어나옴)

　이후 기억을 되찾은 일레나는 본인의 행동을 두고 '뭐 어때? 그럴 수
도 있지. 이게 다 카이휜이 너무 잘생긴 탓이야'라고 뻔뻔하게 평가했다
고 합니다.

　끝.

　……누가 기억을 잃든 간에 어쨌든 일레나가 독주하는 것 같은 상황
극은 여기까지!

그야말로 마지막 중에서도 마지막인 작가 후기의 끝 장까지 읽어주셔서 정말 감사합니다.

항상 건강 살피시고, 행복하시고, 평안하세요.

2022년 매미가 시끄럽게 우는 여름 새벽에

현대의학을 믿는 작가 엘리아냥 드림.